KNAUR

Im Knaur Taschenbuch Verlag sind bereits folgende Bücher der Autorin erschienen:
Machtlos
Die Marionette

Über die Autorin:
Alex Berg hat viele Jahre als freie Journalistin gearbeitet, bevor sie ihre ersten Spannungsromane verfasste. Ihre politisch brisanten Thriller »Machtlos« und »Die Marionette« um die Hamburger Anwältin Valerie Weymann und den BND-Agenten Eric Mayer haben die Leser im Sturm erobert.
Mehr Informationen unter www.alex-berg.com

ALEX BERG

DEIN TOTES MÄDCHEN

Roman

KNAUR TASCHENBUCH VERLAG

Besuchen Sie uns im Internet:
www.knaur.de

FSC
www.fsc.org
MIX
Papier aus verantwortungsvollen Quellen
FSC® C083411

Originalausgabe Mai 2013
Knaur Taschenbuch

Ein Unternehmen der Droemerschen Verlagsanstalt
Th. Knaur Nachf. GmbH & Co. KG, München

Umschlaggestaltung: ZERO Werbeagentur, München
Umschlagabbildung: plainpicture / Hollandse Hoogte / Frits de Beer
Satz: Adobe InDesign im Verlag
Druck und Bindung: CPI – Clausen & Bosse, Leck
Printed in Germany
ISBN 978-3-426-51345-3

2 4 5 3 1

1.

Ein langgezogener Schrei voller Wehmut hallte über den See und verlor sich in der eisigen Kälte. Die Uhr auf dem Nachttisch zeigte 8.30 Uhr. Caroline drehte sich auf die andere Seite, zog die Decke bis unters Kinn, nestelte die Füße in die Daunen und versuchte, wieder einzuschlafen, doch sie fand keine Ruhe mehr. Schließlich rollte sie sich auf den Rücken und starrte die mächtigen Deckenbalken und die massiven Bohlen an, aus denen die Wände des Hauses gezimmert waren. Nebenan im Wohnzimmer raschelte es, und sie spürte mehr, als dass sie es sah, wie der Hund auf dem Teppich vor ihrem Bett den Kopf hob und lauschte. Nichts entging seiner Aufmerksamkeit. Sie zog die Hand unter der Decke hervor und tastete, bis sie sein dichtes schwarzes Fell unter den Fingern fühlte, seine Muskeln, die sich bei ihrer Berührung entspannten. Es war Andras Idee gewesen, ihn mitzunehmen, und das war ebenso vorausschauend gewesen wie die Entscheidung, Caroline hierherzuschicken.

Caroline dachte daran, wie die schmale Gestalt ihrer Tante im Rechteck des Autorückspiegels immer kleiner geworden war. Sie hatte ein Wolltuch um die Schultern geschlungen und winkte ihr nach. Ohne viele Worte hatte Andra ihr den Schlüssel für das Haus in die Hand gedrückt und Carolines Finger darum geschlossen: »Es ist alles dort, was du brauchst.« Caroline hatte sich gefragt, wie Andra es gemeint haben mochte. Als sie nach einem halben Tag Fahrt das Haus am Bergsee erreichte, auf den Steg hinauslief und über die weite, schneebedeckte Fläche blickte, da wusste sie es.

Draußen vor dem Fenster mit seinen dunklen Sprossen dämmerte der Morgen, ein erster Lichtstreif brachte die Bergkuppen am jenseitigen Seeufer zum Leuchten und ließ die Sterne verblassen. Der Hund sprang auf, als Caroline die Decke zurückschlug, und lief zur Tür. Sie zog ihre Winterkleidung über und folgte ihm. Das Thermometer am Fenster zeigte minus vierundzwanzig Grad.

Auch im Haus war es kalt. Im Wohnzimmer gähnte sie die große, leere Kaminöffnung an, das Feuer war längst heruntergebrannt. Auf dem mit Fellen bedeckten Ledersofa lag noch immer ihr Gepäck, so, wie sie es am Abend zuvor hatte fallen lassen. Ihr Blick glitt über die Bücher, die dicht an dicht die Wände des Raums bedeckten, entdeckte Einbände, die sie noch aus ihrer Kindheit kannte. Die Erinnerung an die Erzählungen, die sich dahinter verbargen, ließ sie einen Moment innehalten, bis der Hund sie ungeduldig anstieß.

Draußen war die Luft klar und so eisig, dass Caroline sich die Mütze tief ins Gesicht zog und Kinn und Mund in ihrem Schal vergrub. Über dem zugefrorenen See lagen Nebelschwaden. Geister der Nacht, hatten sie die flüchtigen Wolkenfetzen früher genannt. Sie starben, wenn die Sonne sie traf.

Ein Bussard saß auf einem der vereisten Holzpfeiler des Stegs. Er hatte den Kopf zwischen die Schultern gezogen und starrte reglos über die weite, unberührte Schneefläche. War es sein Schrei gewesen, der sie geweckt hatte? Caroline verharrte am Ufer und betrachtete ihn. Ein Windstoß zerzauste sein weißbraunes Gefieder. Langsam drehte er den Kopf, als ob er sie erst jetzt bemerkte, und fixierte Caroline aus bernsteinfarbenen Augen. Dann breitete er seine Schwingen aus und stieß sich ab. Geräuschlos glitt er über den See davon und verschwand im Nebel. Nur sein Schrei hallte Augenblicke später zu ihr herüber. Der Hund schob seine Nase in ihre Hand, und Caroline wischte sich die Tränen fort, die über ihre Wangen liefen, als die Einsamkeit sie überwältigte.

Hastig wandte sie sich ab, stolperte durch den Schnee zurück zum Haus und verdrängte mit aller Macht die verstörenden Bilder der letzten Tage: Liannes lebloser, seltsam verrenkter Körper, ihre leeren Augen, die Blumen am Straßenrand und vor der Tür ihrer Wohnung. Liannes Sarg.

Menschen hatten sie umringt: bekannte und unbekannte Gesichter. Caroline war durch sie gewandelt wie im Schlaf. Sie musste fort von allem. Von der düsteren Grabstelle, in die der Sarg hinabgelassen wurde, dem prasselnden Geräusch des Sandes, der auf den Deckel fiel. Fort von den Tränen, der Trauer und dem Schmerz, der sie zu zerreißen drohte. Ihr einziges Kind war tot. Ihr unwiederbringlich genommen. Mit nur siebenundzwanzig Jahren. Warum?

Caroline blieb stehen, trat heftig in den knirschenden Schnee und schrie den reglosen Bäumen entgegen: »Warum? Warum sie?«

Nichts rührte sich, und die Stille nach dem Verklingen der letzten Silbe war noch dichter als zuvor. Eiskalte Luft strömte in ihre Lungen, zwang sie zum Husten. Lautlos tauchte der Hund neben ihr auf, stieß sie an. »Schon gut«, flüsterte sie mit rauher Stimme. »Schon gut.«

Zurück im Haus, nahm sie aus der Reisetasche das Foto, das Andra ihr mitgegeben hatte, und sank auf das Sofa, auf die weichen Felle, ohne den Blick davon abzuwenden. Es zeigte ihr eigenes Gesicht neben dem von Lianne, sie standen Arm in Arm, die Köpfe dicht aneinander, und lachten übermütig in die Kamera. Es war nur wenige Wochen vor Liannes Tod aufgenommen worden. »So sollst du deine Tochter in deinem Herzen behalten«, hatte Andra Caroline ermahnt. »So sollst du dich an sie erinnern.«
Caroline strich behutsam mit dem Finger über die Konturen von Liannes zartem Gesicht, blickte in ihre strahlenden grünblauen Augen. *So sollst du dich an sie erinnern.* Es war so schwer. Die anderen Bilder, die dunklen, hässlichen, besaßen mehr Macht als die hellen, schönen Erinnerungen. Vielleicht würden sie verblassen, wenn sie mit niemandem mehr darüber redete, wenn sie einfach so tat, als wäre nichts geschehen.
Plötzlich war Caroline erleichtert, dass außer ihrer Tante niemand wusste, wo sie sich aufhielt. Von heute auf morgen war sie mit nicht mehr als einer Reisetasche und dem Hund aus ihrem bisherigen Leben geflohen. Selbst das Handy hatte sie stillschweigend in einer Kommodenschublade bei Andra liegen lassen.
Das Haus am Bergsee besaß weder einen Telefon- noch einen Internetanschluss. Wenn Andra mit ihr Kontakt aufnehmen wollte, müsste sie die Tankstelle im Ort anrufen. Der Pächter würde nach Feierabend rausfahren und Caroline informieren oder ihr einen Zettel an die Tür heften,

falls sie nicht da sein sollte. So, wie sie es früher gemacht hatten.
Früher.
Caroline ließ das Foto sinken, als ihr die Bedeutung dieses Wortes bewusst wurde. Eine ganze Welt lauerte dahinter, es war wie eine Tür, die sie nur öffnen musste, um zurückzukehren und zu vergessen. *Früher* bedeutete die Zeit vor Liannes Geburt.

*

Wie knüpft man an vergangene Zeiten an, die so weit zurückliegen, dass sich Erinnerung und Phantasie längst miteinander verwoben haben?
Zehn Kilometer waren es ins Dorf, das nur aus einigen wenigen Häusern, einem Supermarkt, einer Tankstelle und einer Kneipe bestand, und Caroline war, als ob sie mit jedem Meter, den sie zurücklegte, ein Stück tiefer in ihre eigene Vergangenheit gezogen wurde. Die Witterungsverhältnisse zwangen sie, langsam zu fahren. Die Straße war schmal, zu beiden Seiten hatten Räumfahrzeuge den Schnee zu Wällen aufgetürmt. Die Fahrbahn lag unter einer festgefahrenen weißen Decke. Der See an ihrer Seite hatte das Tal ausgefüllt, das die Gletscher der letzten Eiszeit in die Höhenzüge geschliffen hatten. An den umliegenden Hängen zog sich der lichte Wald des Nordens hinauf, die Zweige der Kiefern und Fichten schwer von der weißen Last, die sie trugen.
Caroline ließ die letzte Kurve hinter sich. Dunkelrote Holzhäuser tauchten zwischen den Bäumen auf. Dicke Eiszapfen hingen von ihren Vordächern herunter und warfen funkelnd das Sonnenlicht zurück. Aus den Schornstei-

nen stieg Rauch in einen klaren, tiefblauen Himmel. Es war ein heimeliger Anblick, der die Einsamkeit und Weitläufigkeit der skandinavischen Bergwelt, die diesen Flecken umgab, für den Moment vergessen machte.

Nur wenige Fahrzeuge standen auf dem Parkplatz vor dem langgestreckten, ebenfalls dunkelrot gestrichenen Gebäude des Supermarkts. Unsicher stieg Caroline aus dem Wagen. Noch war sie niemandem begegnet. Und sie wollte auch niemandem begegnen und vor allem mit niemandem reden. Ihr Magen zog sich zusammen, als sie den Supermarkt betrat und sich der möglichen Tragweite ihrer Entscheidung bewusst wurde, in das schwedische Bergdorf ihrer Kindheit zurückzukehren. *Was tat sie hier?* Die Flucht in die Vergangenheit, die ihr in der Einsamkeit des Hauses so verlockend erschienen war, jagte ihr nun Angst ein. Langsam schritt sie zwischen den Regalreihen hindurch, füllte abwesend ihren Einkaufskorb und verharrte, bevor sie sich der Kasse näherte. Doch die Kassiererin begrüßte sie mit einer Selbstverständlichkeit, als wären sie sich erst vor wenigen Tagen begegnet. »Schön, dass du wieder hier bist.«
Verhalten erwiderte Caroline das Lächeln der Frau, betrachtete die Fältchen um ihre Augen und die grauen Strähnen in ihrem dunklen Haar. Sie war noch immer hier, an dieser Kasse. Und Caroline fragte sich, ob ihr Mann noch immer in Göteborg arbeitete und nur an den Wochenenden zu Hause war. Damals hatte Caroline von ihr wissen wollen, warum sie nicht mit ihm wegzog, so wie es die meisten taten. »Ich bin hier am See aufgewachsen. Ich würde mich eher von meinem Mann trennen, als von hier wegzugehen«, hatte die Kassiererin damals geantwortet.
Caroline räumte die Papiertüten mit den Einkäufen ins

Auto und ging zur Tankstelle auf der anderen Straßenseite. Ein Auto fuhr vorbei, und der Fahrer grüßte. Sie winkte intuitiv zurück, ohne dass sie ihn erkannt hätte.
Das Gesicht des Tankstellenpächters verzog sich zu einem breiten Grinsen, als sie die Tür öffnete. Auch an ihm waren die Jahre nicht spurlos vorübergegangen. Er war schon immer dick und kurzatmig gewesen, jetzt war er fett und sein schütteres Haar einer Glatze gewichen. »Hab schon gehört, dass du da bist«, begrüßte er sie schnaufend. »Ist lange her.«
»Achtundzwanzig Jahre«, bestätigte Caroline intuitiv auf Schwedisch, das ihr von Kindesbeinen an wie eine zweite Muttersprache war. Sie kramte nach Kleingeld. »Ich müsste mal telefonieren.«
»Du weißt ja, wo es steht«, erwiderte er.
Caroline ging in sein Büro. Als sie das letzte Mal hier gewesen war, hatte er noch keinen Computer gehabt, aber der Aschenbecher war genauso voll gewesen. Sie setzte sich und wählte Andras Nummer.
»Es geht mir gut«, sagte sie hastig, bevor ihre Tante fragen konnte und sie sich zu einer anderen Antwort hinreißen ließ. »Und mit dem Haus ist alles in Ordnung.«
»Thomas war hier.«
Caroline hatte es geahnt. »Du hast ihm nichts gesagt, oder?«
»Natürlich nicht, aber ich soll dir etwas ausrichten, falls du dich meldest.«
»Ich will es nicht hören.«
»Das habe ich mir schon gedacht«, bemerkte Andra ruhig. »Lass dir Zeit, Kind.«
Es gab nicht mehr viel zu sagen, und so beendeten sie ihr Gespräch. Caroline legte den Hörer zurück auf die Station

und stand auf. Durch das Fenster blickte sie auf den zugefrorenen See und dachte an die Worte der Kassiererin. Alles hier war eins, die Menschen, das Land, der See, der so allgegenwärtig und wichtig war wie die Luft zum Atmen. Selbst im Winter, wenn alles gefroren war und Schnee das Land bedeckte. Dann bohrten die Männer Löcher ins Eis und angelten nach den großen schimmernden Forellen.

»Das Geld liegt auf dem Schreibtisch«, bemerkte sie beim Hinausgehen.

»Bis demnächst, Lilli«, rief der Pächter ihr hinterher, und ungeachtet der Beklemmung, die sie verspürte, lächelte sie. Nirgendwo sonst auf der Welt wurde sie so genannt, außer in ihrem Elternhaus. Sie hatte den Namen lange nicht gehört.

*

In einer Gegend, die von der Zeit gänzlich unberührt scheint und wie in einem Dornröschenschlaf schlummert, bleibt nichts unbeobachtet. Der Tankstellenpächter war nicht der Einzige, der bereits darüber informiert war, dass sie zurückgekehrt war. Als Caroline am Nachmittag mit dem Hund von einem kurzen Spaziergang zurückkam, fuhr ein roter Pick-up auf ihr Haus zu. Blubbernd kam der große Achtzylinder amerikanischer Bauart näher, und sie ahnte, wem er gehörte.

Kurze rotblonde Bartstoppeln verdeckten die untere Hälfte von Björn Nyborgs kantigem Gesicht, und unter der Wollmütze leuchtete sein helles Haar in der tiefstehenden Sonne, als er sich an der Grundstückseinfahrt aus dem Fahrerfenster lehnte und ihr sein strahlendes Lächeln

schenkte, unbekümmert und alterslos wie eine skandinavische Ausgabe von Robert Redford. »Hej, wollt nur mal schauen, wie es dir geht. Ob du irgendwas brauchst.«
Es kam ihr mit einem Mal vor, als wäre sie nie fort gewesen. »Alles in Ordnung«, versicherte sie.
»Gut«, sagte er nickend.
Sie sahen sich schweigend an. Und sie fragte sich, ob er etwas wusste. Aber es war unmöglich. Niemand hier ahnte, was geschehen war. Warum sie zurück war. Sie blickte an Björn vorbei zu den abgerundeten weiß glitzernden Kuppen der Berge, atmete tief die eisklare Luft ein und zwang ihre Gedanken in eine andere Richtung. Sie durfte sich den Frieden nicht nehmen lassen, den dieses Land verhieß. Was auch geschehen war, hier hatte sie die glücklichsten Jahre ihres Lebens verbracht. Daran wollte sie sich erinnern, an nichts anderes. Sie räusperte sich. »Willst du einen Kaffee?«
Er zögerte, fuhr sich mit der Hand über das unrasierte Kinn, dann parkte er den Wagen in der Auffahrt und folgte ihr ins Haus, das neben drei Schlafzimmern und dem Bad aus nur einem großen Raum bestand, der zugleich Wohnraum, Esszimmer und Küche war. Um das Haus verlief eine überdachte Veranda. Früher hatten Caroline und ihre Freunde während der langen hellen Sommernächte oft zusammen dort draußen gesessen, gehüllt in den Qualm der Räucherware, die sie gegen die Mücken entzündet hatten. Die Schweden besaßen ein wunderschönes Repertoire an alten, melancholischen Liedern, und sie liebten das Singen ebenso sehr wie das Trinken.
Björn zog seine dicke Daunenjacke aus und ließ die Stiefel neben der Tür stehen. Der Geruch von geschlagenem Holz, Baumharz und Maschinenöl umgab ihn. Sein Blick streifte die Sitzgruppe vor dem Kamin und blieb an dem Foto

auf dem Couchtisch hängen, das sie zusammen mit Lianne zeigte. Sie biss sich auf die Lippe, aber Björn sagte nichts. Er nahm am Küchentisch Platz und schob die Ärmel seines blauen Wollpullovers hoch. Eine helle Narbe kam zum Vorschein. Sie zog sich über das untere Drittel seines rechten Unterarms und lief auf seinem Handrücken aus. Diese Narbe war Caroline so vertraut wie ihr eigenes Spiegelbild. Als ihr bewusst wurde, dass sie darauf starrte, wandte sie sich hastig ab, aber er schien ihre Verlegenheit nicht zu bemerken. Sie reichte ihm seinen Kaffeebecher und setzte sich zu ihm.

»Das Wetter schlägt um«, sagte er.

Sie sah ihn fragend an. »Du meinst, es wird noch mehr Schnee geben?«

Er nickte. »Hast du alles, was du brauchst?«

»Ich denke schon.«

»Auch genügend Holz?«

»Hinter dem Haus ist der Vorrat für einen ganzen Winter aufgestapelt.«

»Das sollte wohl reichen«, stellte er lächelnd fest.

Mit einem »Danke fürs Aufwärmen« verabschiedete er sich wenig später und tippte zum Gruß mit dem Finger an die Schläfe.

Caroline sah seinem Wagen nach und stand auch noch am Fenster, als er längst zwischen den schneebedeckten Bäumen verschwunden war. Björn hatte nicht gefragt, warum sie nach all den Jahren gekommen war, auch nicht, wie lange sie bleiben würde. Sie war einfach wieder da. Wenn etwas sein sollte, wusste sie, wo sie ihn finden konnte. Das signalisierte er durch seinen Besuch. Es hatte einmal eine Zeit gegeben, da hatte er um sie geworben in seiner stillen, aufrichtigen Art. Das war lange her.

Caroline räumte die Kaffeebecher ab und spülte das Geschirr, und irgendwo in einem verborgenen Winkel ihres Bewusstseins spürte sie, wie sehr ihr dieser Ort, ihr Zuhause, gefehlt hatte. Wie tröstlich es war. Als sie sich vom Fenster abwandte, hörte sie in der Ferne wieder den Ruf des Bussards.

Mit der Abenddämmerung kam Wind auf, und Wolken trieben über die Bergkuppen wie große, im Mondlicht schimmernde Schiffe. Björn sollte recht behalten. Es würde Schnee geben.

Caroline warf Holz nach, und die Flammen im Kamin loderten auf. Der Hund ließ sich mit einem zufriedenen Seufzen davor nieder. Sie setzte sich zu ihm auf das Sofa, und mit einem Mal meinte sie, im Prasseln des Feuers das Rascheln der Zeitung zu hören, die ihr Vater las, und das leise Klappern der Stricknadeln ihrer Mutter. Es waren lange, ruhige Abende gewesen, die sie hier miteinander verbracht hatten, vor allem im Winter, wenn die Dämmerung bereits nachmittags hereinbrach und die Nacht die Welt bis weit in den nächsten Morgen umschlungen hielt. Die Erinnerung daran brachte so eindringlich den Duft und Geschmack des Zimtkuchens mit, den sie damals immer gegessen hatten, dass Caroline aufstand und in die Küche ging, um zu sehen, ob die alten Kochbücher ihrer Mutter noch dort standen. Sie fand sie im obersten Fach des Küchenschranks. Andra hatte nichts verändert, als sie das Haus in ihre Obhut genommen hatte.

Caroline nahm die Bücher mit ins Wohnzimmer, und sie entpuppten sich als Alben voller Erinnerungen. Zwischen den Seiten steckten unzählige Zettel: handgeschriebene Rezepte, Einkaufslisten, Bilder, die sie ihrer Mutter gemalt hatte, hastig geschriebene Notizen ihres Vaters. Die Seiten mit den Lieblingsrezepten wiesen Fettspritzer und Eselsohren auf. Behutsam strich sie die Blätter glatt, verharrte mit den Fingern darauf, als ob ihr diese kleine Berührung die Eltern, die so tragisch zu Tode gekommen waren, wieder nahebringen konnte. Hatte sie Lianne eine ebenso friedvolle und behütete Kindheit gegeben, wie es einst ihre Eltern getan hatten? Sie nahm das Foto vom Couchtisch, das sie zusammen mit ihrer Tochter zeigte, und legte es zwischen die aufgeschlagenen Seiten eines der Bücher. Behutsam klappte sie das Kochbuch zu und stellte es mit den anderen zurück in den Küchenschrank.

In dieser Nacht träumte sie mit einer Intensität von ihrem Vater und ihrer Mutter, die sie am nächsten Morgen so einsam machte, dass sie glaubte, es nicht ertragen zu können. Doch das Gefühl der Verlassenheit wich, als ihr die Details des Traums ins Gedächtnis kamen: Episoden eines Tages mit Lianne und ihren Eltern, Gespräche – und unbeschwertes Gelächter. Ja, sie hatten gelacht, das war einer der eindringlichsten Eindrücke ihres Traums. Caroline hatte seit Liannes Tod nicht mehr herzlich gelacht und sich dabei so leicht gefühlt. So glücklich. Wie sollten die Menschen, die ihr einst am wichtigsten gewesen waren, ihr noch zürnen, wenn sie mit solcher Vehemenz ihre Nähe spürte? Caroline sah hinaus auf den See und die Berge, auf die der Schnee in dicken Flocken herabfiel, und das erste Mal seit Wochen keimte ein kleiner Funken Zuversicht in ihr.

2.

Es fiel ihr nicht auf, dass sie sich veränderte. Aber andere merkten es. Die Kassiererin im Supermarkt. Björn. Selbst Andra bemerkte es, obwohl sie nur sporadisch miteinander telefonierten.

»Der Norden scheint eine heilende Wirkung auf dich zu haben«, sagte ihre Tante. »Was machst du den ganzen Tag? Hast du wieder angefangen zu arbeiten?«

Caroline lachte schuldbewusst auf. »Ich habe noch keine einzige Zeile geschrieben, seit ich hier bin.«

»Du hast abgenommen«, stellte Björn fest, als sie sich zufällig im Ort trafen.

Sie zupfte an dem lockeren Bund ihrer Hose. »Ich bin viel unterwegs«, erwiderte sie ausweichend.

»Unterwegs. So.« Björn kniff die Augen zusammen und warf wie zufällig einen Blick in den wolkenlosen Himmel. »Es war jemand hier und hat nach dir gefragt. Ein Deutscher.«

Ihr Mund war plötzlich trocken.

»Etwa eins fünfundachtzig groß, schlank, dunkelhaarig, Städter«, fügte er hinzu. »Er ist heute Morgen angekommen. Hat er dich schon gefunden?«

Sie schüttelte den Kopf und schluckte.
Björn maß sie von oben bis unten. »Willst du drüber reden?«

»Wir wollten heiraten«, sagte Caroline, als sie Björn in der einzigen Kneipe des Ortes gegenübersaß. Zwei große Bier standen vor ihnen auf dem zerkratzten Tisch. In der Ecke dudelte eine in die Jahre gekommene Jukebox.
»Heiraten«, bemerkte Björn und nahm einen langen Schluck. »Damit hab ich auch keine guten Erfahrungen.«
»Du warst verheiratet?« Ungläubig starrte sie ihn an.
Er lächelte verlegen. »Sie sah gut aus und konnte kochen.«
Caroline seufzte. »Und woran ist es gescheitert?«
»Sie wollte hier weg.«
Caroline dachte an die Kassiererin.
»Jetzt erzähl deine Geschichte«, unterbrach Björn ihre Gedanken.
»Da gibt es nicht viel zu erzählen«, antwortete sie nach kurzem Zögern. »Thomas und ich waren drei Jahre zusammen, und vor etwa einem Monat hat er mir einen Antrag gemacht.«
»Und du hast eingewilligt.«
Sie nickte.
»Was ist dann passiert?«
»Ich weiß es nicht. Es war …« Sie brach ab.
Es war auf der Beerdigung von Lianne gewesen. Sie hatte ihn am Grab stehen sehen und es gewusst. »Er … er war nicht der Richtige …« Caroline senkte den Kopf.
»Du bist weggelaufen«, hörte sie Björns Stimme.
Sie schämte sich zu sehr, um sich zu rechtfertigen. Es war nicht das erste Mal, dass sie sich auf diese Weise aus der Affäre gezogen hatte. Björn hatte bis jetzt nicht ein

Wort darüber verloren, es lag nahezu dreißig Jahre zurück.

Er räusperte sich. »Weißt du inzwischen, warum er nicht der Richtige ist?«

Sie sah auf. »Er würde niemals hierher passen.«

Ein flüchtiges Lächeln huschte über Björns unrasiertes Gesicht. »Das habe ich auch gedacht, als ich ihn gesehen habe.« Über den Tisch hinweg griff er nach ihrer Hand. »Du musst dich mit ihm treffen.«

»Das kann ich nicht.«

»Lilli, er verdient eine Erklärung.«

Er reichte ihr eine Serviette, und sie wischte sich die Tränen fort.

»Aber ich kann es ihm nicht erklären.«

»Wenn er dich sieht, wird er es verstehen.«

Caroline fuhr nach Hause, blickte das erste Mal seit zwei Wochen bewusst in einen Spiegel und begriff, was Björn ihr hatte sagen wollen. Sie war verwildert.

*

Thomas ist da. Der Satz spukte in ihrem Kopf herum und blockierte ihre Gedanken. Thomas wusste nichts von ihrem Elternhaus in Schweden. Es gehörte in einen anderen Lebensabschnitt, der ferner von ihm nicht hätte sein können. Deswegen war sie hierher geflohen.

Andra hatte ihm sicher nichts erzählt. Auf ihre Tante konnte Caroline sich verlassen. Wie hatte er sie trotzdem gefunden? Sie fühlte sich in die Ecke gedrängt. Früher hatte ihr Thomas' Hartnäckigkeit imponiert. Das Wort Niederlage existierte nicht in seinem Wortschatz. Jetzt machte genau diese Hartnäckigkeit sie nervös. Was sollte sie ihm sagen?

Wie sollte sie das Chaos, das in ihr tobte, in eine verständliche Sprache übersetzen? Den Schmerz, das Entsetzen, die Angst? Sie war fortgelaufen, weil ihr eben diese Sprache fehlte. Sie brauchte Zeit. Abstand. Warum akzeptierte er das nicht?
Während sie noch mit sich und ihrem Schicksal haderte, hielt draußen in der Einfahrt ein Auto mit deutschem Kennzeichen.

Der Hund freute sich unbändig, als er Thomas erkannte. Caroline stand im Schatten der Veranda und beobachtete von dort die ausgelassene Begrüßung. Ihr Herz klopfte, als Thomas schließlich aufblickte und sie entdeckte. Er sah müde aus. Die Sorge hatte sich in seine hageren Züge eingegraben und ließ ihn älter erscheinen. Ernster. Und wieder schämte sie sich. Sie hatte ihn zurückgelassen, wie man ein ausgedientes Stofftier zurücklässt, dem man entwachsen ist. Sie bemerkte den Schmerz in seinem Gesicht, als er begriff, wie weit sie sich in den vergangenen drei Wochen von ihm und ihrem gemeinsamen Leben entfernt hatte. Ungläubig betrachtete er ihre ausgebeulten Jeans, den alten, viel zu großen Pullover ihres Vaters und ihr achtlos in einem Pferdeschwanz zusammengefasstes blondes Haar. Wie konnte er auch wissen, dass sie nie wirklich die Frau für das kleine Schwarze, für Pumps und ein elaboriertes Make-up gewesen war? Sie hatte diese Rolle eine Weile gespielt, weil sie meinte, es müsse eine Veränderung in ihrem Leben geben. Der Tod ihrer Tochter hatte sie wieder daran erinnert, wer sie war und wohin sie gehörte. Sie konnte nicht mehr zurück. Nicht in die Stadt, nicht zu Thomas. Und ohne dass sie etwas sagen musste, verstand er es sofort. Dennoch – und genau das fürchtete sie – gab er sich

nicht geschlagen. Er machte nicht kehrt und fuhr davon. Vielmehr kam er langsam auf sie zu.
»Hallo, Thomas«, begrüßte sie ihn leise.
»Hallo, Caroline.«

»Du hast nie von diesem Haus erzählt.« Es lag kein Vorwurf in seiner Stimme, eher Verwunderung, während er mit der Hand über das Fell des Hundes strich, der neben ihm saß. Sein Blick huschte über die unzähligen Bücher und die schweren Balken der Wände, als könnten sie ihm helfen zu verstehen, was geschehen war.
Caroline antwortete nicht sofort. »Ich bin fast dreißig Jahre nicht hier gewesen«, sagte sie schließlich. »Dieser Ort hatte keine Bedeutung für uns.«
»Aber warum jetzt …«, hilflos sah er sie an und suchte nach Worten, »… und warum auf diese Weise? Ich meine, du hast deine Wohnung verlassen, ohne mein Wissen … Du warst von einem Tag auf den anderen fort, wie vom Erdboden verschluckt. Du …«
»Es tut mir leid, Thomas«, unterbrach sie ihn. »Ich konnte nicht anders.« Ihr Tonfall war kälter als beabsichtigt.
Thomas zuckte zusammen, und Caroline rief sich zur Räson. Sie wollte ihm nicht weh tun. Er war mehr als anderthalbtausend Kilometer gereist, um mit ihr zu sprechen. Sie atmete tief durch, zwang sich zu einem sanfteren Ton. »Es tut mir wirklich leid, Thomas. Aber ich musste fort. Ich weiß nicht, was sonst noch passiert wäre.«
Schweigend starrte er in die Flammen des Kaminfeuers. »Ich habe dich überall gesucht. Ich wollte schon eine Vermisstenmeldung aufgeben.«
»Eine Vermisstenmeldung?«, wiederholte sie tonlos. »Warum?«

Nun wandte er sich ihr zu und sah ihr direkt in die Augen. »Verstehst du denn nicht? Ich war verrückt vor Sorge! Kurz nach der Beerdigung von Lianne verschwindest du spurlos, ich hatte Angst, dass du …« Er unterbrach sich selbst und presste die Lippen aufeinander, als er ihren Gesichtsausdruck bemerkte.

Caroline zitterte plötzlich unkontrolliert. Sie hatte keine Macht über die hässlichen Bilder, die mit der Nennung von Liannes Namen und ihrem Tod vor ihrem inneren Auge aufstiegen. Unsicher stand sie auf, trat an den Kamin und griff nach dem Schürhaken. Noch immer zitternd schob sie die Glut zusammen und legte einige Birkenscheite nach, beobachtete, wie sich die Flammen gierig in die helle trockene Rinde fraßen. Thomas ahnte nichts von dem Alptraum, mit dem sie lebte, nichts von dem Grauen, das sie in Hamburg Tag und Nacht begleitet hatte. Liannes Tod hatte eine Tür aufgebrochen, die sie fast dreißig Jahre lang verzweifelt verschlossen gehalten hatte. Die Schrecken, Schuldgefühle und Ängste ihrer Jugend hatten sie überrollt, waren eins geworden mit ihrer Verzweiflung und Trauer um ihr Kind, bis sie nicht mehr wusste, was Einbildung und was Realität war. Sie hatte es nicht mehr ausgehalten, war geflohen, und erst hier in der schwedischen Bergwelt war sie zur Ruhe gekommen. Hier, wo alles begonnen hatte.

Thomas hätte ihr nicht folgen dürfen. Er brachte Erinnerungen mit, düstere Bilder, die sie nicht mehr sehen wollte, nicht mehr ertrug, die lebendig wurden, ohne dass sie etwas dagegen tun konnte. Um sie herum verschwamm der Raum, und sie war wieder in Hamburg. *Regen peitschte ihr ins Gesicht, Nässe und Kälte drangen in ihre Schuhe, weichten sie auf und lösten die rostroten Flecken auf dem Leder, während sie ziellos durch die schlafende Stadt irrte, getrie-*

ben von der bitteren Erkenntnis, dass sie alles zerstört, alle Brücken unwiderruflich hinter sich eingerissen hatte.
Sie schrak auf, als der Hund ihr seine Schnauze in die Seite stieß, und zwang sich aufzustehen. Thomas saß noch immer auf der Couch und betrachtete sie. Als ihre Blicke sich trafen, stand er auf und kam auf sie zu. Schweigend legte er ihr die Hände auf die Schultern und zog sie an sich, als spüre er ihre innere Zerrissenheit. Widerstandslos ließ sie es geschehen, fühlte den rauhen Wollstoff seines Sakkos unter ihrer Wange und hörte sein Herz schlagen. Er hatte ein kräftiges, ein starkes Herz.
»Komm zurück, Caroline.«
Für einen kurzen Augenblick wollte sie der Versuchung nachgeben, einfach tun, als ob nichts geschehen wäre. Caroline unterdrückte die Tränen, die in ihr aufstiegen. »Ich kann nicht«, flüsterte sie kaum hörbar.
Seine Lippen berührten flüchtig ihr Haar. »Warum?«
Sie blieb ihm die Antwort schuldig.
Er ließ sie los, und sie trat einen Schritt zurück. Der Raum schien mit einem Mal zu klein für sie beide. Die Illusion von Nähe, die sie Augenblicke zuvor noch gespürt hatte, war verflogen und das Schweigen erdrückend. Im Kamin sackten die Scheite ineinander, und Funken stoben knisternd auf. Das Geräusch ließ sie beide zusammenfahren. Caroline rieb sich nervös die Hände. »Es ist schon spät«, sagte sie.
»Gleich halb elf«, bestätigte Thomas mit einem Blick auf seine Armbanduhr. »Zeit, aufzubrechen.« Er griff nach seiner Jacke, die er über die Lehne des Sofas gelegt hatte. »Ich habe ein Hotelzimmer in Tannas reserviert.«
»Nach Tannas ist es mehr als eine Stunde Fahrt«, entfuhr es ihr.

»Die Auswahl an Hotels in dieser Gegend ist mehr als überschaubar«, bemerkte er trocken.
Caroline gab sich einen Ruck. »Es ist vernünftiger, wenn du hierbleibst.«
Thomas ließ überrascht seine Jacke sinken. »Willst du das wirklich?«
Nein, wollte sie antworten. Sie wünschte sich nichts sehnlicher, als dass er ging. Er gehörte nicht hierher. Nicht in dieses Haus. Zwischen all den Erinnerungen aus der Kindheit und Jugend erschien er ihr wie ein Fremdkörper. Doch die Strecke nach Tannas war berüchtigt für ihren Wildwechsel. Die Routen der Rentiere und Elche kreuzten sie an mehreren Punkten, und die Tiere waren bevorzugt nachts unterwegs.
»Ich beziehe dir das Bett im Gästezimmer«, sagte sie deshalb, ohne weiter auf seine Frage einzugehen.
Der Hund stand von seinem Platz vor dem Feuer auf und reckte sich. Unschlüssig wanderte sein Blick von Caroline zu Thomas, bevor er zwischen ihnen hindurch zu seinem Wassernapf neben dem Kühlschrank ging. Seine Krallen kratzten dabei über die gewachsten Holzdielen – ein Geräusch, das Caroline plötzlich eine Gänsehaut über den Rücken jagte.
»Caroline?« Thomas machte einen Schritt auf sie zu.
»Schon gut«, wehrte sie ab und atmete gegen die Übelkeit an, die sie unverhofft verspürte. »Alles gut.«
Was für eine Lüge. Nichts war gut.
»Du bist ganz blass.«
Sie sah in sein erschrockenes Gesicht. »Es ist nichts«, bekräftigte sie.
Sie wandte sich ab, um Bettwäsche aus einem der Schränke im Flur zu nehmen. Als sie die Tür öffnete, verharrte sie

einen Moment, die Stirn gegen das Holz gepresst, um sich zu sammeln. Es ist nichts, wiederholte sie still zu sich selbst. Noch immer fahrig, zog sie den Bezug über das Kopfkissen.

*

Sie konnte nicht schlafen. Natürlich nicht. Reglos verfolgte sie jeden Laut aus dem Nebenzimmer. Das Haus war hellhörig. Schon als Kind hatte sie oft im Bett gelegen und auf das leise Getuschel ihrer Eltern im Schlafzimmer nebenan gelauscht, das Rascheln der Decken und Knarren des Bettes oder das kaum hörbare Blättern von Seiten, wenn noch gelesen wurde. Mit geschlossenen Augen hatte sie den Duft der frisch gewaschenen Bettwäsche eingeatmet, sich in die Daunen gekuschelt und unendlich geborgen gefühlt, so, wie sich nur ein Kind fühlen konnte, das sich der Sicherheit und der Liebe der Eltern gewiss war. Als junge Frau hatte sie dieses unbeschwerte und unschuldige Gefühl der Geborgenheit zwangsläufig verloren, wusste jedoch, welch sicheres Fundament sie damit für ihr Leben besaß. Letztlich hatte sie nur mit Hilfe dieses Urvertrauens den viel zu frühen Verlust der Eltern bewältigt. Es hatte sie getragen. Bis zu Liannes Tod. Dann war alles zusammengebrochen.

Nebenan drehte Thomas sich im Bett um und schaltete das Licht ein. Sie stellte sich vor, wie er nach seiner Brille griff, um zu sehen, wie spät es war. Wie er seinen Entschluss bereute, ihr nachgereist zu sein.

Es war ein Sonntag gewesen, an dem sie sich kennengelernt hatten. Ein regnerischer, schmutzig grauer Tag im November. Hätte er die leiseste Ahnung gehabt, was kommen würde, hätte er seine Schritte an jenem Tag vielleicht in eine andere Richtung gelenkt.

»Ich habe versucht zu verstehen, warum du von heute auf morgen verschwunden bist«, hatte er vor wenigen Stunden zu ihr gesagt. »Zu akzeptieren, dass du mir keine Nachricht hinterlassen hast, weil du es vielleicht einfach nicht konntest.«

Verstehen. Akzeptieren. Eine rationale, pragmatische Herangehensweise. Das war Thomas. Kein Mann des großen Dramas, sondern der leisen Worte. Dafür hatte sie ihn von Beginn an bewundert und später vielleicht sogar geliebt.

»Meinen Sie nicht auch, dass Kunstgenuss hungrig macht?«, waren seine ersten Worte gewesen, damals in der Hamburger Kunsthalle, und während sie nun im Bett lag und darauf lauschte, wie er nebenan ein Buch aufschlug und darin blätterte, erinnerte sie sich, wie sie beim Klang seiner Stimme aufgesehen hatte und ihre Blicke sich begegnet waren, an das plötzliche Herzklopfen, das sie damals in dem kleinen, fast intimen Ausstellungsraum verspürt hatte. Sie war überrumpelt gewesen, hatte flüchtig gelächelt und den Ausstellungskatalog in ihren Fingern gedreht, ohne zu antworten. Dann hatte sie sich wieder dem Gemälde zugewandt und gewartet, dass er den Raum verlassen würde, aber er hatte nicht lockergelassen. »Was würden Sie zu einem Max Ernst empfehlen?«

»Ich weiß nicht«, hatte sie unsicher geantwortet, und als er bemerkte, dass sie ernsthaft über seine Frage nachdachte, hatte er aufgelacht. Es war ein herzliches, ansteckendes Lachen gewesen, ihre Nervosität war wie von selbst verflogen, und sie hatte, ohne weiter darüber nachzudenken, seine spontane Einladung angenommen, mit ihm im Café der Kunsthalle den Schokoladenkuchen zu probieren, der seiner Meinung nach die perfekte Ergänzung zu den Bildern des Malers war.

Es war still im Nebenzimmer. Thomas hatte schon lange keine Seite mehr umgeblättert. Starrte er wie sie die Wände an, während seine Gefühle Achterbahn fuhren? Sie knetete die Bettdecke unter ihren Fingern, als ihr bewusst wurde, wie sehr sie sich trotz allem wünschte, jetzt bei ihm zu sein und seine Nähe zu spüren.

Ihre Beziehung war ein ruhig dahinfließender Strom gewesen. Keine wilden Strudel, keine gefährlichen Untiefen. »Ich habe dich noch nie so entspannt erlebt«, hatte Lianne ihr während dieser Zeit einmal gestanden. »Thomas tut dir gut.« Vielleicht hatte sie deshalb in seinen Antrag eingewilligt.

Sie setzte sich im Bett auf, lauschte noch einmal in die Nacht. Nichts. Schließlich schlug sie die Decke zurück und stand auf. Wie erwartet schien Licht in Thomas' Zimmer und erhellte den Fußboden unter der Tür, während alles andere im Dunkel verschwamm. Caroline zögerte. Sie hatte die Grenze selbst gezogen. Wäre es nicht fairer, es dabei zu belassen, statt aus Sentimentalität der eigenen Schwäche nachzugeben?

Doch dann hörte sie, wie im Gästezimmer das Bett knarrte. Gleich darauf öffnete sich die Zimmertür, und sie stand, von Thomas' Schatten zerteilt, im Licht mit ihren nackten Füßen und Beinen und in dem alten T-Shirt, das sie zum Schlafen übergestreift hatte.

Thomas betrachtete sie einen Moment schweigend. »Wolltest du zu mir?«, fragte er schließlich, wobei er versuchte, die Resignation in seiner Stimme zu verbergen, und das Ausmaß dessen, was sie zerstört hatte, wurde ihr in vollem Umfang bewusst.

Sie schluckte. »Ich … ich wollte dich nicht wecken.« Sie rieb sich ihre kalten Fußsohlen an den Waden.

»Ich habe nicht geschlafen«, sagte er.

»Ja … ich weiß …«, gab sie leise zu.

3.

In seinem Büro im Stockholmer Polizeipräsidium reckte sich Ulf Svensson und schaltete den Computer aus. Es war ein langer Tag gewesen, und er fühlte sich müde und ausgelaugt. An solchen Abenden sehnte er sich seit einiger Zeit immer häufiger nach dem Norden, besonders im Winter, der in der schwedischen Hauptstadt alles andere als reizvoll war. Er war seit Jahren nicht in Härjedalen gewesen, einer Region im südlichen Jämtland nahe der norwegischen Grenze. Die letzten Winter hatte er seine Urlaube in Österreich verbracht, in der Schweiz und sogar in Frankreich. Die Berge waren dort steiler, die Pisten aufregender, aber etwas fehlte ihm. »Du bist eben Skandinavier«, hatte ein Kollege aus dem Wallis einmal schulterzuckend gesagt, als Ulf es erwähnt hatte. »Ihr seid anders.« Waren sie das wirklich?

Er warf einen Blick auf seine großgewachsene schlanke Silhouette in der Fensterfront. Dann sah er hinaus über die Stadt. In der Dunkelheit waren die Straßen lichtgesäumte Bänder, und die Gebäude in diesem Teil Stockholms schimmerten wie wartende Raumschiffe bereit zum Start. Er hatte wenig Lust, nach Hause zu fahren. Seit zwei Tagen gab es

Probleme mit der Heizung in seiner Altbauwohnung in der Götgatan im Stockholmer Stadtteil Södermalm. Morgens war es so kalt in der Wohnung gewesen, dass die Scheiben sogar von innen gefroren waren, weswegen er mit dem Gedanken geliebäugelt hatte, in dieser Nacht im Büro zu schlafen. Er nahm seine Jacke von der Stuhllehne und ließ sein Smartphone in die Tasche gleiten. Jetzt würde er erst einmal auf ein Bier hinunter zu Stefan in seine Stammkneipe gehen und dann entscheiden, wie es weiterging an diesem Abend.

In dem weitläufigen Großraumbüro nebenan war Schichtwechsel. Durch die verglasten Wände verfolgte Ulf, wie sich die Kollegen begrüßten und über Neuigkeiten in Kenntnis setzten. Er wollte gerade das Licht ausschalten, als sich das Faxgerät in der Ecke meldete. Der Apparat spuckte zwei Blätter aus. Ulf warf einen Blick darauf und unterdrückte einen Fluch. Seit die zentrale Verkehrsaufsicht vor zwei Wochen eine neue Telefonanlage bekommen hatte, erhielt er auf seinem Faxgerät ständig Anfragen zur Identitätsfeststellung ausländischer Verkehrssünder. Er griff zum Telefon. »Ulf Svensson, Mordkommission«, meldete er sich. »Wie ich sehe, habt ihr die Nummer in eurem Kurzwahlspeicher noch immer nicht geändert.«
Der Mitarbeiter am anderen Ende räusperte sich. »Wir haben noch Probleme mit der Programmierung, aber ich kümmere mich drum«, entschuldigte er sich. »Morgen kommt ein Techniker der Servicefirma.«
»Das ist gut, denn es ist das letzte Mal, dass ich deswegen anrufe«, entgegnete Ulf unbeeindruckt. »Künftig werden eure Anfragen kommentarlos in meinem Papierkorb landen, dann könnt ihr sehen, wo ihr euer Geld herkriegt.« Er legte auf, griff nach dem Faxausdruck und wollte ihn gerade

im Papierkorb versenken, als sein Blick auf das Radarfoto auf dem zweiten Blatt fiel: eine Frau, Mitte bis Ende vierzig, halblanges blondes Haar, durchaus attraktiv. Er runzelte die Stirn. Sie erinnerte ihn an jemanden, aber er wusste nicht, an wen. Er hatte tagtäglich mit vielen Menschen zu tun, und Gesichter waren nie seine Stärke gewesen.

»Hej, Ulf, ist deine Heizung immer noch kaputt, oder warum bist du noch hier?«, rief ihm ein untersetzter bärtiger Drogenfahnder nach, als er das Großraumbüro durchquerte.

Ulf grinste unwillkürlich. »Reiner Arbeitseifer, Bent, das kennst du gar nicht, oder? Aber jetzt geht es runter zu Stefan.«

»Nach zehn Bieren und ein paar Schnäpsen ist es ohnehin egal, ob die Heizung funktioniert«, erwiderte Bent augenzwinkernd.

»Na, du findest doch sicher jemanden, der dich aufnimmt und wärmt, oder?«, warf eine der Frauen in das allgemeine Gelächter ein.

»Ich tu mein Bestes«, gab Ulf zurück. Er war bekannt dafür, dass er in dieser Hinsicht selten eine Gelegenheit ausließ. Allerdings war es noch keiner seiner Bettgenossinnen gelungen, ihn längerfristig an sich zu binden. Es gab Gerüchte über das Warum und Wieso wie in jeder großen Firma, aber seit zwanzig Jahren prallten sie an Ulfs souveränem Lächeln ab.

Er betrat den Fahrstuhl, drückte die Taste für das Erdgeschoss und lehnte sich gegen die Spiegelwand. Das Foto der Frau auf dem fehlgeleiteten Fax geisterte immer noch durch seinen Kopf, und er fragte sich, warum. Als er den vierten Stock passiert hatte, wusste er es.

Augenblicke später stürmte er zurück in sein Büro, die spöttischen Kommentare der Kollegen ignorierend. Hastig zog er den Faxausdruck aus dem Papierkorb und betrachtete die Radaraufnahme. Sein Mund wurde trocken. Er griff nach dem anderen Blatt, fand das Kennzeichen des Wagens, suchte eine Telefonnummer aus dem Verzeichnis und wartete ungeduldig, während das Freizeichen erklang. Es war schon spät, aber er hatte Glück. Die Kollegen im dänischen Padborg, die Anfragen aus dem gesamten skandinavischen Raum annahmen, arbeiteten noch, und mit einem nervösen Gefühl in der Magengegend leitete er ihnen das Fax aus der Verkehrsaufsicht weiter. Keine zehn Minuten später hielt er die gewünschte Antwort in Händen. Er starrte auf die Buchstaben, auf den Namen, den sie formten, und ließ den Kopf in seine Hände sinken.

Ein kurzes Klopfen an der Scheibe hinter seinem Schreibtisch schreckte ihn auf. Es war Bent. »Alles in Ordnung?«, rief der bärtige Drogenfahnder.

»Ja«, erwiderte Ulf mechanisch. »Alles gut.«

Bent nickte und wandte sich ab, und Ulf fuhr sich mit der Hand über die Augen. Schließlich stand er auf und trat ans Fenster, das die gesamte Gebäudefront einnahm. Aber diesmal sah er nicht die fließenden Lichter unten auf den Straßen, nicht das blinkende Flugzeug, das gerade zum Landeanflug ansetzte. Bilder schoben sich vor sein inneres Auge, Erinnerungen, die er in den vergangenen Jahrzehnten sogar sich selbst gegenüber geleugnet hatte. »Warum jetzt?«, murmelte er und presste die Stirn gegen das kalte Fensterglas. »Warum ausgerechnet jetzt?«

*

Es war halb vier Uhr morgens, als Stefan ihn aus der Kneipe schmiss. »Hör zu, Ulf, ich rufe dir ein Taxi.«
Ulf winkte ab. Er war zu betrunken, um noch etwas zu sagen. Er torkelte auf die Straße hinaus, blinzelte in das Licht eines vorbeifahrenden Autos und lehnte sich an eine Hauswand. *Nicht nach Hause.* Die drei Worte hatten sich in seinem Kopf festgesetzt, aber sie ergaben keinen Sinn für ihn. Es musste einen Grund geben, warum er nicht nach Hause durfte, doch er konnte sich beim besten Willen nicht daran erinnern. Aber wohin sollte er jetzt gehen? Während er noch darüber nachdachte, wurde ihm schlecht. In einem Schwall erbrach er sich auf den Gehsteig.
Irgendwo über ihm ging ein Fenster auf. »Verschwinde, du Penner!«
Ein weiteres Auto fuhr vorbei. Ulf würgte erneut. Es musste an der kalten Luft liegen. Ihm war, als würgte er sich die Seele aus dem Leib, aber als es vorbei war, schien auch sein Kopf klarer. Mit zitternden Fingern tastete er in seiner Jackentasche nach einem Papiertaschentuch, um sich den Mund abzuwischen. Dann erkannte er das Gebäude des Polizeipräsidiums, das keine zweihundert Meter entfernt auf der anderen Straßenseite lag.
Der Nachtportier wollte ihn zunächst nicht hereinlassen. »Du bist völlig betrunken«, sagte er. »Fahr nach Hause. Ich rufe dir ein Taxi.«
Ulf schüttelte den Kopf. »Keine Heizung«, brachte er lallend hervor. Er war selbst erstaunt, dass es ihm wieder eingefallen war.
Der Nachtportier räusperte sich. »Na, dann, wenn es unbedingt sein muss …« Er war ein hagerer, ernsthafter Mann kurz vor der Pensionierung. Er half Ulf in den Fahrstuhl und drückte die Taste für den achten Stock.

Oben war alles hell erleuchtet. Ulf kniff die Augen zusammen und schlängelte sich zwischen den Schreibtischen hindurch zu seinem Büro. Keiner der wenigen Anwesenden sagte etwas, bis die Tür hinter ihm ins Schloss gefallen war. Er schaffte es noch, seine Jacke auszuziehen und zu einem Kopfkissen zusammenzuknüllen, bevor er sich auf den Boden neben seinen Schreibtisch legte. Er war sofort eingeschlafen.

*

Das Erste, was er beim Aufwachen spürte, war sein schmerzender Kopf, und er stöhnte unwillkürlich auf, als er gegen etwas Hartes stieß. Vor ihm stand sein Kollege Håkan Bergström. Er war ebenso großgewachsen wie Ulf, doch durch seine schwere Statur wirkte Håkan eher bedächtig, gemütlich fast, weswegen er gern unterschätzt wurde. Er hielt Ulf ein Glas mit einer sprudelnden Flüssigkeit entgegen. Der Anblick allein genügte, um Ulfs Magen rebellieren zu lassen. »Bitte …«, stieß er hervor und machte eine abwehrende Handbewegung, aber Håkan kannte kein Erbarmen. »Du bist der Leiter der Mordkommission. Du kannst hier nicht wie ein Häufchen Elend auf dem Boden liegen. Was sollen die Kollegen von dir denken?«

»Ich bin ein Häufchen Elend«, stöhnte Ulf. »Und was die Kollegen denken, war mir schon immer egal.«

»Du bist wehleidig.«

Ulf richtete sich leise fluchend auf und griff nach dem Glas. Angewidert leerte er es in einem Zug. Als die kalte Flüssigkeit seinen Magen erreichte, kämpfte er einen Moment, um sie dort zu behalten. Er lehnte sich vorsichtig an das Bein

seines Schreibtisches. Jetzt erst bemerkte er, wie kalt es im Büro war, und tastete nach seiner Jacke. »Hast du etwa das Fenster aufgemacht?«, fragte er anklagend.
Håkan betrachtete ihn kopfschüttelnd. »Als ich hier vor einer halben Stunde reingekommen bin, stank es wie in einer Ausnüchterungszelle.«
Ulf benetzte die Lippen, atmete tief durch. »Stinkt es noch immer?«
Håkan schüttelte den Kopf.
»Dann mach das Fenster zu.« Mit Mühe stand Ulf auf. »Ich gehe zur Toilette.«
Im Waschraum hielt er seinen kurzgeschorenen dunklen Schopf unter den Wasserhahn. Er schnappte nach Luft, als das kalte Wasser über seine Haare und in seinen Nacken spritzte, aber es brachte ihn schnell zu sich. Schneller beinahe, als ihm lieb war, denn es brachte auch die Erinnerung an den vergangenen Abend zurück, den Grund, warum er sich so sinnlos betrunken hatte. Er zog eine ganze Reihe Papierhandtücher aus dem Spender und rubbelte sich die Haare trocken, dann stützte er sich auf dem Waschbecken auf und starrte in den Spiegel. Er sah aus wie ein Zombie. Das Gesicht blass, die Augen blutunterlaufen. Okay, er war immerhin fast fünfzig. In dem Alter hinterließ eine durchsoffene Nacht ihre Spuren. Sein Sakko war zerknittert, das Hemd fleckig am Kragen, aber wenn er sich recht erinnerte, hatte er ein frisches in der Schreibtischschublade.
Im Großraumbüro schwiegen erneut alle, als er hindurchging. Er versuchte, es zu ignorieren.
»Ich nehme mir bis zum Wochenende frei«, informierte er Håkan, während er seine Sachen zusammensuchte. Es war Donnerstag. »Montag bin ich wieder hier.«
»Moment.« Håkan hielt ihn zurück. Sie arbeiteten seit fast

zwanzig Jahren zusammen, und es gab nur sehr wenig, das sie nicht voneinander wussten. »Was ist passiert?«

»Ich will nicht darüber reden.«

Håkan schüttelte den Kopf. »So geht das nicht, Ulf.«

Ulf sank auf seinen Schreibtischstuhl. »Håkan, ich *kann* nicht darüber reden. Noch nicht. Ich brauche das Wochenende.«

»Wohin willst du?«

»Ich fahre rauf nach Härjedalen.«

Håkan verzog nachdenklich das Gesicht. »Was ist die offizielle Version für die Kollegen?«

Ulf lächelte müde. »Sag ihnen, es ist wegen einer Frau.«

»Das glaubt mir keiner«, erwiderte Håkan trocken. »Nicht bei dir.«

Ulf griff nach seiner Jacke. Nein, niemand würde das glauben. Er hatte hart an seinem Image gearbeitet. Er merkte plötzlich, wie Håkan ihn anstarrte. »Verdammt, es *ist* wegen einer Frau«, stellte sein Kollege ungläubig fest. »Ulf …«

»Ich verlasse mich auf dich«, sagte Ulf abschließend, die Hand schon am Türgriff.

»Du willst aber heute nicht Auto fahren?«, rief Håkan ihm hinterher.

»Später«, beruhigte ihn Ulf. »Erst muss ich nach Hause.«

Er rief sich ein Taxi.

*

Vor dem Gebäude in der Götgatan in Södermalm parkte der Werkstattwagen einer Heizungsfirma. Die Haustür war geöffnet, Stromkabel lagen herum, und an den Wänden standen Kupferrohrstücke. Aus dem Keller hörte Ulf das Zischen eines Schweißbrenners. Mit einem Seufzen stieg er die Treppen zu seiner Wohnung im dritten Stock hinauf. Sein Vermieter hatte ihm je eine Elektroheizung ins Wohnzimmer und in die Küche gestellt, doch es gab nach wie vor kein Warmwasser. Ulf stellte die Kaffeemaschine an und entledigte sich auf dem Weg ins Badezimmer seiner schmutzigen Kleidung. Was auch immer Håkan ihm verabreicht hatte wirkte mindestens so gut, wie es schlecht geschmeckt hatte. Er wusch sich am Waschbecken, rasierte sich und trank Kaffee, während er eine Reisetasche packte. Schließlich setzte er sich an den Küchentisch und betrachtete wohl zum hundertsten Mal das Foto der Frau, das eine Radarkamera in Mittelschweden geschossen hatte. Ein erstaunlich scharfes Foto. Die Frau blickte ernst, die kleine Falte zwischen ihren Augenbrauen wirkte konzentriert – vielleicht aber war sie nur müde. Ulf schluckte. Sie war noch immer attraktiv, auf eine natürliche Art, und er fragte sich unwillkürlich, ob sie sich jene Unberechenbarkeit bewahrt hatte, die ihn damals so fasziniert hatte.

Hätte er Håkan davon erzählen sollen?

Håkan, der seit dreiundzwanzig Jahren verheiratet war? Ulf ging im Haus der Bergströms ein und aus und war mit Håkans Frau Mette fast ebenso gut befreundet wie mit seinem Kollegen. Er stellte jedoch immer wieder fest, dass die beiden in einer anderen Welt lebten.

Er schloss einen Moment die Augen und spürte die Müdigkeit, die hinter der Fassade aus Koffein und Aspirin lauerte. Bei den winterlichen Wetterverhältnissen musste er mit sechs Stunden Fahrt bis nach Sveg rechnen. Er warf einen Blick auf die Uhr am Herd. Es war erst halb zehn Uhr morgens, und Håkan hatte natürlich recht. Ulfs Blutalkoholspiegel war nach dem Exzess der letzten Nacht noch nicht auf einen mit dem Straßenverkehr zu vereinbarenden Wert gesunken. Kurzentschlossen stand er auf und ging ins Schlafzimmer, wo er sich auf das Bett fallen ließ, nachdem er den Wecker seines Handys auf drei Uhr gestellt hatte. Innerhalb von Sekundenbruchteilen war er eingeschlafen. Und natürlich träumte er von *ihr.* Wie hätte es auch anders sein können.

*

Er fuhr die E4 an der Küste entlang Richtung Norden bis kurz hinter Gävle und bog dann nach Westen ins tief verschneite Landesinnere ab. Sobald er die Autobahn verlassen hatte, dünnte der Verkehr aus. Die Straßen wurden schmaler, und die Bäume standen dichter. Der Himmel war sternenklar, und die Temperaturanzeige seines Wagens sank auf minus dreiundzwanzig Grad.
Was er tat, war völlig irrational. Niemand wusste das besser als Ulf selbst. Sie konnte überall hingefahren sein. Warum ausgerechnet nach Härjedalen? Er war einfach losgerast, einem Bauchgefühl folgend, dabei wusste er nicht einmal, was sie in den vergangenen drei Jahrzehnten gemacht hatte.
»Es ist egal«, sagte er laut in die Nacht hinein. »Ich wollte sowieso hinfahren.«
Der Zeitpunkt war so gut wie jeder andere.

Die Strecke war voller vertrauter Landmarken. Selbst in der Dunkelheit machte er die Gehöfte, Brücken und Wegkreuzungen aus, und sein Gehirn assoziierte selbständig die Bilder der dazugehörigen Flüsse und Täler. Diese karge, bisweilen erdrückende Weite der nordischen Landschaft hatte in ihm von jeher widerstreitende Gefühle ausgelöst. In dieser Einöde mit ihrer überwältigenden Einsamkeit und Stille war er aufgewachsen, und er vermisste sie oft schmerzlich in seinem Stockholmer Alltag. Doch er wusste auch um den Preis, den diese Abgeschiedenheit forderte, und in welche Abhängigkeiten die Kälte und Dunkelheit der langen Winter einen Menschen bringen konnten.

Wie eine Insel aus Licht tauchte vor ihm eine Tankstelle in der Nacht auf. Die Neonreklame erhellte die nähere Umgebung in strahlendem Gelb, und als Ulf an einer der Zapfsäulen hielt, fiel sein Blick durch die Glasfront des großen Verkaufsshops auf lange Regalreihen. Die Zeiten, in denen es an Tankstellen lediglich Getränke, Zigaretten und Zeitungen gegeben hatte, waren lange vorbei. Direkt neben dem Eingang war sogar ein Drehständer mit Winterbekleidung plaziert. Hinter dem Gebäude lud ein Motel mit Sonderangeboten in Leuchtschrift zum Übernachten ein.

In seiner Jugend hatte es hier nur zwei Zapfsäulen gegeben und ein winzig kleines Lädchen, in dem lediglich ein wenig Autozubehör zu kaufen gewesen war. An der Ausfahrt hatte während der Sommermonate ein Karren gestanden mit Obst, Gemüse und Eiern von dem dahinter liegenden Gehöft, das nun das Motel beherbergte.

Der Umbau vor gut zehn Jahren hatte die lokale Presse mangels anderer Themen über einen längeren Zeitraum beschäftigt, was wiederum die großen überregionalen Blätter zu Glossen in ihren Feuilletons inspiriert und dieser Tankstelle mitten im Nirgendwo eine zeitweilige und durchaus fragwürdige Berühmtheit verschafft hatte. Der Betrieb florierte ungeachtet des nachgelassenen Medieninteresses, und insbesondere während der Urlaubssaison im Sommer war das Motel zu Beginn der Wochenenden oft ausgebucht

von Stockholmern, die Richtung Nordschweden unterwegs waren.
Jetzt lag das große Gebäude weitgehend im Dunkeln, nur aus ein paar Fenstern im Erdgeschoss fiel Licht. Ulf starrte gedankenverloren darauf, als er seinen Tank füllte, während die beißende Kälte durch seine dicken Handschuhe kroch und seine Finger lähmte. Er verband mit diesem Ort eine seiner furchtbarsten Erinnerungen. Jahrelang hatte er die Stelle gemieden, wie man den Schauplatz eines Verbrechens meidet, und hatte lange Umwege in Kauf genommen, nur um hier nicht vorbeifahren zu müssen. Doch die Zeit hatte dem Schmerz die Schärfe genommen und die Bitterkeit vertrieben. Geblieben war eine stille Wehmut. Obwohl die Kälte in seine Schuhe kroch und der strenge Frost das Metall der Zapfpistole an seinen Handschuhen festkleben ließ, musste er an jenen Sommer vor achtundzwanzig Jahren denken, an den Tag kurz nach Mittsommer. Sie hatte ein helles, mit großen pastellfarbenen Blumen bedrucktes Sommerkleid getragen. Schlank und zierlich war sie gewesen – und so jung. Jahre später hatte er einmal eine Frau erspäht, die ein Kleid aus demselben Stoff getragen hatte. Er war ihr gefolgt bis auf einen der Ausflugsdampfer, die zwischen den Schären kreuzten, hatte atemlos darauf gewartet, dass sie sich zu ihm umdrehte. Natürlich war sie es nicht gewesen. Sie war nie zurückgekehrt.
Die Vorstellung, sie tatsächlich wiederzusehen, mit ihr zu sprechen, sie zu berühren und sie jenseits seiner Phantasie lebendig zu wissen, war beinahe surreal. Was würde er tun, wenn sie wirklich da war? Wenn er ihr gegenüberstand? Was erwartete er?
Sie waren damals im Streit auseinandergegangen. Hier an

dieser Tankstelle. Er meinte plötzlich, die viel zu laute Musik zu hören. Billy Idol natürlich, *Rebel Yell.* Der britische Rocker war ihr Star gewesen.

Im Handschuhfach kramte er nach Zigaretten und steckte sich eine an. Als der Fahrtwind den Rauch in ihre Richtung trieb, wedelte sie ihn ungehalten weg und drehte die Musik ab. »Mir wird schlecht«, fuhr sie ihn an. »Mach die verdammte Zigarette aus.«

Ungläubig sah er sie an. Es war ein heißer Tag. Seit Wochen hatte es nicht geregnet, und die Natur dürstete nach Wasser. In vielen Teilen des Landes waren Waldbrände ausgebrochen. Es hatte Tote gegeben, und überall hing der Geruch nach Rauch, verkohltem Holz und aufgeheizter Erde. Und sie beschwerte sich über den Qualm seiner Zigarette. Er lachte sie aus.

Sie erreichten die Tankstelle. Es war die einzige weit und breit, das Dach über den beiden Zapfsäulen schenkte nur wenig Schatten, und die Mittagshitze staute sich darunter. Wortlos stieg sie aus, während er den Tank füllte, und knallte die Wagentür so heftig zu, dass der Tankstellenpächter aus seinem Häuschen trat.

»Kann ich mir irgendwo die Hände waschen?«, rief sie ihm über das Autodach hinweg zu.

Er wies auf einen Wasserhahn an der Seite des Gebäudes. Ein Schlauch war daran befestigt. Sie kniete davor nieder, wusch sich Hände und Gesicht und ließ sich das kalte Wasser mit geschlossenen Augen über ihr langes blondes Haar laufen. An einigen Stellen durchnässte es den Stoff ihres geblümten Kleides.

Ulf bemerkte den versonnenen Blick, mit dem der Pächter sie beobachtete, völlig ohne Anzüglichkeit, so wie er vielleicht auch ein Gemälde bewundert hätte. Ihn selbst ließ ihr Anblick und ihre Selbstvergessenheit an die Geschichten seiner Kindheit denken, an die nebelhaft leichten Frauengestalten der schwedischen Märchenwelt. Es war nicht leicht, sich davon loszureißen.

»Wir müssen weiter«, rief er ihr dennoch zu.

Sie reagierte nicht, ließ sich stattdessen ins Gras fallen und blinzelte in die Sonne, als wäre er überhaupt nicht da.

»Was soll das?«, fuhr er sie ungeduldig an. »Komm jetzt. Wir haben nicht den ganzen Tag Zeit.«

Langsam setzte sie sich auf und stützte sich auf einen Ellbogen. »Ich fahre nicht weiter«, entgegnete sie.

»Bitte?« Ungläubig sah er sie an. »Was ist heute bloß los mit dir? Sonst bist du doch auch nicht so.«

Sie antwortete nicht, doch mit einem Mal bemerkte er, dass ihre Augen sich mit Tränen füllten, er sah, wie sie schluckte, zu Boden blickte. Sie weinte nie in der Öffentlichkeit. Was war geschehen? Zögernd machte er einen Schritt auf sie zu, doch sie hob abwehrend die Hand und schüttelte den Kopf. Unschlüssig blieb er stehen. Die Sonne brannte auf ihn herab, in seinem Hinterkopf regte sich ein beginnender Kopfschmerz. Er spürte den Blick des Tankstellenpächters auf sich, der noch immer in der Tür seines Häuschens stand und ihren Streit schweigend verfolgte. Wären sie allein gewesen, hätte er sie einfach aus dem Gras und zum Wagen gezerrt.

»Komm endlich«, stieß er stattdessen zwischen zusammengebissenen Zähnen hervor.

Sie rührte sich nicht.

»Ich fahre jetzt«, warnte er sie.

Keine Reaktion.

Wut kochte in ihm hoch. Er machte auf dem Absatz kehrt, stieg in den Wagen, und ohne sich noch einmal umzusehen, raste er mit quietschenden Reifen davon.

Hätte er gewusst, dass es das letzte Mal war, dass er sie sah, wäre er nie gefahren. Niemals!
Zwanzig Kilometer später hatte er sich beruhigt, hatte den Wagen gewendet und war zurückgefahren. Doch sie war fort gewesen, spurlos verschwunden. Das Gras war noch zerdrückt gewesen an der Stelle, an der sie gelegen hatte. Wenn er daran zurückdachte, fühlte Ulf wieder die feinen Halme unter seinen Fingern und den verbliebenen Hauch von Feuchtigkeit. Er hatte seine Hand auf den Platz gelegt, als ob die Pflanzen ihm erzählen, einen Hinweis geben könnten, wo er suchen musste.
Das war der Beginn eines monatelang andauernden Alptraums. Immer und immer wieder hatte er die letzten Szenen in seinem Gedächtnis durchgespielt und nach Anhaltspunkten gesucht, die sie ihm gegeben haben könnte. Er hatte sie im Stich gelassen. Das war das Einzige, was sich für ihn herauskristallisierte, und die Scham darüber drohte in den folgenden Jahren bisweilen die Trauer über ihren Verlust zu überlagern. All seine Nachforschungen und auch die Vermisstenmeldung, die er aufgegeben hatte, waren ergebnislos im Sand verlaufen. Sie war wie vom Erdboden verschluckt. Der Tankstellenpächter hatte ihm nur sagen können, dass sie ihre Tasche genommen hatte und zur Straße gegangen war. Niemand wusste, was dann geschehen war. Während er noch darüber nachdachte, legten sich ihr Bild von dem Radarfoto und die Erinnerung an jenen Sommertag übereinander und wurden eins. Wer war sie heute? *Wen* würde er treffen? Warum war sie damals verschwunden?

Diese Fragen bewegten Ulf noch immer, als er nach zwei weiteren Stunden Fahrt auf einem der schmalen Wege, die

zum See hinunterführten, den Motor ausschaltete und den Wagen auf den letzten Metern im Dunkeln ausrollen ließ. Warmes Licht fiel aus den Fenstern des Hauses auf die geräumte Zufahrt, in der ein dunkler Kleinwagen stand. Der Anblick des deutschen Kennzeichens ließ Ulfs Herz schneller schlagen und bestärkte ihn in der Hoffnung, dass wirklich *sie* es war, dort in dem Haus, in dem sie einst Pläne für ihre gemeinsame Zukunft geschmiedet hatten.
Er saß lange da, unsicher, was er tun sollte, so lange, bis die Kälte durch die Dichtungen seines Audis kroch. Behutsam nahm er den Gang raus, und der Wagen rollte den Berg hinunter langsam an. Erst als er das Grundstück weit hinter sich gelassen hatte, startete er den Motor.
Wie würde sich die Lücke füllen lassen zwischen den beiden Leben, die sie getrennt verbracht hatten? Gäbe es noch eine Verbindung, oder war alles erloschen? Er würde es wissen, wenn er vor ihr stand.

4.

Björn Nyborg sah von seiner Arbeit am Laptop auf und trat ans Fenster, als er aus dem Augenwinkel eine Bewegung auf der Grundstückseinfahrt wahrnahm. Die Sonne stieg gerade über die Bergkuppen auf der gegenüberliegenden Seite des Sees, und ihre Strahlen blendeten ihn, so dass er seine Augen mit der Hand beschatten musste. Ein großgewachsener, schlanker Mann kam auf das Haus zu. Er trug schwere Winterstiefel, eine wattierte Hose und darüber eine dunkle Daunenjacke. Gegen die bittere Kälte hatte er seine Wollmütze tief ins Gesicht gezogen und die Hände in den Taschen seiner Jacke vergraben. Björn erkannte sofort, wer dort auf dem Weg zu ihm war, und öffnete die Tür just in dem Moment, als sein Besucher die Klingel drückte.

»Hej, Ulf«, begrüßte er ihn und strahlte ihn überrascht an. »Was treibt dich zu uns in den Norden?«

»Hej, Björn.« Auch Ulf Svenssons dunkle Augen leuchteten beim Anblick seines alten Freundes. »Ich hoffe, ich störe nicht.«

Björn schüttelte lächelnd den Kopf. »Ganz im Gegenteil.«

Ulf brachte einen Schwall eisiger Luft herein, und Björn

schloss hastig die Tür hinter ihm. »Komm, leg deine Sachen ab. Ich hab Kaffee aufgesetzt.«
Ulf zog sich die Mütze vom Kopf, entledigte sich der Winterstiefel und seiner Jacke und folgte Björn ins Esszimmer, wo er mit erstauntem Blick die über den ganzen Tisch ausgebreiteten Papiere und Unterlagen registrierte.
»Momentan ist im Baugeschäft nicht viel zu tun«, kommentierte Björn die Unordnung. »Die beste Zeit, meine Buchhaltung auf den neuesten Stand zu bringen.«
Ulf nickte anerkennend. »Du machst das immer noch alles selbst?«
»Dann verliere ich wenigstens nicht den Überblick«, erwiderte Björn augenzwinkernd, schob die Unterlagen zu einem Stapel zusammen und klappte seinen Laptop zu. »Seit wann bist du hier?«
Ulf zog sich einen Stuhl heran. »Seit gestern Abend.«
»Und wohnst du bei Maybrit?«
Ulf nickte.
»Ich hab vor zwei Tagen mit deiner Cousine gesprochen«, sagte Björn erstaunt. »Sie hat nichts davon erwähnt, dass du kommen wolltest.«
»Ich habe sie erst gestern Nachmittag angerufen, kurz bevor ich losgefahren bin.« Ulf fuhr sich mit der Hand über die Augen, und Björn bemerkte die steile Falte zwischen Ulfs Brauen und seine auffällige Blässe trotz der von der Kälte geröteten Wangen. »Ist etwas passiert?«, fragte er.
Ulf sah zum Fenster, vor dem sich die Eiszapfen, die vom Dach herunterhingen, in der Sonne spiegelten. Die Wiedersehensfreude, die eben noch in seinen Zügen gelegen hatte, war verschwunden. Er räusperte sich umständlich. »Sie ist hier, oder?«, sagte er schließlich, ohne Björn anzusehen.
Sie. Es gab keinen Zweifel, wen Ulf meinte.

»Ja, sie ist hier«, bestätigte Björn schlicht und fragte sich, wie Ulf davon erfahren hatte. Er bezweifelte, dass Maybrit es ihm erzählt hatte. Seit dem Wegzug seiner Eltern beschränkte sich Ulfs Kontakt zu seiner Cousine auf das Nötigste. Es hatte Streit gegeben wegen des Hauses und eines Grundstücks am See, das den Familien gehörte.
»Wann ist sie gekommen?« Ulf sah ihn immer noch nicht an, und die Frage bestätigte Björns Vermutung, dass Ulf seine Informationen nicht aus dem Dorf hatte.
»Vor zweieinhalb Wochen«, antwortete er und stand auf, um den Kaffee aus der Küche zu holen.
Ulf folgte ihm. »Als ich gestern Nacht ankam, bin ich zu ihrem Haus gefahren …«, begann er.
Björns Finger schlossen sich fester um den Griff der Kaffeekanne.
»… ich hab im Auto gesessen und auf die beleuchteten Fenster gestarrt, aber niemanden gesehen.« Ulf lehnte sich neben seinen Freund an die Anrichte. »Du hast sie getroffen, oder?« Seine Haltung war zu lässig, die Frage zu nebensächlich geäußert.
»Zwei- oder dreimal«, entgegnete Björn nach kurzem Zögern.
»Und?«
»Wir haben nicht viel gesprochen.«
»Du weißt also nicht, warum sie gerade jetzt nach all den Jahren zurückgekehrt ist?«
Björn schenkte ihnen Kaffee ein. Erst dann erwiderte er Ulfs Blick. »Du bist nur ihretwegen hier.«
»Ja«, gab Ulf ohne Umschweife zu.
»Ich glaube, es wäre es besser, du würdest zurück nach Stockholm fahren.«
Ulf schnaubte ungläubig. »Ohne sie gesehen zu haben?«

Björn nickte.
»Warum?«
»Aus demselben Grund, aus dem du ein Grab nach zwanzig Jahren nicht öffnest, um zu sehen, was noch übrig ist«, erwiderte Björn.
Ulf machte den Mund auf zu einer Replik, schüttelte dann jedoch ratlos den Kopf.
»Sie ist nicht allein hier, Ulf«, fügte Björn vorsichtig hinzu.
»Nicht allein?«, wiederholte Ulf. »Ich verstehe nicht …«
Diesmal war es Björn, der sich räusperte. »Sie wollten heiraten. Aber sie hat es sich anders überlegt.«
»Du meinst …«, Ulf suchte nach Worten, »… du meinst, sie ist …«
»Sie hat ihn sitzengelassen, ist gegangen, ohne ihm etwas zu sagen.«
Ulf lachte bitter auf, schwieg aber. Björn war ihm dafür dankbar. Er hatte damals alles miterlebt. Und er hätte Caroline am liebsten umgebracht für das, was sie seinem Freund angetan hatte.
»Du weißt, ich kann nicht fahren, ohne sie gesehen zu haben«, gestand ihm Ulf.
»Ich habe es befürchtet.« Björn reichte ihm einen der beiden Kaffeebecher, und Ulf schloss seine Hände darum, als könne er daran Halt finden. Schweigend starrte er auf den Fliesenboden. Achtundzwanzig Jahre hatten nicht genügt, um die Wunden zu heilen. Es schmerzte Björn, seinen Freund so zu sehen.
»Komm«, forderte er ihn auf und wechselte das Thema. »Setzen wir uns rüber. Du warst fünf Jahre nicht hier. Es gibt doch sicher einiges zu erzählen.«
Ulf sah auf, Erstaunen im Gesicht. »Fünf Jahre liegt mein letzter Besuch zurück? Unglaublich. Ich habe auf der Fahrt

darüber nachgedacht, wie lange es her ist, aber …« Er brach ab und nahm einen Schluck von dem heißen Kaffee. »Ich kann dir nicht sagen, warum ich nicht mehr hergekommen bin, nachdem meine Eltern zu Irene gezogen sind. Du stolperst durch dein Leben, und die Zeit rast an dir vorbei, ohne dass du es merkst. Geht es dir nicht auch so?«

»Unter Freunden nennt man das älter werden«, entgegnete Björn nicht ohne Spott.

Ein flüchtiges Lächeln glitt über Ulfs Gesicht. »Das trifft es vermutlich. Aber du hättest mich auch in Stockholm besuchen können.«

Björn kratzte sich verlegen am Kinn. »Du wirst es nicht glauben, aber ich bin in meinem Leben genau einmal in Stockholm gewesen, und das hat mir gereicht.«

»Zu viele Menschen auf zu engem Raum?«, mutmaßte Ulf.

Björn grinste vielsagend.

»Du hast dich nicht verändert.«

»Du weißt doch, hier verändert sich kaum etwas«, entgegnete Björn.

Sonnenlicht durchflutete auf einmal den Raum. Staub tanzte glitzernd darin. Aus der Ferne war das allmählich leiser werdende Motorengeräusch eines Schneeskooters zu hören.

»Gehst du noch auf Bärenjagd?«, wollte Ulf wissen.

Als Jugendliche hatten sie gemeinsam mit ihren Vätern Jagd auf die großen Braunbären gemacht. Es hieß, dass in Härjedalen mehr Bären als Menschen lebten, und auf ihren Touren durch die lediglich von Sumpf- und Moorgebieten unterbrochenen Wälder waren Ulf und Björn nur in den seltensten Fällen Menschen begegnet. Sie hatten unter den Bäumen im dichten Moos zwischen Heidelbeerbüschen gelegen, die Schuhe durchnässt von den sumpfigen Wegen, die Körper zerstochen von Mücken, und hatten den großen Raubtieren aufgelauert. Die Bärenjagd war gefährlich, die Tiere unberechenbar, und Björn erinnerte sich an die Aufregung, die plötzliche Atemlosigkeit, wenn der Bär in Schussweite gekommen war und sein Vater das Gewehr angelegt hatte. Mehr als ein Tier hatten sie nie erlegt. Mehr hätten sie selbst zu viert nicht tragen können.

»Die Jagden sind schon über Jahre hinaus verkauft«, erwiderte er auf Ulfs Frage. »Wir haben Kunden aus Deutschland und Österreich, neuerdings auch aus Russland, obwohl man bei denen meinen sollte, dass sie selbst genug Bären im Land haben.« Er verzog das Gesicht. »Es wäre mir lieber, wenn wir darauf verzichten könnten.«

Ulf zuckte mit den Schultern. »Von irgendwas müsst ihr hier oben schließlich leben.«

Björn sagte nichts weiter dazu. Ulf war nicht mehr im Tal zu Hause.

Sie verloren sich noch eine Weile im Auffrischen alter Erinnerungen, dann klingelte Björns Telefon, und Ulf stand mit einem Seufzen auf. »Ich hab dich schon viel zu lang von der Arbeit abgehalten.«

»Wie lange bleibst du?«, wollte Björn wissen, während Ulf seine Winterstiefel schnürte.

»Ich muss spätestens Montagnachmittag wieder in Stockholm sein«, entgegnete Ulf.

Björn zögerte. »Wenn es stimmt, was ich gehört habe, wird der Deutsche, der Lilli besucht, heute abreisen.«

Bei der Nennung ihres Namens sah Ulf auf, und Björn entging nicht die Nervosität, die seinen alten Freund plötzlich erfasste. »Gib ihr einen Tag, bevor du zu ihr fährst«, fügte er hinzu.

Ulf richtete sich auf und legte Björn eine Hand auf die Schulter. »Danke.«

»Keine Ursache.«

In der Tür wandte sich Ulf noch einmal Björn zu. »Ich habe nie verstanden, warum sie sich damals für mich entschieden hat. Du warst nicht nur der Umgänglichere von uns beiden, du siehst auch besser aus.« Er grinste. »Sogar heute noch.«

Björn sagte nichts dazu, sah Ulfs schlanker Gestalt nur nach, als dieser den Weg zur Straße hinunterging, wo er sich noch einmal umdrehte und winkte, bevor er hinter den Bäumen verschwand. Sorgfältig schloss er die Tür und ging zurück in das von der Sonne durchflutete Esszimmer, räumte die Kaffeebecher in die Küche und setzte sich schließlich wieder vor seinen Laptop. Es hatte einmal eine Zeit gegeben, da hätte er alles dafür getan, Carolines Herz zu gewinnen. Dann hatte es eine Zeit gegeben, da hatte er sie verachtet für das, was sie Ulf angetan hatte. Er hatte nie die Gelegenheit gehabt, es ihr zu sagen, und als er sie jetzt wiedergesehen hatte, war es anders gewesen. Etwas war geschehen, das hatte er gespürt. Etwas verfolgte, ängstigte sie. Etwas stimmte nicht. Sie war nicht wirklich bei sich. Er hatte nicht gefragt. Wenn sie darüber reden wollte, würde sie es tun. Wenn sie ihn brauchte, würde sie zu ihm kommen. Dessen war er sicher, denn so war es schon immer zwischen ihnen gewesen. Sie hatten nicht viel Worte gebraucht. Er fragte sich, ob es fair gewesen wäre, mit Ulf darüber zu sprechen. Damals. Heute. Ob es irgendetwas geändert hätte.

5.

Und es hat sich niemand gewundert, niemand hat gefragt, warum du nach all den Jahren plötzlich wieder auftauchst? Niemand will wissen, was du die ganze Zeit gemacht hast?« Thomas hatte sie derart ungläubig angesehen, dass Caroline trotz der ernsten Situation beinahe aufgelacht hätte.

»Natürlich wollen sie es wissen«, hatte sie ihm entgegnet. »Es sind Menschen wie überall sonst auch. Aber im Gegensatz zu vielen anderen können sie warten.«

Er war kurz nach Sonnenaufgang gefahren, bis zum letzten Moment darauf hoffend, dass sie ihn zurückhalten würde. Sie hatte sich ernsthaft gefragt, ob es etwas ändern würde, wenn er blieb. Ob sie früher oder später reden und sich wieder annähern würden. Schließlich hatte sie aufgehört, weiter darüber nachzudenken. Dennoch hatte es sie ihre gesamte Kraft gekostet, ihm nicht nachzulaufen, als er mit seinem Wagen auf die verschneite Straße einbog, und an dem Gewohnten, das Sicherheit gab, festzuhalten. Wenn sie sich jemals wiederträfen, wäre es die Begegnung zweier Fremder, denn der Eindruck ihrer gemeinsamen Jahre würde mit zunehmender Distanz an Schärfe verlieren, würde

blass und nichtssagend werden. Einen Vorgeschmack darauf hatte sie bereits in der vergangenen Nacht erlebt. Mit solchen Situationen kam sie nicht gut zurecht, und genau deshalb wich sie ihnen aus.
»Das ist feige«, hatte Thomas ihr vorgeworfen.
Sie hatte es nicht geleugnet.

Im Haus klang seine Gegenwart nach und mit ihr die Erinnerung an die Geschehnisse in Hamburg. Sie konnte sich ihnen nicht entziehen. Die heimeligen Räume erschienen ihr an diesem Morgen wie eine Gruft, das plötzliche Alleinsein und die Stille waren beklemmend, unheimlich fast. Nach dem Tod ihrer Eltern, der wie Liannes ein Unfall gewesen war, ein entsetzlicher, vermeidbarer Autounfall, war es ihr genauso ergangen. Sie hatte in ihrem Elternhaus gesessen und nicht fassen können, was geschehen war, hatte die Stelle am See aufgesucht, wo der Wagen von der Straße abgekommen war, hatte die Spuren verfolgt und Überreste von Blut und zersplittertem Glas im Gras gefunden. Immer wieder hatte sie sich das Geschehen und die verstörenden Bilder ins Gedächtnis zurückgerufen, bis sie die Verzweiflung und Einsamkeit nicht mehr ertragen hatte. Doch damals war sie nicht allein gewesen. Björn war da gewesen, er als Allererster. Dann Ulf. Maybrit. Die bloße Erinnerung ließ sie unwillkürlich schlucken.
Auch Thomas hatte alles versucht, um sie vor dem Abgrund zu bewahren, in den sie nach Liannes Tod gestürzt war. Aber er hatte sie nicht retten können. Er ahnte bis heute nicht, was geschehen war. Wäre er ihr sonst bis nach Schweden gefolgt? Erneut bildete sich ein Kloß in ihrem Hals, als sie daran dachte. Der Tod besaß eine unerträgliche Endgültigkeit. Er war wie eine Wand, hinter der ein Leben

unwiderruflich verschwand. Eine Wand, an der sie sich die Fäuste blutig geschlagen hatte.
Sie schüttelte sich und zwang sich zurück in die Realität. Sie musste raus aus dem Haus, fort, um sich auf andere Gedanken zu bringen. Sie hatte ein paar Besorgungen zu machen, die sie am Vortag schon hatte erledigen wollen, als Thomas' unerwarteter Besuch sie aus dem Tritt gebracht hatte. Entschlossen griff sie nach ihren Autoschlüsseln und rief den Hund.
Es war ein ruhiger Morgen, der Himmel klar bis auf ein paar leichte Wolken, die Luft klirrend kalt, aber trocken. Der Hund tollte um sie herum, biss in den Schnee und verbellte eine Meise, die neben dem Garagentor dick aufgeplustert auf einem Zweig hockte. Nur wenige Tiere und Vögel zeigten sich im Winter, lediglich ihre Spuren fanden sich im Schnee, die bewiesen, dass die vereiste Landschaft nicht gänzlich vom Leben verlassen war.
Das Garagentor klemmte, und Caroline fluchte leise, als loser Schnee vom Dach auf sie herabstäubte, in ihren Nacken rieselte und ihr eine Gänsehaut über den Rücken jagte. Endlich sprang das Tor ächzend auf. Die Meise flog auf eine am Haus stehende Birke, und der Hund sprang hinterher, stemmte die Vorderläufe gegen den Stamm. Sein lautes Bellen hallte von den bewaldeten Berghängen auf der gegenüberliegenden Seite des Sees wider.
»Es ist so einsam hier«, hatte Thomas zu Bedenken gegeben, als sie am Nachmittag seiner Ankunft ans Ufer hinuntergegangen waren. »Und du bist ganz allein als Frau …« Sein Blick war über die verschneite Berglandschaft geschweift, die kahlen runden Kuppen, über die der Wind selbst an ruhigen Tagen den Schnee in weißen Fahnen in den tiefblauen Himmel trieb. Dann hatte er sich ihr wieder

zugewandt. »Hast du keine Angst?« In seiner Stimme und seinen Augen hatte sich die ganze Hilflosigkeit des Städters widergespiegelt.

Angst?, hatte sie fragen wollen. Warum sollte ich Angst haben? Hier gibt es nichts, wovor ich mich fürchten müsste, außer einem Stromausfall im Winter. Aber das sagte sie nicht, stattdessen hatte sie ihm geantwortet: »Ich habe den Hund. Und ich kann schießen.«

»Schießen? *Du* kannst ... mit einer Waffe umgehen?«

Sie hatte ihm die Jagdgewehre ihres Vaters gezeigt und den Revolver. »Für den Fangschuss«, hatte sie Thomas erklärt und die Finger liebevoll über das schwarze Metall gleiten lassen. Ihr Vater hatte diese Waffen immer sorgsam gereinigt und gepflegt. Wie sehr hatte er ihre Präzision und Eleganz geliebt. Thomas war zurückgewichen, und sie hatte begriffen, dass er ihre Geste missverstand. »Vermutlich hat hier jeder eine Waffe im Haus«, hatte er gesagt, ohne seine Abscheu zu verbergen. Sie hatte nur genickt. Natürlich besaß hier jeder eine Waffe. Sie gingen schließlich alle zur Jagd.

Die Situation hatte die frisch aufgebrochene Kluft zwischen ihnen nur noch vergrößert. Es gab so viel, das er nicht wusste über sie, und zwangsläufig zerbrach sein Bild von ihr immer mehr. Sie fühlte sich nicht schuldig deswegen. Sie hatte ihn nicht gebeten zu kommen.

Nachdem sie den Wagen aus der Garage gefahren hatte, sprang der Hund auf die Rückbank und hechelte ihr in den Nacken. Sie überlegte, ob sie die Zeit nutzen und nach Sveg fahren sollte. Die Kreisstadt mit ihren fünftausend Einwohnern lag siebzig Kilometer entfernt – bei den winterlichen Straßenverhältnissen dauerte die Fahrt rund anderthalb Stunden.

Caroline nahm den Fuß vom Gas, als sie auf eine Kurve zufuhr und ein entgegenkommendes Fahrzeug bemerkte. Schnee war von den Bäumen auf die Fahrbahn geweht und verengte sie an dieser Stelle auf eine Spur. Sie hielt und gab dem Fahrer ein Zeichen mit ihrer Lichthupe. Der Audi fuhr an, der Fahrer winkte kurz zum Dank. Sie konnte nicht viel von ihm erkennen, er trug wie sie eine Sonnenbrille und hatte zudem seine Mütze tief ins Gesicht gezogen. Als sie nach weiteren fünf Kilometern die ersten Häuser des Dorfes erreichte, hatte sie die Begegnung bereits vergessen.

Sie hielt an der Tankstelle. Der Hund sprang hinter ihr aus dem Auto und folgte ihr aufgeregt schnüffelnd zu dem kleinen Gebäude. Der Pächter sah schnaufend auf, als die Türglocke bimmelte.

»Hej, Lilli«, begrüßte er sie. »So früh unterwegs?«

»Hej, hej«, erwiderte sie. »Ich wollte nach Sveg.«

Er hob warnend seine fleischigen Hände. »Das solltest du dir überlegen. Das Wetter soll gegen Mittag umschlagen.«

Caroline seufzte und betrachtete den See und den leuchtend blauen Himmel darüber. Der Pächter folgte ihrem Blick. »Es hat Vor- und Nachteile, wenn man nicht weiß, was hinter den Bergen aufzieht«, bemerkte er mit einem Lächeln, und sein Gesicht hatte plötzlich viel Ähnlichkeit mit dem des Michelin-Männchens, das hinter ihm an der Wand auf einem alten Blechschild abgebildet war.

»Dann werde ich meine Fahrt wohl lieber auf ein anderes Mal vertagen«, nahm sie seinen Rat an und wies hinüber zum Supermarkt auf der gegenüberliegenden Straßenseite. »Das meiste werde ich sicher auch hier bekommen.« Und mit einem »Danke dir!« ließ sie die Tür hinter sich zufallen.

Auf dem Parkplatz vor dem Supermarkt standen nur wenige Fahrzeuge, jedoch alles große Markenfabrikate. Caroline wusste, dass es nicht leicht war, in diesem abgelegenen Teil Schwedens seinen Lebensunterhalt zu verdienen, aber die Bewohner des Tals schienen einen Weg gefunden zu haben. Sie erinnerte sich, dass Björn von Investitionen in den Tourismus erzählt hatte, von ausgebauten Skigebieten und Wanderwegen für den Sommer.

Sie brachte den Hund ins Auto und schaltete die Standheizung ein. »Ich bin gleich zurück«, versicherte sie ihm und kraulte seinen Kopf, bevor sie die Tür abschloss. Aus seinen großen dunkelbraunen Augen sah er ihr nach und drückte dabei die feuchte Schnauze gegen das Seitenfenster.

Wärme schlug ihr entgegen, als sie den Supermarkt betrat. Sie öffnete ihre dicke Winterjacke und legte die Handschuhe in den Einkaufskorb, während sie durch die Gänge schlenderte. Die Auswahl war bei weitem nicht so groß, wie sie es aus Hamburg gewohnt war, aber es gab andere Köstlichkeiten. Sie zog einen Becher *Fjälyoghurt* aus dem Kühlregal. Als Kind hatte sie im Sommer die orangefarbenen Moltebeeren an den Flussniederungen gesammelt, und ihre Mutter hatte mit dem Joghurt ein wunderbares Dessert daraus zubereitet. Auch ein Paket des großen runden Knäckebrotes legte sie in den Korb und erinnerte sich an ihren Vater, wie er es mit konzentrierter Miene behutsam in gleichmäßige Dreiecke zerteilte und mit Salzbutter bestrich. Wie sehr hatte sie all diese einfachen Dinge vermisst.

Sie hatte gerade bezahlt und ihre Waren eingepackt, als eine große, schlanke Frau in einem halblangen grauen Daunenmantel den Laden betrat, deren ganze Haltung eine so natürliche, fast aristokratische Eleganz ausstrahlte, dass sie unwillkürlich die Blicke auf sich zog.

»Maybrit!«, entfuhr es Caroline.
Maybrit Svensson wandte sich zu ihr um. Sie waren sich seit Carolines Ankunft noch nicht begegnet, und in den herben Zügen der Frau spiegelte sich Überraschung, die jedoch augenblicklich von einem anderen Ausdruck abgelöst wurde, den Caroline nicht deuten konnte.
»Caroline«, erwiderte Maybrit schließlich, und die Art, wie sie ihren Namen betonte, kam eher einer Feststellung als einer Begrüßung gleich. »Es ist lange her.« Es lag weder Wärme noch Freude in ihrer Stimme.
»Achtundzwanzig Jahre«, antwortete Caroline.
Maybrit musterte sie. »Achtundzwanzig Jahre. In der Tat eine lange Zeit.«
Caroline versuchte, Maybrits ablehnende Haltung zu verstehen. Die dunkelhaarige Frau hatte es einem nie leichtgemacht, schon früher nicht. Dennoch waren sie in ihrer Gegensätzlichkeit Freundinnen gewesen, die einander angezogen hatten wie die unterschiedlichen Pole eines Magneten.
»Wie geht es dir?«, fragte Caroline deshalb, ohne sich ihre Enttäuschung anmerken zu lassen. Nach all der Herzlichkeit, die sie seit ihrer Rückkehr erfahren hatte, war diese Begegnung wie eine kalte Dusche.
»Gut, danke.« Maybrits Blick streifte Carolines Einkaufstaschen. »Bleibst du länger?«
»Voraussichtlich«, bestätigte Caroline. »Ich wohne im Haus meiner Familie. Vielleicht hast du Lust …«
»Ich bin viel unterwegs«, fiel Maybrit ihr brüsk ins Wort. Sie wollte sich mit einem kurzen abschließenden Nicken verabschieden, doch Caroline hielt sie zurück. »Maybrit, warte …« Sie konnte ihre ehemalige Freundin nicht einfach gehen lassen. »Sag mir«, stieß sie hastig hervor, bevor sie es

sich anders überlegen konnte. »Wie geht es …«, sie schluckte, »wie geht es … Ulf?« Ihre Stimme bebte ungewollt.
»Ulf?«, wiederholte Maybrit überrascht und zog eine Braue hoch.
Caroline zwang sich zur Ruhe. Fast drei Jahrzehnte waren vergangen. Ihre Aufregung war lächerlich. Völlig irrational. »Ja, du weißt doch bestimmt, was er macht. Schließlich ist er dein Cousin«, fügte sie, um Beherrschung bemüht, hinzu.
»Ja, natürlich weiß ich das«, gab Maybrit kühl zurück. »Er ist hier.«

Caroline wusste später weder, ob sie sich von Maybrit verabschiedet hatte, noch wie sie zu ihrem Auto gekommen war. Sie kam erst wieder zu sich, als sie am Ufer des Sees stand, unterhalb ihres Hauses. Sie grub die Finger in den Schnee auf dem Bootssteg und drückte sich das kalte Weiß auf die glühenden Wangen, sog die eisige Luft so tief in ihre Lungen, dass es schmerzte. Die Kälte und die absolute Stille brachten sie schließlich zur Besinnung, doch Maybrits Worte hallten ihr wie ein sich ständig wiederholendes Echo in den Ohren: *Er ist hier … hier … hier …*
Wie hatte sie so naiv sein und so blind in ihre Vergangenheit abtauchen können? Was hatte sie erwartet? Natürlich hatte niemand, selbst Björn nicht, ihr gegenüber die Svenssons erwähnt, aber deswegen waren sie nicht weniger präsent. Es war nur eine Frage der Zeit gewesen, wann sie sich begegnen würden.
Ihr Blick schweifte zur anderen Seite des Sees hinüber. Der Wald, der sich dort den Berghang hinaufzog, gehörte der Familie Svensson – einer von vielen. Zahlreiche ausgedehnte Ländereien waren in ihrem Besitz, und sie hatten ein

kleines Vermögen mit ihrer sorgfältigen Bewirtschaftung verdient in einer Zeit, in der sich viele andere Landbesitzer von den großen Papierkonzernen übers Ohr hauen ließen. Die Svenssons waren eine der ältesten eingesessenen Familien im Tal, früher hatte es geheißen, dass sie ihre Ahnenfolge bis auf Härjulf Hornbrytare zurückführen konnten, jenen Wikinger, der sich die Region einst zu eigen gemacht und sowohl gegen die Schweden als auch die Norweger verteidigt hatte. Noch heute trug sie seinen Namen – Härjedalen, Härjulfs Tal. Caroline hatte die Geschichte nie geglaubt, zu viele beriefen sich auf ihre Verwandtschaft mit Härjulf, doch die Familie Svensson hatte einen besonderen Status in der Region. Maybrits und Ulfs Väter waren Brüder, großgewachsene dunkelhaarige Männer, ein, wie es schien, über die Generationen dominant vererbtes Merkmal des Clans. Die Svenssons stellten Bürgermeister und Lokalpolitiker, und Caroline erinnerte sich, dass Ulfs Schwester mit gerade einundzwanzig Jahren ambitioniert auf das Ziel hingearbeitet hatte, eines Tages in der Landespolitik Karriere zu machen, während Maybrit ein Jahr zuvor ihr Jurastudium begonnen hatte. Caroline schüttelte seufzend den Kopf. Niemals hätte sie in dieser Familie ihren Platz gefunden.

Als spüre er ihr plötzliches Bedürfnis nach Nähe, tauchte der Hund neben ihr auf dem Steg auf. Caroline ging in die Hocke, strich mit beiden Händen über sein glänzend schwarzes Fell und schmiegte ihren Kopf an seinen. Wie lange mochte Ulf schon im Tal sein? Und während sie den Geruch von feuchtem Fell einatmete, fragte sie sich, woher sie die Gewissheit nahm, dass er nicht im Tal lebte, sondern nur zu Besuch gekommen war. Langsam stand sie wieder auf. Sie hätte davon gehört, wenn er noch hier leben würde, hätte seine Nähe gespürt. Der Hund streckte sich, sprang vom Steg hinunter ans Ufer und versank in dem weichen, beinahe hüfthohen Schnee am Rande des schmalen ausgetretenen Pfades, der zum Haus führte. Er kämpfte sich zurück und schüttelte sich, bevor er mit großen Sätzen voraussprang.

Caroline folgte ihm gedankenverloren. Würde Maybrit Ulf von ihrer Begegnung erzählen? Würde es ihn überhaupt interessieren, dass sie da war? Vielleicht war er verheiratet, hatte Kinder und war mit seiner Familie zum Skifahren gekommen.

Der Hund war inzwischen beim Haus angekommen. Ein schwarzer Schemen in all dem Weiß. Sie hörte ihn bellen.

Sie spürte mit einem Mal, wie kalt ihre Hände und Füße waren, und warf einen Blick auf die Uhr. Mehr als eine Stunde hatte sie unten am See verbracht, und das bei diesen Temperaturen! Sie musste die Einkäufe aus dem Wagen holen, und dann würde sie ein Feuer im Kamin anfachen und sich eins der Bücher ihres Vaters aus dem Regal nehmen und …

Sie blieb abrupt stehen, als sie um die Hausecke bog. Ein Wagen parkte in der Grundstückseinfahrt gleich hinter ihrem. Ein dunkelgrauer Audi. Ein Mann lehnte an der Motorhaube. Er hatte seine Mütze gegen die Kälte tief ins Gesicht gezogen und die Hände in den Taschen seiner Daunenjacke vergraben. Der Hund hörte auf zu bellen, als er sie bemerkte, und der Mann starrte sie an. Es gab keinen Zweifel, wer er war.

6.

Maybrit Svensson stand an ihrem Wohnzimmerfenster und sah über den See. An klaren Tagen konnte sie ihn in seiner ganzen Länge von fast zehn Kilometern überblicken, und während er im Sommer wie ein schimmerndes Juwel zwischen den Hängen lag, wie ein Stück herabgefallener Himmel, so wurde er um diese Jahreszeit eins mit der ihn umgebenden Berglandschaft. In der Ferne erspähte sie einen Langläufer, der seine Skier auf der weiten weißen Fläche energisch vorwärtstrieb, und auch die Skooter hatten ihre Spuren auf dem schneebedeckten Eis gezogen, eine davon lief direkt unterhalb des Hauses am Ufer aus.

Wie immer wirkte diese Aussicht beruhigend auf Maybrits Gemüt. Schon als Kind hatte sie hier viel Zeit allein verbracht und eine so innige Verbundenheit mit der Landschaft verspürt, dass sie sich nicht vorstellen konnte, an einem anderen Ort der Welt zu leben. Einmal hatte sie es versucht, während ihres Studiums. Stockholm war nur fünf Autostunden entfernt, dennoch war sie krank geworden, so krank, dass sie ihre Ausbildung abbrechen musste. Bulimie hatten die Ärzte diagnostiziert. Heimweh, hatte ihr

Großvater konstatiert und sie gegen den Willen ihrer Eltern, die sich gewünscht hatten, dass ihre Tochter mehr von der Welt sähe, nach Hause geholt. »Du wirst dein Leben wie ich am See verbringen«, hatte er ihr damals versichert. »Du wirst einmal meinen Platz einnehmen.« Er hatte von jeher das meiste Verständnis für ihren Wunsch nach Zurückgezogenheit gehabt und sie stets in Schutz genommen, wenn es deswegen zu Diskussionen im Familien- oder Freundeskreis gekommen war. Er wusste, wie schwer es ihr fiel, mit Menschen umzugehen oder gar Freundschaften zu schließen, und dass die Vorstellung, wie ihr Cousin Ulf und seine Schwester Irene in die Welt hinauszuziehen, ihr Angst und Schrecken einjagte. »Ich muss nichts anderes sehen, um zu wissen, dass ich hier leben will«, hatte sie vehement gegen den Wunsch ihrer Eltern opponiert und schließlich ein Fernstudium durchgesetzt. Solange er lebte, hatte ihr Großvater schützend seine Hand über sie gehalten, und mit seinem Tod das Versprechen eingelöst, das er ihr Jahre zuvor gegeben hatte: Er hatte ihr sein Haus vererbt, in dem sie noch immer lebte, und genügend Land und Immobilien, um sie unabhängig zu machen. Doch das war nicht sein größtes Geschenk an sie gewesen. Das größte Geschenk war der schier unermessliche Fundus an Geschichten, mit denen er von klein auf ihre Phantasie beflügelt und ihr Mut gemacht hatte, mit denen er ihr Wege aufgezeigt und die Zuversicht gegeben hatte, auch dort weiterzugehen, wo es dunkel und unsicher wurde. Und das war es oft gewesen. Auch heute im Supermarkt, als wie aus dem Nichts Caroline vor ihr gestanden hatte. Caroline, die sie seit so vielen Jahren nicht gesehen hatte, die damals von einem Tag auf den anderen aus ihrem Leben verschwunden war, als hätte es sie nie gegeben. Ihre einzige Freundin.

Fassungslos hatte sie in das vertraute Gesicht geblickt, das sich überhaupt nicht und gleichzeitig völlig verändert hatte. Wie war das nur möglich? Sie hatte dieses Gesicht berühren wollen, die feinen Fältchen um die Augen, die bittere Linie um den Mund, die von Schmerz und Leid zeugte. Fragen hatten ihr auf den Lippen gebrannt: Was ist geschehen? Wo bist du gewesen? Doch sie hatte sie nicht stellen können, sie war erstarrt angesichts der Fülle der Emotionen, die sie überfluteten, so dass sie sich in Distanz und Ablehnung geflüchtet hatte. Und alles, was geblieben war von diesem unverhofften Treffen, das einzige Bild, das sich ihr eingebrannt hatte und sie auf dem Nachhauseweg durch die einsame Winterstille verfolgte, war die Enttäuschung in Carolines Augen.
Es hatte sie danach gedrängt, allein zu sein und ihre Gedanken zu ordnen, doch als sie auf den schmalen, verschneiten Weg zum Haus eingebogen war, hatte sie durch die Bäume hindurch schon Ulfs Auto gesehen. Er hatte ihr die Tür geöffnet und geholfen, die Einkäufe hereinzutragen, während sie an Caroline denken musste und die Schatten unter seinen Augen und die ungewohnte Blässe in seinem Gesicht in neuem Licht gesehen hatte. Sein überraschender Besuch ergab plötzlich einen Sinn. Sie war nicht allein mit ihrer Unsicherheit. Es gab jemanden, den die Rückkehr der ehemaligen Freundin noch weit mehr verstörte als sie.
»Ich habe gerade Caroline im Supermarkt getroffen«, hatte sie beiläufig erwähnt, als sie ihre Einkäufe im Kühlschrank verstaute. »Wusstest du, dass sie hier ist?«
»Caroline?«, hatte Ulf gefragt, um Neutralität bemüht. »Du meinst … Lilli?«
Was für eine Komödie!

»Ja, ich meine Caroline Wolff«, war sie ihm ins Wort gefallen und hatte zufrieden bemerkt, wie die Muskeln im Gesicht ihres weltmännischen Cousins um Beherrschung kämpften. »Hast du mit ihr gesprochen?«, hatte er schließlich gefragt, und es hatte dieselbe drängende Anspannung in seiner Stimme gelegen wie bei Caroline.

»Wir haben uns kurz unterhalten«, hatte sie erwidert. »Sie hat nach dir gefragt.«

Hätte sie eine Bombe gezündet, es hätte nicht mehr Effekt gehabt. Ohne ein weiteres Wort war er aufgesprungen, hatte seine Jacke genommen und war zur Tür hinausgestürzt. Ihr Großvater war der Einzige gewesen, der Carolines Verschwinden seinerzeit nicht bedauert hatte. »Es ist das Beste, was Ulf passieren konnte«, hatte er damals gesagt. Er war schon alt und seine Stimme brüchig gewesen, doch seine Worte hatten noch immer Gewicht gehabt in der Familie. Zu lange hatte er die Geschicke der Svenssons in seiner herrischen Art bestimmt, als dass sie einfach darüber hinweggingen, wenn er sich tatsächlich noch einmal einmischte. Ausgerechnet jetzt fiel Maybrit diese Bemerkung wieder ein, und während sie noch in ihrem Wohnzimmer stand, das einmal das Wohnzimmer ihres Großvaters gewesen war und das jeden, der es heute betrat, an die Gemälde von Carl Larsson erinnerte, fragte sie sich, was ihr Großvater zu Carolines Rückkehr gesagt hätte.

Das Klingeln des Telefons riss sie aus ihren Gedanken. Björn war am Apparat. »Ist Ulf da?«, wollte er wissen.

»Warum rufst du ihn nicht auf seinem Mobiltelefon an?«

»Weil es ausgeschaltet ist.«

Maybrit presste die Lippen zusammen. »Ich nehme an, er ist bei *ihr.*«

Sie hörte, wie sich Björn am anderen Ende der Leitung räusperte. »Wir sollten uns treffen und ein paar Dinge besprechen.«

7.

Sie war schmaler als auf dem Foto. Ernster. Das Haar in einem Zopf zusammengefasst. Es machte sie auf den ersten Blick jünger, auch ihre Haltung strahlte Dynamik aus. Dann aber trat die tiefstehende Wintersonne hinter einer der großen Kumuluswolken hervor, die wie Flaggschiffe über den blauen Himmel segelten, und in ihrem hellen, unbarmherzigen Licht bemerkte Ulf die feinen Fältchen in Carolines Gesicht und den müden, angestrengten Zug um ihren Mund, der über die Jahre jedoch nichts von seiner Sinnlichkeit verloren hatte. Ihre Lippen waren noch immer leicht aufgeworfen und vermittelten den Eindruck, dass sie beständig schmollte.

Er nahm all diese Eindrücke in Sekundenbruchteilen auf und konnte nicht verhindern, dass sich dabei ein Gedanke in den Vordergrund seines Bewusstseins drängte: Caroline war nicht tot, nicht verkrüppelt – sie lebte und atmete seit fast drei Jahrzehnten auf derselben Welt wie er *und hatte ihn das nie wissen lassen.* Die Wut darüber traf ihn so unvorbereitet, dass er in der kalten Luft unwillkürlich nach Atem rang. Nach achtundzwanzig Jahren wollte er Caroline nur ein Wort entgegenschreien: *»Warum?!?«*

Achtundzwanzig Jahre lang hatte ihn dieses Warum gequält, hatte ihn nicht losgelassen und war zu einer Obsession geworden. Er wollte die Frau vor ihm schütteln, schlagen. Er wollte, dass sie den Schmerz spürte, den er erlitten hatte, nachdem sie ihn von einem Moment auf den anderen verlassen hatte. Er wollte, dass sie die Verzweiflung erlebte, die er auf seiner vergeblichen Suche nach ihr empfunden hatte. Mechanisch richtete er sich auf und machte einen Schritt auf sie zu, doch er hatte nicht mit ihrem Hund gerechnet, der noch immer vor ihm stand und nun leise zu knurren begann. Er war eine beeindruckende Erscheinung von der Größe und Statur eines Rottweilers. Das Tier hatte aufgehört zu bellen, als Caroline um die Hausecke gekommen war, hatte Ulf aber nicht aus den Augen gelassen und machte jetzt drohend einen Schritt auf ihn zu. Ulf ballte seine Hände in den dicken Handschuhen zu Fäusten und kämpfte um Beherrschung.

Caroline pfiff kurz und scharf. Der Hund zögerte, gehorchte dann aber und trabte zu ihr, wo er wachsam stehen blieb. Ulf wartete nicht länger. Mit einem Ruck wandte er sich ab, stieg in sein Auto und fuhr ohne einen einzigen Blick zurück davon.

Erst eine Dreiviertelstunde später und nach beinahe vierzig Kilometern halsbrecherischer Fahrt auf teils eisglatter Straße hielt er in einer kleinen Ansammlung von Häusern vor einem Gasthof. Er ließ den Motor laufen und lehnte sich mit geschlossenen Augen auf dem Fahrersitz zurück. Er schwitzte, und vom Nacken aus zog ein stechender Schmerz in seinen Hinterkopf, aber seine Wut hatte nachgelassen. Es gelang ihm, wieder zu denken. Zu analysieren. Er war nicht der Einzige in seiner Familie, der zu Jähzorn neigte. Ulf atmete tief durch. Was wäre geschehen, wenn der Hund nicht gewesen wäre? Er fuhr sich mit der Hand über die Stirn. Hätte er Caroline etwas angetan? Wieder sah er sie dort stehen, an der Hausecke. Sie hatte ihn angestarrt wie eine Erscheinung. Vielleicht hätte er nicht unangemeldet auftauchen sollen. Woher nahm er die Gewissheit, dass sie ihn sehen wollte? Nur weil sie nach ihm gefragt hatte? Sie hatte Zeit genug gehabt, mit ihm Kontakt aufzunehmen, und hatte es nicht getan.

Er stellte den Motor ab, stieg aus und stapfte durch den Schnee auf den Gasthof zu. Er brauchte einen Kaffee. Durch die Fenster sah er Licht brennen, doch die Türen waren verriegelt. Ulf klopfte, rüttelte daran und trat schließlich frustriert dagegen. Nichts tat sich, nur ein Hund bellte in einem der anderen Häuser. Fluchend ging Ulf zu seinem Wagen zurück und klopfte sich beim Einsteigen den Schnee von seinen Stiefeln. Er starrte noch eine Weilte missmutig auf den Eingang des Gasthofs in der Hoffnung, dass sich der Inhaber besann, aber es rührte sich nichts. Stattdessen begann es zu schneien. Es war kalt genug, dass die dicken weißen Flocken auf seiner Windschutzscheibe liegen blieben. Graues, diffuses Licht breitete sich im Wageninneren aus, und nach wenigen Minuten war Ulf von der Außenwelt isoliert. Er nahm sein Handy aus der Mittelkonsole und schaltete es ein. Drei Anrufe waren eingegangen. Zwei von Björn, einer von Maybrit.

Er war immer noch wütend. Keine gute Basis, um noch einmal zu Caroline zu fahren. Dabei war er nur deshalb hergekommen. Er musste mit ihr sprechen, musste erfahren, was damals geschehen war. Dann würde er zurück

nach Stockholm fahren und sein Leben wieder aufnehmen. Es dauerte eine Weile, bis er sich so weit beruhigt hatte, doch schließlich startete er den Motor und wählte gleichzeitig Björns Nummer. »Du hast versucht, mich zu erreichen«, sagte er, als Björn das Gespräch annahm.
»Ja, ich muss mit dir sprechen, wo steckst du?«
»Ich bin auf dem Rückweg von Sveg«, log Ulf.
»Können wir uns treffen?«
Ulf lenkte den Wagen zurück auf die Straße. Es wurde bereits dunkel. »Etwa in einer Stunde werde da ich sein. Reserviere uns schon einmal einen Platz im *Fjällkrogen.*«

Der Schneefall wurde dichter, und er brauchte länger für die Strecke, als er geplant hatte. Er schaltete das Radio ein in der Hoffnung auf Ablenkung, aber schon nach wenigen Minuten gingen ihm die aufgeregten Stimmen der Moderatoren auf die Nerven, so dass er wieder abschaltete.
Inzwischen erschien ihm Björns Rat, nach Stockholm zurückzufahren und die Vergangenheit ruhen zu lassen, nicht mehr so abwegig. Die unerwartete Wut, die er bei der Begegnung mit Caroline verspürt hatte, hatte ihm zu denken gegeben und ihn an seinen Großvater erinnert. Der alte Mann hatte zu wahren Tobsuchtsanfällen geneigt, und in der ganzen Familie war Maybrit die Einzige gewesen, die in solchen Momenten Zugang zu ihm gefunden hatte – selbst als sie noch ein Kind war. Wenn er seiner Enkelin ansichtig wurde, hatte der alte Bär, wie sie ihn genannt hatten, Spuren von Sanftmut gezeigt und sich gezügelt, weil er wusste, dass sie Angst vor lauten Stimmen und heftigen Ausbrüchen hatte. Ulf hatte Maybrit um diese Nähe zu ihrem gemeinsamen Großvater manchmal be-

neidet, denn der alte Mann war ein Meister im Geschichtenerzählen gewesen und hatte Härjedalen wie seine Westentasche gekannt. Den Söhnen hatte er sein ungezügeltes Temperament nicht vererbt, aber Ulf wusste wohl, dass er selbst nicht davor gefeit war. Schon als Jugendlicher war die Veranlagung bei ihm durchgebrochen, als Erwachsener war es schlimmer geworden und eines Tages während der Jagd nach einem flüchtigen Raubmörder völlig eskaliert. Der Mann hatte zwei Kinder als Geiseln genommen und drohte, sie mit Handgranaten in die Luft zu sprengen, sollten seine Forderungen nicht erfüllt werden. Ulf hatte die Kinder gerettet, den Mann jedoch in blinder Wut erschossen. Er hatte es allein der Solidarität und dem Schweigen seiner Kollegen zu verdanken, dass er nicht vom Dienst suspendiert worden war. Håkan hatte ihn allerdings gezwungen, eine Therapie zu machen. Seither hatte Ulf sich besser unter Kontrolle, da er sich der Warnzeichen bewusst war und die Mechanismen kannte. Doch er war sich im Klaren darüber, dass es Situationen gab, in denen dieses Wissen nichts nützte. So wie heute bei der Begegnung mit Caroline.

Er erreichte die ersten Häuser im Tal. Es schneite noch immer, und seine Augen brannten von der schlechten Sicht. Der *Fjällkrogen* war hell erleuchtet, und durch eins der Fenster konnte Ulf Björn sehen, der gerade angekommen war und mit einer der Serviererinnen flirtete. Ulf parkte den Wagen vor dem Fenster und beobachtete, wie Björn auflachte. Er beugte sich vor, legte eine Hand auf den Oberarm der Bedienung und flüsterte ihr etwas ins Ohr, woraufhin sie ihn so unmissverständlich ansah, dass kein Zweifel darüber bestand, was sie am liebsten mit ihm machen würde. Sie war jünger als er. Bestimmt zwanzig Jahre. Ulf schüttelte belustigt den Kopf. Björn hatte schon immer diese Wirkung auf Frauen besessen. Sie definierte sich als eine perfekte Mischung aus jungenhaftem Charme, eisblauen Augen und ungekämmtem rotblonden Haar.

Seufzend stieg Ulf aus dem Wagen. Als er schon auf dem Weg die Treppe hinauf zum Restaurant war, drückte er die Fernbedienung für die Zentralverriegelung, doch beim Klacken der Schlösser hielt er plötzlich inne. War jemals etwas zwischen Björn und Caroline gewesen? War heute etwas zwischen ihnen? Sie hatten sich getroffen. Mehrfach. Hatte ihm Björn deshalb vorgeschlagen, nach Stockholm zurückzufahren? Nein. Das war abwegig. Und selbst wenn es so wäre, wäre es nicht seine Angelegenheit.

Seiner Wut auf Caroline war eine ebenso überraschende Ernüchterung gefolgt, die er gerne schon in Stockholm erfahren hätte. Dann wäre er jetzt nicht hier. Was zwischen Caroline und ihm gewesen war, war seit fast drei Jahrzehnten vorbei. Er hatte es in dem Moment begriffen, als er ihr gegenübergestanden hatte. Sie hatten beide ihr Leben gelebt in der Zwischenzeit, und er war einem Phantom nachgejagt, einer Erinnerung. Die verlorene Zeit ließ sich nicht zurückholen, und seine Wut hatte sich aus diesem Grund auch gegen sich selbst gerichtet.

Er stieg die letzten Stufen zum Eingang des *Fjällkrogen* empor und stieß die Tür auf. Wärme, Musik und Stimmengewirr strömten ihm aus dem großen rustikalen Raum entgegen. Über dem Tresen hing ein ausgestopfter Bärenkopf, daneben über Kreuz zwei alte Jagdgewehre und Schultertaschen aus Leder, wie die Jäger sie früher mit sich geführt

hatten. Er winkte dem Wirt, bestellte ein Bier und steuerte den Eckplatz an, den Björn für sie ausgesucht hatte. Er hatte gerade seine Jacke ausgezogen, als die Kellnerin auch schon die Getränke vor ihnen abstellte.
Björn prostete ihm zu, und Ulf setzte an. Das Bier war eiskalt, so wie er es am liebsten mochte. Er trank sein Glas mit einem Zug fast zu zwei Dritteln leer.
Björn betrachtete ihn kopfschüttelnd. »Ist das die Essenz deines Besuchs bei Caroline?«
»Woher weißt du, dass ich bei ihr war?«
»Sie hat mich angerufen.«
Darauf trank Ulf auch den Rest aus. Als er das leere Glas auf dem blankgescheuerten Holztisch abstellte, griff Björn über den Tisch hinweg nach seinem Arm. »Was ist passiert?«
Ulf schüttelte den Kopf und gab dem Wirt ein Zeichen für ein weiteres Bier.
»Du wirst dich hier jetzt nicht betrinken«, warnte Björn ihn mit leiser Stimme.
Ulf betrachtete ihn spöttisch. »Nenn mir einen Grund, warum ich es nicht tun sollte.«
»Wir müssen reden.«
»Das kann ich auch, wenn ich getrunken habe.« Tief in seinem Inneren war noch immer genug Wut übrig, um Unheil anzurichten. Er spürte, wie sie brodelte und kochte. Alkohol war von jeher das beste Sedativum für ihn gewesen.
Björn ließ nicht locker. »Caroline war ziemlich verstört.«
»Sie hat keinen Grund dafür. Wir haben kein Wort miteinander gewechselt.«
»Deswegen wahrscheinlich.«
Ulf ballte die Faust, bremste sich aber. »Verdammt, Björn«,

stieß er hervor. »Ja, du hattest recht, wenn es das ist, was du hören willst. Es war ein Fehler hierherzukommen, um sie nach all den Jahren endlich wiederzusehen. Ich hab das in dem Moment begriffen, als ich vor ihr stand.«
»Du bist ausgerastet«, mutmaßte Björn.
Ulf nickte wortlos.
»Okay, ich verstehe. Sie würde dennoch gern mit dir reden.«
Björns Ruhe wirkte besänftigend. Ulf fuhr sich über das Kinn. Er war nicht gekommen, um zu streiten. »Hat sie gesagt, worum es geht?«
»Nein, sie hat gar nichts gesagt.«
Ulf starrte auf sein Bierglas. »Wie ist sie heute?«, erkundigte er sich dann vorsichtig. »Hat sie sich verändert?«
Björn antwortete nicht gleich. »Sie ist reifer als früher, kontrollierter«, sagte er schließlich, »aber wer von uns ist das nicht?«
»Und sonst?«
Björn zuckte mit den Schultern, aber es lag ein Zögern in seiner Bewegung, die Ulf aufmerken ließ. Als Kriminalbeamter wusste er die Körpersprache seiner Gesprächspartner zu deuten. Schweigend wartete er ab.
»Es scheint etwas passiert zu sein«, sagte Björn schließlich. »Etwas, was sie belastet. Aber sie spricht nicht darüber.«
»Das hat sie noch nie getan«, erinnerte Ulf ihn.
»Das stimmt, sie hat die wichtigen Entscheidungen immer mit sich ausgemacht.«
»Und warum ist sie nach all der Zeit hergekommen? Ausgerechnet hierher?«
Björn verzog schmerzlich berührt das Gesicht. »Sie sagte, jetzt, da sie zurück ist, begreift sie erst, wonach sie in den

vergangenen Jahrzehnten gesucht hat.« Er schüttelte den Kopf. »Was für eine entsetzliche Vorstellung.«
Ulf schluckte. Es waren nur Bruchstücke, flüchtige Impressionen, die Björn ihm gab, aber sie reichten, um zu begreifen, dass Caroline sich nicht verändert hatte, dass tief in ihrem Inneren dieselbe Frau lebte, die er einmal abgöttisch geliebt hatte. Er verdrängte den Gedanken. »Hat sie erzählt, was sie in all den Jahren gemacht hat?«
»Wenig. Zu wenig, um sich ein Bild zu machen.«
»Sie war in Hamburg, oder?«
Björn sah ihn scharf an. »Woher weißt du das?«
Ulf biss sich auf die Lippe. Er war ein Idiot. »Hast du nicht gesagt, ihr Freund ist ihr von dort nachgereist?«, rettete er sich aus der Affäre.
»Habe ich das? Kann sein.« Björn runzelte die Stirn. »Sie war zumindest die letzten Jahre in Hamburg. Vorher ist sie ziemlich viel in der Welt herumgekommen.«
»Das muss man sich leisten können.«
»Das habe ich auch zu ihr gesagt, aber ihr Beruf hat es wohl möglich gemacht.«
»Zumindest darüber hat sie also gesprochen.«
»Ich weiß nur, dass sie als Übersetzerin und gelegentlich auch als Dolmetscherin arbeitet.«
Björns Worte ließen Erinnerungen lebendig werden an lange Winterabende, an denen Caroline mit ihm für die Abschlussprüfungen in Französisch gepaukt hatte; sie war sprachbegabt gewesen, vielleicht, weil sie zweisprachig mit Deutsch und Schwedisch aufgewachsen war. Ulf unterdrückte ein Seufzen. Er hatte gehofft, von Björn einen Hinweis zu erhalten, warum sie ausgerechnet jetzt hier aufgetaucht war. *Es scheint etwas passiert zu sein. Etwas, was sie belastet.* Es gab vermutlich nur einen Weg, das herauszufinden.

»Du hast gesagt, sie möchte mit mir reden«, schlug Ulf den Bogen zurück zum Beginn ihres Gesprächs.
Björn zog einen Kugelschreiber aus der Innentasche seiner Jacke, die über der Stuhllehne hing. Dann nahm er sich einen Bierdeckel, schrieb eine Telefonnummer darauf und reichte ihn Ulf. »Ruf sie an.«
Ulf warf einen kurzen Blick darauf. Es war eine schwedische Mobilnummer. »Jetzt?«, fragte er.
»Warum nicht?«
Ulf drehte den Bierdeckel in seinen Fingern und sah auf die Uhr hinter dem Tresen. Björn hatte recht. So spät war es noch nicht. Warum bis morgen warten? »Gut«, sagte er und griff nach seiner Jacke. »Ich komme gleich wieder rein.«
Draußen schlug ihm die Kälte ins Gesicht, und er schnappte nach Luft. Es war hier so still, dass er meinte, sein Herz schlagen zu hören. Es hatte aufgehört zu schneien. Die Wolkendecke war aufgerissen, und der Neuschnee lag leicht und weiß auf allem und funkelte im Licht des zunehmenden Mondes. Ulf zog sein Telefon aus der Jacke und gab die Nummer ein.
»Hallo«, meldete sich Caroline nach zweimaligem Klingeln.
»Hej, ich bin es, Ulf.«
Einen Moment war Stille, und er dachte schon, die Verbindung wäre unterbrochen. »Ulf«, sagte sie dann jedoch, »schön, dass du anrufst.«
Er war sich sicher gewesen, seine Gefühle unter Kontrolle zu haben, doch die Art, wie sie seinen Namen aussprach, und der Klang ihrer Stimme, die sich kaum verändert hatte, gingen ihm durch und durch. »Hast du etwas dagegen, wenn ich gleich noch einmal bei dir vorbeikom-

me?«, fragte er und hoffte nur, dass sie nicht hörte, wie berührt er war.

»Ich würde mich freuen«, sagte sie schlicht.

Mit einem nervösen Gefühl in der Magengegend ließ er das Telefon wieder in seine Tasche gleiten.

8.

Ich würde mich freuen. Es war ihr so leicht über die Lippen gekommen. Sie fuhr mit der Hand über die Wolldecke neben sich auf dem alten Ledersofa und glättete abwesend die langen Fasern. Das Feuer im Kamin warf tanzende Schatten durch den Raum und über die unzähligen Bücher an den Wänden, zu ihren Füßen lag der Hund und atmete tief und schwer in seinen Träumen.

Wie begegnete man einem Mann, den man vor so vielen Jahren an einer Tankstelle ohne Erklärung verlassen hatte? Was erwartete er? Warum war er hier? Nachdem er überstürzt und ohne ein Wort davongerast war, hatte sie Angst bekommen. Sie war ins Haus gerannt und hatte Björn angerufen. Er hatte versucht, sie zu beruhigen, aber sie hatte die Sorge zwischen den Worten gespürt und das Drängen in seiner Stimme, das Gespräch mit ihr zu beenden, um Ulf zu erreichen. Ulf, der sich nicht verändert hatte, der noch immer rücksichtslos sich selbst und seinem Leben gegenüber war. Mit klammen Fingern hatte sie sich nach diesem kurzen Telefonat aus ihrer Kleidung geschält, hatte Winterjacke, Schneehose und Schal zusammen mit der übrigen Wäsche auf einem Haufen in der Küche liegen lassen, war

ins Bad gegangen und hatte sich eingeredet, dass es allein der Stunde zu schulden war, die sie in eisiger Kälte unten am See verbracht hatte, dass sie am ganzen Körper zitterte. Sie wusste nicht mehr, wie lange sie unter der Dusche gestanden hatte, sich mit geschlossenen Augen das heiße Wasser über Kopf und Körper laufen ließ, bis sie endlich ruhiger geworden war.
Ihre Gedanken hatten sich nur um Ulf gedreht. Ihm gegenüberzustehen, ihn leibhaftig zu sehen, hatte eine Flut von Bildern ausgelöst. Lang zurückliegende Eindrücke waren wie Blitzlichter durch ihr Gedächtnis gezuckt, ähnlich wie beim flüchtigen Durchblättern eines Fotoalbums. Ihre Sehnsüchte, die sie über die Jahre nie zugelassen, die sie bekämpft und sich nicht eingestanden hatte, waren aufgeflammt wie ein Feuer, das plötzlich den nötigen Sauerstoff erhielt.
Caroline nahm die Wolldecke und legte sie sich über die Schultern. Schon als Kind hatte sie sich darin eingehüllt, mittlerweile war die Decke an vielen Stellen zerschlissen, doch die Farben leuchteten wie früher. Es war keine zehn Minuten her, dass Ulf sie angerufen hatte. Seine Stimme klang ihr noch im Ohr. Sein Zögern, bevor er sie gefragt hatte, ob er kommen dürfe. Wie viel Überwindung hatte ihn diese Frage gekostet? Und dann ihre eigene Antwort. *Ich würde mich freuen.* Aber freute sie sich wirklich? Der Klang seiner Stimme hatte ihr Herz schneller klopfen lassen, und es schlug noch immer viel zu schnell, obwohl sie das Telefon längst aus der Hand gelegt hatte. Sie wünschte sich nichts sehnlicher, als Ulf zu sehen, mit ihm zu sprechen, das war ihr klargeworden, als er ohne ein Wort in sein Auto gestiegen und weggefahren war. Aber sie fürchtete sich auch davor, denn in seinen Augen hatte eine Härte

gelegen, die sie unwillkürlich an seinen Großvater erinnert hatte. Und sie hatte sein Auto erkannt. Wenige Stunden bevor er sie aufgesucht hatte, waren sie sich schon einmal begegnet. Es war Ulfs dunkelgrauer Audi gewesen, den sie an der Schneewehe auf dem Weg ins Dorf hatte passieren lassen. *Wie lange war er schon im Tal?* Und wie oft war er seither zu ihr rausgefahren, ohne dass sie es bemerkt hatte?

Caroline atmete tief durch, als Lichter durch den Raum huschten. Gleich darauf hörte sie einen Wagen auf der Grundstücksauffahrt. Sie streifte die Decke ab und stand auf. Eine Autotür schlug zu. Der Hund war sofort wach, sprang auf und rannte zur Tür. »Ruhig«, befahl sie, woraufhin er zurückwich und sich setzte.

Es klopfte.

Sie fuhr sich durch das Haar, rieb ihre Hände an ihrer Jeans, schluckte nervös. Dann zwang sie sich zur Ruhe und schloss die Tür auf.

Ulf hatte ihr den Rücken zugewandt, beobachtete etwas jenseits der Veranda in der Dunkelheit, drehte sich aber sofort zu ihr um, als sie öffnete. Seine Anspannung war sichtbar wie der Atemnebel, der in der kalten Luft vor ihm aufstieg.

Ihre Blicke trafen sich.

»Hej, Lilli.«

Und achtundzwanzig Jahre schmolzen zusammen.

»Hej, Ulf.«

Mehr brachten sie beide nicht heraus.

Die Kälte brachte Caroline zur Besinnung. Eisig verbiss sie sich in ihren Fingern, die den Türgriff wie einen Rettungsanker umklammert hielten. »Ich … entschuldige …«, stam-

melte sie und räusperte sich. »Willst du nicht hereinkommen?«
Ulf reagierte nicht sofort, als müsse auch er erst wieder zu sich kommen. »Ja ... gern, danke«, erwiderte er schließlich. Sein Alter stand ihm gut zu Gesicht. Im Licht der Flurlampe bemerkte sie viele kleine Fältchen um seine Augen und in seinen Mundwinkeln, die sich vertieften, als er ihr mit verlegenem Lächeln eine in Papier gewickelte Flasche entgegenstreckte. »Ich wollte mich entschuldigen«, sagte er. »Ich habe mich heute Nachmittag wirklich bescheuert benommen.« Er war mehr als einen halben Kopf größer als sie, und in dem engen Flur war er ihr sehr nahe. Sie wich unwillkürlich einen Schritt zurück. »Das ... wäre nicht nötig gewesen«, entgegnete sie zögernd.
Sie nahm die Flasche, und ihre Fingerspitzen berührten sich flüchtig. Hastig zog sie die Hand zurück und spürte seinen Blick. »Alles gut?«, fragte er. Er wirkte selbstbestimmter und souveräner als früher, so wie sein Gesicht über die Jahre eckig und markant geworden war.
Sie nickte automatisch.
»Sicher?«
Nein. Seine unmittelbare Nähe war beunruhigend, rührte tief an längst vergangen geglaubte Empfindungen. »Du kannst deine Jacke hier aufhängen«, wich sie aus, indem sie auf einen freien Garderobenhaken wies, dann ging sie voraus ins Wohnzimmer, die mitgebrachte Flasche in Händen. Der Hund folgte ihr und legte sich auf seinen Platz vor dem Sofa, doch Ulf blieb wie angewurzelt in der Tür stehen.
»Es hat sich überhaupt nichts verändert«, stellte er überrascht fest. Er hatte die Ärmel seines dunklen Wollpullovers hochgeschoben und die Hände in den Taschen seiner

schwarzen Jeans vergraben. Er starrte auf die Bücherregale und die unzähligen Buchrücken, die den Schein des Kaminfeuers widerspiegelten. »Es ist …« Er suchte nach den richtigen Worten.

»Alles wie früher?«, beendete sie den Satz für ihn.

Er trat an die Couch und fuhr mit den Fingern über das von der Abnutzung glänzend gewordene Leder, über die Felle. »Nein, es ist eher … wie eine Zeitreise.«

Sie lächelte ungewollt. »Das war es für mich auch.«

Sie sahen sich an.

Ihre Worte schwebten zwischen ihnen, und die Stille, die folgte, breitete sich aus. Sie wurde allein vom Knacken und Krachen der brennenden Holzscheite durchbrochen. Caroline spürte die Fragen, die Ulf auf dem Herzen lagen, und bemerkte im Schein des Feuers, wie seine Gesichtsmuskeln arbeiteten. »Du bist tatsächlich nicht mehr hier gewesen«, sagte er.

Sie schüttelte den Kopf. »Nein, ich …« Sie wusste nicht, wie sie es sagen sollte, ob sie überhaupt etwas sagen sollte, und ihr wurde plötzlich klar, dass es leichter gewesen wäre, wenn Björn da gewesen wäre, sogar mit Maybrit als Puffer wäre es besser gewesen. Was sagte man dem Mann, den man einst ohne Erklärung verlassen hatte? Vor dem man um die halbe Welt geflüchtet war? Wie konnte sie ihm, einem Mann von fast fünfzig, die Gefühle und Ängste jener jungen Frau nahebringen, die sie einmal gewesen war und der sie in späteren Jahren manchmal selbst verständnislos gegenübergestanden hatte? Heute würde sie Ulf nicht mehr zurücklassen, nicht mehr wortlos verschwinden, aber die Zeit ließ sich nicht zurückdrehen, Geschehenes nicht ungeschehen machen. Sie konnte sich lediglich für ihr Verhalten entschuldigen, wie eine Mutter sich für ihr Kind entschuldigte, mehr nicht. Aber war es das, was er wollte?

»Es ... war nicht richtig, einfach zu gehen«, wagte sie schließlich einen Anfang. »Ich schäme mich heute dafür. Aber damals ...«, sie schluckte, »damals habe ich keinen anderen Ausweg gesehen.«

Er sagte lange nichts. Stattdessen ging er vor dem Kamin in die Hocke und nahm den Schürhaken. Ohne Hast schob er die Glut zusammen und legte zwei neue Scheite auf. »Warum, Lilli? Warum?«, fragte er schließlich. Er sah sie dabei nicht an.

Sie betrachtete seine breiten Schultern, die sich unter dem enganliegenden Pullover abzeichneten, das dunkle, kurzgeschorene Haar seines Hinterkopfs.

Wo sollte sie beginnen?

Er war ihr trotz der langen Trennung so vertraut, als hätte sie ihn erst gestern das letzte Mal gesehen. Aber konnte sie auch so mit ihm sprechen? Würde er sie verstehen?

»Fang einfach vorne an«, hatte sie immer zu ihrer Tochter gesagt. »Fang einfach vorne an, und alles andere wird sich ergeben.«

Sie stellte die Flasche, die Ulf mitgebracht hatte, auf dem Tisch ab und setzte sich aufs Sofa.

Fang einfach vorne an.

»Ich war schwanger«, sagte sie leise.

Ulf rührte sich nicht. Sie fragte sich, ob er ihr überhaupt zugehört hatte, als er sich endlich umdrehte. Sein Gesicht war grau. »Was ist mit dem Kind geschehen?«, fragte er tonlos.

»Sie ist ... gestorben«, erwiderte sie zögernd, ihre Stimme kaum mehr als ein Flüstern.

»Sie?«

Caroline nickte.

»Wann?«

Sie sog zitternd den Atem ein. »Vor vier Wochen.«

Sie sah das Entsetzen in seinem Gesicht und zog die Wolldecke an sich, knüllte sie vor ihrer Brust und vergrub ihre Finger darin, als sie spürte, was ihr Eingeständnis auslöste. Lianne hatte bis zu diesem Moment in diesem Haus nicht wirklich existiert. Lianne war nie hier gewesen. Deshalb war dieses Haus Carolines einzige mögliche Zuflucht gewesen. Es barg keine Erinnerungen an sie. Kein Kinderlachen, keine trappelnden Füße. Nicht das wütende Türenknallen eines Teenagers. Und auch keine Eindrücke ihrer erwachsenen Tochter. Es hatte keine Gespräche gegeben, keine gemeinsamen Abende vor dem Kamin. Hier gab es nur ihre eigene Kindheit und die gemeinsame Zeit mit ihren Eltern, aber das war jetzt vorbei. Jetzt war Lianne hier. Sie meinte ihre Stimme, ihr Lachen zu hören, spürte erneut die graue, alles ausschließende Leere nach ihrem Tod, den Schmerz – und was aus ihm erwachsen war. Unwillkürlich schauderte sie angesichts der Ausweglosigkeit ihrer Situation, und ihre Finger bohrten sich so fest in den alten zerschlissenen Wollstoff, dass er riss. Sie presste ihr Gesicht hinein. Nicht weinen. Nur nicht weinen. Wenn sie jetzt damit begann, würde sie nicht mehr aufhören können.

Sie spürte Ulfs Hand auf ihrer Schulter. Ohne dass sie es bemerkt hatte, hatte er sich neben sie gesetzt. »Komm her«, flüsterte er. Sie zögerte, doch dann kroch sie wie ein Kind in seinen Arm, drückte sich an ihn, die Beine angezogen, die Arme vor der Brust verschränkt. Er legte die Decke über sie und umschloss sie behutsam mit beiden Armen. »Alles wird gut, Lilli.«

Der mühsam aufrechterhaltene Damm brach, und sie weinte die Tränen, die sie in den vergangenen Wochen zurückgehalten hatte, während Ulf ihr das Haar aus dem Gesicht strich, sie wie ein Kind wiegte und ihr beruhigende Worte ins Ohr flüsterte.

Ganz allmählich verebbte ihr Schluchzen. Reglos lag sie an seiner Brust und blickte auf das in sich zusammensinkende Feuer. Sie war müde, so unendlich müde wie seit langem nicht mehr, doch es lag eine unerwartete Ruhe in dieser Müdigkeit.

War sie endlich angekommen?

Der Gedanke war plötzlich da, so unverhofft, wie Ulf plötzlich da gewesen war. Sie wagte nicht, ihm freien Lauf zu lassen.

»Hej«, sagte Ulf leise. »Geht es dir besser?«

Sie nickte, unsicher, ob ihre Stimme ihr bereits wieder gehorchte. Ulfs Finger spielten mit der Kette, die sie um den Hals trug. Die Stille hatte nichts Beengendes mehr. Sie war wie ein Tuch, das sie beide bedeckte und abschirmte von der Welt und ihrem Rauschen. Nur das tiefe Atmen des Hundes und das leise Knistern der Glut im Kamin waren zu hören.

9.

Ein Kind. Von seinem Platz auf der Couch starrte er am Kamin vorbei in die Nacht jenseits der großen Fensterfront und spürte, wie ihm erst heiß, dann kalt wurde. Eine Tochter. Lianne. Sie hatte dem Mädchen den Namen seiner Großmutter gegeben. Er war wie vor den Kopf geschlagen, schluckte und versuchte vergeblich, des Tumultes seiner Gefühle Herr zu werden. Caroline lag in seinen Armen, und er wagte nicht, sie anzusehen.

In seiner Phantasie formte sich ein Leben, das möglich gewesen wäre. Er dachte an Håkan und seine Familie. An die müden Augen seines Kollegen nach einer durchwachten Nacht am Bett eines Kindes, an Håkans Ängste, als seine beiden Töchter flügge wurden, und an all die Gespräche, die sie geführt hatten. An seine eigenen Besuche im Haus der Bergströms und die naiven neugierigen Fragen der Mädchen, die ihn die Welt von einer anderen Warte aus betrachten ließen. Und er stellte sich vor, dass irgendwo auf dieser Welt seine eigene Tochter aufgewachsen war, während er Håkans Töchter auf seinen Knien geschaukelt hatte, ihnen Geschichten erzählt und mit ihnen Lieder gesungen hatte. Er verdrängte die Gefühle, die dieser Gedan-

ke in ihm auslöste. Er war kein Vater, hatte nie einer sein wollen. Dem biologischen Trieb zur Verbreitung ihrer Gene folgend, zeugten viele seiner Geschlechtsgenossen jeden Tag Kinder ohne den expliziten Wunsch, ihren Nachwuchs aufwachsen zu sehen. Aber … hätte er sich anders entschieden, wenn er die Wahl gehabt hätte?
Caroline regte sich und riss ihn aus seinen Gedanken. Ihr Körper lag warm an seinem, ihr Haar verströmte denselben Geruch wie früher, so schien es ihm zumindest, und ihre Nähe besaß etwas Vertrautes, das eigentlich unmöglich war. Er hatte seine Schutzmechanismen gefährlich weit heruntergefahren, nur so konnte er die Situation mit all seinen Sinnen aufnehmen und sie festhalten als einen der seltenen, kostbaren Augenblicke von zwischenmenschlicher Nähe – ein Zustand, der erfahrungsgemäß nicht von Dauer war und in diesem besonderen Fall schon gar nicht.
Caroline schien sich dessen ebenfalls bewusst zu sein. »Es ist spät, nicht wahr?«, fragte sie jetzt leise.
Es war fast dunkel in dem großen Raum, das Feuer war heruntergebrannt, und lediglich die Stehlampe an der Fensterfront zum See verbreitete gedämpftes Licht. Er versuchte, auf seiner Armbanduhr etwas zu erkennen. »Gleich halb zwölf«, sagte er schließlich.
Sie richtete sich auf, und das halblange blonde Haar fiel ihr ungeordnet ins Gesicht. Unsicher sah sie ihn an.
»Was ist?«, wollte er wissen.
»Würdest du hier übernachten? Ich glaube, ich möchte jetzt nicht allein sein.«
Er zuckte innerlich zusammen. Ihrem Wunsch Folge zu leisten hieße, ihre Begegnung, die so schon schwierig genug war, weiter zu komplizieren. Aber konnte er Caroline jetzt

einfach sich selbst überlassen? Er räusperte sich. »Ist es dir nah genug, wenn ich im Gästezimmer schlafe?«
»Im Gästezimmer?«, erwiderte sie. »Natürlich.« Weder ihre Miene noch ihre Stimme verrieten, ob sie etwas anderes erwartet hatte.

Er stand in der Tür, während sie das Bett bezog. Das Gästezimmer war klein, das breite Bett füllte es fast gänzlich aus. Wände, Decke, alles war aus Holz. Hatte ihr deutscher Freund hier auch geschlafen? Er wagte nicht zu fragen, suchte aber intuitiv nach Spuren, die er hinterlassen haben könnte. Doch das Zimmer wirkte, als wäre es seit Monaten unbewohnt.
Caroline wandte sich zu ihm um. »Im Badezimmerschrank ist eine neue Zahnbürste und …«
»… Handtücher sind auch im Schrank, wenn ich mich recht erinnere«, fiel er ihr ins Wort. Hier hatten sie gemeinsam gewohnt, sich geliebt und ihre Zukunft geplant. In diesem Haus war ihre Tochter gezeugt worden.
Caroline berührte flüchtig seinen Arm. »Danke«, sagte sie leise.
Er wollte sie festhalten und dieses besondere Gefühl der Zweisamkeit zwischen ihnen noch nicht aufgeben. Aber er ließ sie gehen. Er sah ihr nach, wie sie ins Bad ging und die Tür leise hinter sich ins Schloss zog. Er betrachtete das Bett mit der sonnengelben Bettwäsche. Würde er hier schlafen können? Er war sich nicht sicher.

*

Am nächsten Morgen wachte er von dem leisen Summen auf, mit dem sein Smartphone eingehende Nachrichten

meldete. Er griff nach dem Telefon und stellte fest, dass es bereits neun Uhr war. Wider Erwarten hatte er tatsächlich geschlafen, und zwar tiefer und fester, als er es für möglich gehalten hätte.
Draußen war es noch dämmrig, auch im Haus war es still. Håkan, sein Stockholmer Kollege, hatte ihm eine Nachricht geschickt. Ulf starrte auf das Display, doch auch nach dreimaligem Lesen konnte er nicht glauben, dass dort Carolines Name stand. Es musste sich um einen Irrtum handeln. Er war versucht, Håkan anzurufen, doch das Haus war zu hellhörig, um ungestört zu telefonieren, insbesondere in dieser Angelegenheit. Hastig schrieb er eine SMS und wartete ungeduldig auf die Antwort. Die war präzise und eindeutig. Bestürzt stand er auf.

Caroline war bereits wach, der Geruch von Kaffee strömte ihm entgegen, und aus der Küche fiel Licht in den Flur. Leise stieß er die Tür auf. Sie saß am Tisch und betrachtete eine Fotografie. Sie hörte ihn nicht kommen.
»Guten Morgen, Lilli.«
Beim Klang seiner Stimme schreckte sie auf und drehte die Fotografie um, bevor sie aufstand und sich ihm zuwandte.
»Guten Morgen«, begrüßte sie ihn. »Ich hoffe, ich habe dich nicht geweckt.«
»Nein, hast du nicht«, erwiderte er, den Blick auf die weiße Rückseite des Fotos gerichtet. Was war es, von dem sie nicht wollte, dass er es sah?
»Hast du gut geschlafen?«, fragte er.
Sie lächelte flüchtig. »Es war ein beruhigendes Gefühl zu wissen, dass du da bist. Und du?«
»Gut, danke.«
»Möchtest du Kaffee?«, fragte sie.

Nein, wollte er sagen. Ich muss gehen. Er nickte jedoch nur stumm und trat an den Tisch.
Sie stand auf und nahm einen Becher aus dem Schrank. »Schwarz, wie früher?«
»Du weißt noch, wie ich meinen Kaffee trinke?«, fragte er überrascht.
»Ist mir gerade wieder eingefallen«, bemerkte sie leichthin, zu beiläufig, wie es ihm schien, um ehrlich zu sein.
Er nahm den Kaffeebecher entgegen und beobachtete, wie die Sonne hinter den Bergen aufging. Erste Strahlen fielen durch die Fenster und warfen einen rotgoldenen Schimmer in den Raum. Als Caroline neben ihn trat und seinem Blick folgte, wünschte er, die Innigkeit des vergangenen Abends wiederbeleben zu können, aber sie war fort, und nach Håkans Nachricht fragte er sich, ob sie sie jemals wieder teilen würden. Die schneebedeckte Oberfläche des Sees lag noch im Schatten der Berge und verschwamm in diffusem Graublau, aus dem sich ein Raubvogel materialisierte und am diesseitigen Ufer mit schwereloser Eleganz zur Landung ansetzte.
»Er ist oft um diese Uhrzeit hier«, flüsterte Caroline, als könne sie ihn verscheuchen, wenn sie lauter sprach. »Manchmal wünsche ich mir, mit ihm in der Morgendämmerung davonzufliegen und alles hinter mir zu lassen.«
Die unerwartete Sehnsucht in ihrer Stimme schmerzte ihn, und er betrachtete sie. Sie hatte ihr Haar wieder zu einem Zopf zusammengefasst, und ihr Profil mit den hohen Wangenknochen zeichnete sich scharf vor dem hellen Himmel ab, beinahe selbst wie die Silhouette eines Raubvogelkopfes. Er kämpfte gegen das Bedürfnis an, sie zu beschützen, und seine innere Stimme mahnte ihn, jetzt den Kaffeebecher abzustellen und zu gehen. »Erin-

nerst du dich an die Sage von dem Bussard?«, fragte er stattdessen.
Nachdenklich runzelte sie die Stirn. »Er hatte sich in eine Menschenfrau verliebt …« Sie wandte sich ihm zu. »So war es doch, oder?«
Ulf nickte. »Seine Liebe gab ihm die Kraft, die Vogelgestalt abzulegen und um sie zu werben …«, begann er.
»… aber letztlich ist sie es, die ihr Menschsein aufgibt, um mit ihm zu fliegen«, fuhr sie fort und lächelte flüchtig, als ihr die Parallele zu ihren eigenen Worten bewusst wurde. »Meinst du, sie sind glücklich geworden?«
Ulf musterte den Vogel, der auf einem Pflock am Ufer saß und sich das Gefieder glättete. Glück war so flüchtig, so entsetzlich zerbrechlich. »Als Kind habe ich immer gehofft, dass sie es zumindest eine Zeitlang waren«, erwiderte er und vermied ihren Blick.
Caroline schien nicht zu bemerken, wie konsterniert er war. »Ja, das Ende war traurig«, stimmte sie ihm nachdenklich zu. »Er stirbt, und sie ist gefangen im Körper des Vogels und kann nicht zurück in ihre Welt.« Sie sah zu ihm auf. »Deine Großmutter hat uns die Geschichte erzählt, weißt du noch? Wir waren …«
Sie sprach weiter, aber er hörte ihr nicht mehr zu. »Du hast deiner – unserer – Tochter ihren Namen gegeben«, unterbrach er sie unvermittelt.
Sie schluckte. »Ich … ich wollte, dass sie etwas von dir, von deiner Familie hat«, entgegnete sie nervös. »Etwas, das sie mit euch verbindet, das Nähe schafft.«
Ihre Worte, vor allem aber die erneute Sehnsucht in ihrer Stimme irritierten ihn immer mehr. Was war damals nur geschehen? »Wenn dir das so wichtig war«, fragte er, »warum bist du dann nicht einfach mit ihr zurückgekommen?«

Ihre Finger schlossen sich so fest um die Lehne des Stuhls, der vor ihr stand, dass die Knöchel weiß hervortraten. »Ich konnte nicht.«
»Warum, Lilli? Hilf mir, es zu verstehen!«
»Ich …«, sie suchte nach Worten. »Ich hatte Angst. Es … es hatte sich so viel verändert mit Liannes Geburt. Sie war plötzlich der Mittelpunkt meines Lebens, das Einzige, was zählte.«
»Wir wollten heiraten«, erinnerte er sie leise.
»Ja, ich weiß … Ich hatte das Hochzeitskleid schon ausgesucht.«
Er atmete tief durch. Sie hatten sogar einen Hochzeitstermin festgelegt. Er fuhr sich mit der Hand über die Augen, verdrängte den Schmerz, der wieder hochkam. Was passierte hier? Wie konnte ihn das alles immer wieder aufs Neue so aufwühlen? Sie mussten aufhören, er musste gehen und endlich mit Håkan telefonieren. Kurzentschlossen stand er auf. »Ich kann nicht länger bleiben, Lilli. Ich habe ein paar Dinge zu erledigen.«
»Nein, bitte …«, hielt sie ihn zurück und schob das Foto über den Tisch. »Du hast noch nicht einmal ein Bild von ihr gesehen.«
Er starrte auf die weiße Rückseite und schüttelte den Kopf. »Lilli, ich brauche mehr Zeit.«
Ihre Finger legten sich auf das Foto, und kurz sah es aus, als wolle sie das Bild zerknüllen. Aber sie zog es nur zurück. »Ich wollte dir nicht zu nahetreten«, sagte sie entschuldigend. »Es ist nur … ich kann mit dir reden. Über sie. Über alles. Ich konnte das nicht einmal mit …« Sie bremste sich im letzten Moment, biss sich auf die Lippe.
Thomas.
Hieß er nicht so, wollte er fragen, aber er schwieg, als er

merkte, dass er erneut in die Falle tappte. Er musste Distanz wahren. *Er hätte niemals kommen dürfen.*
In diesem Moment fuhr draußen ein Wagen vor. Der Hund sprang auf und bellte. Ulf sah aus dem Fenster und erkannte Björns roten Pick-up.

10.

Björn stellte den Motor seines Achtzylinders aus und betrachtete nachdenklich das Heck des dunkelgrauen Audis vor ihm in der Grundstücksauffahrt. Dann sah er zu dem dunklen Holzhaus hinüber. Die Sonne spiegelte sich in den Fenstern, und er konnte nur ahnen, was dahinter geschah.

»Er hat bei ihr übernachtet.« Mit diesen Worten hatte Maybrit ihn beim Frühstück aufgeschreckt.

Er hatte versucht, sie zu beruhigen. »Ulf ist erwachsen. Er weiß, was er tut und worauf er sich einlässt.«

»Das glaube ich nicht.«

Sie hatte ohne ein weiteres Wort aufgelegt. Augenblicke später hatte sein Telefon erneut geklingelt. »Er ist dein Freund. Du kannst ihn nicht sich selbst überlassen.«

Er nahm Maybrit ihr diktatorisches Auftreten nicht übel. Sie machte sich Sorgen, und das war ihre Art, sie zu äußern. Er wusste um das große und mitfühlende Herz, das sich hinter ihrer schroffen Oberfläche verbarg, und er wusste es zu schätzen.

»Beruhige dich«, hatte er deshalb zu ihr gesagt. »Ich fahr gleich mal raus und schau nach ihnen.«

Maybrit war es gewesen, die sich nach Carolines sang- und klanglosem Verschwinden aufopfernd um Ulf gekümmert hatte. Sie allein wusste, wie tief die Wunden waren, die Ulf damals davongetragen hatte. Alle anderen hatten nur eine Ahnung gehabt, und vielleicht, wenn Maybrit nicht gewesen wäre …

Die Haustür öffnete sich, und Carolines Hund sprang heraus und auf Björns Wagen zu. Björn zog den Schlüssel aus dem Zündschloss, stieg aus und ließ die ungestüme Begrüßung des großen schwarzen Tiers über sich ergehen. Als er wieder aufsah, entdeckte er Caroline in der Tür. Er nahm die wenigen Stufen die Veranda hinauf in einem Schwung und begrüßte sie mit einem Kuss auf die Wange.

»Aus irgendeinem Grund liebt dich der Hund«, begrüßte sie ihn.

»Alle lieben mich«, erwiderte er augenzwinkernd. »Du auch.«

»Ich habe dich schon immer geliebt«, sagte sie und strich ihm flüchtig über sein widerspenstiges rotblondes Haar.

Er hielt ihre Hand fest und lächelte. »Dann hast du doch bestimmt einen Kaffee für den Mann deines Herzens.«

»Steht fertig in der Küche.«

Er folgte ihr hinein, den Hund auf den Fersen.

»Hej«, begrüßte ihn Ulf, der am Küchentisch saß. »Was treibt dich so früh hier raus?« Er wirkte ausgeruhter als am Tag zuvor, aber seine Finger tanzten unruhig über den Griff des Bechers, der vor ihm auf dem Tisch stand.

»Eigentlich die Aussicht auf einen Kaffee«, entgegnete Björn, zog den Reißverschluss seiner Jacke auf und sah zu Caroline, die an der Anrichte stand und nervös auf ihrer Unterlippe herumkaute. Er fragte sich, was zwischen den beiden passiert war. Wie es schien, hatte Maybrit das richtige Gespür gehabt. »Aber dann habe ich mir auf dem Weg hierher überlegt, dass es ein hervorragender Tag zum Skilaufen ist«, plauderte er spontan weiter, um Zeit zu gewinnen.

Caroline wandte sich zu ihm um, die Kaffeekanne in der Hand. »Skilaufen?«, fragte sie so überrascht, dass sich in Björn eine Idee regte. »Ja, heute ist Samstag«, entgegnete er. »Sind wir früher samstags nicht immer Ski gelaufen? Und sieh hinaus!« Er wies mit der Hand zum Fenster, während er sich an den Küchentisch setzte. »Heute Nacht gab es mehr als einen halben Meter Neuschnee.«

Caroline stellte einen Becher vor ihn auf den Tisch und setzte sich zu ihnen. »Das ist doch eine gute Idee. Das solltet ihr machen.«

»Wieso wir? Du kommst natürlich mit.«

»Ich? Auf keinen Fall«, entgegnete sie abwehrend und lachte verlegen. Sie zog sich die Ärmel ihres viel zu großen Pullovers über die Hände. »Ich hab seit Jahren nicht mehr auf Brettern gestanden.«

»Das ist kein Argument, Lilli. Du machst es genau wie früher, fährst zum Hovärken rauf, stellst die Skier Richtung Tal und bremst unten am Lift.«

Caroline schüttelte den Kopf. »Ganz bestimmt nicht.«

Björn trank einen Schluck Kaffee und wartete.

»Ich habe überhaupt keine Ausrüstung«, machte Caroline einen letzten Versuch, sich zu widersetzen, aber er war halbherzig. In ihren Augen sah Björn die Lust auf den Berg, als sie sich daran erinnerte, wie es sich anfühlte, wenn die Bretter durch den Schnee pflügten und einen Geschwindigkeitsrausch und Adrenalinstoß auslösten.

»Im Dorf kannst du alles leihen«, versicherte er ihr. Er spürte Ulfs Blick auf sich und sah ihn fragend an.

»Es ist dir wirklich ernst«, stellte sein alter Freund fest.
»Sag jetzt nicht, dass du kneifst«, warnte Björn.
Das erste Mal an diesem Morgen lächelte Ulf.
Caroline rieb sich die Hände an ihrer Jeans. »Würdest du mich denn mit ins Dorf nehmen?«
Björn grinste. »Nichts lieber als das.« Dann wandte er sich an Ulf. »Am Lift oder bei *Karins Sportbod?*«
»Am Lift«, erwiderte dieser. »Ich habe meine komplette Ausrüstung bei Maybrit. Nicht die neueste, aber es wird reichen.«

*

Caroline wirkte abwesend, als sie wenig später auf dem Weg ins Dorf waren. »Was ist?«, fragte Björn und griff nach ihrer Hand. Sie senkte den Blick und schüttelte den Kopf.
»Habt ihr gestritten?«
»Nein.«
Es war nur dieses eine Wort, aber wie sie es betonte, wie sie danach das Gesicht abwandte und zum Seitenfenster hinaussah, ließ keinen Zweifel, dass es um sehr viel mehr ging als einen läppischen Streit.
Er drückte ihre Finger noch einmal behutsam, bevor er das Steuer wieder umfasste. Es musste einen triftigen Grund geben, warum Caroline ausgerechnet jetzt nach Schweden zurückgekehrt war. Er hatte sie bislang nicht gefragt, aber ihre unterschwellige Angst und Nervosität, die er bei jeder ihrer Begegnungen spürte, beunruhigten ihn. Und nun war auch noch Ulf da, und wie er befürchtet hatte, trug seine Gegenwart nicht zur Entspannung der Situation bei. Björn zögerte. Er mischte sich nicht gern ein.

»Wenn du reden musst, bin ich immer für dich da«, sagte er schließlich.
Ein flüchtiges Lächeln huschte über ihr Gesicht, als sie ihn ansah. »Ich weiß.«
Sie erreichten den Skiverleih, und er lenkte den Pick-up auf den Parkplatz. Als er Caroline die Tür des Geschäfts aufhielt, freute er sich an ihrer offensichtlichen Begeisterung beim Anblick der unzähligen Skier und Schuhe, der Stöcke und Helme. Selbstvergessen fuhr sie mit den Fingern über ein paar Bretter, die an der Wand hingen.
»Spürst du den Schnee schon unter ihnen?«, neckte er sie.
Sie stieß ihn freundschaftlich in die Rippen. »Ich werde einen fürchterlichen Muskelkater bekommen.«
»Ach, so schlimm wird es nicht.«
»Sicher?«
Er lachte. »Aber vielleicht solltest du dir den Skipass gleich als Saisonkarte holen. Wenn du erst einmal Blut geleckt hast …«
Zufrieden bemerkte er, wie sie sich langsam entspannte.

*

Ulf wartete bereits am Sessellift. Er war wie früher ganz in Schwarz gekleidet, und sein Anblick ließ Björn an ihre gemeinsamen Touren als Jugendliche denken. Das waren ihre Berge, gemeinsam hatten sie jeden Hang, jede noch so abgelegene Abfahrt erkundet. »Ihr seid mit Skiern an den Füßen geboren«, hatte sein Vater oft gesagt, der selbst ein leidenschaftlicher Abfahrtsläufer gewesen war. Maybrit und Caroline hatten das Kleeblatt komplettiert. Björn sah zu Caroline hinüber. Sie stocherte unsicher mit den Skistöcken im Schnee, er war jedoch überzeugt, dass sie spätestens nach zwei Abfahrten wieder das richtige Gefühl für den Schnee haben würde. Skilaufen war wie Radfahren. Man verlernte es nicht.

Wie früher nahmen die beiden Männer sie im Lift zwischen sich. Wind zog über die Baumwipfel und stob ihnen Schnee in die Gesichter. Ulf setzte seine Skibrille auf. Er war noch schweigsamer als zuvor in Carolines Haus, und seine schwermütige Stimmung beunruhigte Björn.

An der Mittelstation angekommen, erwartete sie ein grandioses Panorama. Bis an den Horizont zogen sich die verschneiten Bergrücken und schienen eins zu werden mit dem Himmel und den Wolken, die sich über ihnen auftürmten. Björn sah, wie Caroline die kalte Luft tief einatmete. Er stieß sich ab und fuhr zu ihr hinüber. »Allein für den Ausblick hat es sich schon gelohnt, oder?«

»Ich habe das so vermisst«, gestand sie.

»Wollen wir?«, fragte Ulf knapp, der gleich hinter ihm angefahren kam.

»Ich werde erst einmal eine leichte Abfahrt nehmen.« Caroline warf einen Blick auf die Pistenkarte. »Es hat sich viel verändert.«

»Wir haben in den letzten Jahren einige neue Pisten ausgebaut und den gesamten Westhang erschlossen«, erklärte Björn und wies auf den entsprechenden Abschnitt der Karte.

Sie sah zum Gipfel hinauf, um dessen kahle Kuppe eine Schneewolke hing. »Ihr könnt ruhig weiter hochfahren.«

»Zum Einlaufen sollten wir die ersten Abfahrten lieber gemeinsam machen«, widersprach Ulf. Ohne ein weiteres Wort fuhr er voraus, glitt schnell und leicht über den Schnee und wartete an der nächsten Kurve auf sie. Caroline

startete vorsichtiger, doch schon nach ein paar hundert Metern bemerkte Björn, wie sie Sicherheit gewann und ihr Hüftschwung lockerer wurde. Lachend überholte er sie, fuhr ein Stück rückwärts und ließ sie dann erneut passieren. An der Talstation des Lifts angekommen, nahm sie die Skibrille hoch, und er blickte in ihre strahlenden Augen.
»Und?«, fragte er.
»Großartig!«, bekannte sie.
Sie fuhren noch zwei gemeinsame Abfahrten, dann trennten sie sich, und Björn fuhr mit Ulf hinauf zum Gipfel. Ganz oben wehte beständig ein eisiger Wind und fegte den Schnee wie Nebel über den Boden. Das Gefühl, die Haftung zu verlieren und irgendwo zwischen Himmel und Erde zu schweben, war intensiv und das Panorama noch berückender als an dem einige hundert Meter tiefer gelegenen Ausstieg des Sessellifts. Diesmal war es Ulf, der trotz der Kälte verharrte und über die Berge blickte. Schließlich wandte er sich zu Björn um. »Lilli hatte eine Tochter, wusstest du das?« Er rief es gegen den Wind an, der ihm die Worte vom Mund riss.
Björn sah seinen Freund überrascht an. »Eine Tochter?«
»Ja, und ich bin der Vater.«
»Ist sie deshalb damals von heute auf morgen verschwunden?«
Ulf nickte.
»Und wo ist ihre Tochter jetzt?«
»Sie ist tot. Vor vier Wochen bei einem Unfall gestorben.« Mit diesen Worten stieß Ulf sich ab und schoss in hohem Tempo die Piste hinunter. Björn starrte der kleiner werdenden schwarzen Gestalt nach. Das war also der Grund für ihre Rückkehr. Eine Tochter, die sie durch einen Unfall verloren hatte. Und Ulf war der Vater. Björn schnalzte mit

der Zunge, als ihm die Tragweite der Situation bewusst wurde. Gleichzeitig konnte er sich jedoch des Gefühls nicht erwehren, dass noch mehr hinter Ulfs Wortkargheit steckte. Er nahm Schwung und fuhr seinem alten Freund hinterher. Noch vor dem Lift holte er ihn ein und zwang ihn zum Anhalten. »Du hast heute Nacht bei Lilli übernachtet. War was zwischen euch? Habt ihr miteinander geschlafen?« Er war von der schnellen Abfahrt außer Atem und stieß die Worte heftiger hervor als geplant.

Ulf schob seine Skibrille nach oben. Sein Blick war kalt. »Sah es heute Morgen so aus?«

Björn antwortete nicht sofort. »Eher nicht«, räumte er schließlich ein. »Aber …«

Doch Ulf hatte die Brille bereits wieder aufgesetzt und war davongefahren. Nachdenklich blieb Björn zurück und fragte sich, ob er mit Caroline sprechen sollte. Sie hatte ihm nichts von der Tochter erzählt. Vielleicht aus gutem Grund. Er stützte sich auf seine Skistöcke, während er ins Tal hinabblickte. Was für eine Tragödie. Vermutlich war es das Beste, sich nicht ungefragt einzumischen. Es war so schon schlimm genug.

11.

Caroline beobachtete, wie die Sonne hinter einer der großen Wolken hervorbrach und die Konturen der weichen runden Bergkuppen schärfte, die sich wie Stein gewordene Wellen bis an den Horizont zogen. Irgendwo dort, gar nicht weit entfernt, lag Norwegen. Das Land, in dem sie damals Zuflucht gefunden und am Ende eines dunklen, kalten Winters Lianne zur Welt gebracht hatte. Es hatte nur das Meer gegeben, den Wind und hohe schroffe Felsen. Und die Seevögel, die beständig geschrien hatten. Der Fischer, der sie aufgelesen hatte wie eine streunende Katze, war ein einfacher, ehrlicher Mann gewesen. Er hatte seine Frau an ein Fieber verloren und war froh, dass sie da war, für ihn kochte und seine Wäsche wusch. Als Lianne geboren wurde, war er auf dem Meer gewesen, eine Nachbarin hatte ihr zur Seite gestanden, doch als er zurückgekommen war, hatte er das Neugeborene mit seinen von den Netzen und dem Salzwasser rauhen Händen hochgenommen und lächelnd im Arm gehalten. Er hatte nie gefragt, woher sie kam, noch wer der Vater ihres Kindes war. Kräftig und blond war er gewesen, und wenn der Schmerz um den Verlust seiner Frau zu groß wurde, hatte er sich be-

trunken. Er hatte dabei am Ofen gesessen und ein Glas nach dem anderen von dem klaren selbstgebrannten Schnaps in sich hineingekippt, bis ihm die Augen zugefallen waren. Am nächsten Morgen war er in der Dunkelheit erneut aufgebrochen hinaus aufs Meer, egal wie das Wetter war. Obwohl Caroline Ulf in jenem Winter jeden Tag, jede Stunde, jede Minute vermisst hatte, war mit dem Frühling auch der Morgen gekommen, an dem sie das erste Mal Angst verspürt hatte, als sie dem Boot nachgesehen hatte, das auf den grauen, schaumgekrönten Wellen tanzte. Am selben Tag noch hatte sie den Fischer verlassen, und wie es seine Art war, hatte er lediglich still genickt, als sie ihm sagte, dass sie gehen würde, und sie hatte erneut vor dem Nichts gestanden.
Das Surren des Ankerlifts hinter ihr und das singende Auf und Ab schwedischer Stimmen brachte sie jäh in die Gegenwart zurück. Es war Mittag, und die meisten Wintersportler saßen bereits im Gasthof an der Liftstation, wo auch sie nach dieser Abfahrt mit Björn und Ulf verabredet war.
Sie scheute die erneute Begegnung mit Ulf, doch die Männer würden sich sorgen, wenn sie nicht kam. Nach der Nähe des vorangegangenen Abends war das Schweigen, in das Ulf sich geflüchtet hatte, schwer zu ertragen, die Ablehnung, die sie darin zu spüren meinte. Sie hatte ihn um seine Tochter betrogen. War es das, was er fühlte, aber nicht zu sagen wagte? Sie konnte seinen Gesichtsausdruck nicht mehr deuten. Früher hätte er getobt, sie angeschrien, ihr Vorwürfe gemacht. Sie kannte das von Lianne, die den Jähzorn ihres Urgroßvaters und ihres Vaters geerbt hatte. Oft hatte sie nach Ulfs Wesenszügen in Lianne gesucht, aber erst jetzt, nachdem sie ihn wiedergesehen hatte, erkannte

sie, wie viel tatsächlich von ihm in seiner Tochter gelebt hatte. Die Art, wie er den Kopf hielt, wenn er lachte. Das Lachen selbst. Das auffällige Schmalwerden der Lippen, wenn ihm etwas nicht gefiel. Es hatte sie Lianne umso mehr vermissen lassen und ihr Ulf gleichzeitig nähergebracht, als er ihr jemals gewesen war.

Seufzend stieß sie sich ab, spürte den Schnee unter den Skiern, nahm Tempo auf und wedelte elegant den Berg hinunter. Björn hatte recht gehabt, nach einer kurzen Eingewöhnungsphase fuhr sie so routiniert wie früher. Die Bäume flogen an ihr vorbei, sie überholte zwei Snowboarder, die vor einer Kuppe saßen, und eine Familie mit zwei kleinen Kindern. Die eisige Luft brannte auf ihrer Haut, und sie grub das Kinn tiefer in ihren Schal.

An der Talstation lief sie Ulf mehr oder weniger direkt in die Arme. Er hatte seine Skier abgestellt und war auf dem Weg in den Gasthof. Als er sie bemerkte, blieb er stehen und wartete auf sie. Sie versuchte, seine Stimmung einzuschätzen, aber seine Miene war undurchdringlich. Sie gab sich einen Ruck. »Und, alles in Ordnung?«, fragte sie, während sie ihre Skier abschnallte.

Er nickte. »Und bei dir?«

»Meine Beine sind schwer, und ich bin wirklich hungrig.« Sie nahm ihre Skibrille ab und blinzelte in das helle Licht.

Ulf wies auf den Gasthof. »Björn sucht drinnen schon einen Platz für uns.«

Durch die angelaufenen Fenster konnte Caroline sehen, dass sich die Menschen drängelten. »Das läuft, wie es scheint, ganz gut während der Saison«, bemerkte sie, um ein unverfängliches Thema bemüht.

Zu ihrer Erleichterung stieg Ulf darauf ein. »Das ganze

Gebiet wird für den Wintersport ausgebaut«, erklärte er ihr. »Hast du die Neubaugebiete für die Hütten gesehen?« Caroline zeigte nach links. »Drüben auf der Westseite, wo auch die neuen Pisten sind.«

Er hielt ihr die Tür auf. »Björn hat erzählt, dass es einigen Widerstand zu überwinden gab im Dorf.«

»Das kann ich mir vorstellen.« Caroline wies auf die Menschen um sie herum. »All die Touristen, die während der Saison hier sind. Das ist bestimmt nicht einfach.«

»Der Tourismus bringt Geld in die Region und sorgt dafür, dass man hier leben kann«, betonte Björn, als sie das Thema wenig später beim Essen noch einmal aufgriffen. »Wir können nicht mehr wie vor hundert Jahren die Kühe in die Wälder treiben und Forellen angeln. Wir haben tatsächlich noch einen Hof in der Region, der wie früher bewirtschaftet wird – als Touristenattraktion. Bis auf die Zeiten im Frühjahr und Herbst, in denen die Wege unpassierbar sind, sind die Zimmer dort ständig ausgebucht.«

»Erinnert ihr euch noch? Ich wollte früher doch immer ein Café hier eröffnen«, warf Caroline ein.

»Und jetzt?« Es war Ulf, der fragte. »Könntest du dir vorstellen, wieder hier zu leben?« Es lag etwas Provokantes in seiner Stimme, das sie aufhorchen ließ. Auch Björn spürte es, er hörte auf zu kauen und sah gespannt zu ihnen herüber. Caroline räusperte sich. »Ich hatte nicht vor, wieder zu gehen«, entgegnete sie trotzig. »Was ist mit dir?«

»Ich habe einen gut bezahlten Job in Stockholm«, antwortete er, während er sich eine weitere Scheibe Brot aus dem Korb auf dem Tisch nahm. Er sah Caroline dabei nicht an.

»In Stockholm?«

»Ulf hat die Fronten gewechselt«, warf Björn erklärend

ein. »Früher hat er mit Gras gedealt, und heute leitet er eine Sondereinheit bei der Mordkommission.« Er sagte es leichthin, beiläufig. Caroline glaubte, ihren Ohren nicht zu trauen. »Du bist Kriminalbeamter? Bei der Mordkommission? Wirklich?« Sie wusste nichts von ihm. Überhaupt nichts. Das wurde ihr in diesem Moment bewusst.
Ulf hielt ihrem ungläubigen Blick ruhig stand. »Das wusstest du nicht?«
»Nein, woher denn?« Ihr Herz klopfte heftig, und sie fürchtete, dass die beiden es hören konnten und bemerken würden, wie ihr das Blut in die Wangen stieg und ihre Hände zu zittern begannen. Sie griff nach dem Wasserglas und umschloss es fest, ohne zu trinken.
Er räusperte sich. »Kurz nachdem du weggegangen bist, bin ich nach Stockholm gezogen und habe mich dort für die Polizeilaufbahn beworben.«
Sie fuhr sich mit der Zunge über die Lippen, bemüht, seinem Blick standzuhalten. Warum war er hier? Was wusste er? Er durfte nicht merken, wie sehr sie diese Neuigkeit verstörte. Erneut überlief es sie heiß und kalt. Achtundzwanzig Jahre waren eine lange Zeit. Er hatte sich für ein völlig anderes Leben entschieden, als sie von ihm erwartet hatte, dabei war seine Wahl nicht einmal abwegig angesichts der Familientradition. Hatten die Svenssons sich nicht alle auf die ein oder andere Weise dem Dienst an der Öffentlichkeit verpflichtet? »Respekt«, entgegnete sie, bemüht um einen leichten Ton, um ihre Unsicherheit zu überspielen. »Ich kann keine so geradlinige Biographie vorweisen.«
»Dafür bist du ziemlich weit herumgekommen, oder?«, sprang Björn ihr bei.
»Das ist durchaus positiv formuliert«, bedankte sie sich mit

einem flüchtigen Lächeln. »Man könnte auch sagen, dass jeder meiner Versuche, sesshaft zu werden, gescheitert ist.« Und dann glaubst du, dass du hierbleiben wirst?, meinte sie in Ulfs Miene zu lesen, aber vielleicht interpretierte sie ihn falsch, denn er sagte nichts weiter dazu als: »Wollen wir unsere tiefenpsychologischen Betrachtungen zu einem anderen Zeitpunkt weiterführen? Wenn wir noch ein paar Abfahrten machen wollen, sollten wir uns beeilen.«

»Ich habe für uns im *Fjällkrogen* schon einen Tisch für heute Abend reserviert«, bekannte Björn. »Maybrit hat auch zugesagt.«

Caroline schüttelte den Kopf. Das ging alles zu schnell. Ein verstohlener Seitenblick zu Ulf offenbarte ihr, dass auch er sich überrumpelt fühlte. »Ich bin wirklich müde. Ich würde lieber früh ins Bett gehen«, wandte sie ein.

Aber Björn ließ sich nicht so leicht von seiner Idee abbringen. »So ein Quatsch«, erwiderte er. »Die Lifte schließen um vier. So lange fahren wir sowieso nicht mehr. Der Himmel zieht sich langsam zu, und die Sicht wird spätestens um drei Uhr nicht mehr gut sein. Dann fahre ich dich nach Hause, du duschst und legst dich für ein oder zwei Stunden schlafen, und gegen halb acht hole ich dich wieder ab.« Er nahm seine Handschuhe und die Skibrille vom Tisch.

»Hör zu«, begann Ulf, »vielleicht sollten wir …«

Doch Björn schnitt ihm das Wort ab. »Mir zuliebe«, sagte er bittend.

Ulf seufzte, sagte dann aber zu, und Caroline schloss sich ihm an.

Sie sah ihm nach, als er vor ihr das Restaurant verließ und seine schwarze Wollmütze aufsetzte, die sie plötzlich an den norwegischen Fischer denken ließ. Ulf war Kriminalbeamter geworden? Ausgerechnet Ulf. Es gelang ihr nicht, die Beklemmung zu ignorieren, die sie bei diesem Gedanken überkam. Warum nur war er gerade jetzt ins Tal zurückgekehrt? Welche Überraschung würde sie als Nächstes erwarten?

*

Björn hielt Wort und brachte sie nach Hause. Als sie ihre Skiausrüstung abgegeben hatte, dämmerte es bereits, und bis sie das Haus erreichten, war die Dunkelheit vollständig hereingebrochen. An der Tür hing ein Zettel. Der Tankstellenpächter hatte ihn auf dem Nachhauseweg dort angebracht. Es war nur eine kurze Mitteilung: *Deine Tante hat angerufen.* Sie hatte versäumt, Andra zu informieren, dass sie sich vor wenigen Tagen ein Mobiltelefon in Sveg gekauft hatte.

Caroline starrte auf den Zettel, auf die schnell dahingeschriebenen Buchstaben, und fragte sich nicht zum ersten Mal, ob ihre Tante einen sechsten Sinn besaß. Nur wenige Stunden, nachdem Caroline die Nachricht von Liannes Tod erhalten hatte, hatte Andra sie angerufen, obwohl sie wochenlang keinen Kontakt gehabt hatten. Natürlich konnte es sich um einen Zufall handeln, aber manchmal hatte Caroline das Gefühl, dass sie mehr mit ihrer Tante verband als nur die familiären Beziehungen. Sie riss den Zettel von der Tür ab, bevor Björn ihn sehen konnte, und ließ den Hund hinaus.

»Kann ich dich allein lassen?«, fragte Björn.

»Ja, selbstverständlich«, erwiderte sie und schaltete das Flurlicht ein. »Vielen Dank für diesen wunderbaren Tag.«

»Er ist noch nicht zu Ende«, warnte er sie und warf einen Blick auf seine Uhr. »Ich hole dich in dreieinhalb Stunden wieder ab.« Dann stieg er die Stufen hinunter und ging zu seinem Wagen zurück. »Mach dich hübsch!«, rief er ihr noch zu, bevor er einstieg und den Motor anließ. Mit sonorem Blubbern rollte der Pick-up auf die Straße.

Caroline sah ihm kopfschüttelnd nach, dann rief sie den Hund und ging ins Haus. Andra war nach zweimaligem Klingeln am Apparat. »Schön, deine Stimme zu hören«, sagte sie.

»Ist etwas?«, fragte Caroline.

Andra wollte nicht gleich mit der Sprache heraus. »Ich hatte heute Nacht einen entsetzlichen Alptraum«, gestand sie schließlich. »Von dir und … na, es ist auch egal. Ich wollte nur hören, ob es dir gutgeht.«

»Von mir und wem?«, hakte Caroline nach.

Andra schwieg.

»Bitte.«

»Von dir und … Ulf.«

Caroline ließ sich langsam auf den nächstgelegenen Stuhl sinken.

»Caroline, bist du noch da?«

»Ja«, antwortete sie leise. Ihr war plötzlich speiübel.

»Was ist, Kind? Es tut mir leid, wenn ich dich erschreckt habe.«

Andra war siebenundachtzig. Caroline wollte sie nicht in Aufregung versetzen. »Es ist nichts, Andra. Ich bin nur ein wenig müde. Ich war heute den ganzen Tag Ski laufen mit Björn.«

Sie hörte, wie ihre Tante erleichtert auflachte. »Dann bin ich ja beruhigt. Er hat früher immer schon gut auf dich aufgepasst. Und er ist sicher noch genauso attraktiv wie in jungen Jahren.«

»Das ist er«, gab Caroline zu.

Sie saß noch lange, nachdem sie aufgelegt hatte, reglos mit dem Telefon in der Hand auf dem Stuhl. Nach einer Weile kam der Hund zu ihr und legte seinen Kopf auf ihre Beine. Abwesend streichelte sie ihn. Sie hatte nicht gewagt zu fragen, was genau Andra geträumt hatte. Und jetzt war es zu spät. Ihre Tante würde ihre Schlüsse ziehen, wenn sie noch einmal anrief.

Einen entsetzlichen Alptraum.

Andras Worte verfolgten Caroline und hielten sie wach, als sie sich wenig später aufs Bett legte. Andra hatte von ihr und Ulf geträumt, und von Björn hatte sie soeben auf dem Heimweg erfahren, dass Ulf vor fünf Jahren das letzte Mal im Tal gewesen war. Caroline schauderte. So viel Zufälle gab es nicht, konnte es nicht geben. Sie musste fort, je schneller, desto besser.

Mit klopfendem Herzen sprang sie aus dem Bett, riss den Schrank auf und griff nach ihrer Reisetasche. Wahllos stopfte sie ihre Kleidung hinein, mehr und immer mehr, bis sie plötzlich innehielt. Wo wollte sie überhaupt hin? Wo würde sie Zuflucht finden? Sie starrte auf die gepackte Tasche zu ihren Füßen und den Pullover in ihrer Hand und spürte, wie ihr die Tränen kamen. Das Schlafzimmer verschwamm. Was sollte sie bloß tun?

Sie ballte die Hände zu Fäusten, und der Schmerz, mit dem sich ihre Fingernägel in die Handballen gruben, brachte sie wieder zur Besinnung. Sie durfte nicht durchdrehen. Sie musste sich beruhigen. Nachdenken. Langsam setzte sie sich auf ihr Bett. Ulf war nicht zufällig hier, vielleicht hatte er erfahren, dass sie da war, und war gekommen, um sie wiederzusehen und mit ihr zu sprechen. Jeder im Dorf konnte ihn angerufen haben. Die meisten wussten, was damals geschehen war. Hätte er sie nicht längst damit konfrontieren müssen, wenn es einen anderen Grund für seinen Besuch gab? Er hatte genügend Gelegenheiten gehabt. Gestern Abend und den ganzen heutigen Tag, den sie wie ganz normale Wochenendurlauber verbracht hatten. Wenn sie darüber nachdachte, konnte sie es kaum fassen. Ebenso wenig wie ihre Zusage, sich heute Abend mit Björn, Maybrit und Ulf im *Fjällkrogen* zu treffen. Das war absurd. Sie würde nicht gehen. Sie hatte die anderen schon zu dicht an sich herangelassen. So viel Nähe war nicht gut. Nicht in ihrer Situation. Sie fuhr sich nervös mit der Zunge über die Lippen, während sie sich an Björns Worte erinnerte. *Mach dich hübsch!* Was für ein Irrsinn.

Dennoch huschte ihr Blick über den verbliebenen Inhalt des Kleiderschranks. Sie hatte es bis hierhin geschafft. Warum sollte es nicht weitergehen, wenn sie nur subtil genug vorging? War das nicht vernünftiger, als schon wieder Hals über Kopf wegzulaufen?

Sie stand auf, zog ein Oberteil aus dem Schrank und strich mit den Fingern über die im Licht matt schimmernde Seide. Fast zu fein für den *Fjällkrogen.* Das letzte Mal hatte sie es auf einer Berlinreise mit Thomas getragen. Ihr Blick fiel auf die dunkle, fast neue Jeans, die gleich daneben hing. Sie würde es wagen. Diesen einen Abend noch. Sie wischte sich die Tränen von den Wangen und ging ins Bad. Sie war gerade fertig, als sie Björns Wagen kommen hörte.

Er pfiff bewundernd durch die Zähne, als sie ihm die Tür aufmachte. »Himmel, Lilli, du siehst großartig aus.«

Sie lächelte, zuckte verlegen mit den Schultern. »Mach dich hübsch, hast du gesagt, oder?«

Er schluckte. »Ich werde den ganzen Abend um dich kämpfen müssen. All die anderen Männer vertreiben …«

»Na«, fiel sie ihm ins Wort. »Ich bin sicher nicht die einzige Frau – und bei weitem nicht die jüngste.«
»Sch«, machte er nur und half ihr in die Winterjacke. Beim Hinausgehen zog sie einen Schal aus dem Schrank und legte ihn gegen das Schneetreiben, das gerade eingesetzt hatte, über ihr Haar.

Als sie wenig später den *Fjällkrogen* betraten, bemerkte sie, wie Ulf sich bei ihrem Anblick aufrichtete und die Augen nicht mehr von ihr ließ, während sie und Björn auf den Tisch zuhielten, an dem er mit Maybrit auf sie wartete. Es war vorausschauend von Björn gewesen, einen Tisch zu reservieren, denn das Lokal war bis auf den letzten Platz besetzt. Musik und Stimmengewirr umfingen sie, die Bedienungen balancierten große Tabletts mit Essen und Getränken zwischen den Tischen hindurch, und in einem offenen Seitenraum waren Musiker dabei, ihre Instrumente zu stimmen. Als Maybrit Björn und Caroline entdeckte, stand sie auf und kam auf sie zu. Sie trug einen weißen Pullover über einer sandfarbenen Cordhose und wirkte selbst in dieser schlichten Garderobe vornehm. Sie nickte Björn zu und wandte sich dann an Caroline. »Ich glaube, ich habe allen Grund, mich bei dir zu entschuldigen.«
Caroline nahm überrascht die Hand, die Maybrit ihr entgegenstreckte. »Hej, Maybrit, schön, dich zu sehen.« Einen Moment sahen sie sich schweigend an, dann lagen sie sich in den Armen. Es war ein gutes Gefühl. Maybrits dunkles Haar strich über Carolines Wange, und sie stellte fest, dass ihre alte Freundin noch immer *Chanel No. 5* benutzte. Für Caroline war der Duft dieses Parfums so untrennbar mit Maybrit verbunden, dass sie immer an sie hatte denken

müssen, wenn sie ihn in den vergangenen Jahren irgendwo auf der Welt wahrgenommen hatte.

Sie setzten sich Ulf und Maybrit gegenüber an den Tisch, Björn bestellte Getränke, und Caroline wies auf die Musiker, vier Männer mittleren Alters in Jeans und schwarzen T-Shirts. »Was erwartet uns denn?«

Björn zuckte mit den Schultern. »Eine Coverband, vermutlich ein bisschen was fürs Herz, ein bisschen was für die Beine.« Er grinste. »Die Bands, die sich zu uns verirren, sind selten hitverdächtig, daran hat sich wenig geändert, aber sie sorgen für gute Stimmung.«

Eine blonde Kellnerin brachte das Bier, das er bestellt hatte, und wechselte ein paar Worte mit ihm, die Caroline aufgrund der Geräuschkulisse nicht verstehen konnte. Dann nahm er sein Glas und prostete ihnen allen zu. »Auf die alten Zeiten.«

Caroline erhaschte den Blick, den Maybrit Björn über den Rand ihres Glases zuwarf. Spott lag darin, was typisch für Maybrit war, aber auch eine unerwartete Warmherzigkeit. Ob die beiden jemals mehr aus ihrer Freundschaft gemacht hatten, die sie seit Kindertagen verband? Ihr Umgang ließ keine Rückschlüsse darüber zu. Caroline sah zu Ulf. Er hatte den Blick auf sein Glas gerichtet und strich mit dem Finger die Wassertropfen ab, die an der Außenseite herunterperlten. Jetzt, da sie Ulf und Maybrit nebeneinander sah, merkte sie erst, wie sehr sie einander glichen. Sie hätten Geschwister sein können. Ulf hatte jedoch genau wie Caroline das Tal verlassen. Wie wäre ihr Leben verlaufen, wenn sie nicht fortgegangen wäre? Hätten sie und Ulf sich für ein Leben im Tal entschieden? Wäre Lianne noch am Leben, oder hätte sie hier ein anderer Tod ereilt, weil es ihr bestimmt gewesen war, so jung zu sterben? Gab es so etwas? Je älter sie wurde, desto weniger glaubte Caroline an Vorsehung oder Schicksal, und doch hatte das Telefonat mit Andra sie so verstört und beschäftigte sie noch immer. *Ich hatte einen entsetzlichen Alptraum,* klang ihr Andras Stimme wieder im Ohr, und mit einem Mal schien es ihr viel zu warm im *Fjällkrogen.* Sie zog sich den Schal von den Schultern und fächelte sich Luft zu. Ulf sah auf, und seine Finger schlossen sich so fest um das Bierglas, dass sie meinte, es müsse unter ihnen zerspringen. Er starrte auf den Ausschnitt ihres Seidenpullovers, auf den Anhänger der Kette, die sie trug. Unwillkürlich umschloss ihre Hand den schmalen goldenen Ring mit der altmodisch gefassten Perle.

»Eine wirklich schöne Perle«, hatte vor Jahren einmal ein Juwelier zu ihr gesagt, dem sie das Schmuckstück zur Reparatur gebracht hatte, weil ihr die Perle aus der Fassung gefallen war. »Perlen von dieser Qualität findet man heute nur noch selten. Ich könnte den Ring für Sie umarbeiten, ein wenig modernisieren.«

»Ich bin ganz zufrieden damit, wie er ist«, hatte sie damals nur geantwortet. »Es ist ein Erinnerungsstück.«

Caroline hätte sich ohrfeigen können, dass sie vergessen hatte, die Kette abzunehmen, aber nach all den Jahren des Tragens war sie so sehr Teil ihrer selbst geworden, dass sie sich ihrer oft gar nicht mehr bewusst war. Langsam ließ sie die Hand sinken, und der Ring fiel warm auf ihre Haut zurück. Sie wagte nicht, Ulf anzusehen.

Es war Björn, der sie aus der Situation rettete, indem er den Arm um sie legte, als die Band die ersten Takte anschlug. »Dir ist klar, dass dein erster Tanz mir gehört?«, rief er ihr über die Musik hinweg zu.

Sie lachte nervös auf. »Tanzen? Ich? Heute Abend?« Es war das Letzte, wonach ihr zumute war.

Aber Björn ließ sich nicht beirren. »Man muss die Feste feiern, wie sie fallen, Lilli«, erinnerte er sie augenzwinkernd, nahm ihre Hand und zog sie von ihrem Platz hoch. »Glaub mir, hinterher wird dir das Bier doppelt gut schmecken.«
Die Band spielte wie angekündigt Coversongs, und sie tanzten zu *Katmandu* von Bob Seger. Björn sang den Refrain lauthals mit, während er Caroline um sich herumwirbelte. Völlig außer Atem fiel sie mit dem letzten Gitarrenakkord in seinen Arm. Das nächste Stück war ruhiger, und Björn zog sie an sich. Sie ließ es geschehen, spürte seinen Körper an ihrem und ließ sich von ihm über die Tanzfläche führen. Björn war schon immer ein guter Tänzer gewesen. Vielleicht lag es daran, dass er früher selbst Musik gemacht und den Rhythmus im Blut hatte.
»Du bist nach wie vor der attraktivste Mann, den ich kenne«, fasste sie ihre Gedanken in Worte. »Wie bist du in all den Jahren den Frauen entkommen?«
Sie spürte sein Lachen mehr, als dass sie es hörte. Er schob sie ein wenig von sich und sah ihr in die Augen. »Die einzige Frau, die ich wollte, war vergeben«, gestand er. »Und mein trotziger Versuch, es dennoch mit der Ehe auszuprobieren, ist … nun ja, du kennst die Geschichte … kläglich gescheitert.«
»Bist du darüber hinweg?«, fragte sie.
Seine Schritte wurden kleiner, und sie wiegten sich nahezu auf der Stelle im Takt der Musik. »Meine Ehe habe ich abgehakt«, antwortete er, ohne sie aus den Augen zu lassen. »Ansonsten lebe ich nach dem Prinzip Hoffnung.«
Müdigkeit und Alkohol wuchsen zu einer gefährlichen Mischung zusammen und verursachten eine merkwürdige Leichtigkeit in Carolines Kopf. Sie wollte ihn küssen, sich

einfach fallen und den Dingen ihren Lauf lassen. Spielerisch berührte sie seine Wange, spürte den Bartansatz unter ihren Fingern, die Wärme seiner Haut. Sie würden glücklich miteinander sein, sie waren aus demselben Holz.
Die Musik verklang.
Björns Hände verharrten auf ihren Hüften. Caroline lächelte ihn an, trat einen Schritt zurück und nahm seine Hände kurz in die ihren, bevor sie sich abwandte und zum Tisch ging.
Björn folgte ihr, ohne dass ihm anzumerken war, was ihn bewegte. Zurück am Tisch, schob er ihr gentlemanlike den Stuhl zurecht und wandte sich dann Maybrit zu, um sie um den nächsten Tanz zu bitten.

12.

Was war das eben?«, fragte Maybrit, sobald sie außer Hörweite waren. »Es sah ganz so aus, als wollte sie dich küssen.«

Björn umfasste Maybrits Taille und zog sie für den nächsten Tanz in seinen Arm. »Bist du etwa eifersüchtig?«

»Vergeude deinen Charme nicht an mich«, wies sie ihn zurecht. »Du hättest die Situation ausnutzen sollen.«

»Es hat noch nie Sinn gemacht, Lilli zu bedrängen«, erinnerte er sie.

Sie seufzte. Natürlich hatte er recht. Caroline war eigen. Sie ließ sich nicht drängen, und es war nahezu unmöglich zu deuten, was in ihr vorging. Sie war nicht immer so gewesen. Maybrit erinnerte sich, dass sie sich, scheu und zurückhaltend, wie sie war, von Carolines offener, impulsiver Art angezogen gefühlt hatte wie ein Nachtfalter vom Licht. Caroline hatte ihre Gefühle auf der Zunge getragen und aus ihrer Meinung nie einen Hehl gemacht. Sie hatte ihre Freude und ihre Trauer mit allen geteilt und war auf charmante Art gleichzeitig unberechenbar gewesen. Dieselbe Anziehungskraft wie auf Maybrit hatte Caroline auf Ulf ausgeübt, der von jeher fasziniert gewesen war von ihrem

Temperament und der Art, wie sie das Leben umarmte. Mit dem Übergang zum Erwachsenwerden war aus dieser Faszination eine gefährliche Leidenschaft erwachsen, doch Caroline hatte sich nie besitzen lassen, war immer flüchtig geblieben, immer ihre eigenen Wege gegangen. Bis zum unerwarteten Tod ihrer Eltern. Wenn auch nur einer von ihnen damals begriffen hätte, was mit Caroline geschah, hätte sich vieles vielleicht anders entwickelt.

»Ist dir eigentlich klar, dass wir heute noch für die Fehler bezahlen, die wir damals gemacht haben?«, fragte sie Björn und blickte über seine Schulter zu dem Tisch, an dem Caroline und Ulf sich gegenübersaßen wie zwei Fremde. »Es macht mich krank zu sehen, wie sie sich anschweigen.«

»Wir waren jung und unerfahren«, erwiderte er. »Du solltest dir deswegen keine Vorwürfe machen.«

Er hatte leicht reden. Sie hatte sich jahrelang Vorwürfe gemacht. Sie hatte ihren Eltern Vorwürfe gemacht, die ebenso untätig gewesen waren, obwohl sie als Erwachsene es hätten besser wissen müssen. Zumindest hatte sie das in jenen Tagen gedacht. Später, viel später, hatte sie begriffen, dass sie alle mit der Situation überfordert gewesen waren. Sie sah Björn an. »Du hast Lilli damals gefunden, nicht wahr?«

Er nickte kurz.

»Du hast nie darüber gesprochen«, stellte sie fest.

Er tat es auch jetzt nicht. »Hat Ulf dir von ihrer Tochter erzählt?«, fragte er stattdessen nach einer Weile.

»Lilli hat ihr den Namen unserer Großmutter gegeben.«

»Lianne?«, entfuhr es Björn überrascht.

Maybrit lächelte bestätigend.

»Weißt du, woran das Mädchen gestorben ist?«, fragte er.

»Es war anscheinend ein Unfall, aber ich weiß nichts Genaues.«
Sie hatte gehofft, dass Björn besser informiert war als sie und ihr etwas erzählen konnte. Caroline und Ulf wussten ihre Geheimnisse zu hüten. Dass Ulf noch etwas verbarg, war ihr längst klar. Nach seiner Rückkehr am Vormittag von Caroline war er auffällig in sich gekehrt gewesen. Er hatte sich zurückgezogen, längere Zeit mit seinem Kollegen in Stockholm telefoniert und schließlich über ihren Anschluss einige Unterlagen per Fax erhalten. Wie versteinert hatte er sie durchgeblättert, als könne er nicht glauben, was er las. Er hatte nicht einmal bemerkt, dass sie ihn beobachtete, und ihr war klargeworden, dass es sich nicht um einen seiner Fälle, sondern um etwas Persönliches handeln musste. So aufgewühlt hatte sie ihn lange, sehr lange nicht mehr erlebt, und ein Verdacht hatte in ihr zu keimen begonnen, der sich festigte, als sie jetzt mit Björn von der Tanzfläche zurückkam und feststellte, dass Ulf und Caroline sich noch immer wortlos gegenübersaßen. Natürlich war auch Ulf Zeuge von Björns und Carolines Flirt auf der Tanzfläche gewesen. Maybrit hatte bemerkt, wie er den Atem angehalten hatte und sein Mund schmal geworden war. Sie hatte einen Moment lang einen seiner plötzlichen Wutanfälle befürchtet. Aber er hatte sich unter Kontrolle. Es musste einen anderen, schwerwiegenderen Grund geben, dass er den klaren Schnaps, den hier alle tranken, wenn sie vergessen wollten, in sich hineinschüttete, als wäre es Wasser. Sie würde einiges darum geben, wenn sie einen Blick auf die Unterlagen werfen könnte, die er per Fax erhalten hatte. Sobald sie zu Hause war, würde sie Håkan Bergströms Telefonnummer heraussuchen. Sie hatte Ulfs Kollegen vor vielen Jahren einmal kennengelernt.

Damals hatte Ulf ihn und seine Familie zu Mittsommer ins Tal eingeladen. Es war an der Zeit, diese Bekanntschaft aufzufrischen.

13.

Dass es ein Fehler war, sich im *Fjällkrogen* zu treffen, war Ulf in dem Moment klargeworden, als er Caroline zur Tür hereinkommen sah. Sie hatte die übergroßen alten Pullover und Jeans, in denen sie sich in den vergangenen Tagen versteckt hatte, gegen deutlich figurbetontere Kleidung getauscht, ihre Haare frisiert und sich geschminkt. Sie sah so umwerfend aus, dass er bei ihrem Anblick nach Luft geschnappt hatte. Sie war keine Model-Schönheit, aber sie besaß Ausstrahlung und wusste, sie zur Geltung zu bringen. Einzelne Strähnen ihres aufgesteckten Haars ringelten sich weich um ihr Gesicht, der enganliegende Pullover und die Jeans betonten ihre wenigen Rundungen so perfekt, dass die anderen Männer aufsahen, als sie an ihnen vorbeiging. Caroline hatte es nicht einmal bemerkt. Das war typisch für sie, doch heute Abend wirkte sie darüber hinaus abwesend und unkonzentriert, einsam.

Es scheint etwas passiert zu sein. Etwas, was sie belastet. Björns Worte vor zwei Tagen hatten sich bestätigt. Es *war* etwas passiert! Es ging nicht allein um Liannes Tod. Es war weit mehr als das. Liannes Tod war nur der Anfang gewesen.

Er griff nach der Flasche, die vor ihm auf dem Tisch stand, und schenkte sich ein weiteres Glas ein, stürzte den klaren Schnaps in einem Zug herunter und spürte, wie die Wärme des Alkohols durch seinen Körper strömte und sein Gehirn mit jenem wunderbar leichten Nebel überzog, der das Denken schwerfällig machte. Er ignorierte Carolines Blick. Und er ignorierte den Ring, der an der filigranen goldenen Kette auf ihrer Haut lag. Er erinnerte sich an das Gefühl der feinen Glieder unter seinen Fingern, als sie am Vorabend in seinem Arm gelegen hatte. Er hatte zu dem Zeitpunkt nicht die leiseste Ahnung gehabt, welchen Anhänger sie um den Hals trug. Warum trug sie seinen Ring immer noch? Er hatte sie und Björn auf der Tanzfläche beobachtet und dabei den primitiven Wunsch verspürt, seinen alten Freund zu schlagen. Er durfte nicht zulassen, dass Caroline einen Keil zwischen ihre Freundschaft trieb. Er durfte ihr diese Macht nicht gewähren. Aber besaß sie nicht längst Macht über ihn? Vor nicht einmal einer Stunde hatte er sogar seinen Kollegen ihretwegen belogen. Er schenkte sich ein weiteres Glas ein, um die Stimmen in seinem Kopf endlich zum Schweigen zu bringen.
»Na, du hattest doch nicht vor, die heute Abend allein leer zu machen?«
Ulf sah auf. Björn stand vor ihm, und sein Gesichtsausdruck strafte den scherzhaften Tonfall Lügen. Hör auf, dich zu betrinken, warnten seine Augen. Ulf fuhr sich mit der Zunge über die Lippen. »Warum holst du nicht noch ein paar Gläser?«, fragte er. Seine Stimme klang erstaunlich klar. »Ich hab noch nie gern allein getrunken.«
Maybrit wollte etwas sagen, doch ein Mann von einem der Nebentische forderte Caroline zum Tanzen auf. Ulf kannte ihn, ihm gehörte der Skooter-Verleih im Dorf. Und natür-

lich kannte Caroline ihn auch von früher. Mit zusammengezogenen Brauen sah er ihnen nach, als er sie zur Tanzfläche führte und sie auf eine Bemerkung seinerseits hin auflachte.
»Soll ich dich nach Hause fahren?«, fragte Maybrit.
Ulf schüttelte den Kopf. »Nicht nötig. Den Weg finde ich auch allein.« Er setzte sich auf. »Willst du mich loswerden?« Ihre kühle, beherrschte Art reizte ihn.
»Nein, ich will nur einen unnötigen Skandal vermeiden«, erwiderte sie ruhig.
»Ich fahre morgen zurück nach Stockholm«, sagte er bitter. »Dann brauchst du dir keine Sorgen mehr zu machen, dass ich den Namen Svensson in Misskredit bringe.«
Sowohl sie als auch Björn sahen überrascht auf. »Das kommt unerwartet«, bemerkte Björn.
Ulf antwortete nicht, sondern starrte auf die Tanzfläche. Er musste mit Caroline reden. Er durfte ihre Aussprache nicht länger hinauszögern. Dann würde er abreisen. Als die Musik verklang, stand er auf. Maybrit griff nach seinem Arm, aber er schüttelte ihre Hand ab. Er wusste, dass er zu viel getrunken hatte. Aber er war noch Herr seiner Sinne, auch seiner Bewegungen. Es gehörte mehr als eine halbe Flasche Schnaps und ein paar Bier dazu, um ihn wanken zu lassen. Caroline verließ gerade die Tanzfläche, als er wortlos nach ihrem Handgelenk griff und sie zurückzog. Sie wehrte sich, und ihr Tanzpartner wollte protestieren, doch ein Blick von Ulf genügte, dass der Mann das Feld freiwillig räumte.
Ulf sah in Carolines erschrockenes Gesicht. »Darf ich bitten?«, fragte er spöttisch und zog sie in seinen Arm. »Wir müssen reden.«
»Hier?«, entgegnete sie entsetzt. »Jetzt?«

»Hier und jetzt«, bestätigte er. »Ich kann mir keinen besseren Ort vorstellen.«
Zum ersten Mal an diesem Abend nahm er ihr Parfum wahr, ein leichter Duft, der ihn an eine Blumenwiese im Sommer denken ließ. Er passte zu jener Caroline, die er einmal gekannt hatte. Zu dem zerdrückten Gras an der Tankstelle in jenem Sommer, in dem er sie verloren hatte.
»Ich möchte nicht mit dir reden, wenn du in einer solchen Stimmung bist«, sagte sie und versuchte, sich aus seinem Arm zu befreien. »Lass mich gehen.«
»In was für einer Stimmung bin ich denn?«, fragte er herausfordernd.
»Du bist betrunken.« Wut blitzte in ihren Augen.
»Hast du dich mal gefragt, warum?«
»Was geht es mich an, wenn du dich betrinkst«, erwiderte sie voller Zorn. »Ich will damit nichts zu tun haben.« Wieder versuchte sie, sich loszureißen.
»Es geht dich nichts an?«, fuhr er sie an. »Du kommst hierher und erzählst mir von einer Tochter, die ich hatte und die gerade gestorben ist, und glaubst …«
»Ich glaube gar nichts«, unterbrach sie ihn. »Und ich bin bereit, jederzeit mit dir zu reden. Aber nicht hier. Nicht so.«
Sie gab sich verdammt selbstbewusst. Er nahm es ihr jedoch nicht ab, er spürte ihre Angst. Sie war wie ein Tier, das, in die Ecke gedrängt, von Verteidigung auf Angriff umschaltete. Ihr Brustkorb hob und senkte sich zu schnell, ihr Atem flog wie nach einem Lauf. Ahnte sie, dass er um ihr Geheimnis wusste?
Die Musik setzte ein. Sphärische Keyboardklänge und ein allzu vertrauter Basslauf. Ulf erstarrte, als er die Melodie erkannte. Caroline bemerkte es im selben Moment wie er.

Er spürte es an ihrer ganzen Haltung, besonders aber daran, wie sich ihre Finger in seine Schulter gruben. *»I have the time, so I will sing … yeah …«*, sang der Kopf der Band den Billy-Idol-Hit *Catch My Fall.*
Gab es ein Zuviel an Erinnerung? Ulf war auf einen Schlag nüchtern. *Lost song of lovers, fellow travellers … yeah …* Er wollte flüchten. So wie er vor diesen Klängen in den vergangenen Jahren immer geflüchtet war, weil sie untrennbar mit der Frau verbunden waren, die er jetzt im Arm hielt. *If I should stumble …* Aber er war wie paralysiert. *Catch my fall …* Wie oft hatten sie sich zu diesem Song geliebt? Unvermittelt war alles wieder da: der Geschmack ihrer Haut und das Muttermal auf der Innenseite ihres Oberschenkels, der Druck ihrer Hände auf seinem Körper … Sein Griff um Caroline lockerte sich. Sie trat einen Schritt zurück, und ihre Blicke trafen sich. Fühlte sie genauso? Sie öffnete den Mund, als wolle sie etwas sagen, überlegte es sich dann aber anders, wandte sich ab und rannte zurück zum Tisch, wo Björn und Maybrit die Szene verfolgten. Caroline griff nach ihrer Jacke und ihrem Schal. Björn wollte ihr nach, als sie zum Ausgang eilte, doch Maybrit hielt ihn zurück. Ulf stand noch immer auf der Tanzfläche, bunte Lichter kreisten um ihn, tanzende Paare rempelten ihn an, während er versuchte, den Ausdruck zu deuten, der in Carolines Augen gelegen hatte, bevor sie gegangen war.
»Was hat sie vor?«, fragte er, sobald er zurück am Tisch war.
»Sie wollte nach Hause«, erwiderte Maybrit.
»Zu Fuß?«
Seine Cousine nickte.
»Das ist leichtsinnig. Sie ist nicht warm genug angezogen

für den langen Weg.« Er griff nach den Autoschlüsseln, die auf dem Tisch lagen, doch Maybrit legte ihre Hand darauf.
»Du hast zu viel getrunken.«
»Ich war noch nie so nüchtern, Maybrit.«
»Du solltest hierbleiben«, mischte sich nun auch Björn ein.
»So wie du?«

Dunkelheit und Kälte fielen auf ihn herab, als er das Lokal verließ. Natürlich hatte Maybrit recht. Er durfte nicht mehr fahren, aber wer kontrollierte das hier draußen in der Einöde? Er holte Caroline am Dorfausgang ein. Er bemerkte sie erst, als sie in einen der Lichtkegel trat, die die Straßenlaternen in großen Abständen warfen. Sie trug nur ihre Jeans, die gegen die eisige Kälte keinen Schutz boten, und eine Daunenjacke, in deren Taschen sie ihre Hände mangels Handschuhen vergraben hatte. Warum hatten Björn und Maybrit sie nicht davon abgehalten? Sie beschleunigte ihre Schritte, als er seinen Wagen neben ihr ausrollen ließ und das Seitenfenster öffnete. »Lilli steig ein, ich fahre dich nach Hause.«
Sie ignorierte ihn.
»Lilli, verdammt, es ist zu kalt …«
Er hielt an, ließ den Wagen mit laufendem Motor stehen und rannte ihr nach. Nach wenigen Metern war er bei ihr und hielt sie am Arm fest. »Lilli, sei vernünftig. Du kannst nicht zehn Kilometer in dieser Aufmachung zurücklegen. Nicht bei der Kälte.«
Als sie sich endlich zu ihm umwandte, sah er, dass sie weinte. »Hör auf, dich um mich zu kümmern«, stieß sie hervor. »Wir können die Vergangenheit nicht wieder lebendig machen. Was zwischen uns war, ist vorbei. Es wird nie wieder so sein wie früher.«

»Weinst du deswegen?«
»Ich habe gerade das Wertvollste in meinem Leben verloren. Ich will nicht auch noch alles andere verlieren. Ich hätte nie zurückkommen dürfen. Ich begreife jetzt, was mich all die Jahre abgehalten hat. Alles verblasst, die alten Bilder, die Erinnerungen …«
Es war das ehrlichste Eingeständnis ihrer Gefühle, seit sie sich wieder begegnet waren. Sie riss sich von ihm los und setzte ihren Weg fort.
»Lilli …«, rief er ihr hinterher. »Ich fahre morgen früh zurück nach Stockholm.«
Sie blieb abrupt stehen. Mit einigen wenigen Schritten hatte er sie eingeholt. »Bitte, lass mich dich nach Hause fahren.«
»Nach Hause«, wiederholte sie sarkastisch. Die Bitterkeit in ihrer Stimme ließ keinen Zweifel, dass diese zwei Wörter keine Bedeutung mehr für sie hatten. Aber sie folgte ihm zum Wagen.
Sie sprach den ganzen Weg nicht, bis sie in die Einfahrt zu ihrem Grundstück einbogen.
Das Haus lag im Dunkeln. Nur der Schein des fast vollen Mondes spiegelte sich in den Fenstern, und der Schnee funkelte im Licht der Autoscheinwerfer, als hätte jemand Millionen winziger Edelsteine darauf verteilt.
»Siehst du den Sternenstaub?«, fragte er.
Sie wischte sich die Tränen von den Wangen und lächelte matt. »Sternenstaub«, wiederholte sie leise. »So haben wir es immer genannt. Er funkelt nur, wenn es kalt genug ist, nicht wahr?«
»Funkelt der Schnee in Hamburg nicht?«
»In Hamburg liegt nur sehr selten Schnee, und meist ist er grau und hässlich.«

»So wie in Stockholm.«
Sie machte keine Anstalten auszusteigen.
»Du fährst morgen?«, fragte sie nach einer Weile.
Er nickte und wartete, sicher, dass noch etwas kommen würde, und er wurde nicht enttäuscht und gleichzeitig doch, denn ihre nächste Frage war für ihn beinahe ein Schuldeingeständnis.
»Warum warst du hier?«, wollte sie wissen, und ihm entging nicht die Anspannung in ihrer Stimme. Er bewunderte ihren Mut. War es der Mut der Verzweiflung? Er war versucht, ihr ebenso direkt zu antworten, die Karten auf den Tisch zu legen und ihr die Dokumente zu zeigen, die er seit dem Vormittag in der Innentasche seiner Jacke mit sich trug. Er hatte es nicht gewagt, sie in seinem Gepäck in Maybrits Haus zu lassen. »Maybrit und ich mussten ein paar Dinge regeln«, erwiderte er stattdessen beiläufig.
Atmete sie auf? War das ein Zeichen von Erleichterung? Es war zu dunkel im Wagen, um es mit Sicherheit sagen zu können. Er sah nur, wie sie sich aufrichtete. »Du … wolltest mit mir reden«, bemerkte sie dann zögernd.
»Das hat sich erledigt«, erwiderte er und begrub damit all die Fragen, die er noch hatte zu Lianne, dieser Tochter, die er nie kennengelernt hatte, zu ihrem Leben und ihrem Tod. Er hoffte, dass er für alles andere, was er damit gleichzeitig begrub, Håkan niemals Rede und Antwort würde stehen müssen.
Caroline fuhr mit dem Finger über das Armaturenbrett. »Schade, dass wir so wenig Zeit füreinander hatten.«
»Ich hatte heute Abend nicht den Eindruck, dass du wild darauf warst, Zeit mit mir zu verbringen.«
»Es tut mir leid, wenn ich abweisend war«, sagte sie ent-

schuldigend. »Es war alles ein bisschen viel – und dann noch das Lied …«
»Das war ein ziemlicher Overkill«, gestand er.
Sie sah ihn von der Seite an. »Woran hast du dabei gedacht?«
»Woran ich dabei gedacht habe?«
»Ja, das war meine Frage.«
»Willst du es wirklich wissen?«
Sie nickte.
»An das Muttermal auf der Innenseite deines Oberschenkels.«
Ein Lächeln spielte um ihre Mundwinkel.
»Hast du es noch?«
»Willst du es sehen?«
Sein Mund wurde plötzlich trocken. Er schluckte.
»Sorry«, sagte sie entschuldigend. »Ich hätte diese Frage vielleicht nicht stellen sollen.« Sie sah zum Haus. »Ich sollte jetzt besser reingehen. Der Hund bellt sich vermutlich schon die Seele aus dem Leib.«
Sie öffnete die Tür, und eisige Luft strömte herein. Er griff nach ihrem Arm. »Lilli?«
Sie sank in den Sitz zurück. »Ja?«
»Es war schön, dich wiederzusehen.«
Sie nahm seine Hand. »Das fand ich auch. Pass auf dich auf.«
Die Wagentür schlug hinter ihr zu. Sie war nie ein Freund langer Abschiede gewesen. Er wartete, bis sie an der Haustür war, dann ließ er den Motor wieder an. Als er rückwärts vom Grundstück fuhr, sah er im Lichtkegel seiner Scheinwerfer den Hund von der Veranda herab in den Schnee springen. Im Haus ging das Licht an. Er lenkte den Wagen auf die Straße, legte den ersten Gang ein und gab Gas. Es

fiel ihm nicht leicht, Caroline zurückzulassen, aber es gab keinen anderen Weg, nicht in dieser Situation. Er warf einen letzten Blick in den Rückspiegel. Den Elch, der just in diesem Moment aus dem Wald auf die Straße trat, bemerkte er zu spät. Ulf machte eine Vollbremsung, der Wagen geriet ins Schlingern. Es gab einen fürchterlichen Krach, als er das große Tier frontal erwischte. Das Letzte, was er wahrnahm, war der riesige Kopf des Elchs, der gegen die Windschutzscheibe prallte, und das Blut, das über das zersplitternde Glas rann. Dann wurde alles schwarz.

*

»Ulf …!« Die Stimme kam von weit her. Carolines Stimme. »Ulf, verdammt, komm zu dir!« Etwas Kaltes klatschte in sein Gesicht und nahm ihm den Atem. Er wollte seine Augen öffnen, aber seine Lider waren schwer wie Blei. »Ulf, wach auf!« Etwas Kaltes landete nun auch auf seiner Brust. »Verdammt«, stieß er mühsam hervor. »Was machst du da?« Endlich gelang es ihm, die Augen zu öffnen. Er saß am Steuer seines Wagens. Allmählich hob sich der Schleier, und die Erinnerung kehrte zurück. »Da war ein Elch …«

»Ein junger Bulle, ja …«

Unter Schmerzen richtete er sich auf und atmete gegen seine Benommenheit an. Blinzelte. Umständlich erhob er sich aus dem Wagen und stützte sich auf die Tür.

Das Tier lag vor dem Audi in einer Blutlache, die im weißen Schnee tiefrot leuchtete. Die Augen des Tiers waren trübe. »War er sofort tot?«

Caroline schüttelte den Kopf, und erst jetzt bemerkte er das Gewehr, das am Wagen lehnte. »Die Vorderläufe waren gebrochen«, sagte sie ruhig.

»Du kannst also immer noch schießen«, murmelte Ulf.
»Das verlernt man ebenso wenig wie das Skilaufen.« Sie betrachtete ihn skeptisch. »Kannst du mir helfen, ihn an den Straßenrand zu ziehen?«
»Ich glaube schon.«
Er stützte sich am Wagen ab. Ihm war schwindlig, doch er atmete weiter dagegen an. Der Airbag war nicht ausgelöst worden, warum auch immer. Ulf fasste sich an die Stirn, an seinen Fingern klebte Blut. Er war mit den Kopf aufs Lenkrad geprallt.
»Du warst nicht angeschnallt«, bemerkte Caroline vorwurfsvoll.
»Nein, ich …« Er verstummte, als er das Ausmaß des Schadens an seinem Wagen erkannte. Die Front des Audis war völlig eingedrückt, die Windschutzscheibe zersplittert.
»Wenn ich nüchtern gewesen wäre, hätte ich vielleicht noch ausweichen können«, bemerkte er selbstkritisch.
»Ja, möglicherweise«, stimmte sie ihm zu. »Aber es macht keinen Sinn, sich jetzt Gedanken darüber zu machen.«
Sie packten das Tier an den Hinterläufen und zogen es, soweit es ging, an den Straßenrand. »Wenn der junge Bulle ausgewachsen gewesen wäre, hätten wir ihn keinen Zentimeter bewegt«, keuchte Ulf. Die Anstrengung verursachte ihm Übelkeit. Er wandte sich ab und sank auf die Knie.
»Scheiße, ich glaube ich …« Weiter kam er nicht. Neben dem toten Tier erbrach er sich in den Schnee.
»Du hast eine Gehirnerschütterung«, konstatierte Caroline, als er sich stöhnend wieder aufrichtete. »Oder ein Schleudertrauma.«
»Quatsch«, widersprach er. »Das ist nur der Alkohol.«
Caroline fuhr sie im Audi zurück auf das Grundstück. Als Ulf aus dem Wagen stieg, musste er sich Zeit lassen. Ihm

war noch immer schwindlig. Schwer stützte er sich auf das Geländer der Veranda.

»Das Bett im Gästezimmer ist noch bezogen«, sagte sie. »Du musst dich hinlegen. Heute Nacht können wir sowieso nichts mehr unternehmen.«

»Du hast vermutlich recht«, stimmte er ihr mit einem Blick auf seine Uhr zu. Es war kurz vor Mitternacht, und die Aussicht, sich irgendwo im Warmen hinzulegen und die Augen zu schließen, erstickte jeden Widerspruch im Keim. An der Haustür bemerkte er noch, dass es zu schneien begann. Wind kam auf und ließ die Flocken tanzen. Er dachte sich nichts dabei.

14.

Das Klingeln seines Mobiltelefons weckte Björn Nyborg aus einem unruhigen Schlaf. Mit geschlossenen Augen tastete er danach. »Ja?«

Der Anrufer war der Betreiber der Liftstation. »Wir haben hier ein Problem. Die Verkleidung beginnt sich zu lösen, und der Sturm soll noch stärker werden.«

»Sturm? Der war doch erst für morgen Abend angekündigt«, fragte Björn, während er bereits halb aus dem Bett war.

»Er zieht von Osten auf mit heftigen Schneefällen«, informierte ihn der Betreiber.

In diesem Moment hörte Björn selbst den Wind, der ums Haus heulte.

»Ich bin in zehn Minuten da.« Er rief einen seiner Mitarbeiter an. »Ich bin gleich bei dir, mach dich fertig.«

Auf dem Weg hinaus schlüpfte Björn in seinen Schneeoverall und griff sich seine Werkzeugtasche. Er war der einzige Bauunternehmer in der Umgebung, weshalb er ständig einsatzbereit sein musste. Damit er mitten in der Nacht nicht lange suchen musste, hatte er für solche Notfälle immer eine Grundausrüstung bereitliegen. Er hatte diese Gründlichkeit ebenso wie das Geschäft selbst von seinem Vater übernommen. Sein alter Herr wohnte gleich nebenan, in dem Haus, in dem Björn geboren und aufgewachsen war, und stand ihm mit über achtzig beratend zur Seite.

Kurz nach Carolines Ankunft hatte er sie mit zu seinen Eltern genommen. Das Strahlen im Gesicht seiner Mutter war es wert gewesen. »Lilli, mein Kind, wie schön!«, hatte sie Caroline herzlich begrüßt und sie in ihre Arme geschlossen, als wäre sie ihre eigene Tochter. Die beiden Frauen hatten eine enge Bindung zueinander aufgebaut nach dem Tod von Carolines Eltern. Seine Mutter hatte die verstörte junge Frau damals aufgenommen und ihr ohne viel Aufhebens das gegeben, was sie am nötigsten brauchte: Geborgenheit und Ruhe. Dennoch hatte seine Mutter ihn gewarnt: »Sie ist keine Frau für dich, lass die Finger von ihr. Sie wird dir weh tun.« Er hatte diese Warnung beherzigt, nur einmal war er der Versuchung erlegen, waren er und Caroline von dem schmalen Grat zwischen Freundschaft und Leidenschaft, auf dem sie sich ständig bewegt hatten, abgestürzt. Er strich intuitiv über die Narbe auf dem Rücken seiner Hand, die sich von dort über seinen ganzen Unterarm zog. Natürlich hatte er mit seiner Mutter damals nicht über die Umstände seines Unfalls gesprochen, und auch sie hatte sich nie dazu geäußert, weder, als er mit seinem Vater aus dem Krankenhaus in Sveg zurückgekommen war, noch zu einem späteren Zeitpunkt. Er war den Verdacht nie losgeworden, dass sie genau wusste, was passiert war. Manchmal besaß das Unausgesprochene mehr Bedeutung als das, was gesagt wurde.

Er seufzte, schüttelte die Erinnerungen ab und konzentrierte sich auf die Straße vor ihm, auf der er nur langsam vorankam. In dichten Wolken trieb der Wind den Schnee vor sich her, und dort, wo weder Bäume noch Häuser das wilde Gespann aufhielten, bildeten sich erste Schneewehen. Auf halbem Weg kamen ihm die orangeroten Lichter eines Räumfahrzeugs aus dem wirbelnden Dunkel entgegen. Für die Fahrer würde es heute ebenfalls keine Nachtruhe geben.

Sein Mitarbeiter wartete bereits auf ihn. »Ausgerechnet heute Nacht«, fluchte Ole und stieg in Björns Wagen. »Bei dem Wetter!«

»Wann denn sonst?«, fragte Björn. »Aber tröste dich, wir werden gut dafür bezahlt.«

»Das will ich hoffen.«

Augenblicke später erreichten sie die Liftstation, und als Björn die Tür seines Pick-ups öffnete, hörte er über den Sturm hinweg sogleich das Scheppern der losen Verkleidung. Er trieb seinen Mitarbeiter zur Eile an, denn wenn der Wind erst einmal unter die losen Teile griff, würde eins der großen Kunststoffpaneele nach dem anderen abreißen. Und das mitten in der Saison.

»Die Platten haben verdammt viel Gewicht«, rief Björn Ole über den Wind und das Scheppern hinweg zu. »Sei vorsichtig! Wir werden heute keinen Rettungshubschrauber bekommen, und die Straße nach Sveg ist sicher schon zu.«

»Nimm dir das selbst zu Herzen!«, schrie dieser zurück.

Der Liftbetreiber hatte große Halogenstrahler aufgestellt, die die Szenerie in ein gleißendes Licht tauchten. Björn und Ole waren ein eingespieltes Team, und trotz der widrigen Bedingungen arbeiteten sie ruhig und konzentriert. Nach einer guten Stunde waren sie fertig, schneller, als Björn gehofft hatte.

»Kommt noch mit rein auf was zu trinken«, lud der Liftbetreiber sie ein, aber Björn lehnte dankend ab. Der eisige Wind hatte ihn trotz seines Overalls bis auf die Knochen ausgekühlt. Er wollte nur noch unter die warme Dusche und zurück ins Bett. Und seine Entscheidung war richtig, wie sich gleich darauf herausstellte. Die Straßenverhältnisse im Dorf waren trotz des ständigen Einsatzes der Räumfahrzeuge so schlecht, dass er mehr als dreimal so lang für die kurze Strecke vom Lift bis nach Hause benötigte. Als er seinen Wagen auf das Grundstück fuhr, sah er Licht im Haus seiner Eltern brennen. Vermutlich hatte sein Vater gehört, dass er weggefahren war. Er ging hinüber, und der alte Herr öffnete ihm im Bademantel die Tür. »Die Liftstation, ja, ich hab mir schon gedacht, dass es da bald Ärger geben würde«, erwiderte er, nachdem Björn ihm davon erzählt hatte. »Vor ein paar Tagen erst war ich da und hab es klappern gehört. Der Betreiber wollte sich darum kümmern. Ist jetzt alles in Ordnung?«
»Vorerst«, bestätigte Björn. »Wenn der Sturm sich gelegt hat, müssen wir wohl noch mal hin.«
»Das kann noch ein paar Tage dauern«, bemerkte sein Vater. »Ich habe eben im Radio gehört, dass es sogar noch schlimmer werden soll. Der Fernsehempfang ist schon gestört.«
Björn dachte an Caroline. Ihr Haus lag so weit außerhalb, dass die Straße sicher längst unpassierbar war. Er hoffte nur, dass sie ausreichend Vorräte im Haus hatte. Zurück in seinen eigenen vier Wänden, schickte er ihr eine SMS. Er erhielt keine Antwort, auch am nächsten Morgen nicht, an dem der Schneesturm ungebremst weitertobte, aber er verdrängte die Sorge, die in ihm aufstieg. Solche extremen

Wetterlagen führten zu Störungen in den Mobilfunknetzen, außerdem gingen bereits die nächsten Notrufe bei ihm ein, die seine Aufmerksamkeit forderten.

15.

Caroline fand keinen Schlaf, obwohl sie nach dem langen Tag todmüde war. Unruhig wälzte sie sich im Bett von einer Seite auf die andere, während die Bilder des toten Elchs und Ulfs regloser Gestalt hinter dem Steuer sie verfolgten. Der Hund hatte sie auf den Unfall aufmerksam gemacht. Er hatte nicht aufgehört zu bellen und sich wie wahnsinnig aufgeführt, bis Caroline ihm nach draußen gefolgt war. Der Anblick des verletzten Elchs im Licht der Autoscheinwerfer, dem Blut aus Nase und Maul lief und der zunächst noch verzweifelt versucht hatte aufzustehen, bis er schließlich erschöpft den Kopf in den Schnee hatte sinken lassen, war schrecklich gewesen. Sie hatte nur an Lianne denken können und ihren grausamen Tod, der diesem so ähnlich war. Im Gegensatz zu dem Tier hätte Lianne jedoch noch am Leben sein können, wenn der Mann, der am Steuer des Unfallwagens gesessen hatte, nicht einfach weitergefahren wäre. Vielleicht, mahnte sie sich selbst. Vielleicht wäre Lianne auch gestorben, wenn sie früher in ein Krankenhaus eingeliefert worden wäre. Die Ärzte hatten es ihr immer und immer wieder gesagt. Es war nicht nur der Blutverlust, der zum Tod geführt hatte, sondern auch die Schädigung der inneren Organe. Ein feiner, aber bedeutender Unterschied, vor allem in juristischer Hinsicht. Die bitteren Erinnerungen an Liannes Tod und das aktuelle Geschehen vor ihr auf der Straße hatten einander überlagert, Caroline hatte sie nicht mehr trennen können und war wie erstarrt stehen geblieben, bis der Hund sich an den Elch gewagt und begonnen hatte, das frische Blut aus dem Schnee aufzulecken, das aus dem Tier herauspulste. Sie war zurück ins Haus gerannt und hatte eines der Gewehre ihres Vaters geholt und auf dem Weg hinaus geladen. Ein gut plazierter Schuss, mehr war nicht nötig gewesen. Er hatte über den See gehallt und ihr in den Ohren gedröhnt, der Hund hatte wieder zu bellen begonnen, doch der Blutstrom war versiegt.

Dann erst, und das war ein Grund, weshalb der Schlaf sie so hartnäckig floh, war sie auf Ulf aufmerksam geworden, der reglos und mit geschlossenen Augen in seinem Wagen gesessen hatte. Mit zitternden Händen hatte sie das Gewehr abgestellt und die Wagentür aufgerissen, hatte das Blut auf seiner Stirn gesehen, das aus einer Platzwunde tropfte und bereits eine angetrocknete Spur über seine Wange gezogen hatte. Doch das Pochen seiner Halsschlagader hatte ihr gezeigt, dass er lebte, und so hatte sie ihm kurzerhand Schnee ins Gesicht gedrückt, um ihn zu sich zu bringen. Sie versuchte, nicht darüber nachzudenken, dass Ulf erfroren wäre, wenn der Hund nicht gebellt und sie auf den Unfall aufmerksam gemacht hätte. Wieder und wieder fragte sie sich, was Andra geträumt haben mochte. Rastlos wanderten ihre bedrückenden Gedanken, bis sie endlich der Schlaf übermannte. Ruhe fand sie allerdings nicht. Alpträume lösten die quälenden Gedanken ab. Sie merkte nicht, wie der Wind auflebte, dessen ersten Hauch Ulf noch gespürt hatte, bevor er ins Haus gegangen war. Schließlich schreckte sie hoch, weil heftige Böen an den Balken zerrten, als wollten sie sie aus den Verankerungen reißen. Zu dem Zeitpunkt war der Sturm schon längst in voller Stärke ausgebrochen. Im Dunkeln tastete sie nach ihrem Handy. Es war halb drei Uhr morgens. Sie hatte keinen Empfang. Der Hund reckte sich vor dem Bett, als er hörte, dass sie sich bewegte, und legte seine Nase auf ihr Kopfkissen. »Leg dich wieder hin«, befahl sie leise und kroch tiefer unter ihre Decke.

Sie hatte seit Tagen keine Wettervorhersage gehört, aber im Dorf war von einem heraufziehenden Unwetter die Rede gewesen, das allerdings erst für den kommenden Abend erwartet worden war. Sie starrte in die Dunkelheit und lauschte auf das Ächzen und Stöhnen des Hauses, als es mit einem Mal draußen vor ihrem Fenster entsetzlich krachte. Der Hund sprang auf und bellte. »Ruhig«, zischte sie, stieg aus dem Bett und trat mit bloßen Füßen ans Fenster, gegen das der Wind drückte und die Eiseskälte durch die Ritzen trieb. Außer wirbelnden weißen Flocken konnte sie nichts erkennen, aber sie ahnte, dass eine der alten Birken, die auf dieser Seite wuchsen, dem Sturm nicht standgehalten hatte. Hastig zog sie sich etwas über und machte einen Rundgang durch das Haus, um zu kontrollieren, ob alles in Ordnung war. Vor der Eingangstür hatte sich ein Schneehaufen gebildet, und der Sturm drückte den Schnee durch die feinen Ritzen des Sicherheitsschlosses. Im Bad hatte der Wind das Fenster, das nie gut geschlossen hatte, aufgedrückt. Eisige Luft strömte ihr schon unter der Tür entgegen, bevor sie den Raum betrat. Es kostete sie einige Mühe, das sperrige Fenster zu schließen, doch schließlich gelang es ihr. Im Haus war es so kalt, dass sie ungeachtet der nächtlichen

Stunde Feuer im Kamin machte. Sie wunderte sich, dass Ulf nicht aufgewacht war, aber er hatte früher schon einen so festen Schlaf gehabt, dass sie stets darüber gescherzt hatten, man könne eine Bombe neben seinem Bett zünden, ohne ihn zu wecken.

Der Hund legte sich zu ihr vor den Kamin, wo sie dicht am Feuer in eine Decke gehüllt sitzen blieb. Lange starrte sie in die tanzenden Flammen, während der Sturm weiter um das Haus heulte. Spätestens wenn das Holz für den Kamin aufgebraucht war, müsste sie sich hinauswagen. Sie nickte ein paar Mal ein, den Kopf an den warmen Rücken des Hundes gelehnt, doch gegen halb sechs rappelte sie sich auf, entfachte das Feuer neu und beschloss, Kaffee zu kochen. Auf der Lehne des Sofas lag Ulfs Jacke, die er dort nach seinem Unfall achtlos abgelegt hatte. Sie nahm sie, um sie im Flur aufzuhängen. Es war eine jener modernen multifunktionalen Outdoor-Jacken. Nachdenklich strich sie mit dem Finger über das mattschwarze Material. Ulfs Nachricht, dass er heute nach Stockholm zurückfahren wolle, hatte sie überrascht. Während der letzten Tage waren sie nicht ein Mal ernsthaft miteinander ins Gespräch gekommen. Es stand zu viel zwischen ihnen. Das war ihr am Vorabend bewusst geworden. Ulf war noch immer verletzt und wütend, und sie war enttäuscht, weil er nicht einmal ein Bild seiner Tochter hatte sehen wollen. Nur an jenem ersten Abend waren sie sich nah gewesen, eine Vertrautheit hatte ihr Wiedersehen umgeben, wie sie es nur bei guten Freunden kannte, mit denen sich der Faden des letzten Gesprächs unbeschwert aufnehmen ließ, egal, wie lange man sich nicht gesehen hatte. Zumindest in diesem Augenblick hatte sie geglaubt, dass sie die emotionale Nähe zueinander trotz der langen Trennung nicht verloren hatten. Am nächsten Morgen aber hatte Ulf sich zurückgezogen, eingeigelt, und sie war nicht mehr an ihn herangekommen. Wie unkompliziert war dagegen der Umgang mit Björn, mit dem sie in der Erinnerung an früher lachen konnte, statt zu streiten. Vielleicht war Ulf das genauso bewusst geworden wie ihr und er war froh, dem Tal unter diesen Umständen möglichst schnell den Rücken zu kehren. Sobald es hell wurde, würde sie ihn ins Dorf fahren, damit er sich um den Abtransport seines Wagens kümmern konnte. Sie nahm einen Bügel von der Garderobe, um Ulfs Jacke daraufzuhängen, doch sie fiel herunter. Als Caroline sie aufheben wollte, rutschten einige gefaltete Dokumente aus der Innentasche. Caroline hängte die Jacke ein zweites Mal auf, hob die Papiere vom Boden und wollte sie in die Tasche zurückstecken, als ihr Blick auf zwei Worte fiel, die sie innehalten ließen: ihren eigenen Namen. *Caroline Wolff* stand auf einem offiziellen Schreiben. Ungläubig starrte sie darauf. Es bestand kein Zweifel. Mit zitternden Fingern faltete sie die Dokumente auseinander und blickte in ihr eigenes Gesicht. Das Foto war klein, aber unverkennbar. Ihr Atem ging schneller, als sie begriff, dass sie einen internationalen Haftbefehl in Händen hielt.

Sie ließ das Schreiben sinken.

Ulf wusste alles.

Er hatte es die ganze Zeit über gewusst.

Deswegen war er überhaupt nur gekommen. *Maybrit und ich mussten ein paar Dinge regeln.* Er hatte sie angelogen. Mit zitternden Fingern faltete sie den Haftbefehl wieder zusammen und steckte ihn zurück in die Innentasche seiner Jacke.

Wer wusste noch davon? Björn? Maybrit? Hatte er mit ihnen gesprochen? Vor Entsetzen und Aufregung zog sich

Carolines Magen zusammen. Sie schaffte es gerade noch rechtzeitig ins Bad.
Sie wusste später nicht, wie lange sie über der Kloschüssel alles aus sich herausgewürgt hatte, bis nur noch bittere, ätzende Galle gekommen war. Ihr Magen schmerzte von den Anstrengungen des Erbrechens. Ihre Kehle war rauh. Sie füllte sich eine Wärmflasche, setzte sich auf den geschlossenen Klodeckel und presste sie auf ihren Bauch. Sie erinnerte sich sehr gut, wann sie sich das letzte Mal so elend gefühlt hatte. Wann sie das letzte Mal eine Nacht im Bad verbracht hatte. Am darauffolgenden Tag hatte sie Hamburg fluchtartig verlassen.
Langsam stand sie auf. Der Hund wartete vor der Badezimmertür, spürte, dass es ihr nicht gutging. »Alles in Ordnung«, flüsterte sie, um ihn zu beruhigen. Ihr war schwindlig und immer noch schlecht. Sie musste sich hinlegen, das war das Einzige, was half. Der Hund folgte ihr ins Schlafzimmer. Sie kroch ins Bett und zog die Decke über sich. Aber die Geborgenheit, die sie noch wenige Tage zuvor verspürt hatte, war fort. Stattdessen hatte sie das Gefühl zu fallen. Tiefer und immer tiefer. Wie hatte sie glauben können, hier sicher zu sein? Es gab niemanden, dem sie vertrauen konnte. Sie war allein. Sie umklammerte die Bettdecke, versuchte Trost zu finden in dem vertrauten Geruch, doch vergeblich. Tränen stiegen ihr in die Augen.
Da hörte sie aus dem Nebenzimmer, wie Ulf wach wurde. Unwillkürlich hielt sie den Atem an. *Wie, um Himmels willen, sollte sie ihm begegnen?* Wenn er eigens aus Stockholm gekommen war, um sie zu verhaften, warum hatte er es nicht längst getan? Was hielt ihn ab? Zweifelte er an ihrer Schuld? Beobachtete er sie? *Du kannst also immer noch schießen,* hatte er gesagt, nachdem sie dem Elch den Gna-

denschuss gegeben hatte. Diese und andere Äußerungen bekamen plötzlich eine andere Bedeutung. Erhielten Gewicht. Sie drückte die Wärmflasche fester auf ihren Bauch, als eine neue Welle der Übelkeit über sie hinwegspülte.
Das Bett nebenan knarrte. Er stand auf. Sie presste die Lippen aufeinander. Was sollte, was *konnte* sie tun?

*

Graues Tageslicht sickerte in den Raum. Sie war wieder eingeschlafen, und nun reckte sie sich müde. Das Erste, das sie bewusst wahrnahm, war das Heulen des Windes. Der Sturm tobte unvermindert weiter. Sie schlug ihre Decke zurück und stand auf. Das Display des Handys zeigte zehn Uhr.
Sie musste Ulf ins Dorf fahren und dann ihre Sachen packen und verschwinden. Ihr Geld würde gerade noch reichen, um auf dem Landweg bis Sankt Petersburg zu kommen. Sie kannte eine Familie dort. Ein Journalistenehepaar. Sie hatten jahrelang in Hamburg gelebt. Lianne war mit dem Sohn der beiden zur Schule gegangen. Caroline und Lianne hatten sie nach ihrer Rückkehr in Russland besucht und den Kontakt über die Jahre gehalten. Sie würde ihnen von unterwegs eine Mail schreiben. Raina und Boris würden ihr weiterhelfen.
Noch in Gedanken öffnete sie ihre Zimmertür und trat in den Flur. Das Licht hier war an, ebenso wie in der Küche, aber Ulf war nicht da. Nur ein benutzter Kaffeebecher stand auf dem Tisch, und in der Maschine war ein Rest Kaffee. Wo war Ulf? *Wo war der Hund?* In diesem Moment hörte sie über das Heulen des Sturms hinweg Schritte auf der Veranda, im nächsten Augenblick flog die Haustür

auf, und ein Schwall eisiger Luft fegte herein. Sie schauderte. Der Hund sprang aus dem wirbelnden Weiß in den Flur, Rücken und Kopf bedeckt mit Schnee, gefolgt von Ulf, der fast bis zur Unkenntlichkeit vermummt war. In den behandschuhten Händen hielt er den bis an den Rand gefüllten Holzkorb, und auch er war über und über mit Schnee bedeckt. Caroline eilte zu ihm und drückte mit einiger Mühe die Tür hinter ihm ins Schloss. Augenblicklich wurde es still. Ulf stellte den Holzkorb ab und schüttelte sich beinahe ebenso wie der Hund neben ihm. »Es ist unmöglich draußen«, stieß er atemlos hervor. »Kein Meter Sicht. Ich hätte fast nicht zur Tür zurückgefunden.« Er schälte sich aus seiner Winterkleidung und rieb sich die Finger. Überall um ihn herum bildete der getaute Schnee nasse Pfützen auf dem Holzboden.

»Das heißt, wir sitzen hier fest?«, fragte sie entsetzt.

»Sieht ganz so aus.«

Ungläubig schüttelte sie den Kopf. »Ich bin heute Nacht von dem Sturm aufgewacht und hab Feuer gemacht, aber ich hätte nicht gedacht, dass es so schlimm wird …« Sie biss sich auf die Lippe. Sie waren eingesperrt. Ausgerechnet jetzt. Ausgerechnet sie beide. Es kam ihr vor wie ein schlechter Scherz. »Bist du schon lange wach?«, fragte sie.

Ulf stellte seine Stiefel unter die Heizung. »Schon eine ganze Weile«, gestand er. »Ich habe bei dir reingeschaut, aber du hast so fest geschlafen, dass ich dich nicht wecken wollte. Ich habe nur den Hund mit rausgenommen.«

Sie strich dem großen schwarzen Tier im Vorbeigehen über den Kopf. »Er hat dir heute Nacht das Leben gerettet«, sagte sie, mehr um Zeit zu gewinnen und ihre Gedanken zu sortieren als aus irgendeinem anderen Grund. »Wenn er nicht so gebellt hätte, hätte ich von deinem Unfall nichts bemerkt. Wie geht es dir überhaupt?«

Er fasste sich an die Stirn, wo die von ihr mit Pflastern fixierte Mullauflage über der Platzwunde lag. »Es ist okay, ich hatte Kopfschmerzen, aber ich hab im Bad Aspirin gefunden und eine genommen, allerdings bin ich mir nicht sicher, ob ich mit den Folgen einer Gehirnerschütterung zu tun habe oder nicht doch eher den Nachwehen meines Alkoholkonsums.«

»Du warst ganz schön betrunken«, bestätigte sie.

»Habe ich mich schlecht benommen?«

»Nicht schlechter als früher«, entgegnete sie. »Du kannst froh sein, dass nichts Schlimmeres passiert ist.« Er benahm sich so normal, dass sie sich schon fragte, ob sie die ganze Episode mit dem Haftbefehl nur geträumt hatte, doch dann sah sie eine Ecke des Papiers in der Innentasche aufblitzen, als er seine Jacke aufhängte.

»Mein Kollege Håkan behauptet immer, meinem Schutzengel würde nie langweilig werden.«

»Dann hast du dich in all den Jahren wohl nicht verändert.«

Er lächelte, sagte aber nichts, und sie spürte, wie ihre Nervosität zurückkehrte. Sie musste etwas tun, sich ablenken.

»Hast du schon gefrühstückt?«, fragte sie.

»Nur einen Kaffee.«

»Dann mache ich uns was«, schlug sie vor. Draußen krachte es erneut, und für einen Moment flackerte das Licht. Sie verharrte in ihrer Bewegung und schluckte vor Aufregung.

»Weißt du, wie lange der Sturm anhalten soll?«

Er schüttelte den Kopf. »Wir haben keinen Mobilfunkempfang, nicht ungewöhnlich bei dem Wetter, und der Fernseher funktioniert auch nicht …«

»Der Fernseher ist kaputt«, unterbrach sie ihn und fragte

sich, was er sonst noch probiert und gesucht hatte, während sie geschlafen hatte. »Aber irgendwo müsste ein Radio sein.« Sie eilte ins Wohnzimmer und versuchte, nicht daran zu denken, dass der letzte Schneesturm, den sie in diesen Bergen erlebt hatte, drei Tage gedauert hatte. Wie sollte sie drei Tage mit Ulf unter diesen Bedingungen ausharren? Sie öffnete den einzigen Schrank im Raum, ein altes Ungetüm aus Eiche, in dem ihr Vater alles aufzubewahren pflegte, für das er keinen anderen Platz gefunden hatte. Sie blickte auf die Rücken alter Fotoalben, auf Kisten mit unbekanntem Inhalt, auf alte Ferngläser, einen antiquierten Fotoapparat und, tatsächlich, ganz hinten im zweiten Bord von unten, stand das Kofferradio. Ein Relikt aus den sechziger Jahren, lindgrün und stoffbespannt.

Ulf blickte skeptisch auf das Gerät, als sie damit in die Küche zurückkehrte. »Du meinst, das funktioniert noch?« Er nahm es ihr ab und betrachtete es mit gerunzelter Stirn. »Kann es sein, dass es früher hier in der Küche stand – als wir Kinder waren?«

Wehmut ergriff Caroline, als sie sah, wie er es in den Händen drehte und seine Finger über die Knöpfe strichen. »Meine Mutter wollte es wegschmeißen, nachdem meine Eltern die Küche renoviert hatten«, bestätigte sie seine Vermutung. »Ich glaube, sie fand es schon immer scheußlich, aber mein Vater konnte sich nicht davon trennen. Er hat es in seinen Schrank gestellt und manchmal rausgeholt, wenn wir allein waren …« Sie verstummte in der Erinnerung an einen friedlichen Sommertag, an dem sie im Badeanzug vom See gekommen war und ihr Vater auf der Veranda gesessen hatte, eine Pfeife im Mundwinkel und das Radio auf dem Tisch, aus dem blechern die aufgeregte Stimme eines Sportreporters dröhnte, der ein Fußballspiel kommentierte. Es musste irgendeine Welt- oder Europameisterschaft gewesen sein. Sie war damals sicher nicht älter als fünf oder sechs Jahre gewesen. Sie hatte sich zu ihrem Vater gesetzt und zugehört, wenn sie auch kaum begriffen hatte, wovon gesprochen wurde, und ihr nasser Badeanzug hatte auf dem alten Holzstuhl dunkle Flecken hinterlassen, während die Sonne sie allmählich getrocknet hatte. Die Luft hatte nach Harz gerochen und dem würzigen Pfeifenrauch.

»Kommt es dir manchmal auch so vor, dass die Sommer früher wärmer gewesen sind als heute?«, fragte sie unvermittelt und wischte sich hastig die Tränen von den Wangen.

Ulf sah überrascht auf. »Du meinst, als wir Kinder waren?«

Sie nickte.

»Wie kommst du jetzt darauf?«

Sie zuckte mit den Schultern, nicht bereit, ihre Erinnerung mit ihm zu teilen.

»Ich glaube nicht, dass die Sommer früher wärmer waren«, überlegte er ernsthaft. »Aber vielleicht nehmen wir sie in unserer Erinnerung so wahr, weil wir sie als Kinder unbeschwerter erlebt haben … mehr als gegebenen Zustand denn als eine Aneinanderreihung von Wetterprognosen und Ängsten vor Veränderungen.«

»Weniger intellektuell. Das mag sein.« Sie sah ihn an. »Danke.«

»Keine Ursache«, entgegnete er lächelnd.

Sie nahm ihm das Radio ab, um den Stecker einzustecken. Das Gerät meldete sich mit einem Rauschen. Caroline zog die Antenne heraus und drückte die Taste für den UKW-Empfang und tatsächlich …

»Ja!«, rief sie erleichtert aus. »Es funktioniert.«

Sie mussten nicht lange nach einem geeigneten Sender suchen. Alle lokalen Stationen hatten nur ein Thema: den

heftigsten Schneesturm seit mehr als zwanzig Jahren, der das gesamte südliche Jämtland und Teile von Dalana komplett lahmlegte. Straßen waren unpassierbar und Menschen von der Außenwelt abgeschnitten, es gab erste Stromausfälle, in einigen Bergregionen herrschte Lawinengefahr. Auch die Grenzregionen Norwegens waren betroffen. Caroline ließ den Kopf in die Hände sinken, als ihr klarwurde, was das bedeutete.
Ulf räusperte sich. »Hast du genügend Vorräte im Haus?«
Sie nickte. Schon ihre Eltern hatten im Winter immer einen Grundvorrat an Lebensmitteln angelegt, denn das Haus lag so einsam, dass es auch bei ganz normalen Schneefällen bisweilen sein konnte, dass die Straße ins Dorf vorübergehend unpassierbar war. Und zur Not lag draußen auf der Straße ein toter Elch, im Begriff tiefzugefrieren, von dem sie einen ganzen Monat leben konnten. Nein, verhungern würden sie nicht. Das zumindest nicht.

16.

In einem der besseren Stockholmer Vororte saß Håkan Bergström in seinem Haus und verfolgte mit gerunzelter Stirn die Nachrichten. Der Raum war in Weiß und zarten Gelbtönen gehalten, die Möbel klassisch, fast von britischer Eleganz. Mette hatte lange danach gesucht und war nun sehr glücklich, doch Håkan fühlte sich noch nicht ganz heimisch in dem ungewohnten Ambiente. Die Renovierung lag nicht lange zurück, und er musste sich noch daran gewöhnen. Die Mädchen waren gerade erst ausgezogen. Er hatte den leisen Verdacht, dass Mette sich deswegen so in das Thema Neugestaltung gestürzt hatte, aber er würde es nie ansprechen. Vielleicht wollte sie auch nur ein wenig Veränderung. Vor kurzem erst hatte sie ihre Stunden im Bildungsministerium reduziert. »Sonst bleibt so wenig Zeit für die anderen Dinge«, hatte sie ihre Entscheidung begründet. Jetzt brachte sie aus der Küche den Geruch von gebratenem Fleisch mit sich, stellte sich hinter ihn und strich mit den Fingern durch sein Haar. »Wir können in fünf Minuten essen.«

»Ich komme gleich«, erwiderte er. »Ich will das noch eben sehen.«

Ihre Finger verharrten. »Was beunruhigt dich?«, fragte sie.
»Ulf ist dort oben.« Håkan wies auf die Bilder auf dem Fernsehschirm. »In Härjedalen.«
»Ulf Svensson?«
Håkan nickte.
Mette lauschte einen Moment den Ausführungen des Reporters über die Lage in Schwedens jüngster Krisenregion. »Meinst du nicht, dass Ulf mit einer solchen Situation spielend fertig wird?«, fragte sie dann. »Er wird vielleicht nicht rechtzeitig zurück sein, aber sonst würde ich mir um ihn keine Sorgen machen.«
»Es ist nicht wegen des Schnees.«
Mette trat um die neue weiße Couch herum, zupfte ein Kissen zurecht und setzte sich neben Håkan. Sie war schlank und beinahe so groß wie er. »Nicht wegen des Schnees, okay. Weswegen dann?«
»Er ist wegen einer Frau dorthin gefahren.«
Mette sah ihren Mann von der Seite an und lachte. »Natürlich. Wegen einer Frau. Bei jedem anderen würde ich dir das glauben, aber nicht bei Ulf.«
Håkan griff zur Fernbedienung und schaltete den Fernseher ab. »Das habe ich auch gesagt. Aber es ist tatsächlich so.«
Mette schüttelte noch immer ungläubig den Kopf, und ihr glattes braunes Haar fiel ihr ins Gesicht. »Weißt du Näheres?«
Håkan seufzte.
»Na, komm schon«, ermutigte ihn Mette. »Du hättest doch nicht davon angefangen, wenn du es nicht loswerden wolltest.«
Er blickte sie dankbar von der Seite an. Dafür liebte er sie. Dafür wäre er sogar bereit, mit ihr in einem Baum zu woh-

nen, wenn es sie glücklich machte. Ulf hatte das nie verstanden. Oder nie verstehen wollen. Håkan legte seine Hand auf Mettes und drückte sie kurz. »Du hast recht, wahrscheinlich hätte ich nicht davon angefangen, wenn es mir nicht auf der Seele liegen würde.« Er setzte sich auf. »Ich weiß nichts Genaues, aber ich habe einen Verdacht. Gleichzeitig aber kommt es mir so vor, als würde ich mich in etwas verrennen und Zusammenhänge konstruieren, wo gar keine sind.«

Mette zog eine Braue hoch. »Geht es auch konkreter?«

»Ich habe dir erzählt, dass Ulf im Büro übernachtet hat.«

Sie erinnerte sich. »Wegen der defekten Heizung in seiner Wohnung.«

»Nicht direkt«, gestand Håkan. »Er hatte sich so fürchterlich betrunken, dass sein Büro morgens stank wie eine Ausnüchterungszelle. Am selben Morgen hat er mir erzählt, dass er für ein paar Tage nach Härjedalen fahren muss.« Er räusperte sich. »Vierundzwanzig Stunden später bekommen wir einen internationalen Haftbefehl für eine deutsche Frau aus Hamburg, die wegen Mordverdachts gesucht wird.« Er machte eine bedeutungsvolle Pause, doch Mette gab ihm wortlos zu verstehen, dass er weiterreden solle.

»Zunächst habe ich mir nichts dabei gedacht«, fuhr er fort. »Internationale Haftbefehle sind nichts Außergewöhnliches. Wir jagen sie zum Abgleich durch unsere Computer, normalerweise ohne Ergebnis, und heften sie ab. So war es auch diesmal. Am nächsten Tag habe ich dann aber einen Anruf aus Deutschland erhalten. Die Ermittler baten uns explizit, zu überprüfen, ob sich die Frau bei uns in Schweden aufhält.«

»Warum ausgerechnet in Schweden?«

»Die schwedische Polizei hatte eine Anfrage nach Deutschland geschickt wegen eines Autokennzeichens und des Fahrzeughalters.«
»Sie ist hier geblitzt worden?«
»In der Nähe von Karlstad.«
»Karlstad ist nicht Härjedalen«, gab Mette zu bedenken.
»Ihre Familie besitzt ein Haus in Härjedalen.«
»Und du glaubst ...«, unterbrach ihn Mette, doch diesmal war er es, der abwinkte.
»Zuerst habe ich an einen Zufall geglaubt«, erklärte er. »Doch du weißt, wie das ist, manche Sachen lassen dir keine Ruhe, und ich habe ein paar Details überprüft, unter anderem die Anfrage der schwedischen Polizei bei den deutschen Behörden wegen der Geschwindigkeitsüberschreitung. Das Fax mit den nötigen Angaben wurde fälschlicherweise auf das Gerät in Ulfs Büro geschickt.«
Mette zog eine Augenbraue hoch. »Ich nehme an, es kam, als Ulf abends noch im Büro war.«
Håkan nickte.
»Aber ... warum ist das Fax bei ihm eingegangen?«, wollte Mette wissen.
»Die neue Telefonsoftware der Verkehrsaufsicht spielt verrückt, weshalb wir seit einiger Zeit die Anfragen von dort bekommen.« Er räusperte sich erneut. »Ich habe Bent von der Drogenfahndung vorsichtig darauf angesprochen, ob ihm an dem Abend etwas aufgefallen ist. Er hatte Spätdienst. Und er hat mir erzählt, dass Ulf sich zunächst verabschiedet hatte, dann aber wie vom Teufel gejagt zurückkam, telefonierte und schließlich völlig erschüttert in seinem Büro am Schreibtisch saß.«
Mette atmete tief durch. »Und nun glaubst du, dass diese Frau der Grund für Ulfs überstürzte Abreise ist.«

Håkan schluckte. »Inzwischen habe ich sogar ziemlich hieb- und stichfeste Beweise, dass sie der Grund sein muss. Und wenn dem so ist …« Er schüttelte unglücklich den Kopf.

Mette strich sich das Haar aus dem Gesicht. »Es hat sicher etwas mit seiner Vergangenheit zu tun.«

»Sie hat mit ihrer Familie im selben Ort gelebt wie Ulf«, bestätigte Håkan. »Und sie ist vor achtundzwanzig Jahren dort verschwunden. Das war in etwa die Zeit, als Ulf nach Stockholm gekommen ist.«

Mette stand auf und ging in die Küche, um nach dem Essen zu sehen. »Ulf hat vor vielen Jahren in einem sehr sentimentalen Moment von einer Frau erzählt, nicht viel, nur Bruchstücke«, rief sie ihm durch die offene Tür zu, während sie gleichzeitig mit den Töpfen hantierte. »Nach allem, was ich damals herausgehört habe, hat sie ihm das Herz gebrochen. Ich musste ihm damals schwören, niemals darüber zu reden«, fügte sie hinzu, als sie ins Wohnzimmer zurückkam. Sie runzelte die Stirn, »Wie hieß sie nur? Es war ein kurzer Name … wie eine Blume …«

»Die Frau, die gesucht wird, heißt Caroline Wolff.«

»Lilli!«, rief Mette, kaum dass er den Namen genannt hatte. »Es ist eine Abkürzung für Caroline.«

Sie sahen sich an. Dann fuhr sich Mette nervös mit der Zunge über die Lippen. »Was ist diese Caroline Wolff für eine Person?«

»Ich weiß es nicht«, gestand Håkan. »Alles, was ich herausfinden konnte, war, dass sie mit ihren Eltern in Härjedalen gelebt hat. Ihre Mutter war Deutsche, ihr Vater Schwede. Er war Professor für Physik an der Universität in Göteborg und hat sich mit wissenschaftlichen Veröffentlichungen einen Namen und wohl auch einiges an Geld gemacht, so dass er sich bald aus dem Studienbetrieb zurückziehen konnte. Sie hat noch eine Tante in Blekinge, die jüngste Schwester ihres Vaters.«

»Was ist mit ihrer Familie?«

»Ihre Eltern sind in den achtziger Jahren bei einem Autounfall umgekommen. Der Wagen ist aus ungeklärten Umständen von der Straße abgekommen. Geschwister gibt es nicht. Sie selbst hat zuletzt als Übersetzerin für verschiedene deutsche Verlagshäuser gearbeitet.«

»Und diese Frau wird jetzt wegen … Mordes gesucht? Warum?«

»Sie hat in Hamburg angeblich einen Mann erschossen.«

Mette war zu lange Frau eines Polizisten, um nicht die richtigen Schlüsse zu ziehen. »Das ist ungewöhnlich für jemanden mit einem, wie es scheint, gesicherten sozialen Hintergrund. War es eine Beziehungstat?«

Håkan schüttelte den Kopf. »Der Mann hat ihre Tochter überfahren und Unfallflucht begangen. Die junge Frau ist gestorben.«

Mette presste die Lippen zusammen. Er wusste, dass sie in diesem Moment an ihre eigenen Töchter dachte und daran, wie sie in einem solchen Fall reagieren würde.

»Die junge Frau war so alt wie Lotta.«

»Ja«, erwiderte sie leise. »Ist es sicher, dass sie es getan hat?«

»Kein Richter stellt einen internationalen Haftbefehl aus, ohne stichhaltige Beweise zu haben, aber sicher …« Er schüttelte den Kopf. »Nein, sicher ist es natürlich erst, wenn sie die Tat gesteht.«

Mette setzte ihre Wanderung im Zimmer fort. »Du hast Angst, dass Ulf ihretwegen eine Dummheit begeht.«

»Wenn du ihm an jenem Morgen gegenübergestanden hättest, würdest du meine Sorge teilen«, erwiderte Håkan. »Soweit ich feststellen konnte, hat Ulf sie all die Jahre nicht gesehen.«

Wieder blieb Mette stehen und sah ihren Mann an. »Ich kenne Ulf so lange wie du. Er ist ein erwachsener Mann von fast fünfzig Jahren. Und er ist durchaus ein Pragmatiker. Er wird nichts riskieren für etwas, das so weit zurückliegt.«

»Ich fürchte, da liegst du falsch. Ich hatte ihm den Haftbefehl geschickt und ihn gebeten, sich der Sache anzunehmen, bevor ich überhaupt wusste, dass es eine Verbindung zwischen ihm und Caroline Wolff geben könnte.«

»Und? Hat er ein Wort darüber verloren, dass er sie kennt?«

»Nein. Er hat mir gestern Nachmittag lediglich gemailt, dass sie bereits abgereist sei. Er selbst wollte heute nach Stockholm zurückkommen.«

»Du glaubst ihm nicht.«

»Nicht nach allem, was ich inzwischen erfahren habe«, gab er zu.

»Ich kann deine Sorge verstehen.« Mette legte ihre Hand auf seine Schulter. »Unter normalen Wetterbedingungen wärst du vermutlich längst auf dem Weg nach Härjedalen.«

Håkan seufzte. »Darauf kannst du wetten. Ich möchte weder meinen Freund noch meinen Vorgesetzten verlieren.«

17.

Ulf schaltete das Radio ab. Die Stille, die folgte, war bedrückend. Lange Zeit sagte keiner von ihnen ein Wort. Schließlich stand Caroline auf, stützte die Hände auf die Lehne ihres Stuhls und fragte: »Eier zum Frühstück?«
Die Frage kam so unverhofft, dass er sie zunächst irritiert ansah, doch dann erfasste er die Zwischentöne, die Bedeutung des leicht spöttischen Tonfalls: Die Umstände sind schwierig genug, lass uns möglichst normal miteinander umgehen.
»Ja, warum nicht«, erwiderte er, obwohl er noch immer überrumpelt war von der unerwarteten Entwicklung der Geschehnisse. Bis vor wenigen Stunden hatte er geglaubt, mit allem abgeschlossen zu haben. Er war fest entschlossen gewesen, an diesem Morgen zurück nach Stockholm zu fahren und die Vergangenheit ruhen zu lassen. Er hatte nichts mehr hören wollen über seine Tochter, über Caroline, nicht mehr über ein Leben nachdenken wollen, das er nicht gelebt hatte. Der Schritt war ihm nicht leichtgefallen, doch er hatte erkannt, dass er der Situation nicht gewachsen war. Er besaß keine Kontrolle mehr. Vor allem nicht über seine Emotionen. Es schien ihm, als hätte er in den

vergangenen zwei Tagen häufiger die Beherrschung verloren als in den letzten zehn Jahren.
Ungeachtet des Sturms hatte er sich deshalb am Morgen mit dem ersten Licht auf den Weg ins Dorf gemacht, wild entschlossen, sich von nichts und niemandem von seinem Entschluss abbringen zu lassen. Doch er war nicht einmal bis zur Straße gekommen. Er hatte Caroline nichts davon gesagt. Es wäre einem Eingeständnis seiner Schwäche gleichgekommen. Aber er hatte begriffen, dass jeder Versuch, sich der Vergangenheit zu entziehen, nur dazu führte, noch tiefer hineingezogen zu werden. Er sah aus dem Fenster, auf den Schnee, der draußen wirbelte. »Es sieht ganz so aus, als hätten wir jetzt eine Menge Zeit zum Reden«, sagte er.
Caroline stand am Herd. Sie trug wieder ihre alten Jeans und einen weiten Pullover, ihr Haar hatte sie aufgesteckt wie am Vorabend. Bei seinen Worten wandte sie sich um, den Bratwender in der Hand. Lag Überraschung in ihrer Miene? »Wo fangen wir an?«, fragte sie.
Er verschränkte seine Hände auf dem Tisch ineinander. »Erzähl mir von … Lianne«, bat er. »Wie war sie?«
Sie schluckte. »Willst du das Foto sehen?«
Er schüttelte den Kopf. »Noch nicht. Erzähl mir erst etwas über sie.«
»Sie war jähzornig wie du.«
Er senkte den Blick und lächelte verlegen.
Caroline lächelte ebenfalls, als sie es bemerkte. »Als sie geboren wurde, habe ich gedacht, ich müsste sterben«, fuhr sie dann fort und kehrte ihm wieder den Rücken zu, um sich um die Eier in der großen Pfanne zu kümmern. »Sie war ein großes, kräftiges Baby, obwohl ich während der Schwangerschaft kaum gegessen habe.«

»Wo wart ihr?« Drei Worte nur, aber sie fielen schwer.
»Norwegen. Der Mann, der mich aufgenommen hatte, hieß Thore. Er war Fischer.« Sie nahm zwei Teller aus dem Schrank. »Er war ein guter Mann. Das Einzige, was er mich je gefragt hat, war, wie sie heißen sollte.«
Sie stellte die Teller mit den Rühreiern und dem Speck auf den Tisch, ebenso wie das Brot, das sie geschnitten hatte. Ulf lauschte schweigend, als sie von jenem dunklen, kalten Winter in Norwegen erzählte, von der Einsamkeit und der Stille und der Weite des Meeres, und er fragte sich, ob es Scham gewesen war, die sie davon abgehalten hatte, mit ihrer Tochter nach Schweden zurückzukehren. »Bist du deshalb nicht zurückgekommen, weil du mit einem anderen Mann gelebt hast?«, fragte er, nachdem sie geendet hatte.
Sie schüttelte den Kopf. »Das war es nicht.«
Was war es dann?, war er versucht zu fragen. Sag es mir endlich. Aber er bremste seine Ungeduld. »Du bist niemals mit ihr … mit Lianne …«, es fiel ihm schwer, ihren Namen auszusprechen, »ihr seid niemals zusammen hier ins Tal gekommen, oder?«
»Nein, ich bin niemals mit ihr hier gewesen.«
»Aber was hast du ihr gesagt, wenn sie nach ihrem Vater gefragt hat?«
Caroline ließ ihr Besteck sinken und sah ihn an. »Sie hatte ein Foto von dir.«
»Ein Foto? Von mir?«
Sie nickte.
»Wollte sie mich denn nie sehen oder kennenlernen?«
»Ich habe sie in dem Glauben gelassen, du wärst tot.«
Ihre Worte fielen wie Steine auf ihn herab. Wie Felsbrocken. Er starrte sie einfach nur fassungslos an, dann stand er auf und trat ans Fenster. Es war nichts zu sehen dort

draußen. Die Welt war verschwunden hinter einer Wand aus Schnee, die sie isolierte und auf sich selbst zurückwarf. Da war nur sein Spiegelbild im Glas, unscharf und verschwommen. Es ließ keine Rückschlüsse zu über den Tumult, den ihr Geständnis in ihm auslöste. Was war es? Wut? Trauer? Enttäuschung? Er wusste es selbst nicht. Er legte den Kopf in den Nacken und schloss die Augen, rang um Beherrschung. Der Sturm heulte weiter ums Haus, riss am Dach und an den Fensterläden. Und über dem Sturm ihre Stimme: »Wenn Lianne nicht gestorben wäre, wäre ich nicht hier, wir hätten uns nicht getroffen und du hättest nie von ihrer Existenz erfahren.«
Es dauerte einen Moment, bis er den Sinn ihrer Worte erfasste. War es so? Wären sie sich nie begegnet, oder hätte der Zufall sie an anderer Stelle zu anderer Zeit zusammengeführt? Ihm wurde mit einem Mal klar, dass er jeder anderen Frau, mit der er eine Affäre gehabt hatte, diesen kompromisslosen Alleingang verziehen hätte, denn keine von ihnen hatte er wirklich geliebt. Mit keiner von ihnen hätte er sein Leben verbringen wollen. Aber mit Caroline hatte er genau das geplant. Als er sich jetzt zu ihr umdrehte, begegneten sich ihre Blicke, und er spürte ihre Nervosität hinter der mühsam aufrechterhaltenen Fassade von Gelassenheit. »Vielleicht hast du recht«, sagte er deshalb mit erzwungener Ruhe. »Vielleicht wären wir uns nie begegnet.«
Die Kerze flackerte auf dem Tisch und warf unruhige Schatten über Carolines Gesicht. Sie fuhr mit dem Finger über die mit den Jahren dunkel gewordene Tischplatte. »Ich habe gestern mit meiner Tante telefoniert. Andra – erinnerst du dich an sie?«
Er erinnerte sich gut an die kleine, zierliche Frau.
»Sie hat mich angerufen, weil sie einen schrecklichen Alp-

traum hatte, der sie nicht losgelassen hat, und wollte sich versichern, dass es mir gutgeht«, fuhr Caroline fort.

»Und?«

»Sie hat von uns beiden geträumt, dir und mir. Dabei weiß sie gar nicht, dass du hier bist.« Caroline räusperte sich unbehaglich. »Und jetzt sind wir hier ... abgeschnitten von allem, gezwungen, uns mit unserer unbewältigten Vergangenheit auseinanderzusetzen ...« Sie sah ihn unsicher an.

Er ignorierte den Moment der Beklemmung, den ihre Worte gegen seinen Willen in ihm auslösten. »Lilli, du wirst nicht den Alpträumen einer alten Frau, selbst wenn sie dir noch so nahesteht, Bedeutung für dein Leben beimessen? Das ist Unsinn.«

Sie presste die Lippen zusammen.

Er stützte sich mit beiden Händen auf den Tisch und lehnte sich zu ihr hinüber. »Glaubst du wirklich, dass es irgendetwas außer dem Zufall geschuldet ist, dass wir hier zusammen sind?«

Sie warf ihm einen seltsamen Blick zu, und er begriff, dass all das Gerede von Andra und ihrem Alptraum nur vorgeschoben war. »Was ist?«, fragte er geradeheraus. »Worum geht es dir wirklich?«

Sie blies die Kerze aus, nahm die schmutzigen Teller und stand auf. »Es hat keinen Sinn. Zwischen uns steht zu viel Unausgesprochenes, wir sind verstrickt wie in einem gordischen Knoten«, wehrte sie ab. »Jedes Mal, wenn wir versuchen, miteinander zu reden, landen wir in einer Sackgasse und streiten.«

»Niemand zwingt uns zu reden«, entgegnete er. »Ich hatte den Vorschlag gemacht, weil die besonderen Umstände es angeboten haben. Wenn es dir unangenehm ist, lassen wir es.«

Caroline öffnete die Spülmaschine und räumte das Geschirr ein. Sie ging nicht auf seine Bemerkung ein. »Du hast dich verändert«, sagte sie stattdessen nach einer Weile. »Du bist härter geworden. Unnachgiebiger.«
»Es ist viel Zeit vergangen, fast dreißig Jahre«, erwiderte er, ohne seine tatsächlichen Gedanken auszusprechen.
»Ist es nur die Zeit?« Sie hielt inne in ihrem Tun. »Oder hat dein Beruf dich so werden lassen?«
»Wie kommst du darauf?« Er reichte ihr die Kaffeebecher.
Sie runzelte die Stirn. »Die Vorstellung, dass du zur Polizei gegangen bist … Sie will nicht zu dem Bild passen, das ich von dir habe. Wir waren anders.«
»Wir waren jung, Lilli«, erinnerte er sie. »Wir haben über die Stränge geschlagen, uns die Hörner abgestoßen. Es war im wahrsten Sinne des Wortes eine Ernüchterung für mich, als du plötzlich fort warst. Ich bin damals recht hart auf dem Boden der Realität aufgeprallt.«
Sie sagte nichts, dabei war er sich sicher, dass auch sie ihre gemeinsame Zeit im Nachhinein kritisch betrachtet haben musste. Sie waren so selbstsicher gewesen, hatten sich so unverwundbar und unsterblich gefühlt, wie es nur jungen Menschen vergönnt war. Dabei waren sie ständig gefährdet gewesen, abzurutschen in Drogenabhängigkeit und Kriminalität.
»Vermutlich braucht jeder einen Anker in seinem Leben, und deiner scheint dein Beruf zu sein«, stellte sie fest.
Er lehnte sich neben sie an die Anrichte. »Nach Stockholm zu gehen war eine radikale Entscheidung«, gab er zu. »Aber ich habe sie nie bereut. Was ist dein Anker?«
Sie ließ die Kaffeekanne sinken, die sie ausspülen wollte. »Mein Anker war immer Lianne. Sie war der Fixpunkt in meinem Leben.« Sie schluckte und strich mit ihren Fingern

über das glatte Porzellan der Kanne, vermied seinen Blick. »Seit … wir uns wiedergesehen haben«, fuhr sie schließlich zögernd fort, »versuche ich mir vorzustellen, wie …« Wieder brach sie ab, presste die Lippen aufeinander.
Er wartete. »Was versuchst du dir vorzustellen?«, hakte er nach einer Weile nach.
»Ach, nichts.« Unvermittelt stellte sie die Kanne ab und wollte die Küche verlassen, doch er hielt sie am Handgelenk fest, er war mit seiner Geduld am Ende. »Sag es«, forderte er sie auf. »Sag endlich einmal, was du denkst.«
Ihr weiter Pullover konnte nicht verbergen, dass ihr Atem plötzlich schneller ging. Sie griff mit der freien Hand an ihren Hals und schloss ihre Finger um den Ring an der schmalen Goldkette. Sein Griff wurde fester.
»Du tust mir weh«, gab sie ihm zu verstehen.
Er ließ sie los, und sie rieb sich ihr Handgelenk.
»Seit wir uns wiedergesehen haben«, begann sie endlich, »stelle ich mir vor, wie es gewesen wäre, Lianne mit dir großzuziehen. Ich habe mich sogar gefragt, ob sie dann noch am Leben wäre.« Ihre Stimme versagte bei den letzten Worten.
»Wenn du mich nicht verlassen hättest, wäre ich nie zur Polizei gegangen. Ich wäre nie von hier fortgegangen.« Er hörte selbst den Vorwurf in seiner Stimme.
»Ich weiß heute, dass ich damals einen Fehler gemacht habe«, stieß sie hervor, »aber ändert das etwas?«
Die Beherrschung verließ ihn. »Sag mir einfach, *warum!* Das ist alles, was ich von dir will. Sag mir, *warum du weggegangen bist!*«
Es war die entscheidende Frage, die ihn in all der Zeit nicht losgelassen und auf die er noch immer keine Antwort erhalten hatte. Bei dem drohenden Unterton in seiner Stim-

me zuckte Caroline sichtlich zusammen. Sie wich zurück, als er einen Schritt auf sie zu machte und dabei ungehalten einen der Küchenstühle umstieß, der ihm im Weg stand. »War ich es?«, fragte er und tippte sich dabei mit dem Finger auf die Brust. »Bist du wegen mir weggelaufen?«

»Nein!«

Er machte einen weiteren Schritt auf sie zu. »War es wegen des Babys, das du erwartet hast?«

»Nein!«

»Warum, zum Teufel, dann?«, schrie er sie an. *»Sag es mir endlich!«*

»Ich kann es dir nicht sagen!« Sie war bereits im Flur und rannte in ihr Schlafzimmer. Die Tür knallte zu, der Schlüssel drehte sich im Schloss. Er hörte sie erstickt weinen. Aus dem Wohnzimmer kam der Hund auf leisen Sohlen und knurrte ihn an. Langsam wich Ulf in die Küche zurück. Der Hund legte sich vor Carolines Tür, ohne ihn aus den Augen zu lassen.

18.

Sie musste raus aus dem Haus. Fort von Ulf. Das plötzliche Aufflammen seiner Wut hatte sie zu Tode geängstigt. Egal, wie sehr sie sich um Normalität bemühten, es gelang ihnen nicht. Sie kreisten immer wieder um dieselben Themen und schrien sich letztlich an und … Nein, es war besser, diesen Weg nicht weiterzuverfolgen. Es gab keinen Ausweg, außer dass einer von ihnen ging. Der Sturm dort draußen konnte nicht schlimmer sein als das, was innerhalb dieser vier Wände drohte.

Sie wischte sich die Tränen aus dem Gesicht und stand auf. Unter normalen Bedingungen brauchte sie für die Strecke ins Dorf nicht länger als zwei Stunden. Wenn sie sich nur warm genug anzog, würde sie es auch bei diesem Wetter schaffen. Sie hatte schon ganz andere Probleme bewältigt, die sie zunächst für unlösbar gehalten hatte, und zur Sicherheit würde sie den Hund mitnehmen. Entschlossen öffnete sie den Kleiderschrank, doch während sie sich anzog, kamen ihr erneut die Tränen. Warum akzeptierte Ulf nicht, dass sie nicht über ihre Beweggründe reden konnte? Seine Ablehnung und Wut verletzten sie. Sie hatte geglaubt, seine Haltung ertragen zu können, sie hatte geglaubt, sein ambivalentes Verhalten zu verstehen, nachdem sie den Haftbefehl in seiner Tasche gefunden hatte, aber nichts dergleichen war der Fall. Er stellte Ansprüche an sie, die nicht gerechtfertigt waren. Sie hatte nichts von ihm verlangt. Und hätte er als Kriminalbeamter nicht alle Möglichkeiten gehabt, sie zu finden, *wenn er gewollt hätte?* Es war richtig, was sie ihm gesagt hatte, wenn sie sich hier nicht getroffen hätten, hätte er nie von der Existenz seiner Tochter erfahren, aber …

Es ging nicht um Lianne.

Sie sank auf ihr Bett, als sie das begriff.

Ging es um sie? War es möglich, dass er sie noch immer … *liebte?*

Nein. Das war Irrsinn.

War es das wirklich? Sie erinnerte sich ihrer eigenen Empfindungen, als sie ihm das erste Mal wieder gegenübergestanden hatte. Ihr Herz hatte vor Aufregung geklopft, sie hatte nicht gewusst, was sie sagen sollte, und gleichzeitig …

Nein.

Warum war sie aus dem *Fjällkrogen* fortgelaufen? Warum kreisten ihre Gedanken ständig darum, wie ihr Leben an seiner Seite hätte aussehen können? Ging es ihr nicht ebenso wie ihm? Sie ließ den Kopf in die Hände sinken, als sie sich an seinen Gesichtsausdruck erinnerte, nachdem er den Ring an der Halskette gesehen hatte. Als sie daran dachte, wie er auf sie und Björn reagiert hatte. Und warum konfrontierte er sie nicht mit dem Haftbefehl? Er war seit über zwanzig Jahren Polizist. Nach allem, was sie herausgehört hatte, war er erfolgreich und ambitioniert.

Nach Stockholm zu gehen war eine radikale Entscheidung. Aber ich habe sie nie bereut.

Er hatte sein Leben gefunden und so Frieden geschlossen. Sie durfte nicht zulassen, dass er das ihretwegen aufgab. Sie hatte schon genug Unglück verschuldet.
Entschlossen stand sie wieder auf und zog sich weiter an. Sie wartete, bis sie ihn ins Wohnzimmer gehen hörte. Er machte sich am Kamin zu schaffen, schob die Glut zusammen, legte neues Holz auf. Behutsam öffnete sie die Zimmertür und wäre fast über den Hund gestolpert.
Sie eilte durch den Flur, schlüpfte in Schneehose und Jacke und zog ihre Stiefel an. Sie erstarrte, als sie eine Bewegung im Wohnzimmer wahrnahm, aber es war nur das Knarren des alten Ledersofas. Mütze, Schal, Handschuhe. Zuletzt zog sie leise eine Schublade der Kommode neben der Tür auf und nahm die Hundeleine heraus.

Der Wind peitschte ihr ins Gesicht, nahm ihr sofort den Atem, und von einem Moment auf den anderen war sie taub und blind. Um sie herum war nichts als wirbelndes Weiß und das Heulen des Sturms. Und eisige Kälte. Der Hund zog an der Leine. Sie folgte ihm, stolperte die Stufen der Veranda hinunter, fiel und rappelte sich wieder auf in ihrer Hast, das Haus hinter sich zu lassen. Der Wind verwandelte die Schneekristalle in Millionen feiner Nadeln, die schmerzhaft auf ihre Haut trafen. Eiseskälte kroch ihr trotz der zahlreichen Kleidungsschichten in die Glieder. Sie hielt sich schützend die Hand vors Gesicht und bewegte sich in die Richtung, in der sie die Straße vermutete.
Immer wieder versank sie knietief im Schnee, kämpfte sich frei, die Finger fest um die Leine geschlossen. Wie ein Schemen tauchte neben ihr die Garage auf und verschwand sofort wieder in weißem Nichts, als sie sich nur einen Meter davon entfernte. Das Atmen fiel ihr schwer, die Kälte

brannte in ihren Lungen. *Nicht nachdenken, weitergehen, einfach weitergehen.* Mit klammen Fingern versuchte sie, ihren Schal fester über die untere Hälfte ihres Gesichts zu ziehen. Gleich müsste sie die Straße erreichen. Der Hund versank vor ihr in einer Schneewehe. Sie zog ihn heraus, und gemeinsam kämpften sie sich weiter. *Wo war die Straße?* Caroline blieb stehen. Überall wirbelndes, tödlich kaltes Weiß, das ihr den Atem nahm. Sie hatte die Orientierung verloren. War der Schemen, den sie gesehen hatte, überhaupt die Garage gewesen oder das kleine Bootshaus am See? Sie war sich sicher gewesen, die richtige Richtung eingeschlagen zu haben, aber …

Noch ein paar Meter. Vielleicht war sie kurz vor der Straße. Bäume tauchten vor ihr auf. Sie klammerte sich an einen der glatten, eisverkrusteten Stämme, als eine Böe sie so heftig traf, dass sie beinahe gestürzt wäre. Die Leine rutschte ihr aus den gefühllosen Fingern, und der Hund verschwand im Schneetreiben. Sie rief nach ihm, doch der Wind riss ihr die Worte von den Lippen, sie gingen unter im Heulen und Rauschen der Bäume, die immer dichter standen. *Wo war sie?*

Sie hatte jegliches Zeitgefühl verloren. Panik überkam sie. Sie atmete heftig, während sie spürte, wie die Kälte immer tiefer in sie hineinkroch und sie allmählich lähmte. Ihre Füße waren bereits gefühllos. Wenn sie nicht bald einen Orientierungspunkt fand, würde sie hier draußen sterben. Bilder von Erfrorenen tauchten vor ihrem inneren Auge auf – blasse erstarrte Leichname, deren Glieder einfach abbrachen … Angsterfüllt rief sie erneut nach dem Hund, brüllte, bis ihre Kehle rauh war. Schließlich sank sie an einem Baum in sich zusammen. Sie hatte nicht einmal die

Kraft zu weinen. Der Wind riss an ihrer Kleidung und biss ihr in den Körper, doch der Schmerz ließ nach …

Etwas rüttelte sie, schüttelte ihren Körper. Benommen kam sie zu sich, als sie vom Boden hochgezogen wurde. »Du … nicht … raus!«, hörte sie Ulfs Stimme in Bruchstücken über das Heulen des Windes hinweg. Vermummt wie eine Mumie stand er über ihr, in der Hand ein Seil, das der Wind gegen die Bäume peitschte. Er fasste sie um die Taille und schleifte sie hinter sich her.

Augenblicke später war sie im Haus. Sie war nur etwa vierzig Meter davon entfernt gewesen, war im Kreis gegangen, wie Menschen es taten, wenn sie die Orientierung verloren.

»Der Hund …«, stieß sie hervor, als sie zu sich kam.

»Er findet seinen Weg eher als du«, fiel Ulf ihr harsch ins Wort. »Wie konntest du nur so verrückt sein, da hinauszugehen?«

Sie blickte zurück zur Tür, die noch offen stand, und auf die Schneeschicht, die sich bereits auf dem Steinboden bildete. »Ich …«, begann sie, aber ihr fehlten die Worte.

Ulf rollte das Seil ein, mit dem er den Rückweg zum Haus markiert hatte, und schob die Tür zu. Er benötigte dazu all seine Kraft.

Im Nu taute der Schnee auf Carolines Wangen und Haaren und tropfte an ihr herunter. Selbst in ihren Wimpern hing Eis. Ulf reichte ihr aus dem Bad ein Handtuch. Sie drückte sich das weiche Frottee ins Gesicht. »Danke«, sagte sie leise.

Und dann begann sie zu zittern, so heftig, dass sie nicht einmal den Reißverschluss ihrer Jacke aufziehen konnte. Das Handtuch fiel ihr aus der Hand, ihre Knie gaben nach, und ihre Zähne schlugen unkontrolliert aufeinander.

»Du bist völlig unterkühlt«, stellte Ulf fest und zögerte nicht lange. Hastig zog er ihr Schicht um Schicht der nassen, kalten Kleidung aus und rubbelte ihren Körper mit dem Handtuch ab. Selbst wenn sie gewollt hätte, hätte sie sich nicht dagegen wehren können.

»Wie … wie lange …?«, stieß sie hervor.

Ihre Haut kribbelte.

»Du warst beinahe eine Stunde draußen«, erwiderte er, während er ihre Arme und Beine rieb.

»Wie … hast … du … mich gefunden?«

Er wickelte ihren nackten Körper in eine Decke, hob sie kurzerhand auf seine Arme und trug sie ins Wohnzimmer, wo er sie auf die Couch legte. »Ich habe dein Rufen gehört«, sagte er lediglich und ließ sie allein. Gleich darauf kam er mit der Wärmflasche zurück und legte sie ihr unter die Füße. Sie biss die Zähne zusammen gegen die Schmerzen, die der Taubheit folgten. Das Feuer im Kamin loderte hell, seine Wärme strahlte bis zu ihr. Zitternd schloss sie die Augen.

»Lilli …«

Sie schreckte auf.

Ulf saß neben ihr, einen Becher in der Hand. »Komm«, sagte er und half ihr, sich aufzusetzen. »Trink!«

Es war heißer Tee mit viel Alkohol. Es widerstrebte ihr, davon zu trinken, aber Ulf ließ nicht locker. Sie verzog das Gesicht, als sie schluckte, spürte aber im selben Moment die Wärme durch ihren Körper fließen. Sie trank den Becher leer. Ganz allmählich verebbte ihr Zittern, gleichzeitig stieg ihr der Alkohol zu Kopf und machte sie benommen. Sie legte sich zurück und schloss erneut die Augen. Das Letzte, was sie bemerkte, war Ulf, der ihr das

Haar aus dem Gesicht strich, dann war sie auch schon eingeschlafen.

*

Als sie aufwachte, war es draußen bereits wieder dunkel. Das Feuer brannte, und vor dem Kamin lag der Hund. Erleichtert lächelte sie.

Ulf saß am Fenster unter der Stehlampe, die als einzige Lichtquelle den Raum spärlich erhellte, und war in ein Buch vertieft. Er trug eine Lesebrille und sah über den Rand derselben zu ihr, als er merkte, dass sie wach war. Sie wurde sich ihrer Nacktheit unter der Decke bewusst und zog sie unwillkürlich bis ans Kinn, als sie sich verschlafen aufsetzte. Eine Geste, die Ulf zu einem flüchtigen Lächeln verleitete. »Ich habe dich heute nicht das erste Mal nackt gesehen«, bemerkte er amüsiert.

Caroline räusperte sich verlegen. »Nein, aber …«

»Ich sollte das vielleicht nicht sagen«, er legte das Buch und die Brille auf dem Fensterbrett ab, stand auf und kam zu ihr herüber. »Aber du siehst nach wie vor sehr gut aus, selbst wenn du halb erfroren bist.«

Sie spürte, wie sie rot wurde.

Er setzte sich zu ihr auf die Couch. »Wie geht es dir?«

»Besser, danke.« Sie senkte beschämt den Kopf. Längst hatte sie begriffen, dass sie mit ihrem unüberlegten Handeln nicht nur sich, sondern auch Ulf in Lebensgefahr gebracht hatte. »Ich habe mich wie ein Idiot benommen.«

»Das kann man so sagen«, entgegnete er trocken. »Was, bei allen guten Geistern, hat dich geritten, dort hinauszugehen?«

»Ich wollte ins Dorf«, gestand sie. »Ich … ich war mir

sicher, dass alles besser ist als wir beide hier zusammen.« Sie zog die Decke fester um sich. »Aber wenn du nicht gewesen wärst …«

Er machte eine abwehrende Handbewegung. »Ich würde sagen, wir sind quitt, oder?« Vorsichtig berührte er die Platzwunde auf seiner Stirn, wo er den Mullverband inzwischen durch ein Pflaster ersetzt hatte.

Caroline verzog schmerzlich das Gesicht bei dem Anblick. »Hast du noch Kopfschmerzen?«

»Nein, alles in Ordnung.«

Im Kamin brachen die Scheite in einem Funkenregen auseinander. Ulf stand auf und nahm den Schürhaken, um sie zusammenzuschieben. Er hatte eine geschmeidige, kraftvolle Art, sich zu bewegen, und sie fragte sich, ob er immer noch so sportbegeistert war wie früher. Trotz der Drogen und des Alkohols, die ihr Leben zu jener Zeit bestimmt hatten, hatte er regelmäßig Sport getrieben und war ein leidenschaftlicher Schwimmer gewesen. Während der hellen Sommermonate war er morgens oft in aller Frühe zum See hinuntergegangen und hatte dort seine Bahnen gezogen. Danach war er wieder zu ihr ins Bett gekommen, außer Atem, die Haut kalt und glatt vom Wasser, das Haar noch feucht. Sie hatte ihr Gesicht an seine nackte Haut gepresst und hatte den See gerochen, das Gras und den Wald, und lächelnd die Augen geschlossen, wenn er schließlich mit sicherem Griff ihren Körper umfasst und in Besitz genommen hatte und die eindringlichen Berührungen seiner Hände und Lippen ihr den Atem geraubt hatten. Die Erinnerung an jene Sommermorgen war so intensiv, dass sie für einen Moment meinte, die zerdrückten Kissen unter sich zu spüren und das schnelle Pochen seines Herzens zu hören, wenn sie schließlich erschöpft nebeneinandergelegen hatten und die Sonne sich ihren Weg durch das Fenster gesucht hatte. Ein Lächeln stahl sich über ihr Gesicht, während sie beobachtete, wie Ulf vor dem Kamin aufstand, sich kurz reckte und schließlich durch den Raum zu ihr zurückkam.

»Woran denkst du?«, wollte er wissen, als er sich neben sie setzte.

»Ich …?« Sie räusperte sich, atmete einmal tief durch. »Eigentlich nichts Konkretes.«

Er legte seinen Arm auf die Lehne und berührte dabei mit den Fingerspitzen fast ihre Wange, die dort ruhte. »Du bist eine schlechte Lügnerin.«

»Warum?« Sie unterdrückte das Verlangen, sich diesen Fingerspitzen entgegenzurecken.

»Weil mich dein Lächeln an eine Katze erinnert, die an ihre soeben leergeschleckte Schüssel Sahne denkt.«

Sie lachte leise auf.

»Sag es mir.«

Sie zögerte, fuhr sich mit der Zunge über die Lippen. »Ich habe an uns beide gedacht«, gestand sie schließlich, »an früher …«

Seine Finger berührten sanft ihre Wange. »Sprich weiter«, bat er leise.

»Besser nicht«, warnte sie. »Es ist so schon kompliziert genug.«

»Ist es das?«, fragte er.

»Ich denke schon.« Sie schenkte ihm einen schnellen Seitenblick. »Ich weiß ja nicht einmal, ob du verheiratet bist.«

»Verheiratet?« Ein Lächeln huschte über sein Gesicht und vertiefte die Fältchen um seine Augen. »Glaubst du das wirklich?«

Sie zuckte mit den Schultern.

Kaum merklich schüttelte er den Kopf. »Ich habe zu lange gebraucht, um über dich hinwegzukommen«, bemerkte er, ohne den Blick von ihr zu nehmen. »Und danach war es zu spät.«

Sie schluckte. »Das ist nicht dein Ernst.«

»Nein. Im Umfeld meines Berufs ist die Scheidungsrate ziemlich hoch, deshalb habe ich es gar nicht erst versucht.« Noch immer lächelte er. »Und, was ist mit dir?«

»Ich war nie verheiratet. Nur einmal … war ich kurz davor.«

Seinem Mienenspiel nach zu urteilen, wusste er von Thomas.

»Du hast davon gehört«, stellte sie fest.

»Ja, von Björn …«

»Es war das einzige Mal, dass ich es wagen wollte. Es war … keine gute Idee.«

Er fuhr mit seinem Finger die Linie ihrer Brauen nach. »Ich bin froh, dass es nicht geklappt hat«, sagte er. Sein Finger glitt über ihre Wange, berührte ihre Lippen. »Ich habe solche Angst um dich gehabt, als du da draußen im Schneesturm warst, weißt du das?«, fügte er leise hinzu. »Ich war mir sicher, ich hätte dich verloren.«

»Vielleicht wäre es besser gewesen«, erwiderte sie, ihr Mund war plötzlich trocken.

»Was meinst du damit?«

Nervös zupfte sie an ihrer Decke. »Du dürftest gar nicht hier sein.«

Er runzelte die Stirn, und sie hielt unwillkürlich den Atem an. Als er schließlich begriff, worauf sie anspielte, wurden seine Augen schmal. »Woher weißt du …«

»Als ich heute Nacht deine Jacke aufhängen wollte, ist der Haftbefehl aus der Tasche gefallen.«

Lange sah er sie schweigend an. »Hast du es getan?«, fragte er dann.
»Ja«, entgegnete sie und spürte mit sinkendem Herzen, wie er seine Hand zurückzog.

19.

Maybrit lauschte auf das Heulen des Windes. Der eben angebrochene Tag unterschied sich in seiner weißgrauen Undurchdringlichkeit kaum von der tobenden Düsternis der Nacht und spiegelte den Aufruhr wider, der in ihrem Inneren tobte. Ulf war nicht zurückgekommen. Wie sie aus der Koordinationsstelle erfahren hatte, war die Straße zu Carolines Haus bereits kurz nach Ausbruch des Schneesturms unpassierbar gewesen. Umgestürzte Bäume blockierten sie – und inzwischen vermutlich zusätzlich meterhohe Schneewehen. Nachdem Caroline und Ulf so überstürzt den *Fjällkrogen* verlassen hatten, waren auch sie und Björn nicht mehr lange geblieben. Björn hatte sie nach Hause gefahren, und sie war beeindruckt gewesen von der Gelassenheit, mit der er der Situation begegnete. »Ulf und Lilli haben einiges aufzuarbeiten«, hatte er lediglich bemerkt. »Je schneller sie das hinter sich bringen, umso besser für uns alle.«

»Glaubst du wirklich, dass er morgen nach Stockholm zurückfährt?«, hatte sie unruhig gefragt. »Meinst du, er kann alles hinter sich lassen?«

»Maybrit, ich weiß, wie sehr du Ulf liebst und wie sehr du

dich um ihn sorgst«, hatte er ruhig erwidert. »Aber er ist nicht mehr der ungestüme junge Kerl, der er einmal war. Er ist reifer geworden und hat seinen Platz im Leben gefunden. Er weiß nicht immer, was er will, aber mit Sicherheit weiß er, was er nicht will.« Björn hatte sie zum Haus begleitet, doch als er sich verabschieden wollte, hatte Maybrit ihn zurückgehalten. »Bleib hier«, hatte sie ihn gebeten.

»Sicher?«, hatte er nur gefragt.

»Ja.« Sie hatte mit ihren Gedanken, ihren Ängsten nicht allein bleiben wollen, und als er ihr im Flur aus der Jacke geholfen hatte und dabei seine Hände auf ihren Schultern liegen ließ und sanft ihren Nacken küsste, hatte sie gewusst, dass es die richtige Entscheidung gewesen war.

Björn war ein erfahrener Liebhaber, er kannte ihren Körper und wusste genau, was sie in einer solchen Situation brauchte, und für eine Weile hatte sie weder an Ulf noch an Caroline denken müssen. Sie hatte an überhaupt nichts gedacht.

»Geht es dir jetzt besser?«, hatte Björn schließlich leise gefragt, als sie später in seinem Arm gelegen hatte. Sie hatte auf die Spur ihrer vom Flur bis ins Schlafzimmer verteilten Kleidung geblickt, war sich seiner Hand bewusst geworden, die warm zwischen ihren Beinen lag, und hatte ihn zur Antwort schweigend geküsst. Wenig später war sie eingeschlafen. Sie hatte nicht gemerkt, wie er ging, aber das war auch nicht nötig. Er blieb nie über Nacht.

Sie schliefen seit vielen Jahren sporadisch miteinander, und sie fragte sich, ob sie es vermissen würde, wenn sie es nicht mehr taten. So wie Caroline damals besaß auch Björn eine Leichtigkeit, die Maybrit völlig fehlte. Seine Nähe erschien ihr wie die Berührung eines Sonnenstrahls, der sich vorwitzig durch das Fenster stahl, lachend und tanzend Wärme und Licht verbreitete, und der es nicht übelnahm, wenn man ihn aussperrte. Sie liebte ihn nicht, ebenso wenig wie er sie, sie waren Freunde, mehr nicht, aber sie liebte ebendiese Leichtigkeit, die auch den Sex mit ihm zu einem unkomplizierten und von jeglicher Verantwortung befreiten Spiel machte. Seit Caroline ins Tal zurückgekehrt war, war es das erste Mal gewesen, dass er bei ihr geblieben war, und als Maybrit in der Nacht vom Krachen des Windes aufgewacht war, hatte sie sich gefragt, ob Björns Gedanken bei Caroline gewesen waren, während er mit ihr geschlafen hatte. Er ließ sich nichts anmerken, obwohl sie zu wissen glaubte, wie es um ihn in dieser Hinsicht bestellt war. Sie hoffte nur, dass er ihr gegenüber deswegen keine Gewissensbisse hegte. Sie war versucht gewesen, ihn anzurufen, hatte das Telefon schon in der Hand gehabt, obwohl es mitten in der Nacht war, aber sie hatte es nicht getan. Stattdessen war sie aufgestanden, hatte etwas getrunken und dabei bemerkt, dass Ulf nicht da war. An Schlafen war danach nicht mehr zu denken gewesen, und am Morgen hatte sie vom ganzen Ausmaß der Katastrophe erfahren.

Als sie jetzt im grauen Licht des Vormittags in ihrem Wohnzimmer stand mit dem Bewusstsein, dass sie nichts, aber auch gar nichts tun konnte, schämte sie sich für ihre Hysterie und ahnte doch gleichzeitig, dass ihre Ängste nicht unbegründet waren. Ulf und Caroline waren eingeschneit, eingepfercht auf engstem Raum, ohne die Möglichkeit, einander auszuweichen – was aus dieser Situation erwachsen mochte, wollte Maybrit sich nicht vorstellen. Sie hatte erfolglos versucht, sich abzulenken und ihre Gedanken in eine andere Richtung zu lenken. Als Paar waren Caroline und Ulf früher schon eine explosive Mischung gewesen, er herrisch und jähzornig, sie egozentrisch und

und bisweilen rücksichtslos. »Feuer und Eis«, hatte ihre Tante Inga, Ulfs Mutter, einmal gesagt. »Wenn wir nicht aufpassen, bringen sie sich gegenseitig um.«

Maybrit erinnerte sich an Ulfs Gesichtsausdruck, als er ihr von Lianne erzählte hatte, seiner Tochter. »Ich wollte nie Vater sein«, hatte er gesagt, und doch hatte sie Tränen in seinen Augen gesehen. Was für Wahrheiten würden Ulf und Caroline noch zutage fördern dort draußen, wie viel Schmerz würden sie einander zufügen? Als Ulf über Caroline und Lianne gesprochen hatte, hatte sie zwischen den Zeilen die Einsamkeit herausgehört, die sich in den Jahren aufgestaut hatte, in denen er sich nach Nähe gesehnt und sie doch nie hatte zulassen können. Stattdessen hatte er sich in zu viel Alkohol und banale Affären geflüchtet. In diesem Moment hatte sie sich gewünscht, dass es ihm und Caroline gelänge, das Zerstörerische in ihrem Miteinander zu überwinden und gegen alle Widerstände zueinanderzufinden, aber sie glaubte nicht daran. Zu tief waren die Wunden.

Sie seufzte bei dem Gedanken und dachte zurück an jenen Sommer, in dem Caroline von einem Tag auf den anderen verschwunden war. Zu ihr, Maybrit, war Ulf damals in seiner Verzweiflung gekommen, nicht zu seiner Schwester, nicht zu seinen Eltern, nicht zu Björn. Zu ihr. Sie erinnerte sich vor allem an die drückende Hitze, die in jenen Monaten über dem Land gelegen hatte, und die schwelenden Feuer in den Wäldern, als hätte das Verderben bereits in der Luft gelegen. Ulf hatte damals in ihrem Zimmer gesessen, in einer Ecke, die Vorhänge waren zugezogen gewesen, so dass sie ihn im Halbdunkel zunächst kaum wahrgenommen hatte. »Sie ist weg«, hatte er geflüstert, die Stimme heiser. Vielleicht war er zu ihr gekommen, weil Caroline ihre engste Freundin gewesen war. Vielleicht hatte er gehofft, dass sie sich ihr anvertraut hatte, sie hatte ihn nie danach gefragt, denn Maybrit war genauso überrascht, genauso überrumpelt gewesen wie er. Genauso fassungslos. Sie hatte später oft darüber nachgedacht, warum sie ihn nicht fortgeschickt hatte, wie sie es vermutlich mit jedem anderen getan hätte, aber vermutlich hatte sie damals schon gespürt, wie ähnlich sie sich im Grunde waren, viel ähnlicher als Ulf und seine Schwester Irene, die nie wirklich Zugang zueinander gefunden hatten.

Sie dachte bis heute nicht gern über die Zeit nach, die dann gefolgt war. Über ihre vergebliche, monatelange manische Suche nach Caroline und Ulfs Drogen- und Alkoholexzess, mit dem er versucht hatte, seinen Schmerz zu betäuben. Er hätte sich damals umgebracht, wenn sie nicht eingeschritten wäre. Sie hatte nie mit jemandem darüber gesprochen, was sie in dieser Zeit, in der sie um ihn und mit sich gekämpft hatte, über ihn und auch sich selbst erfahren hatte. Sie allein kannten die wahre Geschichte.

Fünf Tage hatte sie ihn eingesperrt. Er hatte ihr gedroht, er hatte geheult und gebettelt, doch sie hatte nicht nachgegeben. Es waren die längsten fünf Tage in ihrem Leben gewesen, und es hatte danach weitere zwei Wochen gedauert, wieder einen Menschen aus ihm zu machen. Danach war er gegangen. Sie hatte keine Ahnung gehabt, wohin. Drei Wochen später hatte sie Post bekommen. Aus Stockholm. Sie hatte seine Handschrift auf dem Umschlag erkannt, ihn nervös aufgerissen und den Briefbogen aufgefaltet, auf dem nur zwei Worte gestanden hatten: *Danke, Ulf.*

Erst ein Dreivierteljahr später war er ins Tal zurückgekommen, um seine Eltern zu besuchen. Maybrit hatte ihn gesehen und die Veränderung bemerkt, die Distanz gespürt. Sie hatte nicht versucht, sie zu durchbrechen. Die Nähe, die sie zwangsläufig in der Zeit seines Entzugs miteinander erlebt hatten, war ihnen beiden im Nachhinein unangenehm, und in schweigendem Einverständnis berührten sie das Thema nicht. Sie sprachen überhaupt nicht über die Vergangenheit. Und niemals mehr über Caroline.

20.

Sie hatte es getan. Unumwunden hatte sie den Mord zugegeben. Trotz all seiner Überlegungen, trotz aller Beweise hatte er sich doch fern jeder Logik an die Hoffnung geklammert, dass es sich um einen Fehler, einen Irrtum der Behörden handelte und dass Caroline ihn verzweifelt bitten würde, ihr zu helfen, diesen Irrtum aufzuklären. Stattdessen hatte sie ihm ruhig und ohne mit der Wimper zu zucken die grausame Tat gestanden.

Ulf wusste, was es bedeutete, einen Menschen zu töten. Ein Leben zu beenden. Und er wusste, wie es war, Menschen gegenüberzusitzen, die getötet hatten. Menschen, die aus Angst vor der Strafe die Tat hartnäckig leugneten. Die, wenn sie einmal ihr Schweigen gebrochen hatten, nicht mehr aufhören konnten zu reden und weinend zusammenbrachen angesichts der Schwere der Schuld, die sie auf sich geladen hatten. Einen Menschen zu töten war nichts, was man einfach wegsteckte. Selbst jenen, die aus vermeintlich kühler Berechnung handelten, kaltblütig und überlegt, hatte er ihre Gefühllosigkeit nie abgenommen – wenn getötet wurde, waren immer Emotionen im Spiel. Ob bewusst oder unbewusst. Wie konnte Caroline so gleichmütig vor

ihm sitzen, ihm einen Mord gestehen und ihm dabei in die Augen sehen? Der Polizist in ihm hatte jede ihrer Regungen intuitiv registriert und gewertet. War sie eine so gute Schauspielerin?
Irgendwo tief in ihm regte sich Zorn. Er kämpfte dagegen an. Er musste einen klaren Kopf behalten, durfte sich davon nicht überwältigen lassen. Er wusste nicht einmal, ob es überhaupt Mord war. Ein Mord implizierte Planung, Heimtücke. Er kannte Caroline als impulsiv, durchaus unbeherrscht, aber sie hatte auch immer ein ausgeprägtes Rechtsbewusstsein besessen. War sie zu Totschlag im Affekt fähig? Irritiert schüttelte er den Kopf. Solange er keine näheren Details zu dem Fall kannte, waren all diese Überlegungen völlig spekulativ. Bislang wusste er nur, dass sie diesen Mann, der ihre, seine Tochter überfahren hatte, getötet hatte. Erschossen. Woher hatte sie die Waffe gehabt? Sie würden darüber reden müssen. In Ruhe.
Er hörte, wie die Badezimmertür sich öffnete und wieder schloss, und hielt in seiner Wanderung durch das Wohnzimmer inne, als sie gleich darauf den Raum betrat. Sie hatte geduscht und sich angezogen. Jeans und Pullover. Es hatte ihnen beiden Zeit zum Nachdenken gegeben. Als ihre Blicke sich trafen, sah er, dass sie geweint hatte, ihre Augen waren noch immer gerötet, und er schämte sich seiner Erleichterung darüber.
Er machte einen Schritt auf sie zu. »Willst du darüber reden?«, fragte er. »Kannst du es?«
Sie antwortete nicht gleich, schlug die Arme um ihren Körper, als wäre ihr immer noch kalt. »Ich weiß es nicht«, erwiderte sie schließlich.
»Okay«, sagte er. »Und wenn ich dir helfe?«
Was lag in ihren Augen? Angst? Misstrauen?

»Ich möchte …«, begann sie zögernd, »… dass du zunächst verstehst, warum ich es getan habe.«
»In Ordnung«, sagte er. »Fangen wir *damit* an.« Er fühlte sich, als würde er über glühende Steine balancieren. »Willst du dich setzen?«
Sie schüttelte den Kopf. »Ich möchte dir etwas zeigen.«
Sie zog zwei Fotoalben aus dem Bücherregal.
Er unterdrückte den Wunsch, aufzustehen und rauszugehen. »Warum soll ich mir Fotos ansehen, Lilli?«
»Dann wirst du es verstehen.«
Er glaubte ihr nicht und verfluchte den Sturm und seine Idee nach Härjedalen zu fahren. Seine Leichtsinnigkeit, den Haftbefehl in seiner Tasche mit sich herumzutragen. Er erkannte, wie sehr ihn seine eigenen Befindlichkeiten blockierten, und atmete tief durch. Es kostete Kraft, die Bedenken beiseitezuschieben. Aber vielleicht kamen sie über die Fotos endlich ins Gespräch. »Gut«, stimmte er schließlich zu.
Es waren zwei altmodische, mit Stoff bespannte Alben. Sie erschienen ihm wie ein Anachronismus in Zeiten der digitalen Fotografie, der Tablet-Computer und Smartphones. Als Lianne geboren wurde, hatte es all diese Dinge nicht gegeben. Keine Babyfotos bei Facebook. Er wies auf das Sofa. »Setzen wir uns?«
»Wollen wir nicht lieber in die Küche gehen?«, fragte sie, und er spürte ihren Wunsch nach Distanz.
Sie setzten sich über Eck an den Küchentisch. Ihre Ellbogen berührten sich, und sie zog den ihren hastig zurück. Die Fotoalben lagen vor ihnen. Caroline nahm das oberste. Jetzt aus der Nähe bemerkte er, wie verblichen der pastellfarbene Stoff war, als hätte das Album in der Sonne gelegen. Die Ecken waren abgewetzt. »Es sieht ganz so aus, als

hättest du es oft angesehen«, bemerkte er leichthin, um die Spannung zu lösen.
Sie lächelte flüchtig. »Lianne und ich haben es oft zusammen angesehen. Vor allem als sie klein war.« Sie schlug die erste Seite auf, und Ulf erstarrte. Es waren keine Kinderfotos. Es waren Bilder von ihm und Caroline. Björn. Maybrit …
»Wir müssen anknüpfen, wo wir aufgehört haben, sonst werden wir uns nie verstehen«, sagte sie. »Wir müssen uns erinnern, wie wir damals waren.«
Er schüttelte den Kopf. »Das ist alles lang vorbei, Caroline. Du hast es gestern selbst gesagt. Wir können die Vergangenheit nicht zurückholen.«
»Nein, aber wir müssen uns ihrer bewusst sein, um unser heutiges Handeln beurteilen zu können.«
»Ich glaube nicht, dass das nötig ist.«
»Gib mir eine Chance«, bat sie.
Er schluckte und wartete.
Sie schob das Album zu ihm hinüber, wies auf eine Fotografie. Sie zeigte ihn und Caroline in Badekleidung auf dem Steg unterhalb des Hauses, in dem sie jetzt saßen. Sie ließen die Füße ins Wasser baumeln, und er sah zur Kamera auf, während Caroline ihn betrachtete. Er erinnerte sich. Sie waren schwimmen gewesen. Maybrit hatte das Foto gemacht. Sie hatte dauernd Fotos gemacht. Er meinte, das Klacken der Kamera zu hören, ihr Lachen, das Plätschern des Wassers gegen den Steg und das flüchtige regenbogenfarbene Schimmern zu sehen, wenn eine Forelle in einer Fontäne aus Tropfen aus dem Wasser sprang und nach den tanzenden Mücken schnappte.
»An dem Tag habe ich von der Schwangerschaft erfahren«, erreichte ihn Carolines Stimme wie von fern.

Er brauchte einen Moment, um die Information aufzunehmen. Sie führte dazu, dass er das Foto aus einem völlig neuen Blickwinkel betrachtete und versuchte, Carolines Gesichtsausdruck zu analysieren. Es lag Nachdenklichkeit in ihrer Miene. Sie wusste, dass sie ein Kind von ihm bekam. Überlegte sie, ob sie es ihm erzählen sollte? Warum hatte sie es nicht getan? Er schob das Album von sich. All diese Gedanken führten immer wieder zu einer einzigen Frage. Er würde sie nicht noch einmal stellen.
»Weißt du noch, was du in diesem Moment gedacht hast, als Maybrit auf den Auslöser gedrückt hat?«, fragte er sie stattdessen.
»Du weißt noch, dass es Maybrit war?«, erwiderte sie überrascht.
Ich weiß noch so viel mehr, als du dir vorstellen kannst, war er versucht zu antworten, aber er nickte nur.
»Ich erinnere mich nicht, was mir in jenem Moment durch den Kopf gegangen ist, aber als wir dort unten auf dem Steg in der Sonne gelegen haben, habe ich darüber nachgedacht, ob ich überhaupt ein Kind haben will.«
»Du hast an Abtreibung gedacht?«, entfuhr es ihm, und er begriff, dass sie eine Abtreibung ebenso ohne sein Wissen durchgeführt hätte, wie sie ohne Ankündigung verschwunden war. Er hätte nie davon erfahren, dass sie überhaupt schwanger gewesen war.
Er erinnerte sich an das Gespräch, das er mit Björn vor wenigen Tagen geführt hatte. *Sie macht die wichtigen Entscheidungen immer mit sich aus.* Aber war es nicht etwas gewesen, das sie beide betraf?
»Zu dem Zeitpunkt hatten wir bereits beschlossen zu heiraten«, bemerkte er. »Hattest du Angst, ich würde einen Rückzieher machen, wenn ich von dem Kind erfahre?«

»Ich hatte keine Angst«, entgegnete sie ruhig und blätterte weiter. »Davor nicht.«

Wovor dann? Er hielt sich zurück. Es war nicht leicht.

Es folgten weitere Fotos aus jenem Sommer. Impressionen einer Zeit, über die er sich so lange verboten hatte nachzudenken, dass sie ihm jetzt wie die Erinnerungen eines Fremden erschienen und doch gleichzeitig eine beängstigende Macht entwickelten, einen Sog, gegen den er ankämpfte wie ein Schwimmer gegen die Strömung.

Dann war es vorbei, und er blickte nach dem Umschlagen einer weiteren Seite unvorbereitet auf das großformatige Foto eines dunkelhaarigen Kleinkindes, das unbeschwert in die Kamera lachte. Es gab keine Fotos einer hochschwangeren Caroline, keine Bilder des norwegischen Fischers, keine Babybilder.

Er spürte Carolines Blick auf sich und blätterte weiter, ohne aufzusehen. Das Kind wuchs heran, und er erkannte seine eigene Familie in der Haltung und den Zügen dieses heranwachsenden Wesens wieder. Er erkannte sich. Und Caroline. Er zog Vergleiche zu Håkans Töchtern, und er musste zugeben, dass Lianne bezaubernd gewesen war als Kind mit ihrem zarten Gesicht und den langen dunklen Locken, die Caroline ihr oft zu einem Kranz geflochten hatte, der wie eine Krone um ihren Kopf lag. Was empfand er beim Anblick dieser Fotos? Es war sein Kind, das ihm dort entgegenlächelte, und doch war sie eine Fremde. Die Begegnung mit ihr blieb eindimensional. Er hatte nie ihre Stimme gehört, ihr Lachen, nie ihre Tränen getrocknet. Wusste nicht, wie es sich anfühlte, ihr Gewicht auf seinem Arm zu spüren oder ihr kindliches Aufbegehren gegen die elterliche Autorität zu erleben. Sie blieb ein Gedanke, ein Traum, der niemals real werden konnte, weil sie tot war.

Gestorben, bevor er auch nur einen Blick auf sie hatte werfen, auch nur ein Wort mit ihr hatte wechseln können. Er klappte das Album zu.

Das nächste enthielt nur wenige Fotos. Die erwachsene Lianne. Eine junge, attraktive Frau, die ihn in ihrem Ausdruck so sehr an Maybrit erinnerte, dass er seiner Irritation darüber nur schwer Herr wurde.

»Sie sieht selbstbewusst aus«, bemerkte er schließlich.

»Sie war selbstbewusst«, entgegnete Caroline.

»Was hat sie gemacht? Studiert? Gearbeitet?«

»Sie hat Sprachen studiert. Sie hatte sich gerade für ein Auslandssemester in Kanada beworben.«

»Und in ihrer Freizeit?«

Caroline lächelte. »Sport. Sie war wie besessen davon. Sie war im Bundeskader der Leichtathletinnen.«

Ulf presste die Lippen aufeinander. »Hat sie noch bei dir gewohnt?«, fragte er schließlich.

Caroline schüttelte den Kopf. »Sie ist vor einem halben Jahr ausgezogen, deswegen hatte … Thomas auch den Mut gefasst …«

»… dich zu fragen, ob du ihn heiraten würdest«, beendete Ulf den Satz für sie. »Hatte Lianne einen Freund?«

»Nichts wirklich Festes. Ich glaube, sie hatte Angst davor, sich zu binden. Wir haben hin und wieder darüber gesprochen. Es gab den ein oder anderen, mit dem sie manchmal ausging, aber sie war sehr zielorientiert und wollte sich nicht ablenken lassen.«

»Alles in allem eine sehr moderne und vielversprechende junge Frau«, merkte Ulf hölzern an. Die Formulierung war unglücklich und drückte nicht im Entferntesten aus, was er wirklich empfand, aber Caroline schien es nicht zu bemerken. Gedankenverloren klappte sie das Album zu und strich über den Stoffeinband. Eine einzelne Träne löste sich aus ihrem Auge und rollte über ihre Wange. Ohne Hast wischte sie sie fort und blickte zum Fenster, in dem sich die Lichter und die Einrichtung der Küche spiegelten.

»Woran denkst du?«, fragte er.

»An Lianne, an unsere letzte Begegnung vor ihrem … Tod.«

»Erzähl mir davon.«

»Ich weiß nicht, ob ich es kann.«

»Versuch es.«

»Ich habe noch mit niemandem darüber gesprochen.«

Sie macht die wichtigen Entscheidungen immer mit sich aus.

»Was ist passiert?«

»Wir hatten Streit …« Caroline biss sich auf die Lippe.

»Etwas Wichtiges?«

Sie senkte den Blick, dann schüttelte sie den Kopf. Er glaubte ihr nicht, sagte aber nichts. »Ihr seid auseinandergegangen, ohne euch zu versöhnen«, schlussfolgerte er lediglich.

Sie hatte erneut Tränen in den Augen, als sie nickte.

»Wo ist der Unfall passiert?«

»Zwei Tage später, als sie mit dem Fahrrad in die Straße einbiegen wollte, in der ich meine Wohnung hatte.« Sie räusperte sich. »Ich hatte sie zum Essen eingeladen, weil es mir leid tat, weil ich Dinge gesagt hatte, die nicht fair waren.«

Er stellte sich Lianne vor, eine junge Frau mit lockigem dunklem Haar, sportlich gekleidet, auf dem Weg zu ihrer Mutter. Sie hatten im selben Viertel gewohnt, das wusste er aus dem Bericht, den Håkan ihm geschickt hatte. Ihre Wohnungen hatten nur wenige Straßen auseinandergelegen. Es war dunkel gewesen, und es hatte geregnet. Der Autofahrer hatte ihr beim Abbiegen die Vorfahrt genommen.

»Ich frage mich, ob sie noch leben würde, wenn wir nicht gestritten hätten oder wenn sie an dem Abend zu Fuß gekommen wäre«, unterbrach Caroline seine Gedanken.

Das ist normal, jeder, der einen geliebten Menschen verliert, durchläuft diese Phase der Auflehnung, war er versucht, sie zu trösten, aber es kam ihm so banal vor.

»Hast du nach dem Unfall noch mit ihr sprechen können?«, fragte er stattdessen.

Sie schüttelte den Kopf.

»Aber du hast sie gesehen, dort auf der Straße.«

»Ja.« Es kam sehr leise.

»Bitte … was hast du gesehen?«

Caroline schluckte und starrte an ihm vorbei ins Leere. »Lianne lag auf dem nassen Kopfsteinpflaster wie eine weggeworfene Puppe«, begann sie, und ihre Stimme klang fremd. »Ihr Haar war ganz nass vom Regen und ihr Gesicht so entsetzlich blass. Ihre weißgraue Regenjacke war voller Blut, aber ihre Augen waren offen, und ich konnte sie atmen hören.« Caroline schauderte, und Ulf bekam eine Ahnung von dem Geräusch, an das sie sich erinnerte. Jenes Röcheln, das Menschen von sich gaben, wenn ihre Rippen gebrochen waren und die Lungenwände durchstoßen hatten. »Sie hat mich angesehen«, fuhr sie fort. »Aber sie konnte nicht sprechen. Ich habe meine Jacke ausgezogen und unter ihren Kopf gelegt. Ich …«, sie wischte sich erneut die Tränen aus dem Gesicht, »ich habe ihr gesagt, dass ich sie liebe und dass alles gut wird, wie ich es ihr immer gesagt habe, wenn etwas passiert war oder sie Angst hatte … und in ihren Augen habe ich gesehen, dass sie mich verstanden hat, dass sie lächeln wollte, aber nicht mehr die Kraft dazu hatte …« Sie verbarg das Gesicht in ihren Händen. »Sie war tot, bevor der Rettungswagen da war.«

Es war lange still in der Küche, nur der Wind heulte ums Haus, und Ulf meinte, die Kälte zu spüren, und schauderte unwillkürlich. Caroline saß zusammengesunken wie ein Häufchen Elend auf ihrem Stuhl und zitterte am ganzen Körper. Er stand auf, nahm zwei Gläser aus dem Schrank und eine Flasche Whiskey.

Er stellte eines der halbvollen Gläser vor Caroline hin. »Trink«, sagte er.

Sie schüttelte den Kopf.

»Trink«, wiederholte er mit einer Stimme, die keinen Widerspruch duldete, und beobachtete, wie sie das Glas ansetzte. Nach dem ersten Schluck musste sie husten, doch als sie seinem Blick begegnete, trank sie auch den Rest. Er füllte das Glas wieder auf.

Ganz allmählich atmete sie ruhiger.

»Was war mit dem Fahrer?«, fragte er. »Wo war er?«

»Ich weiß es nicht«, gestand sie. »Er war nicht da. Auch sein Wagen war fort.«

»Wie hat die Polizei ihn gefunden?«

»Es gab Lackspuren. An Liannes Kleidung und ihrem Fahrrad, und es gab einen Zeugen, der sich einen Teil des Kennzeichens gemerkt hatte.« Sie fuhr sich mit der Hand über die Augen, eine müde, fast abschließende Geste, doch dann sah sie ihn an. »Er war betrunken, Ulf«, stieß sie bitter hervor, und er erschrak ob der Heftigkeit der Emotion, die ihm mit einem Mal entgegenschlug. »Sie haben ihn am nächsten Morgen in seinem Haus festgenommen, da hatte

er noch immer fast zwei Promille Alkohol im Blut.« Geballte Wut hatte die Trauer aus ihren Augen, ihrer ganzen Haltung vertrieben.
»Hast du ihn deswegen getötet?«
»Nein.« Sie griff nach der Whiskeyflasche, schenkte sich nach und leerte das Glas in einem Zug. Lange sagte sie nichts, und er spürte, wie sie um Fassung rang. »Er hatte einen Anwalt, der ihn auf Kaution aus der Untersuchungshaft herausgeholt hat«, entgegnete sie schließlich gepresst.
»Hatte er Geld?«
»Anzunehmen.« Sie drehte das leere Glas in ihrer Hand. »Ich weiß nicht, ob es Geld war. Auf jeden Fall kannte er die richtigen Leute.«
Es fiel ihm schwer, ruhig zu bleiben, als er begriff, worauf es hinauslief. »Du glaubst, dass er sich mit Hilfe seines Einflusses einer Verurteilung entzogen hat«, stellte er fest und fragte sich gleichzeitig, ob das tatsächlich möglich war. Etwas von seinem Unglauben musste sich in seine Stimme geschlichen haben, denn Caroline starrte ihn plötzlich wütend an. »Nach Liannes Beerdigung ist das Verfahren gegen ihn eingestellt worden«, warf sie ihm trotzig entgegen. »Das sagt doch alles!«
»Das gibt dir noch lange nicht das Recht, ihn zu erschießen«, erwiderte er zornig.
»Musst du jetzt den Polizisten rauskehren?«
»Mit dem, was du getan hast, hast du Lianne nicht wieder lebendig gemacht!«, stieß er hervor, nicht mehr in der Lage, seinen Zorn zu zügeln, »aber zu ihrem ist auch noch dein Leben ruiniert. Ist es das, was du wolltest?«
»Du verstehst nichts, gar nichts!« Ihre Stimme überschlug sich. Sie sprang auf, stieß dabei den Stuhl so heftig zurück, dass er umfiel, und stürmte aus der Küche.

»Da gibt es nicht viel zu verstehen!«, brüllte er ihr hinterher.
Abrupt blieb sie stehen und wandte sich um. »Was willst du von mir hören?«, schrie sie. »Dass ich die Tat bereue, dass ich mich deswegen schlecht fühle?«
»Ist es nicht so?«
»Nein, verdammt noch mal, ich würde es wieder tun, immer wieder …« Die Tür knallte hinter ihr zu.
Er sprang auf, lief ihr hinterher. Im Flur bekam er sie zu fassen und drückte sie gegen die Wand. »Das ist nicht wahr. Sag, dass es nicht wahr ist!«
»Lass mich los«, zischte sie. »Glaub nicht, mich zu kennen. Du tust es nicht. Du hast es niemals getan!«
Ihre Worte trafen ihn wie Ohrfeigen, und er packte sie bei den Schultern und schüttelte sie. »Lilli, hör auf! Mach nicht noch mehr kaputt.«
Sie keuchte. Er schloss sie in seine Arme. In einem letzten Versuch des Widerstands schlug sie mit den Fäusten gegen seinen Brustkorb, versuchte, ihn von sich zu schieben, dann sackte sie in sich zusammen, klammerte sich an ihn und drückte ihren Kopf gegen seine Brust.
Genauso war es früher gewesen. Wie ein wildes Tier hatte sie um sich gebissen, hatte sich in eine Hysterie gesteigert, in der sie blind vor Schmerz und verletzten Gefühlen um sich geschlagen und Dinge ausgesprochen hatte, die auch nach einer Entschuldigung hängengeblieben waren und nachhaltig vieles in Frage gestellt hatten. In dieser Stimmung, so dachte er, war sie fähig zu töten.
Ihr Herz schlug schnell, ihr Atem kam stoßweise. Die Spange, mit der sie ihr Haar hochgesteckt hatte, hatte sich gelöst und war zu Boden gefallen. Er strich ihr die wirren Strähnen aus dem Gesicht, als sie schließlich zu ihm aufsah

mit jenem Funken Unberechenbarkeit im Blick, der ihn von jeher fasziniert hatte. Seine Finger verharrten zögernd auf ihrer Wange. Sie rührte sich nicht. Er beugte sich vor, spürte ihren Atem, ihre Lippen strichen übereinander, berührten sich flüchtig, im spielerischen Tanz, wieder und immer wieder, als hätten sie einander vermisst und müssten sich nun erzählen von all den einsamen Jahren. Caroline schlang ihre Arme um seinen Hals, er spürte ihre Hände in seinem Nacken, und was eben noch Spiel war, wurde ernst, wurde nah, wurde gefährlich. Atemlos ließ er sie los und trat einen Schritt zurück. Sie lehnte an der Wand, sah zu Boden und fuhr sich mit einem Finger über ihre Lippen, hing der Berührung nach, und er kämpfte gegen die Versuchung, die in diesem Anblick lag.

21.

Sie wünschte, sie hätte den Whiskey nicht so heruntergestürzt. Sie vertrug nicht viel, auch wenn sie Ulf das gern glauben gemacht hätte. Seine zur Schau gestellte Überlegenheit hatte sie wütend gemacht. Was wusste er schon davon, wie es war, ein Kind zu verlieren! Eine junge Frau, die man hatte heranwachsen sehen, ein junger Mensch voller Hoffnung und Ideen. Lianne hatte ihr ganzes Leben vor sich gehabt, und im Bruchteil einer Sekunde war alles zerstört, das Licht erloschen, das so hell, so leuchtend gestrahlt hatte. Der Alkohol hatte Liannes Tod die Schärfe genommen, er hatte den Schmerz gedämpft zu einem dumpfen Pochen, das ihr nicht mehr gefährlich werden konnte.

Ulf von dem Unfall zu erzählen hatte sie weit mehr aufgewühlt, als sie ihn hatte merken lassen. In den vergangenen Wochen hatte sie gelernt, ihre Gefühle zu verbergen. Wenn sie allein war, hatte sie dafür gezahlt, hatten Verzweiflung und Trauer sie mit doppelter Macht überwältigt. Und jetzt dröhnte ihr Kopf. In dem Moment, in dem sie aufgestanden war, hatte sie die Wirkung des Alkohols gespürt. Caroline hatte gehofft, dass Ulf verstehen würde, was sie getrieben hatte, wenn er die Fotos sah. Aber seine Tochter war ihm fremd geblieben. Sie war ein Kind, das ihm ähnelte, mehr nicht. Seine Fragen zu Lianne waren von höflichem Interesse gewesen. Jene zu ihrem Tod hatte er aus beruflicher Neugier gestellt, nicht zuletzt, um zu verstehen, warum sie getötet hatte. Als ihr das bewusst geworden war, hatte sie sich geschämt für ihre Naivität. Was hatte sie erwartet? Dass er ihr tränenüberströmt gegenübersaß? Dass er trauerte um einen Menschen, den er nie kennengelernt hatte und nie kennenlernen würde, weil sie es verhindert hatte? Sie hatte geglaubt, er müsse für Lianne genauso empfinden wie sie. Vielleicht hätte er sie verstanden, wenn er selbst Kinder großgezogen hätte, wenn er all die Ängste und all die Freude erlebt hätte, die damit verbunden waren, einen jungen Menschen auf seinen Weg zu bringen. Aber er kannte das alles nicht. Wie sollte er, der Junggeselle, der sein ganzes Leben nur für sich selbst Verantwortung getragen hatte, wie sollte er sie unter diesen Umständen verstehen? Wie hatte sie darauf hoffen können? Er betrachtete sie aus seinem von Gesetzestexten und Vorschriften geprägten Universum, zeigte mit dem Finger auf sie, die Frau, die einen Mann getötet hatte aus Rache, purer Rache, einem niederen Beweggrund, weshalb jeder Richter dieser Welt sie wegen Mordes verurteilen würde.

Sie war wütend gewesen und enttäuscht, unglaublich enttäuscht von der Distanz zwischen ihnen, auch er war ihr wie ein Fremder vorgekommen, sie hatte nichts mehr gemein mit diesem Mann außer einer Liebesbeziehung, die seit fast drei Jahrzehnten vorbei war. All das war ihr durch den Kopf gegangen, als sie vor ihm gestanden und ihn angeschrien hatte.

Doch dann hatte er sie gepackt und geschüttelt, und was die ganze Zeit zwischen ihnen geschwelt hatte, war aufgeflammt. All ihre Wut und Enttäuschung, ihr Kummer und ihre Trauer hatten nicht genügt, die Anziehungskraft zu brechen, die er nach wie vor auf sie ausübte. Natürlich hatte der Alkohol geholfen, und hätte Ulf nicht die Reißleine gezogen, lägen sie vermutlich schon im Bett. Er stand noch immer vor ihr, um Beherrschung kämpfend, während er den Blick nicht von ihr abwenden konnte und sich seine Zerrissenheit in den Gesichtszügen spiegelte. Komm, wollte sie sagen, lass uns tun, was wir früher getan hätten, lass uns das Schicksal herausfordern, das uns in einer Laune hier eingesperrt hat. Aber sie kam nicht dazu, denn plötzlich flackerte das Licht und erlosch. Die Dunkelheit, die sie umgab, war so dicht wie die Stille, die sich augenblicklich im Haus ausbreitete, als das unterschwellige Rauschen und Brummen der elektrischen Geräte mit einem Schlag verstummte.

»Verdammt«, fluchte Caroline leise. »Der Strom.«

»Nur eine Unterbrechung«, hörte sie Ulfs Stimme. »Er kommt bestimmt gleich wieder.«

Es war eine eitle Hoffnung.

»In der Küche sind Kerzen«, sagte Caroline, während sie sich vorsichtig vorantastete. Ulf stieß die Tür zum Wohnzimmer auf, und der tanzende Schein des Kaminfeuers ließ zumindest Umrisse sichtbar werden. Caroline bildete sich ein, die Kälte zu spüren, die ins Haus kroch. Die Heizungen waren elektrisch. Die Temperaturen lagen draußen unter Minus zwanzig Grad. Vor drei Tagen – waren seither tatsächlich erst drei Tage vergangen? – hatte Thomas sie gefragt, ob sie keine Angst hätte, hier draußen allein. Sie hatte daran gedacht, dass das Einzige, was sie fürchtete, ein

Stromausfall im Winter war. Als Kind hatte sie mit ihren Eltern einmal zwei Tage ohne Strom in diesem Haus verbracht, und es waren vor allem die Dunkelheit und die Kälte, die sie in Erinnerung behalten hatte. Sie hatten in Decken gehüllt im Wohnzimmer gesessen, vor dem Kamin, den ihr Vater ständig mit neuem Holz gefüttert hatte. Ihre Mutter hatte einen alten Edelstahltopf in die Glut gestellt, um Wasser zu erwärmen und Tee zu kochen, und zunächst war es wie ein Spiel gewesen, doch dann hatte sie die unterschwellige Sorge der Eltern gespürt, ihre angespannten Blicke und ihr nervöses Flüstern, wenn sie glaubten, Caroline schliefe. Die Angst, die das damals in ihr ausgelöst hatte, hatte sie noch lange verfolgt.

Jetzt war es Ulf, der vor dem Kamin hockte und das Feuer zum Lodern brachte, während sie Kerzen an die Fenster stellte, wo sie durch den Widerschein im Glas das meiste Licht verbreiteten. »Wir müssen raus und neues Holz holen, damit uns heute Nacht das Feuer nicht ausgeht«, sagte er, ohne aufzusehen.

»Wie spät ist es?«, wollte sie wissen.

»Gleich halb elf.«

Caroline seufzte, als eine neue Windböe das Haus erzittern ließ. Der Sturm tobte seit fast vierundzwanzig Stunden ohne Unterbrechung. Wie lange würden sie hier noch eingeschlossen sein? Der Hund reckte sich neben Ulf, stand auf und kam zu ihr. Sie strich ihm über den mächtigen Kopf. Auch er musste raus.

Der Holzvorrat war unter der Veranda gestapelt, die das Haus an drei Seiten umlief. Der Schnee türmte sich vor der Haustür und machte das Vorwärtskommen mühselig, und es schneite immer weiter. Die Taschenlampe, die Caroline mitgenommen hatte, war nutzlos, alles, was sie in dem kümmerlichen Lichtkegel sehen konnten, war eine weiße Wand wild tanzender Flocken. Sie verständigte sich mit Ulf durch Gesten, denn der Wind brüllte um sie herum und machte jede andere Form der Kommunikation unmöglich. Caroline kämpfte sich mit einem der beiden großen Weidenkörbe in der Hand die Stufen hinunter, immer darauf bedacht, den Kontakt zum Haus nicht zu verlieren. Die dicken Balken, die das Gebäude trugen, und die rauhen Holzwände waren die einzige Orientierung, die sie in dem wirbelnden Weiß hatte, während der Wind an ihr riss und ihr die Kälte den Atem raubte.

Die gestapelten Holzscheite waren aneinander festgefroren, Ulf hieb mit dem Stiel der Axt darauf, die er mit hinausgenommen hatte, bis sich ein ganzer Schwung löste. Mit klammen, behandschuhten Fingern füllte Caroline die Körbe, die Ulf ins Haus trug. Es waren nur wenige Augenblicke, bis er aus dem weißen Nichts wieder neben ihr auftauchte, aber es waren entsetzlich lange Augenblicke, wenn man allein in der Nacht im Schnee kniete, schon nach wenigen Minuten weder Hände noch Füße fühlte, und sie atmete erleichtert auf, als er ihr schließlich zu verstehen gab, dass sie fertig waren. Er half ihr auf, und sie hielt seine Hand, während sie die wenigen Stufen zur Veranda hinaufstolperte.

Er hatte das Holz mitten in den Flur gekippt, es war genug, dass sie bis zum Anbruch des nächsten Tages nicht mehr hinausgehen mussten. Der Stapel verströmte Kälte und dampfte in der warmen Luft, Schnee- und Eiskristalle glitzerten im schwachen Licht. Der Hund schnüffelte daran und lief dann in die Küche, in der eine einzelne Kerze in einem Glas auf dem Tisch spärliches Licht verbreitete. Er hatte Hunger. Caroline folgte ihm und öffnete eine der Dosen, die sie in Vorrat hatte, und während sie ihm beim Fressen zusah, wurde ihr bewusst, dass auch sie und Ulf seit dem Morgen nichts mehr gegessen hatten. Ganz hinten in einem der Küchenschränke fand sie den alten Topf ihrer Mutter, den sie damals in den Kamin gestellt hatten, und kippte den Kartoffelauflauf hinein, den sie am Vortag gekauft hatte, dazu schnitt sie Reste eines Rentierbratens auf und tat sie mit hinein. Als sie ins Wohnzimmer kam, machte Ulf mit wenigen Griffen Platz im Kamin, und sie stellte den Topf an den Rand des Feuers, wo er sich langsam erwärmen konnte.

»Würdest du es wirklich wieder tun?«, fragte Ulf, während sie beide auf dem Boden vor dem Kamin saßen und darauf warteten, dass das Essen warm wurde. Sie hatten die Felle von der Couch auf den Boden gelegt und die Kissen darauf verteilt, und er hatte sich zwei davon in den Rücken geschoben und sah sie von unten herauf an. Sie saß ihm mit angezogenen Beinen gegenüber und schob ihre kalten Füße unter den Hund, der sich zwischen ihnen ausgestreckt hatte.

»Was meinst du?«, entgegnete sie.

»Würdest du den Mann, der Lianne überfahren hat, wieder erschießen, wenn du noch einmal die Wahl hättest?«

Sie antwortete nicht sofort. »Ist das so wichtig?«, fragte sie dann.

»Es ist *mir* wichtig«, gab Ulf zu.

»Eigentlich möchte ich nicht mehr darüber sprechen«, gestand sie. »Ist nicht alles dazu gesagt?« Die Aufregung um den Stromausfall und ihr Ausflug nach draußen in die eisige Kälte hatten die betäubende Wirkung des Alkohols aufgehoben, und sie war sich nicht sicher, ob sie einer erneuten Diskussion mit Ulf standhalten würde. Sie stülpte den langen Grillhandschuh über, den sie aus der Küche mitgenommen hatte, hob den Deckel vom Topf und rührte mit einem Holzlöffel den Eintopf um. Er war fast fertig.

»Früher hast du aus purer Wut manchmal Dinge gesagt, die du gar nicht gemeint hast«, bemerkte Ulf.

Sie setzte sich zurück. Der Hund träumte, und seine Krallen kratzten über den Boden. Das Geräusch jagte ihr einen Schauer über den Rücken, und bevor sie sich versah, holte sie die Erinnerung ein. Ulfs Gesicht verschwamm, wurde zu einem anderen Gesicht, einem anderen Menschen. Er war in ihrem Alter gewesen, vielleicht zwei oder drei Jahre jünger. Und er hatte so normal ausgesehen, so entsetzlich normal und nicht einmal unsympathisch auf den ersten Blick. Ein Mann Mitte vierzig mit Bauchansatz und dünner werdendem Haar. Sie hatte ihn überrumpelt mit ihrem Besuch, seine Hände waren fahrig über das Türblatt gestrichen, er hatte versucht zu lächeln und doch nur eine gequälte Grimasse zustande gebracht. Schließlich hatte er sie ins Büro hineingebeten. Es war Abend gewesen, seine Mitarbeiter waren bereits gegangen, sie hatte diesen Zeitpunkt bewusst gewählt. Dass er sie hereingelassen hatte, war sein entscheidender Fehler gewesen. Er hatte es ihr so leichtgemacht. Sie hätte nicht den Mut gehabt, auf offener Straße auf ihn zu schießen, und sie zweifelte, ob sie einen zweiten Besuch bei ihm gewagt hätte, wenn er sie abgewiesen hätte. Er hätte nur nicht öffnen müssen …

»Lilli?«

Sie zuckte zusammen, als Ulf ihren Arm berührte. »Was …?«

»Du träumst mit offenen Augen.«
Sie versuchte, die Erinnerungen an Alexander Molinan abzuschütteln, den Mann, der ihre Tochter überfahren hatte, aber es gelang ihr nicht. Stumm drängte er sich zwischen sie und Ulf, der Blick flehend und voller Angst, als er begriff, dass er sterben würde. Würde sie seinen Anblick jemals aus ihrem Gedächtnis löschen können?
Sie zwang sich, Ulf anzusehen. »Ich würde es nicht noch einmal tun«, gestand sie. »Der Tod dieses Mannes war genauso sinnlos wie Liannes Tod und konnte mir weder den Schmerz noch die Wut nehmen … Tatsächlich hat er es nur noch schlimmer gemacht.«
Ulfs Erleichterung war greifbar. Sie ahnte, dass ihm eine weitere Frage auf der Zunge lag. Aber er stellte sie nicht. Nicht jetzt. Vielleicht später. Stattdessen stand er auf und kam gleich darauf mit zwei tiefen Tellern, Löffeln und zwei Flaschen Bier zurück. Sie aßen schweigend, jeder in die eigenen Gedanken versunken.
Danach schubste sie den Hund zur Seite und legte sich nach Ulfs Vorbild ein paar Kissen aufeinander. Sie strich über das dichte grauweiße Schaffell, auf dem sie halb lag, halb saß, und fuhr dann dem Hund über das Fell, der sich unter der Berührung streckte und zufrieden knurrte. Sie betrachtete Ulf. Der Widerschein des Feuers tanzte über sein Gesicht, betonte seine schmale gerade Nase und das eckige Kinn. Im Gegensatz zu seinem kurzen dunklen Haar war der Bartschatten, der inzwischen die untere Hälfte seines Gesichts bedeckte, fast grau. Wie hatte sie dieses Gesicht geliebt, wie hatte sie sich nach einem Blick aus diesen Augen verzehrt. Und wie schwer hatte sie es ihm damals gemacht aus Angst vor diesen Gefühlen, die

sie in seiner Nähe immer wieder überwältigt hatten. Im selben Maß, wie sie ihn geliebt hatte, hatte sie die Abhängigkeit und Unfreiheit gehasst, in die sie diese Liebe zu führen drohte. Später, viel später erst, hatte sie begriffen, dass Liebe immer bedeutete, einen Teil seiner selbst zu opfern, und dass die Gefahr, sich in einer Liebe zu verlieren, eine der größten im Leben war. Die Sage von der Frau und dem Bussard war die perfekte Parabel, jeder fühlende Mensch musste sich irgendwann der Frage stellen, was ihm das Erlebnis einer großen, alles verzehrenden Liebe wert war. Ob er den Mut hatte, sich darauf einzulassen.

Im Laufe der Jahre hatte sie begonnen, sich ihres unreifen Verhaltens Ulf gegenüber zu schämen. Sie hätte ihn nicht ohne ein Wort verlassen dürfen, jeder Mensch verdiente eine Erklärung, und wie oft hatte sie selbst nach ihrem Weggang gegen ihre Sehnsüchte angekämpft. Angst und Unwissenheit hatten sie damals verleitet zu gehen, aber wozu hatte der Verzicht geführt? Sie wusste, sie sollte diesen Gedanken nicht weiter verfolgen, sollte Vernunft walten lassen, es gab keine zweite Chance, keine Zukunft für sie, nicht nach allem, was geschehen war.

Ihre Blicke trafen sich.

»Du musst mich hassen für das, was ich getan habe«, sagte sie.

»Das kann ich nicht«, gestand er ruhig.

»Aber ich habe einen Menschen getötet!« Tränen schossen ihr in die Augen.

»Ja«, entgegnete er lediglich.

Unsicher suchte sie in seinem Gesicht nach einer Erklärung für seine knappe Antwort. Wie konnte mit diesem einen, kleinen Wort alles gesagt sein? Doch dann begriff sie. Er hatte längst seine Entscheidung gefällt. Er war gekommen und hatte sie gesucht. Nicht wegen des Mordes oder des Haftbefehls. Er wäre nie zwischen ihnen zur Sprache gekommen, wenn sie ihn nicht darauf angesprochen hätte.

22.

Björn stieß die große Schaufel in den Schnee. Trotz der Kälte und des eisigen Windes spürte er, wie der Schweiß unter den vielen Kleidungsschichten an seinem Körper herablief. Die Müdigkeit zog sich von seinen Armen über seinen Rücken, eine sich allmählich verdichtende Schwere. Jedes erneute Anheben der Schaufel wurde zu einem Willensakt, der den Geist an den Körper band, ihn gnadenlos fokussierte und damit jeden gedanklichen Amoklauf unterband. Mehr Maschine als Mensch, die funktionierte bis zum Zusammenbruch. Björn und seine Mannschaft arbeiteten seit fast vierundzwanzig Stunden mit nur kurzen Pausen. Er war harte körperliche Arbeit gewohnt, sein Leben lang hatte er nichts anderes getan, doch auch wenn er es sich nicht eingestehen wollte, wusste er, dass er diesmal mit einer Verbissenheit dabei war, in der eine gefährliche Rücksichtslosigkeit lag. Gegenüber sich selbst und auch den anderen, die er genauso hart antrieb. Nur so hatten sie verhindert, dass die Stromversorgung für das gesamte Dorf zusammengebrochen war. Sie hatten Höfe und Häuser evakuiert, die Alten aus den Randgebieten ins Zentrum geholt, für den Notfall die Dieselvorräte und die Generatoren frei gehalten. Der Sturm tobte noch, doch der Schneefall war weniger geworden.

Erschöpft ließ er die Schaufel für einen Moment sinken, starrte auf die Männer neben sich, kaum erkennbar in ihren wattierten Overalls, die Gesichter vermummt gegen die Kälte. Einer von ihnen sah auf, kam auf ihn zu, den Körper gebeugt gegen die Kraft des Windes. »Du solltest eine Pause machen«, schrie ihm der Mann entgegen. Es war Ole. »Du bist am längsten dabei. Wir schaffen es jetzt auch alleine.«

Björn schüttelte den Kopf. Keine Pause. Er hatte es versucht. Doch sobald sein Geist nicht mehr auf das schiere Überleben und Durchhalten fixiert war, begannen die Gedanken zu wandern, und ein Gefühl der Hilflosigkeit bemächtigte sich seiner, das weitaus schlimmer war als die Erschöpfung und Kälte, gegen die er sich hier draußen behaupten musste. Die lange Narbe auf seinem Arm spannte, wie immer bei großer körperlicher Anstrengung, der Schmerz zog hinein bis in den Knochen. Es erschien ihm wie eine unmissverständliche Warnung, wenn er sich ins Gedächtnis rief, woher die Narbe rührte. Er verdrängte den Gedanken, indem er seine Arbeit wieder aufnahm und das Licht ignorierte, das verwaschen aus den Fenstern des Gemeinschaftshauses durch das Schneetreiben zu ihnen herüberleuchtete.

Maybrit war dort, organisierte den Ablauf, achtete darauf, dass jeder mit Essen und heißen Getränken versorgt wurde, und hielt den Kontakt zum einzigen erreichbaren Arzt. Keiner außer ihr ahnte, was in ihm vorging, warum er hier draußen bis zur Erschöpfung arbeitete. Nein, sie ahnte es nicht nur, sie wusste es. Aber sie sagte nichts. Es war nicht ihre Art, sich einzumischen. Nicht mehr, und er beneidete sie um die Unabhängigkeit, die sie sich geschaffen hatte. Sie hatte den Pioniergeist ihrer Vorfahren geerbt, die Zielstrebigkeit und das Durchsetzungsvermögen, und ihre Liebe galt ausschließlich dem Land, auf dem sie lebte. Ihrem Haus. Und dem See. Diesen Dingen war sie verbunden, nicht aber den Menschen. Er hatte sie nur einmal in Tränen aufgelöst gesehen, vor vielen Jahren, als ein Braunbär ihren Hund getötet hatte. Sie hatte den Bären aufgespürt und erschossen, hatte ohne Widerspruch die ihr auferlegte, nicht unerhebliche Strafe gezahlt und sich nie wieder einen Hund angeschafft.

Jetzt bemerkte er, wie die Tür des Gemeinschaftshauses sich öffnete und die Frau, über die er gerade nachgedacht hatte, heraustrat. Sie trug einen langen Daunenmantel, die fellgesäumte Kapuze tief ins Gesicht gezogen, und stapfte in ihren dicken Winterstiefeln durch Wind und Schnee genau auf ihn zu. »Keiner hat etwas davon, wenn du hier mit einem Infarkt zusammenbrichst, weil du dich überarbeitest«, rief sie, als sie ihn erreichte.

»Geh wieder rein«, wehrte er ab.

Sie schüttelte den Kopf. »Ich bleibe hier stehen, bis du mitkommst.«

Die Männer um ihn herum sahen auf, dankbar für die Ablenkung. Björn stieß mit einem Fluch die Schaufel in den Schnee und folgte Maybrit zum Gemeinschaftshaus. Die Wärme, die ihm schon in der Tür entgegenströmte, zog die letzte Kraft aus ihm. Ohne sich seiner Winterkleidung zu entledigen, sank er auf einen freien Stuhl nahe der Tür. Leises Stimmengemurmel füllte den Raum. Die Fensterscheiben waren von innen beschlagen, es roch nach Eintopf, Glühwein und Kaffee und zu vielen Menschen auf zu engem Raum. Vor allem Ältere waren hier. Sie unterhielten sich leise, einige lasen, andere waren auf ihren Stühlen eingenickt. Björn zog sich umständlich die Handschuhe aus und fuhr sich mit der Hand über die Augen. Jede Bewegung war mit einem Mal zu viel. Er spürte Maybrits Blick auf sich, während sie ihren Mantel aufhängte und die Stiefel auszog. »Bleib einfach sitzen. Ich hole dir etwas zu trinken«, sagte sie.

Augenblicke später hielt er einen Becher Kaffee in der Hand. Er trank in kleinen Schlucken, wärmte seine Finger an dem Porzellan und drückte seinen schmerzenden Rücken gegen die Lehne des Stuhls. Die Müdigkeit zerrte an ihm, ließ selbst die kleinste Bewegung zu einem Kraftakt werden. Es reichte nicht, seine Gedanken vom Kreisen abzuhalten.

Maybrit hatte sich auch einen Kaffee mitgebracht und setzte sich zu ihm. »Hast du nicht letzte Nacht noch zu mir gesagt, dass Ulf und Lilli einiges aufzuarbeiten haben und dass es für uns alle das Beste wäre, wenn sie sich endlich aussprechen würden? Wo ist deine Gelassenheit geblieben?«

»Gestern wusste ich noch nicht, dass sie auf engstem Raum eingeschlossen sein würden«, erinnerte er sie.

Sie trank einen Schluck Kaffee und sah ihn über den Rand ihres Bechers hinweg an. »Was fürchtest du mehr, dass sie sich gegenseitig umbringen oder dass sie miteinander ins Bett gehen?«

»Ganz ehrlich, Maybrit«, antwortete er trocken. »Ich fürchte, dass sie erst miteinander schlafen und sich dann gegenseitig umbringen.«

Etwas glimmte auf in Maybrits Augen, und ihre Mundwinkel zuckten. Im verzweifelten Bemühen um Beherrschung biss sie sich auf die Lippe, jedoch vergeblich. Björn starrte sie zuerst ungläubig an, als sie zu lachen begann, doch dann sprang der Funke über, und die Anspannung der vergangenen vierundzwanzig Stunden entlud sich auch bei ihm in einem schallenden Gelächter. Völlig außer Atem wischten sie sich beide nach einer Weile die Tränen aus dem Gesicht und schnappten nach Luft. Um sie herum war es still geworden, und sie spürten die Augen aller Anwesenden auf sich. Björn räusperte sich, und Maybrit fuhr sich mit der Hand durch das Haar.

Stühle wurden gerückt, und allmählich begannen die Gespräche wieder.

»Tut mir leid«, sagte Maybrit leise.

Björn schüttelte lächelnd den Kopf. »Muss es nicht. Das war überfällig.« Er stellte seinen Kaffeebecher ab und reckte sich. »Ich glaube, jetzt kann ich nach Hause fahren und ein paar Stunden schlafen.« Schwerfällig stand er auf. Maybrit folgte ihm zur Tür, wo er sie kurz in den Arm nahm und zum Abschied auf beide Wangen küsste. Er hatte das in der Öffentlichkeit noch nie getan, nicht bei ihr, und er spürte, wie sie sich versteifte, es dann aber geschehen ließ.

Draußen umtosten ihn in der Dunkelheit Schnee und Wind. Dank ihres unermüdlichen Einsatzes waren die Straßen im Ort jedoch nach wie vor befahrbar. Er startete den Motor seines Pick-ups, und während die Scheiben frei tauten, fegte er den Schnee vom Fahrzeug. Als er in seinen Wagen stieg, fiel sein Blick auf einen schwarzen Wollhandschuh auf dem Beifahrersitz. Carolines Handschuh. Er musste ihr auf dem Heimweg nach dem Skifahren aus der Tasche gefallen sein. Björn nahm ihn und legte ihn ins Handschuhfach, und dabei hörte er plötzlich wie aus weiter Ferne ihre Stimme: »Ich habe niemanden mehr auf dieser Welt, Björn, niemanden außer Tante Andra.« Für einen

Moment verblassten der Schnee und die Dunkelheit und es war Frühling und er war mit ihr am Seeufer, wo die Sonne helle Lichter auf ihr blondes Haar warf. Er hatte sie im Arm gehalten, sie festgehalten und getröstet. »Du hast uns, Lilli«, hatte er geantwortet. »Du bist nicht allein.«
Voller Schmerz hatte sie ihre großen Augen auf ihn gerichtet und den Kopf geschüttelt. »Das ist nicht dasselbe«, hatte sie leise erwidert. »Du weißt es.« Und eine tiefe Einsamkeit hatte in ihrer Stimme gelegen, wie sie niemand bei einem achtzehnjährigen Mädchen erwarten würde. Sie hatten am Seeufer gesessen, an der Stelle, wo sie ihre Eltern gefunden hatten und wo sie später versucht hatte, sich das Leben zu nehmen. »Deine Eltern hätten das nicht gewollt«, hatte er sie beschworen.
»Aber ich kann nicht allein zurückbleiben …«
Sie war nie gut darin gewesen, Schmerz auszuhalten.
»Sie ist zerbrechlich«, hatte seine Mutter einmal gesagt, »und wenn du versuchst, sie festzuhalten, zerstörst du sie.«
In den folgenden Jahren hatte er sich oft gefragt, was er an jenem Tag zerstört hatte, als er sie ins Leben zurück gezwungen hatte, ob es nicht besser gewesen wäre, sie gehen zu lassen. Sie hatte um ihren Tod gekämpft. Bei dem Gedanken daran griff er intuitiv an seinen Arm, spürte die Narbe und sah wieder die rasiermesserscharfe Klinge des Teppichmessers in der Sonne blitzen. Überall war ihr Blut gewesen. Als er ihr das Messer abnehmen wollte, hatte sie sich gewehrt, ihm dabei mit der scharfen Klinge seine Haut aufgerissen und schließlich mit einem hässlich schabenden Geräusch den Knochen getroffen.
»Der Tod ihrer Eltern hat sie verändert«, sagten alle. Björn hatte gewusst, dass es nicht nur der Verlust der Eltern war, sondern auch die eigene Todeserfahrung, die sie verändert

hatte. Im Grenzland zwischen Leben und Sterben hatte sie ihre Leichtigkeit und Unbeschwertheit für immer verloren.

Er war damals monatelang aus Alpträumen aufgeschreckt, war mitten in der Nacht aufgestanden und zu ihrem Zimmer gegangen, als sie bei ihm und seinen Eltern gelebt hatte, und hatte ihren ruhigen Atemzügen gelauscht, um sich zu vergewissern, dass sie lebte. Manchmal war sie aufgewacht und hatte ihn angesehen. »Du wirst nie darüber reden, oder?«, hatte sie ihn einmal gefragt.

»Nein, das werde ich nicht«, hatte er ihr versichert und sich gewundert, dass sie sich seiner Verschwiegenheit versichern musste. Es gab Erlebnisse, die waren zu intim, um sie einem anderen Menschen mitzuteilen. Selbst nach dreißig Jahren noch.

Als er sein Haus erreichte, fragte er sich, welchen Sinn es hatte, sich mit Dingen zu beschäftigen, die so weit in der Vergangenheit lagen. Bisweilen war es besser, einen Schlussstrich zu ziehen, zu vergessen und vielleicht sogar zu vergeben, statt im Bestreben, alles bis ins Kleinste aufzuarbeiten, alte Wunden ständig neu aufzureißen. Er stellte seinen Wagen im vorderen Teil der Auffahrt ab, wo die Räumfahrzeuge den Schnee geräumt hatten, und hoffte nur, dass er den Pick-up nach ein paar Stunden nicht würde ausgraben müssen. Die Müdigkeit machte seine Schritte schwer, als er die wenigen Meter zum Haus durch den aufgetürmten Schnee stieg. Bevor er die Haustür hinter sich schloss, warf er einen letzten Blick in das Schneetreiben. Ob Caroline und Ulf einander jemals vergeben konnten? Er wünschte es ihnen sehr.

23.

Ulf betrachtete Caroline und versuchte vergeblich, der Bitterkeit Herr zu werden, die ihn umso mehr erfüllte, wie die Nähe zwischen ihnen wuchs und die alte Vertrautheit zurückkehrte. Er fühlte sich betrogen, wie ein Verdurstender, dem man Wasser zeigte, ohne ihn trinken zu lassen. Alles in ihm begehrte auf gegen das Schicksal, das ihm die Frau zurückgebracht hatte, nach der er sich all die Jahre verzehrt hatte, nur um sie ihm im gleichen Atemzug wieder zu nehmen. Sie konnte nicht bleiben und er ihr nicht folgen. Kurzum: Es gab keine Zukunft für sie. Er konnte sie nicht schützen vor dem Gesetz, nicht bei der Schwere ihres Verbrechens. Er konnte ihr nur Zeit verschaffen, ihr einen Vorsprung geben. »Sein Tod war genauso sinnlos wie Liannes Tod und hat mir weder den Schmerz noch die Wut nehmen können«, hatte sie gesagt, und das Bild, wie sie dabei auf ihre Hände geblickt hatte, als gehörten sie nicht zu ihr, auf diese Finger, die einen Revolver umfasst und den Abzug gezogen hatten, um ein Menschenleben auszulöschen, hatte sich ihm unwiderruflich eingebrannt.

Eine dieser Hände ruhte jetzt auf dem Kopf des Hundes,

der sich neben ihr ausgestreckt hatte. Gedankenverloren strich sie mit den Fingern durch das schwarze Fell. Niemand, der sie so sah, würde ihr einen Mord zutrauen. Sie war noch immer zart wie in ihrer Jugend, fremd und fast unheimlich war nur die Stille, in die sie sich bisweilen von einem Moment auf den anderen einhüllte, aus der sie aber ebenso unvermittelt wieder auftauchen konnte, wie jetzt, als sie plötzlich aufsah und ihn ohne weitere Einleitung fragte: »Woher wusstest du, dass ich in Schweden bin?«

Eine unverfängliche Frage, doch angesichts der prekären Umstände zögerte er mit einer Antwort. Vor wenigen Jahren erst hatte er einen jungen Ermittler vom Dienst suspendieren lassen, weil dieser Privates und Dienstliches nicht hatte trennen können. Es war richtig gewesen, ohne Zweifel, aber jetzt schämte er sich der Arroganz, mit der er dem jungen Mann damals begegnet war. Wie hatte er nur annehmen können, dass ihn seine langjährige Berufserfahrung vor einer solchen Zwickmühle bewahren würde? »Du bist geblitzt worden«, entgegnete er wider besseren Wissens. »In der Nähe von Karlstad.«

Sie verzog schmerzlich das Gesicht, und er ahnte, was ihr durch den Kopf ging. Die deutschen Behörden hatten nur eins und eins zusammenzählen müssen.

Im Kamin krachte ein Scheit herunter, so dass für einen Moment das Feuer aufflackerte. Das Licht offenbarte die Anspannung, die in Carolines Zügen lag. »Warum hast du den Haftbefehl zurückgehalten?«, fragte sie weiter.

Er sagte nichts, und wie es schien, war sein Schweigen ihr Antwort genug, denn sie senkte den Blick und biss sich auf die Lippen, um ihre Verlegenheit zu kaschieren. »Aber du wusstest schon davon, als du hergekommen bist, oder?«

»Ich habe erst gestern Morgen davon erfahren«, entgegnete er zurückhaltend.
Überrascht sah sie auf, aber dann erklärte sich ihr seine plötzliche Reserviertheit. Ihre Erleichterung war spürbar und äußerte sich in einem spontanen Lächeln, einem schnellen Augenaufschlag, und einen Atemzug lang erspähte er die unbekümmerte, lebenslustige Caroline hinter der ernsten Fassade, dieses flüchtige Geschöpf, das er einmal geliebt hatte und noch immer begehrte. Er zwang sich, den Blick von ihr abzuwenden, sah auf seine Uhr und räusperte sich. »Es ist schon spät, wir sollten ein paar Stunden schlafen.«
»Das wollte ich schon vor einer Stunde vorschlagen.«
»Na, dann ...« Er machte Anstalten aufzustehen, aber sie wehrte ab.
»Lass nur«, sagte sie, »ich hole die Decken.« Der Hund folgte ihr, als sie hinausging.
Ulf schuf den nötigen Platz vor dem Kamin und brachte das Geschirr in die Küche. Sie würden beide im Wohnzimmer schlafen müssen, da es der einzige Raum war, den sie heizen konnten. Als er zurückkam, hatte Caroline bereits die Decken ausgebreitet und die Kerzen gelöscht. Das Zimmer lag fast im Dunkeln, und das flackernde Kaminfeuer warf tanzende Schatten über die Bücherregale. Er blieb davor stehen und strich flüchtig mit den Fingern über die vertrauten Buchrücken, spürte Leder und altes Leinen und die Prägung der Buchstaben. »Bücher sind ein Zeitvertreib für Menschen, die nichts zu tun haben«, hatte sein Vater gern spitzfindig geäußert, wenn er seinen Sohn am helllichten Tag lesend erwischte. Ulf, den die Welten zwischen den Buchdeckeln seit der Kindheit faszinierten, hatte, des Spotts müde, im Laufe der Jahre gelernt, seine

Leidenschaft vor der Familie zu verbergen. Die Bibliothek in Carolines Haus war für ihn zu einem unerschöpflichen Fundus geworden. Viele Nachmittage hatte er hier lesend auf der Couch verbracht.

»Du starrst auf die Bücher, als wüsstest du noch genau, wo welches steht.« Ohne dass er es gemerkt hatte, war sie neben ihn getreten.

Er zog blind einen Band aus dem Regal und reichte ihn ihr. »Forrester, Horatio Hornblower.«

Sie trat an den Kamin und schlug das Buch auf. »Tatsächlich. Diese alten englischen Marinegeschichten.« Sie sah zu ihm auf. »Du hast sie damals verschlungen.«

»Ich habe sie geliebt, aber welcher Junge hat das nicht?« Er nahm ihr das Buch wieder ab, blätterte darin und atmete den vertrauten Geruch, der aus dem alten Band aufstieg. »Es ist beruhigend, dass die Bücher noch hier sind«, sagte er und stellte den Roman an seinen Platz zurück. »Jedes für sich birgt ein Stück Erinnerung nicht nur an die Geschichten, die darin stehen, sondern auch an die Orte und die Umstände, unter denen ich sie gelesen habe.«

Caroline lächelte verständnisvoll. »Mir ist es genauso ergangen«, bekannte sie. »Ich habe die Bücher gesehen und mich nicht mehr allein gefühlt …«

Nicht mehr allein. Es schmerzte ihn, sie das sagen zu hören. Schon früher hatte sie es gehasst, allein zu sein. Wie hatte sie die Zeit ausgehalten seit Liannes Tod? Thomas, der Mann, den sie hatte heiraten wollen, hatte ihr die Einsamkeit nicht nehmen können. Hätte sie ihn sonst verlassen? Und hätte sie getötet, wenn jemand an ihrer Seite gewesen wäre, der sie davor bewahrt hätte, ins Leere zu stürzen?

Wenn er sich nur nicht so hilflos fühlen würde. Seine Überlegungen führten zu nichts außer der Erkenntnis, dass er zu spät gekommen war. Nach achtundzwanzig Jahren vier Wochen zu spät. Er widerstand der Versuchung, seinen Arm um sie zu legen und mit ihr über all die Dinge zu reden, die ihm auf dem Herzen lagen. Es war auch so schon kompliziert genug, waren das nicht ihre Worte gewesen?

»Lass uns schlafen gehen«, sagte er deswegen nur.

*

Er lag in der vom Kaminfeuer schwach erleuchteten Dunkelheit, lauschte Carolines ruhigen Atemzügen und fragte sich, wieso er aufgewacht war. Es war nichts zu hören außer dem leisen Flackern des Feuers und dem Atem des Hundes, der sich irgendwo in der Mitte des Raums ausgestreckt hatte, nachdem sie ihn von seinem Platz vor dem Kamin vertrieben hatten. Und dem Sturm, der noch immer um das Haus heulte. Doch dann hörte er Carolines Stimme. Sie sprach leise im Schlaf. Hatte *sie* ihn geweckt? Er drehte sich zu ihr. Sie lag auf der Seite, nicht mehr als einen halben Meter entfernt, und ihre Lippen bewegten sich, ohne dass er verstehen konnte, was sie sagte. Im Schlaf sah sie jünger aus, verletzlich, und die Verlockung war groß, sie zu berühren. So wie früher, wenn seine Hände ihren Körper erkundet hatten, bis sie aufgewacht war und ihn in sich aufgenommen hatte, als gäbe es nichts Natürlicheres auf der Welt. Nie wieder hatte sich weibliche Haut so warm und so anschmiegsam unter seinen Fingern angefühlt, nie wieder hatte er sich so eins gefühlt mit einer Frau. Was würde sie tun, wenn der Sturm nachließ und er nach Stockholm zurückkehren musste? Wohin würde sie gehen? Er

wagte nicht, sie zu fragen. Es war besser, er wusste nichts von ihren Plänen.
Während er sie noch betrachtete, verzog sie das Gesicht, und ihr Atem ging schneller. Unvermittelt stöhnte sie auf. »Nein!«, rief sie. »Nicht!«, und ihre Hände drückten etwas weg, das er nicht sehen konnte.
Er zögerte nicht, griff nach ihrer Schulter und schüttelte sie. »Lilli! Wach auf!«
Sie schlug nach ihm. »Nicht! Geh weg!«
»Lilli! Ich bin es, Ulf!«
Sie riss ihre Augen auf und starrte ihn leer an. »Geh!«, stieß sie erneut hervor.
»Lilli! Komm zu dir!«
Ihr Blick fokussierte sich, ihr Widerstand erlahmte. »Ulf?«
»Ja, ich bin es, Liebes. Du hast geträumt. Nur geträumt.«
Er zog sie unter seine Decke und in seinen Arm, und sie klammerte sich an ihn wie ein Kind.
»War es so schlimm?«, flüsterte er.
Lange erwiderte sie nichts. »Es ist immer derselbe Traum«, flüsterte sie schließlich. »Aber ich habe ihn seit Wochen nicht geträumt. Nicht seitdem ich hier bin.«
»Erzähl mir davon.«
Sie schüttelte ihren Kopf, der an seiner Brust lag.
»Lilli …«
»Sag nichts«, bat sie leise. »Halt mich einfach nur fest. Lass mich nicht los.«
Er drückte sie an sich, und durch den Stoff ihres T-Shirts spürte er ihren Körper, weich und warm vom Schlaf. Wie konnte er sie jemals wieder loslassen? Wie von selbst strichen seine Lippen über ihr Haar, berührten ihre Lider, ihre Wangen und suchten ihren Mund, diese trotzige Bastion, dessen Anblick allein ihn verrückt machte. Sein Verstand

tobte, warnte, flehte, doch er ignorierte ihn und küsste sie, spürte, wie ihre Lippen sich öffneten und ihr Körper auf schmerzlich vertraute Weise auf den seinen reagierte. »Ich habe dich vermisst«, flüsterte er und kapitulierte endgültig vor ihrer Nähe und seinem Verlangen, »ich habe dich so entsetzlich vermisst.«

24.

Es fühlte sich an, als wären sie niemals getrennt gewesen. Es gab nur noch den Moment: atemlos geflüsterte Wortfetzen zwischen zwei Küssen, seine Hand warm auf ihrer Hüfte, seine Lippen auf der nackten Haut ihrer Schulter. Und dann war er in ihr, hielt inne, fing ihren Blick auf. Sie schloss die Augen und zog ihn an sich. Es war zu spät für einen Rückzug. Ängste und Alpträume flohen angesichts Ulfs Nähe und seines Begehrens. Sie benötigten keine Worte. Ihre Körper kommunizierten in ihrer eigenen Sprache, besaßen ihren eigenen Rhythmus, und achtundzwanzig Jahre Sehnsucht verblassten zu einem Schemen, der sich in der beginnenden Morgendämmerung auflöste und verschwand.

Sie schliefen, während der Sturm weiter um das Haus tobte und den Schnee auftürmte. Graues Licht sickerte durch die Fenster, und irgendwann wachte sie auf, ihren Kopf gebettet auf Ulfs Brust, der seinen Arm schützend um ihren Körper geschlungen hatte. Sein Geruch war auf ihr, umfing sie. Liebevoll blickte sie in sein schlafendes Gesicht, halb verborgen unter den Bartstoppeln der letzten Tage. Wie konnte sie ihn jetzt noch verlassen? Bislang war alles nur

Erinnerung gewesen, die Empfindungen verblasst wie die Farben alter Stoffe, die zu lang dem Sonnenlicht ausgesetzt waren. Das war vorbei. Die Erinnerungen leuchteten wieder, erfüllten sie, schmerzvoll und beglückend zugleich. Sie war hin- und hergerissen zwischen dem Wunsch, ihn weiter zu betrachten und zu träumen, oder ihn zu wecken, um ihn erneut zu spüren, ihm in die Augen zu sehen und zu vergessen, dass der Moment endlich war und ihr Glück von Beginn an verloren.

»Ich habe nie aufgehört, dich zu lieben«, flüsterte sie und berührte sanft seine Wange.

Er schlug die Augen auf und lächelte, dann zog er sie zu sich herunter und küsste sie, als gebe es kein Unwetter hinter den Bergen, kein Morgen, das sie trennen würde. »Komm«, flüsterte er ihr ins Ohr, »lass uns den Tag so beginnen, wie wir den letzten beendet haben.«

Sie liebten sich erneut, weltvergessen und leidenschaftlich, doch seine anfängliche Unbekümmertheit verlor sich, je weiter die Stunden voranschritten. Sie sah es in seinen Augen, in dem Blick, mit dem er sie betrachtete und ihre Bewegungen verfolgte, sie spürte es in seinen Berührungen. Angst besaß etwas Zersetzendes.

*

»Wir müssen darüber reden, wie es weitergeht«, sagte er später. Viel später. Sie waren aufgestanden, hatten gefrühstückt, den Hund hinausgeschickt.

»Es geht nicht weiter«, entgegnete sie. »Wenn der Sturm dort draußen seine Kraft verliert, ist es vorbei.« Sie saß neben ihm auf der Couch und blickte zum Fenster, an dem sich der Schnee auftürmte.

»Wie kannst du einfach aufgeben?«, fragte er.
Sie drehte sich zu ihm. »Ich gebe nicht auf. Ich gehe lediglich. Wie ich es immer getan habe.«
Sie bemerkte, wie seine Finger sich in die Lehne der Couch gruben. »Du kannst mich nicht noch einmal verlassen«, sagte er.
Nein, das konnte sie nicht. Ihr Herz zerriss allein bei dem Gedanken daran. Noch einmal würde sie es nicht ertragen. Nicht nach allem, was geschehen war. »Es gibt keinen anderen Weg«, beharrte sie.
»Wir finden einen«, entgegnete er unbeirrt.
»Ich habe einen Menschen umgebracht, Ulf.«
»Ich weiß.« Er strich ihr das Haar aus dem Gesicht. »Deshalb musst du dich stellen.«
Sie glaubte, nicht richtig zu hören. »Ich soll mich stellen? Bist du verrückt?« Sie wollte von ihm abrücken, doch er hielt sie fest und zwang sie, ihn anzusehen. »Hör mir zu«, bat er. »Ein guter Anwalt wird dich nicht vor einer Haftstrafe bewahren, aber er wird das Strafmaß reduzieren können. Du wirst bei guter Führung nur einen Teil der Strafe absitzen müssen …«
»Lass mich los!«, stieß sie hervor.
Er ignorierte sie. »… und ich werde durchsetzen, dass du nach Schweden verlegt wirst …«, fuhr er unerschütterlich fort.
Wütend starrte sie ihn an. »Ich gehe nicht ins Gefängnis«, stieß sie hervor und betonte dabei jedes einzelne Wort. »Es ist *mein* Leben. *Meine* Entscheidung.«
Seine Augen wurden schmal, und der Griff, mit dem er sie hielt, fester. Sie schluckte. Sie kannte diese Anzeichen. Doch es passierte nichts. Völlig überraschend ließ er sie los und stand auf. Er trat ans Fenster und starrte reglos hinaus

in das undurchdringliche Weiß. Caroline sog nervös die Luft ein, als sie seine zu Fäusten geballten Hände bemerkte. Lange Zeit sagte er nichts. Dann wandte er sich so plötzlich um, dass sie zusammenzuckte. Die Muskeln in seinem Gesicht arbeiteten vor Anspannung. »Heirate mich.«

»Was?« Ungläubig starrte sie ihn an.

»Heirate mich«, wiederholte er.

Fassungslos schüttelte sie den Kopf. »Ich …«

»Wenn das die Sicherheit ist, die du brauchst, werde ich sie dir geben. Ich werde da sein und warten, so lange, wie es eben dauert.« Er atmete tief durch. »Ich habe achtundzwanzig Jahre auf dich gewartet …«

Sie schloss die Augen und schlug die Hände vors Gesicht. »Hör auf«, flüsterte sie. »Bitte, hör auf.« Sie hatte ihn verlassen, ihm seine Tochter vorenthalten. Sie hatte einen Menschen umgebracht. Was ist, wenn ich deinen Antrag annehme?, wollte sie ihm entgegenschreien. Schon morgen wird dir es leid tun. Aber sie brachte keinen Ton heraus.

»Lilli …«

Abwehrend hob sie eine Hand. Sie wagte nicht, ihn anzusehen. Wie konnte er sie, ausgerechnet sie, noch immer lieben? Der Rausch der Nacht war vorbei, sie konnten beide wieder klar denken …

Er gab nicht auf. »Du hast mir einmal das Herz gebrochen, Lilli«, hörte sie seine Stimme. »Brich es nicht ein zweites Mal.«

Seine Worte trafen sie, und die Verantwortung, die sie implizierten, zog alle Kraft aus ihr. Ins Gefängnis zu gehen war nie eine Option gewesen. Von Beginn an nicht. Sie versuchte sich vorzustellen, wie es sein würde, Jahre hinter Gittern zu verbringen, fremdbestimmt in einer Anstalt, in der ihr selbst die Bürgerrechte abgesprochen wurden. Genau geplante Besuche von Ulf, der flüchtige Austausch von Zärtlichkeiten und sinnloses Geplänkel über nichts, weil es nichts zu berichten gab. Jahraus, jahrein. Sie würde grau werden wie die Mauern, hinter denen sie lebte, sie würden sich voneinander entfernen, sie würde spüren, wie sie ihn verlor, jeden Tag ein wenig mehr.

Sie schlug die Augen auf und sah ihn an. »Ich kann das nicht, Ulf«, flüsterte sie. »Ich kann nicht ins Gefängnis gehen.« Sie ließ ihre Finger über das alte Leder des Sofas gleiten, ihr Blick schweifte über die vertrauten Buchrücken in den Regalen. Sie war naiv genug gewesen, zu glauben, sich hier verstecken zu können. Was hatte Andra zu ihr gesagt, als sie ihr die Schlüssel für das Haus gegeben hatte? *Du wirst dort alles finden, was du brauchst.* Wie schwerelos hatte sie sich gefühlt am Tag ihrer Ankunft! Das Haus, der See, die Berge – nichts hatte sich verändert. Sie hatte die Augen geschlossen und den Wind in den Bäumen gehört, das Knacken des Eises und den Ruf des Bussards und sich von diesen Klängen zurücktragen lassen in ihre Kindheit und Jugend, wo sie der jungen Caroline begegnet war mitsamt ihren Wünschen und Träumen. Für ein paar Wochen war es ihr auf wundersame Weise gelungen, die vergangenen drei Jahrzehnte ihres Lebens auszuklammern. *Zu vergessen.* Selbst Lianne hatte nicht existiert. Dann war Ulf gekommen, und mit ihm waren die Alpträume zurückgekehrt, jene düsteren, kalten Welten, in denen sie ihren Ängsten hilflos ausgeliefert war. Selbst wenn sie gewollt hätte, hätte sie Ulf nicht davon erzählen können, es wäre einer Entblößung ihrer Seele gleichgekommen. Sie starb in diesen Träumen. Und sie tötete. Jedes Mal auf eine andere Art.

»Du kannst nicht davor weglaufen«, unterbrach er ihre

Gedanken. »Es wird dich für den Rest deines Lebens verfolgen, wenn du dich nicht irgendwann dem stellst, was du getan hast.« Ungläubig sah sie ihn an und begriff, dass er nicht auf ihre Träume und Ängste anspielte, sondern auf ihren Entschluss, sich nicht der Justiz zu stellen: *Ich kann nicht ins Gefängnis gehen.*
»Bring deine Strafe hinter dich, und danach bist du frei«, fuhr er fort, ohne von ihrem inneren Aufruhr zu wissen. »Sonst wirst du immer damit rechnen müssen, eines Tages verhaftet zu werden. So willst du nicht leben.«
Nein, so wollte sie nicht leben. Wer wollte das schon. Aber es war zu spät. »Glaub mir, wenn ich rückgängig machen könnte, was geschehen ist, würde ich es tun.« Sie sagte es leise, fast zu sich selbst, und wie immer, wenn sie zuließ, dass ihre Erinnerungen in diese Richtung wanderten, überfiel sie das Entsetzen jenes Abends, als Alexander Molinan sterbend vor ihr auf dem rotbraunen Parkettfußboden seines Büros gelegen und sie mit verzweifeltem Flehen in seinen wässrig blauen Augen angesehen hatte. Wieder hörte sie seinen rasselnden Atem, er hatte versucht zu sprechen, doch kein Ton war über seine Lippen gekommen, nur ein dünnes Rinnsal Blut hatte sich aus seinem Mundwinkel gestohlen und war über sein Kinn hinab auf den Holzboden getropft. Wie paralysiert hatte sie keine zwei Meter von ihm entfernt gestanden, das Gewicht des Revolvers in ihrer Hand gespürt und plötzlich begriffen, was sie getan hatte. *Sie hatte auf einen Menschen geschossen.* Krachend war der Revolver neben ihr auf dem Parkett aufgeschlagen, und sie hatte sich neben Alexander Molinan gekniet, hatte ihm das Hemd aufgerissen und seinen Kopf auf ein Kissen gebettet und mit wachsender Panik mit angesehen, wie das Leben aus dem Mann wich, der ihre Tochter überfahren hatte. In

seinem Todeskampf hatte er die Fäuste geballt, und das Geräusch, mit dem seine Fingernägel dabei über das Parkett kratzten, war ihr durch und durch gegangen. Er durfte nicht sterben, das war das Einzige, woran sie denken konnte. Sie hatte nach dem Telefon gegriffen, um einen Notarzt zu rufen, doch in diesem Moment war der dünne Blutstrom in seinem Mundwinkel versiegt, und seine Augen waren glasig geworden. Tränen waren ihr gekommen und kamen ihr auch jetzt wieder. Sie wischte sie ungelenk weg und suchte Ulfs Blick. »Wenn ich bei klarem Verstand gewesen wäre, hätte ich nie auf ihn geschossen, aber ich war es nicht.« Sie presste die Lippen aufeinander. »Ich war wütend, verzweifelt … rasend …«

Schweigend setzte er sich zu ihr und hielt ihre Hände. »Jeder psychologische Gutachter wird dir verminderte Schuldfähigkeit attestieren. Du wirst niemals wegen Mordes verurteilt werden, es wird auf Totschlag im Affekt hinauslaufen.«

Sie lachte bitter auf. »Spielt das noch eine Rolle? Ein paar Jahre mehr oder weniger …« Sie entzog ihm ihre Hände und stand auf, trat an den Kamin und stocherte im Feuer herum. Das Haus schien ihr mit einem Mal zu eng für sie beide. Sie wollte allein sein, rausgehen, die kalte Luft in ihren Lungen spüren und die Sonne sehen. Nur so würde sie klar denken können. Aber draußen tobte der Sturm, und das Grau des Tages ging bereits wieder in die Dunkelheit der Nacht über.

Sie legte Holz nach.

»Was hast du mit der Waffe gemacht?«, hörte sie Ulfs Stimme durch das Knistern der Scheite. Ihre Finger krampften sich um den Schürhaken. Seine Fragen zermürbten sie. Die Waffe ist fort, wollte sie sagen, wie alles andere. Wie auch ich bald. Sie tat es nicht. Stattdessen legte sie den Schürhaken weg, stand auf und trat an den großen Schrank, der im hinteren Teil des Wohnzimmers stand, und öffnete eine der Schubladen. Mitten zwischen den Damast-Tischdecken hatte auch ihr Vater seinen Revolver immer aufbewahrt. Die Eltern hatten jedes Mal Streit bekommen, wenn ihre Mutter ihn dort fand. Flüchtig berührten Carolines Finger die gestärkten Stoffe, bevor sie sich um den kalten schwarzen Stahl des Revolvers schlossen.

Ulf wog ihn in seiner Hand und überprüfte das Magazin. »Er ist immer noch geladen«, stellte er fest.

»Es fehlt nur eine Kugel.« Sie rieb sich nervös die Hände an ihrer Jeans. Der Anblick der Waffe war ihr zuwider. Doch sie wollte nichts sagen, Ulfs Aufmerksamkeit nicht noch mehr auf das lenken, was geschehen war, und deshalb schwieg sie, als er den Revolver auf den Couchtisch legte. Sie versuchte, die Waffe nicht anzusehen.

»Du hast gesagt, dass du den Notarzt rufen wolltest, aber es gab keine Fingerabdrücke«, stellte er fest. »Im ganzen Büro nicht.«

Wann hörte er endlich auf? »Ich habe alles abgewischt«, erwiderte sie knapp. »Ich war in Panik.« Sie hatte verzweifelt nach einem Tuch gesucht, um alles zu reinigen, was sie berührt hatte, und als sie endlich eins gefunden hatte, hatten ihre Hände so gezittert, dass sie beinahe eine Vase vom Schreibtisch geworfen hätte. Bei jedem Türklappen, jedem menschlichen Laut, der aus dem Gebäude in das Büro gedrungen war, war sie zusammengezuckt, und als sie endlich das Haus verlassen hatte, war sie voller Angst gewesen, gesehen zu werden. Aber niemand hatte sie beachtet, niemand ahnte von dem Toten, den sie im zweiten Stock des nichtssagenden Geschäftshauses zurückgelassen hatte. Es war, als wäre nichts geschehen. Das Licht der Straßenlaternen hatte sich in den Regenpfützen gespiegelt, Menschen waren mit hochgezogenen Schultern vorbeigehastet, und sie hatte sich mittragen lassen in ihrem Fluss, war ziellos durch die Stadt geirrt, bis ihre Kleidung völlig durchnässt und ihre Schuhe vom Regen aufgeweicht waren. Halb erfroren und völlig erschöpft hatte sie schließlich vor der eigenen Haustür gestanden und sich gefragt, wie viele Dramen sich hinter den verschlossenen Fenstern und Türen der Häuser Hamburgs abspielten, von denen nie jemand erfuhr.

Sie zog die Strickjacke, die sie über den Pullover gezogen hatte, enger um sich. Wieder spürte sie die Kälte, die an diesem Abend so tief in sie hineingekrochen war, dass sie zwei Stunden in der Badewanne gelegen hatte, um warm zu werden – und um das Blut abzuwaschen, das sie an ihren Händen und auf ihrer Kleidung entdeckt hatte.

»Laut der Unterlagen, die ich erhalten habe, hast du von Beginn an zum Kreis der potenziellen Verdächtigen gehört, aber es gab zunächst keine Beweise«, durchdrang Ulfs Stimme ihre Erinnerungen. »Dann hat die Spurensicherung jedoch DNA-fähiges Material am Körper des Opfers gefunden und vermutlich mit einer Probe aus deiner Wohnung abgeglichen.«

Er sprach über diese ungeheuerlichen Dinge in einem so sachlichen Tonfall, dass ihr schlecht wurde. »Woher hast du all diese Informationen?«

»Ich habe ein paar Beziehungen spielen lassen.«

Sie schluckte. »Dann weißt du vielleicht auch, wie die Polizei in meine Wohnung gekommen ist?«, fragte sie fassungslos.

Die Art, wie er sie auf diese Frage hin ansah, zeigte ihr, wie

unterschiedlich die Welten waren, in denen sie lebten. »Ein entsprechender Tatverdacht entschuldigt einiges, Lilli«, erklärte er ihr. »Notfalls heißt es: ›Gefahr im Verzug‹, und die Tür wird aufgebrochen.«
Gefahr im Verzug. Natürlich. Niemand öffnete auf das Klingeln, und die Nachbarn hatten sie seit Wochen nicht gesehen noch wussten sie, wo sie war.
Sie setzte sich wieder neben Ulf, zog die Füße aufs Sofa, schlug die Arme um die Knie und starrte ins Feuer. DNA-fähiges Material. Es genügte *ein* Haar. Sie schloss die Augen. »Ich gehe nicht zurück«, flüsterte sie. »Ich …«
Er nahm sie in den Arm, legte ihr einen Finger auf die Lippen und küsste sie, bevor sie noch etwas sagen konnte. Dann glitt seine Hand hinab und umschloss den Ring, der an der Kette ihre Haut berührte. »Weißt du noch, wie ich ihn dir geschenkt habe?«, fragte er sie. »Weißt du noch, was wir uns damals versprochen haben?«
Nervös rutschte sie auf der Couch ein Stück von ihm ab.
»Warum vertraust du mir nicht?«
Weil sie nicht mehr neunzehn war? Weil sie im Laufe ihres Lebens gelernt hatte, dass sich allein durch die Kraft der Liebe nicht alles retten ließ? Und dennoch – oder gerade deswegen – wünschte sie sich nichts sehnlicher, als ihm das Vertrauen, das er forderte, wieder entgegenbringen zu können. Das Vertrauen dieser Mittsommernacht, in der sie im Dorf getanzt und sich zu Fuß auf den Heimweg gemacht hatten, einen Weg, den sie seit ihrer Kindheit so oft gegangen war, dass sie jeden Baum und jeden Strauch am Straßenrand blind benennen konnte. Sie hatten lange gebraucht, schlendernd, Hand in Hand, lachend und noch voller Musik und ein wenig betrunken. Auf halber Strecke hatten sie eine Pause eingelegt und waren zum See hinuntergegangen.

Die Mücken hatten in der Dämmerung über dem Wasser getanzt, und sie hatten sich ausgezogen und waren schwimmen gegangen und hatten sich im Wasser geliebt, wie sie es oft getan hatten in jenem Sommer. Nass waren sie in ihre Kleidung geschlüpft, doch als sie zur Straße zurückgehen wollten, hatte Ulf sie zurückgehalten. »Ich habe etwas für dich«, hatte er geflüstert und plötzlich den Ring in der Hand gehalten und ihr auf den Finger geschoben. Er hatte gepasst, als wäre er für sie gemacht. Ungläubig hatte sie daraufgestarrt. »Solange du diesen Ring trägst, bin ich immer bei dir, egal wo auf der Welt du sein wirst.«
Es war eine romantische Geste gewesen, ein wenig pathetisch vielleicht, aber sie hatte ihn dafür geliebt. Wie oft hatte sie sich später, als sie allein auf sich gestellt war, an diesen Ring und sein Versprechen geklammert. *Ich werde immer bei dir sein.* Er hatte es eingravieren lassen. »Wo, wenn nicht bei dir, sollte ich sein?«, hatte sie damals geantwortet. »Ich kann doch ohne dich nicht leben.« Es war wie ein Schwur gewesen, leise und atemlos gesprochen. Sie waren beide so jung gewesen, nicht einmal zwanzig, doch die Welt hatte ihnen gehört, und schon damals hatte sie ihn gut genug gekannt, um zu wissen, dass er nicht leichtfertig handelte. Keiner in seiner Familie tat das. Tatsächlich hatte er ihr zwei Jahre später an dem Tag, an dem er einundzwanzig geworden war, einen Heiratsantrag gemacht.
Jetzt vergrub sie ihr Gesicht an seiner Schulter. »Ich wollte dich damals nicht verlassen«, flüsterte sie mit belegter Stimme. »Aber ich hatte keine Wahl.« Sie hatte sich so verzweifelt gewünscht, ihm wenigstens eine Erklärung geben zu dürfen, aber sie hatte es nicht gewagt, und so wusste er bis heute nicht, dass sie ihr Wort nicht gebrochen hätte, wenn sie nicht so viel Angst um das Kind gehabt hätte, das

in ihrem Körper heranwuchs. »Lianne war doch alles, was ich noch hatte«, fügte sie kaum hörbar hinzu.
Er rührte sich lange nicht, bis er sie schließlich fragte: »Was ist damals geschehen, Lilli?« Die Kälte, die in seiner Stimme mitschwang, jagte ihr einen Schauer über den Rücken. Er hatte gelernt, sich zu beherrschen, aber der Zorn brodelte in ihm, und sie wusste nur zu gut, wie es war, wenn er die Oberhand gewann. Und dann bemerkte sie die Stille. Aber sie rührte nicht von Ulfs abwartendem und drückendem Schweigen. Caroline lauschte in die Nacht. Kein Laut war zu hören, kein Knarren, kein Heulen. Vor Aufregung wurden ihre Hände feucht. Der Sturm hatte sich endlich gelegt. Ihr Blick fiel auf den Revolver auf dem Tisch. Würde sie den Mut haben, zu tun, was nötig war?

25.

Ich wollte dich nicht verlassen damals. Aber ich hatte keine Wahl.

So verzagt hatte Caroline die Worte ausgesprochen, so entmutigt. War das möglich? War sie nicht freiwillig gegangen? Ulf sah sie an, noch immer auf eine Antwort wartend. Doch sie schwieg ebenso beharrlich wie in den vergangenen Tagen, wenn sie auf dieses Thema zu sprechen gekommen waren. Wut flammte in ihm auf. Er griff nach ihrem Handgelenk und zog sie unsanft zu sich heran, so dicht, dass ihre Gesichter nur Zentimeter voneinander entfernt waren. »Hör auf zu taktieren«, warnte er, seine Stimme gefährlich ruhig. »Erzähl mir endlich die Wahrheit!«

Sie sog erschrocken den Atem ein. Er bemerkte das Zittern ihrer Nasenflügel, ihren flehenden Blick, aber er war mit seiner Geduld am Ende. Verdammt, sie hatte nicht die leiseste Ahnung, was er damals alles in Bewegung gesetzt hatte, um herauszufinden, warum sie gegangen war und wo sie sein könnte. Er hatte ihre Andeutungen satt, er wollte sie nicht mehr hören. Er wollte Antworten auf seine Fragen. Seine Finger schlossen sich fester um ihr Handgelenk. Tränen sprangen in ihre Augen, und sie presste die Lippen ge-

gen den Schmerz zusammen. Er drückte weiter zu. »Du bist also nicht freiwillig gegangen damals? Dann sag mir doch, Lilli, wer hat dich gezwungen?«
Sie krümmte sich, weigerte sich aber zu sprechen.
»Sieh mich an!«, forderte er drohend.
Sie schüttelte den Kopf.
Mit festem Griff packte er sie am Kinn und zwang sie, aufzusehen. Weit aufgerissene, ängstliche Augen begegneten den seinen.
»Bitte«, flüsterte sie. »Nicht …«
Zwei Worte nur, die genügten, ihn zur Besinnung zu bringen. Entsetzt schnappte er nach Luft, starrte erst sie an, dann seine bereits erhobene Hand, und Erinnerungen wurden lebendig, die er am liebsten für immer aus seinem Gedächtnis getilgt hätte. Er schluckte hart. Sie hatten eine Historie, was Gewalt betraf. Und natürlich dachte Caroline in diesem Moment genauso daran wie er. Sie hatte das Gesicht abgewendet, er konnte die Narbe unter ihrem Haaransatz nicht sehen, aber sie war da. Er hatte sie unter seinen Fingern gespürt. Er empfand plötzlich Ekel vor sich selbst, vor der ganzen Situation. Was sie taten, war krank. Sie wühlten in der Vergangenheit und fügten sich gegenseitig Schmerz zu, statt ruhen zu lassen, was längst vorbei und nicht mehr zu ändern war. Himmel, er war kurz davor gewesen, sie zu schlagen. Aus purem Zorn. Und er kannte sich gut genug, um zu wissen, dass er, einmal begonnen, nicht hätte aufhören können. So wie damals.
»Ich will nichts mehr hören, verstehst du?«, stieß er hervor. »Keine Andeutungen, nichts. Ich ertrage es nicht mehr.« Abrupt ließ er sie los, stand mit einem Ruck auf und wandte ihr den Rücken zu. Ohne Vorwarnung hieb er mit der Faust gegen einen der mächtigen Balken der Wand, wieder

und immer wieder, bis sich seine Wut endlich in Schmerz auflöste. Nur vage nahm er wahr, dass Caroline den Raum verließ, dass der Hund aufsprang und ihr folgte. Schwer atmend hielt er schließlich inne und lauschte in die Nacht, in die plötzliche, unnatürliche Stille. Das Knarren des Hauses und Heulen des Windes waren verstummt. Der Sturm hatte sich gelegt. Er hätte erleichtert sein müssen, aber er war es nicht. *Wenn der Sturm dort draußen seine Kraft verliert, ist es vorbei.* Das waren Carolines Worte gewesen.

Er eilte in den Flur. Die Haustür war angelehnt. Mit klopfendem Herzen riss er sie auf. Caroline stand an der Treppe, die von der Veranda in den Garten führte. Die Wolkendecke war aufgerissen, der Vollmond tauchte die tief verschneite Landschaft in helles, silbriges Licht, und ihre schmale Gestalt hob sich davor ab wie ein Schattenriss. Hastig warf er seine Jacke über. Kein Windhauch war zu spüren, und es war so still, dass seine Schritte im Schnee unnatürlich laut knirschten. Sie wandte sich um, als sie ihn hörte, und er sah die Tränenspuren auf ihren Wangen, ebenso wie die Spuren, die sein roher Griff um ihr Kinn hinterlassen hatten. Der Anblick zerriss ihm das Herz. In all den Jahren hatte er keine Frau geschlagen, warum hatte er ausgerechnet jetzt Caroline verletzt, ausgerechnet sie?

»Himmel, Lilli, es tut mir so leid, ich wollte dir nicht weh tun …« Seine Stimme schwankte bedrohlich. »Kannst du … mir verzeihen?«

Sie sah ihn lange schweigend an, dann nickte sie so abrupt und kurz, dass er nicht wagte, noch etwas zu sagen. Er ließ seinen Blick über die in Frost erstarrten Wälder und den See wandern und versuchte, nicht daran zu denken, dass am nächsten Tag Räumfahrzeuge diesen Frieden stören würden. Einen Atemzug lang meinte er fast, bereits ihren

Lärm zu hören und die Stimmen der Menschen, die ihnen folgten. Die Fragen, die es geben würde. Die fragile Verbindung zwischen Caroline und ihm würde reißen. *Er würde sie verlieren.* Und er konnte nichts dagegen tun. Er konnte sie nicht zwingen, sich freiwillig den Behörden zu stellen, und gegen ihren Willen würde er sie nicht ausliefern. Die Ausweglosigkeit der Situation ließ ihn verzweifeln. »Wie kann ich dich gehen lassen?«, brach es aus ihm heraus. »Weiterleben, als hätte es diese drei Tage mit dir nicht gegeben? Wie stellst du dir das vor?« Er schluckte hart. Himmel, er hatte nicht mehr geweint seit … sie ihn damals verlassen hatte.

Langsam wandte sie sich ihm zu. »Wäre es besser, wir hätten uns gar nicht getroffen?«

Er schüttelte den Kopf, unfähig zu antworten, streckte zögernd eine Hand aus und berührte die Abdrücke, die seine Finger in ihrem Gesicht hinterlassen hatten, als könne er sie wegstreichen, vergessen machen, was geschehen war. Sie rührte sich nicht, fast war ihm, als hielte sie den Atem an, doch dann legte sie ihre Hand auf die seine und drückte sie gegen ihr Gesicht. »Ich möchte diese Tage mit dir nicht missen«, sagte sie leise. »Ich bin froh, dass der Sturm uns diese Zeit geschenkt hat …«

»Ist das wirklich so?«, fragte er hoffnungsvoll.

Sie nickte, und er versuchte, das Gefühl der Leichtigkeit, der plötzlichen Dankbarkeit, festzuhalten, die ihre Worte und ihre Berührung in ihm auslösten, aber es gelang ihm nicht, denn auch dieser Moment, wie alles, was sie miteinander erlebten, wie jede Empfindung, die sie teilten, trug den bitteren Geschmack des Abschieds in sich.

Aber diese eine Nacht gehörte noch ihnen. Niemand würde vor dem Morgen in ihre Welt eindringen. Niemand würde sie stören. In Carolines Augen sah er, dass sie seinen Gedanken teilte, und in stillem Einvernehmen gingen sie zurück ins Haus. Der Hund sprang ihnen voraus, Caroline fütterte ihn in der Küche, dann bereiteten sie sich selbst etwas zu und aßen im Kerzenschein vor dem offenen Kaminfeuer im Wohnzimmer. Sie sprachen wenig. Was gab es zu sagen, das nicht längst gesagt war? Auf dieselbe stille Art liebten sie sich in dieser Nacht, völlig ohne Eile, dafür aber mit verstörender Intensität, jeder verloren in der Nähe des anderen.

Es war nicht vernünftig, was sie taten. Sie wussten es beide. Jedes Mal, das sie miteinander schliefen, machte ihre zwangsläufige Trennung unerträglicher. Und ihnen blieb so wenig Zeit. Ulf war, als rinne sie ihm zwischen den Fingern hindurch, die Stunden rasten, und jede Sekunde Schlaf erschien ihm vergeudet. »Lilli, ich liebe dich«, flüsterte er im Morgengrauen, die Stimme rauh vor Übermüdung und Emotion. Er spürte ihr Lächeln mehr, als dass er es sah, fühlte, wie sie sich an ihn schmiegte, so dicht, als wolle sie eins mit ihm werden. »Wenn wir den Tag einfach aussperren könnten«, erwiderte sie leise, doch das erste Licht stahl sich bereits durch die Fenster. Sie versuchten, es zu ignorieren, ebenso wie die Kälte, die sich allmählich ausbreitete, weil das Feuer ausgegangen war, doch dann zerriss ein Geräusch die Stille, das allen Zauber brach und sie jäh in die Realität zurückkatapultierte: das Klingeln von Ulfs Mobiltelefon.

26.

Die plötzliche Stille weckte auch Maybrit auf, die sich für eine kurze Ruhepause hingelegt hatte. Gespannt lauschte sie in die hereinbrechende Dunkelheit, dann stand sie hastig auf, warf sich eine Jacke über und eilte zur Tür. Bittere Kälte schlug ihr entgegen, als sie hinaustrat. Ihr Atem kondensierte in dichten Wolken, doch kein Geräusch durchdrang die hereinbrechende Dämmerung, und über den Bergen hing an einem wolkenlosen Himmel die silbrig runde Scheibe des Vollmonds. Erleichtert seufzte sie auf und wollte gerade zurück ins Haus gehen, als sie in der Ferne das Brummen der Räumfahrzeuge hörte. Die Aufräumarbeiten hatten bereits begonnen.

Als sie wenig später zurück in das Gemeinschaftshaus des Dorfes kam, stellte sie fest, dass mehr als die Hälfte der Schutzsuchenden in ihre Häuser zurückgekehrt waren. Nur diejenigen, die weiter außerhalb wohnten, waren noch da und halfen, Tische und Bänke zusammenzuschieben und das Abendessen vorzubereiten. In der Küche traf Maybrit auf Björns Mutter. Alma Nyborg hatte eine Schürze umgebunden und füllte Mehl in eine Rührschüssel. »Ah, Maybrit, gut, dass du wieder da bist«, begrüßte die alte

Dame sie. »Ich dachte, ich mache für die Kinder noch ein paar Pfannkuchen zum Abendbrot.«
Maybrit gab Alma einen flüchtigen Kuss auf die Wange. »Ich nehme auch gern welche.«
Alma lachte auf. »Björn hat sich ebenfalls zum Essen angemeldet.«
»Wie geht es ihm?«, wollte Maybrit wissen. Seit er in der Nacht nach Hause gefahren war, hatte sie ihn nicht mehr gesehen.
»Er hat ein paar Stunden geschlafen und ist dann wieder raus«, erwiderte Alma und blickte zum Fenster auf den beleuchteten Vorplatz hinaus. »So viel Schnee hatten wir bestimmt schon fünfzehn Jahre nicht mehr, und den größten Teil des Winters haben wir noch vor uns.«
»Die Arbeit wird in den nächsten Tagen kaum weniger werden«, bemerkte Maybrit. »Bis alle Straßen wieder frei sind, ist viel zu tun. Eine Menge Häuser sind nach wie vor von der Außenwelt abgeschnitten, und die Stromleitungen sind überall unterbrochen.«
»Denkst du an deinen Cousin Ulf?«, fragte Alma. »Björn hat erzählt, dass er mit Lilli in ihrem Haus eingeschneit ist.«
Maybrit seufzte unwillkürlich. »Ja, auch an ihn habe ich gedacht.«
Alma verschloss die Mehltüte, stellte sie in den Schrank und öffnete den Kühlschrank, um Eier und Milch herauszuholen. Sie strahlte Gelassenheit und Routine aus, und Maybrit empfand es erstaunlich beruhigend, ihr einfach nur zuzusehen.
»Ist es nicht traurig, wie viele Jahre die beiden verloren haben?«, plauderte Björns Mutter weiter, während sie die Zutaten mit einem Schneebesen zu einem Teig verrührte.

»Aber vielleicht haben sie jetzt Gelegenheit gehabt, sich auszusprechen.«
Maybrit horchte auf. »Wie meinst du das?«
Alma ließ den Schneebesen sinken und strich sich mit der freien Hand das zu einem Knoten geschlungene graue Haar glatt. Sie sah Maybrit nachdenklich an. »Lilli ist damals nicht freiwillig von hier fortgegangen«, sagte sie schließlich.
»Wie bitte?« Maybrit glaubte, nicht richtig zu hören.
»Ich dachte mir, dass du nichts davon weißt.« Alma wandte sich wieder dem Teig zu.
Maybrit betrachtete die alte Frau mit gerunzelter Stirn. »Warum erzählst du mir erst jetzt davon?«
Alma stellte die Rührschüssel ab und wischte sich die Hände an ihrer Schürze sauber. »Ich hätte nicht davon angefangen, wenn Lilli nicht zurückgekehrt wäre, aber nun, denke ich, ist es an der Zeit, ein paar Dinge geradezurücken.«
»Vielleicht sollten wir uns setzen«, schlug Maybrit vor, doch Alma schüttelte den Kopf. »Wir können auch sprechen, während ich hier weitermache. Die Kinder warten auf die Pfannkuchen.« Sie warf Maybrit einen eindringlichen Blick zu. »Es wird dir nicht gefallen, was ich dir jetzt sage.«
Alma hatte recht. Es gefiel Maybrit überhaupt nicht, was sie ihr anvertraute. Schweigend lauschte sie, während das Fett immer wieder aufs Neue in der Pfanne zischte und sich der Qualm in der Küche ausbreitete. Was Maybrit erfuhr, war nicht nur schmerzlich, es gab ihr zudem eine völlig neue Sicht auf die Ereignisse vor bald drei Jahrzehnten und die Menschen, die damit in Verbindung standen. Wut und Hilflosigkeit bemächtigten sich ihrer angesichts des

Betrugs, dem sie selbst erlegen war, und der Loyalitäten, die sie deswegen nach all den Jahren plötzlich in Frage stellen musste. Alma bemerkte es wohl. »Es geht selten gut aus, wenn Menschen meinen, sie müssten sich ungefragt in das Leben anderer einmischen.« Ihre Stimme war ruhig und besänftigend.

»Ja«, stimmte Maybrit ihr zu. »Und es zeugt von Hochmut.«

»Es tut mir leid, Maybrit.«

Maybrit atmete tief durch. »Mir auch, Alma.« Sie griff nach ihrem Mantel, den sie achtlos über einen der Küchenstühle gelegt hatte. Sie musste raus, allein sein. »Tut mir leid, aber ich muss nach Hause.«

Alma nickte nur. »Geh ruhig. Wir kommen hier zurecht.«

Blind für alles und jeden, der ihr begegnete, eilte Maybrit davon. Sie zwang sich zur Ruhe, zum kühlen Nachdenken. Es musste Unterlagen geben für das, was Alma ihr erzählt hatte, handfeste Beweise. Sie würde sie finden. Als sie jedoch ihre Haustür hinter sich schloss und auf das Bild blickte, das dem Eingang gegenüber an der Wand hing, überwältigte sie pure Wut. Sie riss das Bild aus seinem Rahmen, zerknüllte es und warf es zu Boden.

Wenig später stand sie im Wohnzimmer am Fenster und starrte in die Dunkelheit über den See, als es an der Tür klingelte. Sie reagierte nicht, doch das Klingeln hörte nicht auf. Es war Björn.

»Geh weg«, fuhr Maybrit ihn an. »Ich will allein sein.« Sie wollte ihm die Tür vor der Nase zuschlagen, doch er war schneller, stand plötzlich im Flur und zog sie in seinen Arm. Kälte strömte aus seiner Kleidung. Er roch nach Schnee und Maschinenöl, und sie sah die Spuren der Erschöpfung der letzten Tage in seinem Gesicht. »Meine

Mutter hat mir alles erzählt«, erklärte er ruhig. »Deswegen bin ich hier.«

Maybrit spürte, wie ihr die Tränen kamen. »Bitte, geh!«, wiederholte sie, doch Björn schüttelte den Kopf und schob sie vor sich her ins Wohnzimmer, wobei sein Blick auf das zerknüllte Bild auf dem Boden fiel. Er hob es auf und glättete es. »Das ist alles sehr lange her, Maybrit«, erinnerte er sie. »Und an dem, was geschehen ist, können wir heute nichts mehr ändern.«

»Das ist ja das Unerträgliche«, entgegnete sie bitter.

27.

Håkan Bergström saß in Ulfs Büro in der Stockholmer Polizeibehörde und betrachtete den akribisch aufgeräumten Schreibtisch seines Kollegen. Zu Beginn ihrer Zusammenarbeit hatte er sich gefragt, ob Ulf wirklich pedantisch war, aber dann hatte er irgendwann erkannt, dass Ordnung für Ulf Svensson ein elementares Bedürfnis war. »Als Ausgleich für das Chaos in meinem Kopf«, hatte Ulf einmal augenzwinkernd behauptet, und Håkan erinnerte sich, wie er darüber gelacht hatte, aber tatsächlich steckte mehr als nur ein Funken Wahrheit in dieser Aussage. Ulf war ein genialer Polizist, nicht umsonst hatte er in einem der anspruchsvollsten Dezernate der schwedischen Polizei eine beispielhafte Karriere absolviert, aber wenn bei einem Menschen Genie und Wahnsinn dicht beieinanderlagen, dann bei ihm. Seine Arbeit lebte von seiner Leidenschaft, und wo er auftauchte, gerieten die Ermittlungen in Bewegung – solange es ihm gelang, die Finger vom Alkohol zu lassen. So mitreißend er im Positiven sein konnte, so zerstörerisch wurde er, wenn ihn seine düsteren Phasen packten, in denen er sich von der Welt zurückzog, sich bis zur Besinnungslosigkeit betrank und in Selbstmitleid badete.

Diese Phasen waren seltener geworden im Laufe der Jahre, dafür, so hatte Håkan das Gefühl, umso intensiver. »Du wirst dich eines Tages zu Tode saufen«, hatte er Ulf unlängst gewarnt, doch dieser hatte nur mit den Schultern gezuckt. »Dann war es das eben.«

»Er braucht eine Familie, für die er Verantwortung übernehmen muss«, hatte Mette vor vielen Jahren schon konstatiert und sich immer wieder bemüht, für Ulf die passende Frau zu finden. Er hatte ihre Einladungen stoisch ertragen, hatte mit Mettes Bewerberinnen geplaudert und war mit einigen ins Bett gegangen. Er war höflich und ausgesucht charmant, er verführte sie, wenn ihm danach war, und blieb doch stets unnahbar.

»Oberflächlich«, hatte Mette geschimpft. »Und völlig leidenschaftslos.« Irgendwann hatte sie genug davon gehabt, Frauen mit gebrochenen Herzen zu trösten und Scherben aufzufegen, und ihr Projekt eingestellt. Doch sie war, wie es ihre Art war, ungehalten gewesen, und das Verhältnis zwischen ihr und Ulf hatte sich merklich abgekühlt. Håkan hatte vergeblich versucht zu vermitteln, aber letztlich hatte die Zeit die Wogen geglättet. Mette hatte ihre Erziehungsversuche auf ihren Ehemann beschränkt und Ulf wie ein exotisches Tier betrachtet, das man für seine Schönheit und Fähigkeiten bewundern und vielleicht sogar lieben konnte, aufgrund seiner Andersartigkeit jedoch nie wirklich verstehen.

Håkan hatte nie viel darüber gesprochen, nicht einmal mit Mette, schon um seinem Freund und Kollegen nicht in den Rücken zu fallen, doch auch er empfand Ulfs Umgang mit dem anderen Geschlecht trotz aller Höflichkeit und Galanterie als respektlos, und er hatte sich immer gefragt, was zu Ulfs völliger Beziehungsunfähigkeit

geführt haben mochte. Jetzt hatte er zumindest eine Ahnung.
Er blickte auf das Foto von Caroline Wolff vor sich auf der Schreibtischunterlage. Die Hamburger Polizei hatte es ihm geschickt. Es zeigte eine zierliche, blonde Frau, durchaus attraktiv, aber alles andere als außergewöhnlich. Er versuchte sich vorzustellen, wie sie vor knapp dreißig Jahren ausgesehen haben mochte und was sie und Ulf verband. Ulf hatte nie viel erzählt von früher. Håkan selbst war in Stockholm aufgewachsen, und die Vorstellung, in der ungezähmten Wildnis des Nordens groß zu werden, faszinierte ihn, und er hatte seinen Kollegen gelöchert, doch Ulf hatte sich nur selten zu Geschichten hinreißen lassen. Einmal waren sie zusammen mit Mette und den Mädchen in Ulfs Heimatdorf gefahren und hatten Mittsommer bei dessen Eltern verlebt, Tage, die Håkan schon ob des ungewöhnlichen Lichts als verwunschen in Erinnerung geblieben waren. Wieder betrachtete er die Fotografie von Caroline Wolff. Verwunschen war vielleicht auch für sie der richtige Begriff. Es lag etwas in ihrem Ausdruck, das ihn an Shakespeares Mittsommernachtstraum denken ließ, etwas von der Unberechenbarkeit des Feenvolkes. Vielleicht war es das, was Ulf in Bann gezogen hatte. Und vielleicht war es auch diese Unberechenbarkeit, die sie fähig gemacht hatte zu töten. Schließlich erlitten täglich Menschen Verluste wie sie, ohne deswegen zur Waffe zu greifen.
Er legte die Fotografie in die Fallakte zurück und verstaute diese in der Reisetasche, die Mette ihm per Taxi geschickt hatte. Dann warf er einen Blick auf seine Uhr. Es war kurz nach neunzehn Uhr, Zeit aufzubrechen. Vor knapp einer Stunde war die Meldung hereingekommen, dass sich der Sturm im Norden so weit gelegt hatte, dass Rettungsmann-

schaften und Gerät zur Unterstützung in die Krisenregion eingeflogen werden konnten. Håkan hatte sich umgehend in einem der Hubschrauber einen Platz gesichert.

Auf dem Weg nach draußen passte ihn Bent von der Drogenfahndung vor dem Fahrstuhl ab. »Es geht mich eigentlich nichts an«, begann er und strich sich über seinen dichten Bart, »aber ich hab gehört, du fliegst nach Härjedalen … zu Ulf.« Er räusperte sich. »Gibt es Probleme?«

Bent und Ulf hatten einige Jahre zusammengearbeitet, bevor Ulf in die Sondereinheit befördert wurde. Håkan wusste, dass sie befreundet waren, dennoch zögerte er. »Es ist eine längere Geschichte«, wich er aus. »Es hat etwas mit Ulfs Vergangenheit in Nordschweden zu tun.« Er machte eine entschuldigende Geste.

»Verstehe«, entgegnete Bent mit einem Nicken. »Ich hab mir nur Sorgen gemacht, weil er Hals über Kopf verschwunden ist.« Auch Bent war mit Ulfs düsteren Momenten vertraut.

Håkan hielt dem bärtigen Drogenfahnder die Hand hin. »Ich bringe ihn wieder mit zurück nach Stockholm. Versprochen.«

Bent schlug mit seiner Bärenpranke ein und grinste. »Ich habe nichts anderes erwartet. Wir sehen uns!«

Auf dem Weg zum Flughafen rief Håkan bei Mette an.

»Am liebsten würde ich mitkommen«, gestand sie.

»Ich melde mich morgen, sobald ich mehr weiß, in Ordnung?«

»Ja, natürlich. Pass auf dich auf.« Håkan hörte Geschirr im Hintergrund klappern. Vermutlich räumte sie gerade die Spülmaschine aus, und er sah sie vor sich, den Hörer einge-

klemmt zwischen Ohr und Schulter, und hatte mit einem Mal heftige Sehnsucht nach ihr. »Ich liebe dich, Mette.«
»Ich dich auch, Håkan. Bis morgen.«
Den Klang ihrer Stimme noch im Ohr, zog er einen Zettel aus seiner Brieftasche und wählte die Nummer, die er sich aufgeschrieben hatte. Er musste es lange klingeln lassen und wollte schon wieder auflegen, als sich eine dunkle Frauenstimme meldete. »Svensson.«
»Hallo, Maybrit, hier spricht Håkan Bergström.«
Einen Moment war Schweigen am anderen Ende der Leitung.
»Håkan«, sagte Maybrit dann jedoch, »Ulfs Kollege aus Stockholm, richtig?«
»Ja«, bestätigte er. »Ich wollte hören, ob ich Ulf bei dir erreiche.«
»Tut mir leid«, entgegnete sie. »Hast du es schon auf seinem Handy probiert?«
»Da scheint es noch keinen Empfang zu geben.«
»Das wundert mich nicht. Wir haben hier mit dem Festnetz auch erst seit knapp einer Stunde wieder Verbindung.«
»Wie ist denn die Lage bei euch?«
»Noch kritisch. Der Sturm hat nachgelassen, aber wir müssen mit neuen Schneefällen rechnen.«
»Die Behörden ziehen Rettungsmannschaften aus ganz Schweden zusammen, um sie nach Dalarna und Jämtland zu schicken.« Er räusperte sich. »Ich werde in etwa drei Stunden mit einem Trupp per Hubschrauber bei euch eintreffen.«
»Oh, wirklich?«, entfuhr es ihr überrascht.
»Gibt es eine Möglichkeit, wo ich übernachten kann?«
»Ich habe ein Gästezimmer, das ich dir anbieten kann.«
»Das ist mehr, als ich zu hoffen wagte«, gestand er.

Sie lachte. Es war ein tiefes, kehliges Lachen. »Ulf würde mich umbringen, wenn ich dich nach Tannas ins Hotel schickte.«
Håkan nahm das als Stichwort. »Wo ist er überhaupt?«
Er hörte, wie sie zögerte. »Er ... ist außerhalb des Ortes auf einer Hütte eingeschneit«, erzählte sie schließlich. »Wir haben keinen Kontakt zu ihm.«
Allein?, wollte Håkan fragen, aber er bremste sich im letzten Moment. Er wollte keine schlafenden Hunde wecken.
»Ich nehme an, ihr werdet auf dem großen Parkplatz am Lift landen«, fuhr Maybrit fort. »Das ist die einzige größere Fläche, die wir außer dem See haben. Ich werde dich dort abholen.«
»Danke, das ist wirklich entgegenkommend.«

Ein drahtiger Mann mittleren Alters in der Uniform einer Hilfsorganisation nahm Håkan am Rand des Rollfelds in Empfang. »Håkan Bergström? Wir haben schon auf Sie gewartet.«
»Ich bin mit dem Taxi in den Feierabendverkehr gekommen«, entschuldigte er sich. Die großen Transporthubschrauber standen mit laufenden Rotoren auf einem abgesperrten Teil des Flughafens Arlanda. Überall waren Räumfahrzeuge unterwegs, deren gelbe Lichter durch die Dunkelheit zuckten. Auch in Stockholm hatte es heftig geschneit, allerdings bei weitem nicht so stark wie im Norden. In den vergangenen Tagen waren dennoch zahlreiche Flüge gestrichen worden, und auch die Bahnen hatten nicht fahrplanmäßig verkehren können. In Stockholm brauchte es nur verhältnismäßig wenig Schnee für ein Chaos.
Håkan unterdrückte ein Seufzen, als sie auf die Maschinen zueilten. Er flog nicht gern, und schon gar nicht mit einem

Hubschrauber. Sicherheitshalber hatte er im Büro eine Reisetablette geschluckt. Aber ihm blieb nicht viel Zeit zum Nachdenken. Kaum dass sie eingestiegen waren und sich angeschnallt hatten, hob die Maschine ab. Håkan presste sich in seinen Sitz.

»Wie im Fahrstuhl, nicht wahr?«, rief ihm sein Gegenüber über den Lärm hinweg zu. Håkan lächelte gequält. Auch Fahrstühle mochte er nicht. Er war in dieser Hinsicht völlig anders als Ulf, der selten ein Risiko scheute, was schon bei der Wahl seiner Sportarten deutlich wurde: alles, was schnell war und zu Adrenalinausschüttungen führte. Immerhin hatte er zur Erleichterung der ganzen Abteilung vor einigen Jahren nach einem schweren Unfall das Motorradfahren aufgegeben. Drei Wochen hatte er damals im Krankenhaus gelegen, eine davon im künstlichen Koma. Ein Autofahrer hatte ihm die Vorfahrt genommen, und Ulf hatte mehr Glück als Verstand gehabt, dass er überlebt hatte. Seine Rennmaschine war nur mehr ein zerquetschter Haufen Metall gewesen. Der Anblick des zerstörten Motorrads hatte Ulf mehr zugesetzt als seine eigenen Verletzungen, und er hatte sich kein neues gekauft. »Ist nichts auf dem Markt, was mir gefällt«, hatte vor ein paar Monaten erst auf die Frage eines Kollegen geantwortet, und Håkan hatte innerlich aufgeatmet.

Wie würde er ihm jetzt begegnen? Seine Stimme hatte angespannt geklungen, als sie vor wenigen Tagen telefoniert hatten, gehetzt geradezu. Es war eine Frau im Spiel, die Ulf so viel bedeutete, dass er bereit war, über Gesetze hinwegzusehen. Das war neu. Nach zwanzig gemeinsamen Jahren wusste Håkan nicht, was ihn erwartete, wenn er auf Ulf treffen würde, und das war kein Gedanke, der ihm gefiel.

28.

»Verdammt«, stöhnte Ulf, während das Telefon penetrant weiterklingelte.

Caroline löste sich aus seinem Arm.

»Nicht«, flüsterte er. »Bleib bei mir.«

Sie schüttelte den Kopf, aber er hielt sie fest. »Hör zu«, begann er, das Klingeln hartnäckig ignorierend. Wenn er es ihr jetzt nicht sagte, würden sie keine Gelegenheit mehr dazu haben. »Hör zu, Lilli, wir gehen gemeinsam fort.«

»Ulf, nein …«

»Wir heiraten und verlassen Europa«, fuhr er unbeirrt fort und zog die Decke, unter der sie lagen, fester um sie. »Ich habe Beziehungen in Stockholm. Du bekommst eine neue Identität.«

Er spürte ihr Zögern. Sollte es ihm gelungen sein, sie zu überreden?

»Du kannst nicht für immer aus Schweden fort«, widersprach sie. »Du kannst nicht ohne dein Land leben. Gerade du nicht.«

Er umfasste ihr Gesicht mit seinen Händen. »Ich kann nicht ohne dich leben, Lilli.«

»Ulf, ich weiß, wie es ist, nicht nach Hause zu dürfen. Keine Liebe hält das aus.«
»Wir werden es schaffen.«
Wieder schüttelte sie den Kopf.
»Hast du Angst?«, fragte er.
Traurigkeit lag in ihren Augen, als sie ihn ansah. »Ich habe Angst, deine Liebe zu verlieren.«
»Himmel, Lilli, warum sollte das passieren?«
»Weil du alles für mich aufgeben würdest: dein Leben, deinen Beruf, deine Familie und Freunde. Alles. Wie soll ich mit einer solchen Hypothek leben? Mit einer solchen Verantwortung?«
»Wir fangen ganz neu an.«
»Wir sind nicht mehr zwanzig. Wir haben beide bereits ein Leben gelebt.«
»Was haben wir zu verlieren?«
»Uns, Ulf. Wir werden uns verlieren.«
Ihre Worte schmerzten. »Du hast kein Vertrauen mehr«, stellte er resigniert fest und berührte sanft ihre Wange. »Warum?«
Sie senkte den Blick, eine unscheinbare, stille Geste nur, die ihm jedoch Antwort genug war. Dein totes Mädchen, wollte er sagen, hat uns wieder zusammengeführt und trennt uns doch gleichzeitig unabänderlich. Wie sehr musst du es geliebt haben, wie sehr nur für es gelebt. Aber er sagte nichts von alledem. Er schwieg und erinnerte sich an Carolines Worte: *Ich habe dich für Lianne verlassen.*
Sie hatte eine Liebe für eine andere aufgegeben. Aber hatte sie das tatsächlich getan? Er blickte auf den Ring, den sie seit dreißig Jahren trug. Hatte sie ihn nicht ebenso vermisst, wie er sie? War sie nicht ebenso verloren durch ihr Leben geirrt? Und jetzt wollte sie gehen, ihn erneut zurücklassen?

Wie konnte sie! Er ließ sich zurück auf das Kissen sinken und starrte an die dunkle Balkendecke. Wo würde sie leben? Wovon? Würde er sie jemals wiedersehen?

Ich möchte diese Tage mit dir nicht missen, hatte sie gesagt. Er empfand genauso. Trotz der Differenzen, die sie ausgefochten hatten, erschienen ihm die Tage mit ihr strahlend hell wie Juwelen, die das Licht in ihrem Facettenreichtum tausendfach brachen, und er konnte die Dunkelheit nur erahnen, in die er stürzen würde, wenn sie erst fort war.

Sie nestelte sich aus seinem Arm und setzte sich auf. Die eben über die Bergkuppen tretende Sonne warf ihr weiches, rotgoldenes Licht über Carolines Körper und ließ ihr Haar leuchten wie das einer der Gestalten aus den alten Geschichten, die ihm seine Großmutter immer vorgelesen hatte. Er betrachtete sie stumm, während sie zwischen den Decken und Kissen nach ihrem Pullover kramte und ihn überzog. Schließlich begegnete sie seinem Blick, beugte sich zu ihm und küsste ihn. »Danke«, flüsterte sie. »Danke für alles.«

Er sah ihr nach, als sie aufstand. Sie hatte noch immer diese langen, schlaksigen Beine, die sie schon als Mädchen gehabt hatte. Er schluckte unwillkürlich. Nein, er würde es nicht ertragen, wenn sie ging. Aber was konnte er tun?

Um sich abzulenken, griff er nach seinem Mobiltelefon. Es war Håkan gewesen, der versucht hatte, ihn zu erreichen. Er drückte die Rückruftaste.

»Hej, Ulf«, meldete sich Håkan nach nur zweimaligem Klingeln. »Wie geht es dir? Alles in Ordnung bei euch dort draußen?«

Ulf runzelte die Stirn. Woher wusste Håkan, wo er war?

»Ja, alles gut«, entgegnete er zurückhaltend. »Wo bist du?«

»Unten im Dorf. Ich bin gerade mit einem der Rettungs-

hubschrauber angekommen. Wir mussten heute Nacht auf halber Strecke wegen überraschend heftiger böiger Winde umkehren und heute in aller Früh erneut starten.«
Ulf fuhr sich mit der Hand durch das Gesicht. »Warum bist du hier?«
»Ich hielt es unter den gegebenen Umständen für das Beste.«
»So«, erwiderte Ulf nur. »Und wie hast du das in der Behörde erklärt?«
Håkan ging nicht darauf ein. »Ich habe gerade erfahren, dass es noch eine Weile dauern wird, bis es eine Möglichkeit gibt, zu euch zu kommen. Vielleicht sogar bis morgen früh. Es ist ein unglaubliches Chaos in der ganzen Region.«
»Wir kommen klar«, bemerkte Ulf knapp.
»Dann bin ich beruhigt. Übrigens …«
»Hör zu«, warf Ulf ein, bevor Håkan noch etwas sagen konnte. »Ich will meinen Akku nicht unnötig strapazieren …«
»Alles klar, wir sehen uns.«
Ulf legte auf. Im Gegensatz zu Håkan war er alles andere als beruhigt.
Nachdenklich zog er sich an und fachte das Feuer wieder an. Er war gerade fertig, als er Caroline bemerkte, die in Winterkleidung im Flur stand. In der Hand hielt sie eins der Gewehre ihres Vaters. Er stand auf. »Was hast du vor?«, wollte er wissen.
»Ich gehe jetzt, Ulf«, sagte sie ruhig.
Ungläubig starrte er sie an. »Wie …? Du kannst doch nicht …«
»Es ist vorbei«, fügte sie scheinbar ungerührt hinzu und wandte sich zur Haustür.
»Lilli, nicht … warte!«

Sie blieb stehen.
»Bitte«, beschwor er sie. »Du darfst nicht einfach so gehen.« Er musste etwas tun, sie aufhalten, er durfte nicht zulassen, dass sie verschwand. Nicht noch einmal. Aber sein Kopf war leer, da war nichts, nicht einmal Worte.
»Ich habe dir gesagt, dass es passieren wird.«
»Ich weiß, aber …« Sein Blick fiel auf den Revolver, der noch immer auf dem Tisch lag. Ihn an sich zu nehmen, zu entsichern und auf Caroline zu richten war eine einzige fließende Bewegung. Er hatte diese Dinge sein Leben lang getan.
»Leg das Gewehr weg«, forderte er sie auf und atmete tief durch, um sich zu beruhigen.
Sie rührte sich nicht. »Komm nicht näher«, warnte sie.
»Leg das Gewehr weg«, wiederholte er. »Du gehst nirgendwohin.«
»Du wirst mich nicht davon abhalten«, entgegnete sie. Sie gab sich bestimmt, doch er hörte das kaum wahrnehmbare Beben in ihrer Stimme. Verdammt, er musste nur nah genug an sie herankommen. Er ging einen Schritt auf sie zu, doch eine Bewegung am Rande seines Gesichtsfeldes lenkte ihn ab. Der Hund. Ulf hörte ein warnendes Knurren, im nächsten Moment schon setzte das Tier zum Sprung auf ihn an. Ulf zögerte nicht, drehte sich um und schoss.
»Nein!«, schrie Caroline auf, als der Hund neben ihm jaulend zu Boden ging. Ulfs Finger krampften sich um den Revolver. Es war reiner Reflex gewesen. Er hatte nicht einmal nachgedacht. Wie sollte er ihr das erklären?
»Lilli, ich …«, wandte er sich zu ihr und erstarrte, als er in die Mündung des Gewehrs blickte. Tränen liefen über ihre Wangen, aber ihre Hand war ruhig. »Ich gehe jetzt. Wenn

du versuchst, mir zu folgen, erschieße ich dich. Leg die Waffe auf den Boden.«
In Bruchteilen von Sekunden wog Ulf seine Chancen ab. Er musste die Situation entschärfen. Langsam breitete er die Arme aus und legte den Revolver vor sich auf den Boden. Er ließ Caroline dabei nicht aus den Augen. »Lilli, hör mir zu«, begann er, doch sie ignorierte ihn.
»Kick ihn zu mir«, wies sie ihn lediglich an.
Er gab der Waffe einen Stoß mit dem Fuß. Sie schlitterte über die Holzdielen bis zur Türschwelle. Er hielt unwillkürlich den Atem an und spannte die Muskeln, doch Caroline bückte sich nicht danach, wie er gehofft hatte. Es wäre der Moment gewesen, sie zu überwältigen.
»Bitte, lass uns reden«, machte er einen letzten Versuch.
Sie schüttelte den Kopf. Etwas an ihren Bewegungen irritierte ihn. Er sah, wie sie blinzelte, schluckte. »Wag es nicht, mir zu folgen!«
Er machte einen weiteren Schritt auf sie zu. »Was hast du getan?«
Ihr Finger legte sich um den Abzug. Er ignorierte es. Sie würde nicht schießen. Nicht auf ihn.
»Bleib stehen«, warnte sie ihn.
»Bitte, Lilli, was hast du vor?«
Sie griff mit ihrer freien Hand in die Jackentasche, zog etwas heraus und warf es ihm zu. »Ich habe dir gesagt, dass ich nicht ins Gefängnis gehe.«
Er starrte auf die leere Tablettenpackung in seiner Hand und wurde bleich vor Entsetzen. »Oh, mein Gott, Lilli!« Und seine Sorge ließ ihn alle Vorsicht vergessen.
Der Knall war ohrenbetäubend, und die Wucht des Schusses warf ihn auf den Boden, noch bevor er den Schmerz spürte, der vom Oberschenkel aus durch seinen Körper

zuckte. Er schrie auf, griff sich ans Bein und sah, wie sie sich abwandte und hinausrannte. Die Haustür schlug zu.
Und dann war Stille.
Leere.
Sonnenstrahlen flossen durch den Raum, Staub tanzte in ihnen. Ulf atmete schwer. Sie hatte auf ihn geschossen. Sie hatte es wirklich getan. Er starrte auf sein Bein, auf den Boden, der sich rot färbte von seinem Blut, und kämpfte gegen den Schwindel, der ihn befiel. Er durfte nicht ohnmächtig werden, nicht jetzt, er musste …

29.

Björn blickte auf Håkan Bergström, der aus einem der vier soeben gelandeten Hubschrauber stieg, und fragte sich, was zum Teufel der Mann bei ihnen wollte. Warum tauchte er ausgerechnet jetzt mitten in diesem Schneechaos auf?

»Es hat etwas mit Caroline zu tun«, mutmaßte Maybrit, als er ihr gegenüber seine Gedanken äußerte. Sie hob die Hand vor die Augen, um in der gleißenden Sonne etwas zu erkennen. Sie standen auf dem großen Parkplatz vor der Liftanlage.

»Mit Lilli?« Björn schüttelte ungläubig den Kopf und stampfte mit den Füßen auf, um sich warm zu halten. Minus fünfundzwanzig Grad hatte das Thermometer am Morgen angezeigt. Das war selbst für ihre Breiten ungewöhnlich kalt. »Warum sollte er wegen Lilli kommen? Das kann ich mir nicht vorstellen.«

»Vor drei Tagen, als ihr zusammen Ski laufen wart, hat Ulf morgens verschiedene Telefonate geführt und kurz darauf einige Unterlagen per Fax erhalten«, vertraute sie ihm an. »Während der Gespräche ist mehrfach Carolines Name gefallen.«

Björn schüttelte noch nicht überzeugt den Kopf. »Das würde bedeuten, dass sie Probleme mit der Polizei hat.«
Maybrit zuckte mit den Schultern. »Vielleicht ist Ulf aus diesem Grund hier aufgetaucht.«
Björn versuchte, sich an den von Maybrit erwähnten Tag zu erinnern, an Ulfs Stimmung. Er war gereizt gewesen, ohne Zweifel. Zwischen ihm und Caroline hatte eine unterschwellige Spannung gelegen, aber Björn war sicher gewesen, dass Carolines Tochter der Grund dafür gewesen war, die Vaterschaft, von der Ulf gerade erfahren hatte – und der Unfalltod der jungen Frau. Von alledem hatte Caroline zuvor nichts erzählt. Wie sie überhaupt über ihr Leben während der vergangenen drei Jahrzehnte kaum etwas preisgegeben hatte. Er runzelte die Stirn. »Hat Håkan nach Lilli gefragt?«, erkundigte er sich bei Maybrit.
»Nein, nur nach Ulf«, entgegnete sie und sah ihn von der Seite an.
»Und du hast auch nichts von ihr erzählt?«
»Nein, warum sollte ich?«
Er kam nicht mehr dazu, zu antworten, da Håkan Maybrit entdeckt hatte und auf sie zukam. Björn betrachtete ihn nachdenklich. Der Mann aus Stockholm bewegte sich ein wenig ungelenk, wie hochgewachsene Menschen es bisweilen taten, wenn sie ihre Körpergröße verbergen wollten. Sonst war außer einem runden Gesicht, das unter der Fellkapuze des grauen Anoraks hervorlugte, nicht viel von ihm zu erkennen. In der Hand hielt er eine Reisetasche.
»Hej, hej«, grüßte er mit offenem Lächeln.
»Hej, Håkan«, erwiderte Maybrit. »Wie war die Nacht?«
Er seufzte. »Durchaus sportlich. Ich hab noch nie gern auf dem Flughafen übernachtet.«
Björn grinste, doch bevor er etwas sagen konnte, hatte

Maybrit wieder das Wort ergriffen. »Du darfst gern ein heißes Bad bei mir nehmen. Darf ich dir Björn Nyborg vorstellen?«
»Hej, Björn.« Håkan streckte ihm zur Begrüßung die Hand hin. »Ich glaube, Ulf hat von dir erzählt, aber wir haben uns noch nicht kennengelernt, oder?«
Björn registrierte einen angenehm festen Händedruck. »Hej, Håkan, freut mich. Nein, wir haben uns nie gesehen, obwohl auch ich von dir gehört habe. Du und Ulf, ihr arbeitet schon recht lange zusammen, nicht wahr?«
»Seit fast zwanzig Jahren. Wir sind wie ein altes Ehepaar.«
»Na, dann gibt es ja wenigstens eine Konstante in Ulfs Leben«, bemerkte Maybrit trocken.
Die beiden Männer lachten, und Björn konnte nicht umhin, den Stockholmer Kriminalbeamten sympathisch zu finden. »Warum bist du bei diesem Wetter zu uns raufgekommen?«, fragte er. »Doch sicher nicht aus Sehnsucht nach Ulf?«
Ein spöttisches Lächeln spielte um Håkans Mundwinkel. »Du solltest eine solch lange Arbeitsbeziehung nicht unterschätzen.« Dann wandte er sich an Maybrit. »Darf ich auf das Angebot mit dem heißen Bad zurückkommen? Ich glaube, ich habe in meinem Leben noch nie so gefroren wie heute Nacht.«
»Aber selbstverständlich«, erwiderte Maybrit. »Mein Wagen steht da vorne.«
Håkan nickte Björn zu. »Wir sehen uns sicher noch, oder?«
»Bestimmt«, versicherte dieser.
»Du kommst nicht mit?«, fragte Maybrit.
»Ich habe hier zu tun. Wir müssen die Teams aufteilen. Ich komme vorbei, wenn ich fertig bin.«
Während er ihr und Håkan nachsah, wurde ihm bewusst,

dass Håkan ihm die Antwort auf seine Frage vorenthalten hatte. Warum war er hier? Björn sah zu den Bergen auf, deren weiße Gipfel vor einem tiefblauen Himmel strahlten. Der friedliche Anblick machte es nur schwer vorstellbar, dass bis vor kurzem ein Sturm getobt hatte, der einen kaum die Hand vor Augen hatte erkennen lassen. Lediglich die Schneemassen erinnerten daran. Er zog sein Mobiltelefon aus der Tasche und wählte Carolines Nummer. Wie bei den vorherigen Versuchen nahm sie den Anruf nicht an. Er wusste nicht, warum, aber er hatte kein gutes Gefühl, wenn er an sie dachte.

30.

Ulfs Aufschrei klang Caroline noch in den Ohren, als sie das Haus längst nicht mehr sehen konnte. Vor ihr öffnete sich der See mit seiner weiten schneebedeckten Fläche so hell im Sonnenlicht, dass sie die Augen zusammenkneifen musste. Sturm und Schnee hatten die Landschaft verzaubert, alle Spuren getilgt, als ob kein Mensch je seinen Fuß auf diesen Boden gesetzt hätte. Und als wäre er nie an einem anderen Ort gewesen, als hätte er hier auf sie gewartet, saß auf dem Pfeiler am Ufer der Bussard und putzte sein braunes Gefieder. Seine gelben Krallen gruben sich in das vereiste Holz, und sein Blick traf sie, bevor er aufflog und mit einem langgezogenen Ruf über den See davonflog. Was für eine Verlockung, an einem solchen Tag schwerelos dahinzugleiten.

Ohne Zögern folgte sie ihm auf den See hinaus, kämpfte sich durch den hohen Schnee, wollte weitergehen, immer weiter, und eins werden mit dem Land, das sie so sehnlichst vermisst hatte, und mit einem Mal schien es ihr, als wären auch ihre Eltern in diesem Land aufgegangen, selbst Liane, die weder die Berge noch den See jemals gesehen, aber doch hier ihre Wurzeln gehabt hatte. Müdigkeit zerrte an

Carolines Gliedern, machte sie schwer und ließ jeden Schritt zu einer Willensanstrengung werden. Sie stolperte und fiel, versank in glitzerndem Weiß und spürte, wie die Kälte aus dem Eis zu ihr aufstieg und sie sanft einhüllte wie ein Mantel. Sie war versucht, sich ihr hinzugeben, es an dieser Stelle geschehen zu lassen, doch sie zwang sich, wieder aufzustehen. Sie war noch zu nah am Haus, sie musste weiter. Ulf durfte sie nicht finden.

Ulf! Die Landschaft um sie herum verschwamm angesichts der Wucht der Gefühle, die allein der Gedanke an ihn auslöste. Während sie weitertaumelte, meinte sie zu spüren, wie er sie hielt, meinte seine leise geraunten Worte zu hören, wenn er sie küsste, liebte … und dann sah sie das Entsetzen in seinen Augen, als er begriff, dass sie ging, sah ihn dort stehen an der Couch im Wohnzimmer. Tränen liefen über ihre Wangen. Wieder fügte sie ihm Schmerz zu. Wieder verließ sie ihn. Was hätte sie gegeben, um bei ihm bleiben zu können! Aber es war vorbei. Zu spät. Sie hatte alles verloren. Sie konnte nicht zurück. Lianne war ihr Leben gewesen, selbst als junge erwachsene Frau, die ihre eigenen Wege gegangen war. Allein das Wissen, dass es sie gab, dass sie lachte, träumte, das Leben genoss, war Caroline genug gewesen. Nach ihrem Tod war nichts geblieben. Nur Leere. Eine Leere so dicht und kalt wie eine Nebelwand. Hier am See hatte sie diese Leere vorübergehend vergessen können, aber es war nur ein Aufschub gewesen. Sie hatte die ganze Zeit geahnt, dass das Glück und der unerwartete Frieden, den sie verspürt hatte, nicht von Dauer sein konnten. Glück war immer flüchtig geblieben in ihrem Leben.

»Das liegt daran, dass du ihm misstraust, dass du dich nicht darauf einlassen kannst«, hatte Thomas ihr vor ein paar Tagen erst vorgeworfen. Sie hatte dazu geschwiegen. Was hätte sie auch sagen sollen? Dass es nur einen Menschen gab, mit dem sie es gewagt hatte, ohne Rückhalt glücklich zu sein? Selbst jetzt, nach Liannes Tod, war es mit ihm möglich gewesen, und wie immer, wenn sie an ihn dachte, fuhr ihre Hand zum Hals, zu dem Ring, der dort unter der Kleidung auf ihrer Haut lag, und sie wünschte sich, Ulf wäre bei ihr und würde sie halten, bis es so weit war, sie einhüllen in seine wilde, mitreißende Liebe. War es nicht verrückt, dass kein Mann es geschafft hatte, ihn aus ihrem Herzen zu verdrängen?

Die Berge am anderen Ufer des Sees verschwammen vor ihren Augen. Sie blinzelte, aber es waren keine Tränen, die ihre Sicht verschleierten. Die Beine gaben unter ihr nach, und sie sackte zusammen. Diesmal gelang es ihr nicht, sich noch einmal aufzuraffen. Sie war müde, so entsetzlich müde, dass sie nicht einmal die Kälte spürte, die ihre Gliedmaßen taub werden ließ, die in sie hineinkroch und lähmte und ihr Blut zäh und schwer machte. Gebettet in Wolken von Schnee lag sie still auf dem Rücken und sah in den Himmel, in das weite, wunderbar strahlende Blau und lauschte auf den Ruf des Bussards.

31.

Der Hund leckte sein Gesicht.
Ulf spürte das Gewicht des großen Tiers auf seinem Oberkörper und versuchte, ihn wegzudrücken, aber bei der kleinsten Bewegung schoss ein unerträglicher Schmerz von seinem Bein aus durch den ganzen Körper. Der Atem des Tiers schlug ihm entgegen und verursachte ihm Übelkeit. »Geh runter«, stieß er hervor. »Geh!«
Das Tier winselte leise, dann war es, als würde eine Zentnerlast von seinem Brustkorb genommen. Er schlug die Augen auf und blickte in die dunkelbraunen Augen des Hundes. Er lag jetzt neben ihm, und die Zunge hing ihm aus dem halb geöffneten Maul heraus.
»Es tut mir leid, alter Freund«, sagte Ulf leise.
Der Hund machte Anstalten aufzustehen, brach aber mit einem Winseln wieder zusammen. Erneut spürte Ulf die große, feuchte Zunge in seinem Gesicht. Er wandte den Kopf ab, versuchte nachzuvollziehen, was geschehen war. Caroline hatte aus nächster Nähe mit einem Gewehr auf ihn geschossen. Himmel, sie hatte es tatsächlich getan! Und dann war sie aus dem Haus gelaufen und hatte ihn allein zurückgelassen. Er tastete mit seinen Händen auf dem Bo-

den neben sich, spürte den massigen Körper des Hundes, daneben klebrige Feuchtigkeit. Ohne dass er die Hand vor seine Augen heben musste, wusste er, dass es Blut war. Vermutlich seins und das des Hundes. Auf der anderen Seite fanden seine suchenden Finger nichts außer einer leeren Verpackung. Er griff danach, zog sie zu sich heran und starrte darauf. »Scheiße«, stöhnte er, als er begriff, was er in Händen hielt, und die Erinnerung an die letzten Augenblicke mit Caroline wieder lebendig wurde. Wie lange war er ohnmächtig gewesen? Er konzentrierte sich und lauschte, ob er das leise Knacken des Feuers hören konnte. Totenstille. Er drehte den Kopf zurück zu dem Hund, der sich nicht mehr rührte. Ulf zwang sich, einen klaren Kopf zu behalten, bei Bewusstsein zu bleiben. Er musste an sein Telefon gelangen, Hilfe rufen, doch bei der geringsten Bewegung rollte eine solche Schmerzwelle durch ihn hindurch, dass ihm erneut schwarz vor Augen wurde. Er atmete dagegen an, biss die Zähne zusammen und dachte an Caroline. Sie würde sterben, wenn er es nicht schaffte. Mit beiden Händen griff er über die Rückenlehne der Couch. Mit einem Aufschrei zog er sich an dem Möbel hoch. Schmerz schoss durch sein Bein und raubte ihm den Atem. Mit aller verbliebener Kraft grub er seine Finger in das alte Leder. Er war schweißgebadet und zitterte am ganzen Körper, als er endlich stand. Wie viel Blut hatte er verloren? Die angetrocknete Lache zu seinen Füßen erschien ihm riesig, fast ein ganzer Quadratmeter, aber es sah immer nach mehr aus, als es tatsächlich war. Der Hund lag zur Hälfte darin. Er hatte die Augen geschlossen, und obwohl Ulf nur verschwommen sehen konnte, bemerkte er erleichtert das leichte Heben und Senken seines Brustkorbs.
Ulf stützte sich schwer auf die Couch und sah zum Fenster,

während er wartete, dass der Schmerz in seinem Oberschenkel abebbte. Der Winkel, in dem die Sonne in den Raum schien, hatte sich deutlich verändert. Es mussten mindestens zwei, eher sogar drei Stunden vergangen sein, seit Caroline das Haus verlassen hatte. Er blickte auf sein Handy auf dem Couchtisch. Lächerliche vier Schritte entfernt. Es blinkte. Jemand hatte versucht, ihn anzurufen. Er musste es schaffen. Er durfte keine Zeit verlieren. Er brauchte drei Anläufe.

Dann, endlich, halb bewusstlos vor Schmerz und Erschöpfung, hielt er das Gerät in Händen, aber seine Finger zitterten so sehr, dass er das Touchpad nicht bedienen konnte.

»Ruhig«, mahnte er sich selbst und zwang sich, den Schmerz zu ignorieren, das Blut, die aufkeimende Panik. Jede Minute zählte. Mit beiden Händen hielt er das Telefon umklammert. Er musste die Wahlwiederholung drücken. Håkans Nummer war die letzte, die er angerufen hatte. Seine Finger rutschten über den kleinen Bildschirm. Die Verbindung wurde hergestellt. Geh endlich ran, flehte er. Aber Håkan ging nicht ans Telefon. Ulfs Finger krampften sich um das Handy, als er der neutralen Stimme der Mailboxansage lauschte. »Ich bin es, Ulf«, stieß er schließlich hervor. »Håkan, ihr müsst sofort kommen! Lilli … sie …« Seine Stimme versagte. Das Telefon glitt ihm aus den Fingern. Erneut wurde er ohnmächtig.

32.

Håkan, ihr müsst sofort kommen! Lilli ... sie ...«

Es war achtundzwanzig Jahre her, dass Maybrit ein solches Entsetzen in Ulfs Stimme gehört hatte. Sie hatte geahnt, dass etwas Schlimmes passieren würde. Schon vor drei Nächten, als Ulf Caroline aus dem *Fjällkrogen* gefolgt war, hatte sie das sich nähernde Unglück gespürt. Dennoch hatte sie nichts dagegen getan. Wieder nicht. Sie blickte in Håkans Gesicht, aus dem beim Abhören der Nachricht alle Farbe gewichen war. Er hatte keine Ahnung von Ulfs und Carolines Geschichte, wusste nichts von dem zerstörerischen Potenzial ihrer Liebe, und während sie hastig Björns Nummer in ihr Telefon eingab, fragte sie sich, was Ulfs Freund aus Stockholm so erschütterte. Was wusste er? Und warum war er hier?

»Es gibt ein Problem«, sagte sie, als Björn sich endlich meldete. »Caroline und Ulf.« Mit wenigen Worten setzte sie ihn von Ulfs Anruf in Kenntnis.

»Verdammt!«, entfuhr es Björn. »Das darf nicht wahr sein!« Einen Moment schwieg er. »Ich werde mit dem Einsatzleiter sprechen«, fügte er dann jedoch gefasst hinzu. »Wir müssen einen der Hubschrauber raufschicken.«

»Håkan möchte mitkommen«, ließ sie ihn wissen.
»Ich schaue, was ich tun kann. Kommt runter zum Lift. Wann hat er den Anruf erhalten?«
Maybrit biss sich auf die Lippe. »Vor einer halben Stunde. Ulf hat ihm auf die Mailbox gesprochen.«
»Dann haben wir keine Zeit zu verlieren.« Björn legte auf, und Maybrit begegnete Håkans fragendem Blick. »Björn spricht mit dem Einsatzleiter. Wir sollen runterkommen zum Lift«, informierte sie ihn.
»In Ordnung«, antwortete er angespannt.
Sie betrachtete ihn. Er war ein besonnener Mann, ganz anders als Ulf. Seine Nervosität beunruhigte sie. »Håkan, was ist passiert? Warum bist du hier?«, fragte sie ihn direkt.
Er zögerte, schien abzuwägen. »Tut mir leid, Maybrit«, entgegnete er dann. »Ich darf darüber nicht sprechen.«
Sie drängte nicht weiter. Sie war Anwältin und kannte die Rechtsgrundlagen, die ihn zum Schweigen verpflichteten. Aber einen Versuch war es wert gewesen.
Während der Fahrt versuchte Håkan erneut, Ulf zurückzurufen. Aber er bekam keine Verbindung. Entnervt starrte er auf sein Smartphone. »Es ist ständig besetzt.«
Maybrit antwortete nicht. Auf andere angewiesen zu sein, nicht selbst handeln zu können, war keine ihrer Stärken, und es kostete sie alle Kraft, die Panik zu zügeln, die nur darauf wartete, auszubrechen. Was war in Carolines Haus in den letzten Stunden geschehen? Håkan hatte ihr erzählt, dass er früh am Morgen noch mit Ulf gesprochen hatte und dass dieser ihm versichert hätte, alles sei in Ordnung. »Vielleicht ist ein Unfall passiert«, hatte Håkan daraufhin gemutmaßt.
Es war ganz sicher kein Unfall. Ungeduldig tippte sie mit den Fingern auf das Lenkrad ihres Geländewagens, wäh-

rend sie an einer durch Schneewehen verursachten Verengung den Gegenverkehr passieren ließen. Endlich erreichten sie den Liftparkplatz. Das Gelände war abgesperrt für den normalen Verkehr und vom Schnee weitestgehend geräumt. Vier große Transporthubschrauber standen wie riesige Insekten in der Mitte des Platzes. Suchend sah Maybrit sich nach Björn um und entdeckte ihn neben einem der Helikopter, von wo aus er ihr zuwinkte. Ein Mitarbeiter der Rettungsgesellschaft stand neben ihm. Maybrit und Håkan stellten den Wagen ab und eilten hinüber.

»Wir haben keinen Arzt vor Ort, nur einen Rettungssanitäter«, klärte Björn sie auf. »Aber wir haben bereits Verbindung mit dem Krankenhaus in Sveg aufgenommen. Sie sind auf alles vorbereitet.« Er wirkte souverän wie immer, aber unter der Oberfläche spürte Maybrit sein Entsetzen, seine Fragen. *Was war geschehen?* Sie suchte seinen Blick.

»Kann ich mitfliegen?«

Er nickte. »Selbstverständlich.« Dann sah er zu Håkan. »Seid ihr so weit?«

»Ja, natürlich.«

Rotoren begannen sich zu drehen. Maybrit kletterte in den Laderaum und ließ sich von Håkan zeigen, wie sie sich anschnallen musste. Björn nahm neben dem Piloten Platz. Der Rettungssanitäter, ein junger blonder Mann mit kräftigem Körperbau in einem leuchtend orangefarbenen Overall, der sich als Magnus vorstellte, war bereits an Bord und nickte ihnen kurz zu. Gleich darauf waren sie in der Luft und schossen im Tiefflug über den See. Wenige Minuten später erreichten sie den Bootsanleger unterhalb von Carolines Haus. Maybrit hielt den Atem an, als die große Maschine auf dem Eis aufsetzte.

Magnus schob die Türen auf. Der von den Rotoren aufge-

wirbelte Schnee stob ihnen entgegen, und sie konnten kaum die Hand vor Augen sehen. Der Rettungssanitäter sprang als Erstes hinaus, seine Notfalltasche in der Hand. Ihm folgte Björn, dann Håkan, der Maybrit eine Hand reichte. »Vorsicht, der Schnee ist verdammt tief hier.«
Seine Warnung war nicht unberechtigt. Sobald sie aus dem Hubschrauber herauskletterte, versank Maybrit bis zu den Hüften im kalten Weiß und kämpfte sich in den Fußspuren der Männer in Richtung Ufer. Es war totenstill hier draußen. Das Haus lag vor ihnen, die großen Fenster zur Hälfte zugeschneit, kein Rauch kräuselte sich aus dem Schornstein in den blauen Himmel, nichts rührte sich. Eine kalte Hand griff nach Maybrits Herz. Was, wenn Ulf und Caroline beide tot waren? Sie hatte seit ihrer Kindheit nicht mehr gebetet, aber jetzt schickte sie instinktiv ein Stoßgebet zum Himmel.
Sie erreichten die Treppe zur Veranda. »Hier sind frische Fußspuren«, sagte der Rettungssanitäter. »Sie führen runter zum See.«
»Wieso haben wir sie unten nicht gesehen?«, wollte Maybrit wissen.
»Der Hubschrauber dürfte den Schnee verwirbelt und alle Spuren verwischt haben«, mutmaßte Björn. Er öffnete die Haustür. »Hallo?«, rief er. »Ulf? Lilli?«
Keine Antwort.
Maybrit sah, wie er die Lippen aufeinanderpresste. Dann verschwand er zusammen mit dem Sanitäter im Haus. Sie wollte ihm folgen, doch Håkan hielt sie zurück. Irritiert versuchte sie, seine Hand abzuschütteln. »Warte einen Moment«, bat er sie.
»Warum?«, entfuhr es ihr ungehalten.
»Es könnte Dinge geben, die du besser nicht siehst.«

Sie wusste nicht, was stärker war, ihre Wut oder ihr Entsetzen. »Ich bin kein kleines Kind mehr«, gab sie ihm zu verstehen. Darauf zuckte er mit den Schultern und ließ ihr den Vortritt.

Im Haus schien es noch stiller als draußen. Im Flur auf dem Boden gleich neben der Tür lag ein Gewehr, sie wäre fast darüber gestolpert. Sie eilte weiter zum Wohnzimmer, von wo sie die leisen Stimmen von Björn und Magnus, dem Sanitäter, hörte. Doch bereits in der Tür prallte sie zurück. Eine große Blutlache bedeckte den Boden hinter der Couch, Carolines Hund lag reglos darin, weitere Spuren von angetrocknetem Blut zogen sich an der Couch entlang.

»Oh, mein Gott«, entfuhr es ihr, und sie schlug die Hände vor den Mund. Ihre Knie begannen zu zittern, und sie musste sich an der Wand abstützen, um nicht zu stürzen. Zwischen der Couch und dem Kamin lag Ulf. Der Sanitäter in seinem leuchtend orangefarbenen Overall kniete neben ihm, Björn hockte mit kalkweißem Gesicht auf der anderen Seite, jederzeit bereit, anzupacken, wo es nötig war.

Lebt er, atmet er?, wollte sie fragen, aber sie brachte keinen Ton heraus. Ulfs Augen waren geschlossen, sein Gesicht unnatürlich blass. Unsicher machte sie einen Schritt auf ihn zu, dann noch einen und noch einen. Björn sah zu ihr auf, und sie wusste, was ihm durch den Kopf ging. Sie hatten das Unglück beide kommen sehen. *Sie werden erst miteinander schlafen und sich dann gegenseitig umbringen.* In ihrer aus Hilflosigkeit geborenen Hysterie hatten sie darüber gelacht. Jetzt lag Ulf vor ihnen. Als sie neben ihm stand, bemerkte sie das kaum wahrnehmbare Heben und Senken seines Brustkorbs. Er lebte. Aber wie lange noch?

»Wir müssen ihn sofort in ein Krankenhaus bringen. Er

wird es sonst nicht schaffen«, erklärte der Sanitäter, als hätte er ihre unausgesprochene Frage gehört. »Er hat zu viel Blut verloren.«

Maybrit blickte auf Håkan, der neben der Couch stand, das Gewehr in Händen. »Sie hat auf ihn geschossen«, sagte der Mann aus Stockholm. »Und wir wissen nicht, wo sie ist.«

33.

Der Polizist in Håkan übernahm die Führung. Nur so gelang es ihm, Abstand zu halten und die Situation zu bewältigen, denn es ging um das Leben seines engsten Freundes und Kollegen. Er musste die Ruhe bewahren, sich darauf konzentrieren, Caroline Wolff zu finden und in Gewahrsam zu nehmen. Solange er nicht wusste, was sie umtrieb, musste er damit rechnen, dass weitere Menschen zu Schaden kamen.

Noch vor dem Rettungssanitäter hatte er ihre Spuren im Schnee entdeckt. Sie führten fort vom Haus, und der Schrittabstand war groß. Sie hatte es sehr eilig gehabt. Ob Ulf geahnt hatte, wie skrupellos sie war? Sie hätte ihn verbluten lassen. Was zum Teufel ging in dieser Frau vor, was brachte sie dazu, auf diese Weise zu agieren?

Es hatte keinen Kampf gegeben, aber neben der Wohnzimmertür lag ein Revolver auf dem Fußboden, und Håkan war sich sicher, dass er Ulfs Fingerabdrücke darauf finden würde. In der Küche suchte er in den Schränken nach Gefrierbeuteln und verstaute die Waffe, die er mit einem Papiertaschentuch behutsam vom Boden aufnahm, in einem der Beutel. Maybrit hatte ihm erzählt, dass das Haus ursprünglich Carolines Eltern gehört hatte und Einrichtung und Zustand seit ihrem Tod unverändert waren. Nachdenklich betrachtete er die alten Möbel und die Bücher, die im Wohnzimmer die Wände zierten, und das berückende Panorama, das sich beim Blick aus den großen Fenstern zum See bot. Was bewog eine Frau, die in einem solchen Umfeld aufgewachsen war, einen Mord zu begehen? Es musste mehr dahinterstecken als nur der Tod ihrer Tochter. Aber was?

Er sah auf die Blutlache auf dem Boden vor der Couch. Sie zeugte davon, dass Ulf dort gestanden haben musste, als Caroline auf ihn geschossen hatte. Suchend trat Håkan näher und fand zu seiner Bestätigung in der Rückwand der Couch ein Einschussloch. Dort war die Kugel eingedrungen, nachdem sie Ulfs Oberschenkel durchschlagen hatte. Sein Blick fiel auf den reglosen schwarzen Körper des Hundes. Hatte sie auch auf ihn geschossen? Als er sich zu dem Tier hinunterbeugte, stellte er fest, dass es noch atmete. Ebenso wie Ulf hatte der Hund eine Menge Blut verloren, aber der Streifschuss war nicht aus dem Gewehr abgefeuert worden, das hätte der Hund nicht überlebt. Hatte Ulf auf den Hund geschossen? Wenn Håkan sich die Mühe machte zu suchen, würde er sicher die Kugel finden und diese Frage beantworten können, aber dafür war jetzt keine Zeit.

Neben den verwischten Blutspuren an der Couch fand er Kratzspuren im Leder der Lehne. Hier hatte Ulf sich hochgezogen. Vermutlich hatte sein Telefon auf dem Couchtisch gelegen. Håkan warf einen Blick auf das Möbel. Weingläser standen dort, ein Buch lag daneben und Ulfs Uhr. Weitere Blutspuren zogen sich bis zum Couchtisch, neben dem Ulf noch immer lag. Bis dorthin hatte er sich geschleppt, hatte angerufen und war zusammengebrochen. Und die Frau war verschwunden. Verdammt. Was war, wenn Ulf starb? Håkan atmete tief durch. Nein, er würde diese Option nicht in Betracht ziehen.

»Wie schnell können wir ihn in ein Krankenhaus bringen?«, fragte er den Sanitäter.

»Sobald ich die stabilisierenden Maßnahmen abgeschlossen habe«, erklärte der Sanitäter. »Ich habe den Piloten schon informiert.«

In diesem Moment schlug Ulf die Augen auf, und Håkan bemerkte, wie Björn und Maybrit den Atem anhielten.

Ulfs Blick traf auf Björn. »Du bist da«, flüsterte er. Björn nahm seine Hand und drückte sie, nickte, ohne etwas zu sagen. Eine Szene, die Håkan mehr über die Beziehung der beiden Männern verriet, als jede noch so ausführliche Erklärung es vermocht hätte. Ulf versuchte, sich zu bewegen, sich aufzurichten, doch Björn zwang ihn zur Ruhe.

»Lilli …«, stieß Ulf hervor.

»Wo ist sie?«, fragte Björn.

»Draußen … ich … weiß nicht …«

»Ich finde sie«, versprach Björn.

Ulf hielt seinen Blick, es lag etwas Drängendes darin, und Håkan begriff, dass Ulf noch etwas sagen wollte, er kämpfte um die Worte, brachte aber die Kraft nicht mehr auf. Auch Björn spürte es. »Ich finde sie«, versicherte er noch einmal, und sie alle mussten hilflos zusehen, wie Ulf in die Ohnmacht zurückglitt.

Was hatte Ulf ihnen noch mitteilen wollen? Angespannt sah Håkan sich um, und sein Blick fiel auf eine Pappschachtel, die in der Nähe des Hundes unter der Couch hervorragte. Er hob sie vorsichtig mit einem Papiertaschentuch

auf und zog eine Braue hoch, als er erkannte, um was es sich handelte.
Björn sah zu ihm hinüber. »Was hast du da?«
»Diazepam«, entgegnete er.
»Was ist das?«, wollte Björn wissen.
»Ein Schlaf- und Beruhigungsmittel«, warf Magnus, der Sanitäter, ein. »Wie viele fehlen?«
Håkan öffnete die Packung. »Zehn Stück, wie es aussieht.«
»Ulf Svensson kann keine genommen haben«, stellte Magnus fest. »Dann wäre er jetzt nicht zu sich gekommen.«
Maybrit starrte ungläubig auf die Schachtel in Håkans Hand. »Dann hat Caroline sie genommen?«
»Ich fürchte, ja«, bestätigte Håkan und dachte an den Text, den Ulf auf seine Mailbox gesprochen hatte und der in diesem Moment eine völlig neue Bedeutung bekam. *Lilli … sie …* Caroline Wolff wollte sich das Leben nehmen, das hatte Ulf ihnen mitteilen wollen. Håkan räusperte sich. »Wie es aussieht, hat sie erst die Tabletten geschluckt und dann das Haus verlassen. Wenn wir sie lebend finden wollen, müssen wir uns beeilen.«
Maybrit wurde blass. »Caroline will sich umbringen!« Ihre Stimme schwankte vor Entsetzen.
Sie hatte den Satz noch nicht zu Ende gesprochen, da war Björn schon von seinem Platz neben Ulf aufgestanden. »Ich gehe sie suchen …«
»Björn, warte«, hielt Maybrit ihn zurück, aber er schien sie nicht einmal zu hören. Die Selbstverständlichkeit, mit der er agierte, überraschte Håkan, aber es blieb ihm keine Zeit, darüber nachzudenken, denn in diesem Moment startete der Hubschrauber unten auf dem See seine Rotoren. Håkan half dem blonden Sanitäter, den in Decken gewickelten und bewusstlosen Ulf auf die Trage zu legen.

»Ich helfe, ihn runter zum Hubschrauber zu bringen«, sagte er, zu Maybrit gewandt. »Aber ich muss hierbleiben.«
»Kein Problem, ich begleite Ulf nach Sveg ins Krankenhaus«, bot sie sofort an.
Håkan lächelte dankbar. »Das hatte ich gehofft.«
Sie ging ihnen voraus zum See hinunter. Der Krach der Rotoren hallte über die weite Fläche und wurde von den Berghängen am gegenüberliegenden Ufer zurückgeworfen. Es war nicht leicht, die Trage durch den hohen Schnee zu transportieren, doch schließlich erreichten sie das Ufer. Maybrit war bereits an Bord des Hubschraubers und half, die Trage dort zu sichern.
Håkan ging nach vorn zum Piloten. »Wir sind auf der Suche nach einer zweiten Person. Wir brauchen umgehend einen weiteren Transport.«
»Ich kann in einer Stunde wieder hier sein«, erwiderte der Mann.
»Das ist vielleicht zu spät«, gab Håkan zu bedenken.
»Ich werde sehen, was ich tun kann.«
Augenblicke später sah Håkan der Maschine nach, die über den See davonflog, schnell kleiner wurde und schließlich hinter einer Biegung verschwand. Der letzte Eindruck von Ulf, seine reglose Gestalt und sein viel zu blasses Gesicht, ging ihm nicht aus dem Kopf. Sein Kollege hatte verdammt viel Blut verloren. Dass er es überhaupt noch ans Telefon geschafft hatte, war ein Wunder und könnte ihn im Nachhinein das Leben kosten.
Håkan blickte mit zusammengekniffenen Augen über den verschneiten See. Weder von Björn noch von Caroline war eine Spur zu entdecken, doch er hatte keinen Zweifel, dass Nyborg die Frau finden würde. Der Mann war in dieser Wildnis aufgewachsen, und bei diesen Wetterverhältnissen

würde selbst ein ungeübter Fährtenleser die frische Spur nicht verfehlen, die sie auf ihrer Flucht im Schnee hinterlassen hatte. Die Frage war nur, ob Björn sie rechtzeitig fand. Håkan trat unangenehm berührt mit dem Fuß in den Schnee, als ihm klarwurde, dass er sich wünschte, der Mann würde zu spät kommen. Es würde ihnen allen eine Menge Ärger ersparen.

Er wandte sich ab und ging zurück zum Haus. Als er die wenigen Stufen zur Veranda hinaufstieg, klingelte sein Telefon. Es war Mette.

»Wie geht es dir?«, wollte sie wissen. »Hast du inzwischen Kontakt zu Ulf?«

Das Telefon am Ohr, betrat er das Haus, ging durch den Flur und blieb in der Wohnzimmertür stehen, und angesichts des Bildes, das sich ihm bot, angesichts all des Bluts, des reglosen Hundekörpers und der Spuren der Tragödie, die sich hier abgespielt haben musste, brachte er mit einem Mal keinen Ton heraus. Im Traum hätte er es nicht für möglich gehalten, dass die Begegnung zwischen Ulf und Caroline Wolff tödlich enden könnte.

»Håkan? Ist alles in Ordnung?«, hakte Mette nach.

Er schluckte. »Ich ... kann jetzt nicht sprechen. Ich rufe dich später zurück, Mette.«

Er ließ das Telefon sinken und betrat den Raum. Was war hier in den vergangenen zweieinhalb Tagen geschehen? Er hatte versucht, etwas von Maybrit über die Geschichte von Ulf und Caroline zu erfahren, aber ihre wortkargen, einsilbigen Antworten hatten ihm nicht weitergeholfen. Er betrachtete den Hund. Wenn du sprechen könntest, dachte er und kniete neben ihm nieder. Der Atem des Tiers ging schwach, aber sein Herz schlug kräftig, und die Wunde an seiner Seite hatte aufgehört zu bluten. Er würde ihn mitnehmen und im Ort zu einem Tierarzt bringen. Vielleicht brachte der ihn durch. Er strich dem Tier über den großen Kopf. Vermutlich benötigte er zum Überleben die gleiche Portion Glück wie Ulf. Håkan stand wieder auf, zog erneut sein Mobiltelefon aus der Tasche und wählte die Nummer des Einsatzleiters unten im Dorf. »Wie sieht es aus mit einem zweiten Transport?«, fragte er.

»Habt ihr die vermisste Person gefunden?«, wollte der Mann wissen.

»Ich nehme an, dass sich Björn Nyborg jeden Moment melden wird. Weit kann sie nicht gekommen sein.«

34.

Verbissen kämpfte Björn sich durch den Schnee vorbei an der Stelle, wo der Hubschrauber gelandet war, gleich neben dem Bootsanleger. Sein Herz war schwer, so schwer wie damals, als er sich schon einmal aufgemacht hatte, Caroline zu finden. Sie war auf dem See. Irgendwo dort draußen. Er spürte es. Seit er von Ulfs Notruf erfahren hatte, hatte er genau das befürchtet, wofür er nun die bittere Bestätigung bekommen hatte.
Stoisch setzte er einen Fuß vor den anderen, den Blick starr geradeaus gerichtet, bis er endlich Carolines Spur fand, dort, wo er sie vermutet hatte, und er kam nicht umhin, sich zu fragen, ob die Dinge einen anderen Lauf genommen hätten, wenn Ulf und Caroline einander nicht wieder begegnet wären. Mit Ulfs Ankunft hatte sich alles verändert, insbesondere Caroline. Was war nur geschehen? Björn musste an den Unfalltod von Carolines Eltern denken, daran, was seine Mutter ihm darüber erzählt hatte, was erst vor wenigen Tagen ans Licht gekommen war. Auch damals hatte Caroline versucht, sich das Leben zu nehmen. Was hatte sie diesmal dazu getrieben, welcher Schmerz war so unerträglich, dass ihr der Tod eine willkommene Alternative erschien? Der

Verlust ihrer Tochter war entsetzlich, aber etwas sagte ihm, dass mehr dahintersteckte. Der eisige Wind, der über die weite freie Fläche des Sees blies, biss in sein Gesicht, kroch in seine Kleidung und ließ trotz der Anstrengung Hände und Füße schmerzlich kalt werden. Er durfte nicht daran denken, wie lange Caroline schon hier draußen war, wie wenig Hoffnung es gab, sie lebend zu finden.

Er erreichte eine Stelle, an der die Abdrücke im Schnee darauf schließen ließen, dass Caroline gestürzt war. Sie hatte sich wieder aufgerafft und weitergeschleppt, doch ihre Schritte wurden kürzer, und sie war immer wieder stehen geblieben. Vermutlich hatte die Wirkung der Schlaftabletten eingesetzt. Es passte zu Caroline, sich einfach in den Schnee zu legen und einzuschlafen und sich auf diese Weise schmerzlos und sanft einem Tod zu überantworten, der bei Minus fünfundzwanzig Grad sehr schnell kam. Er durfte nicht daran denken. Er musste weitergehen und sie finden, um jeden Preis. Ulf verließ sich darauf. Himmel, sie hatte auf ihn geschossen! Håkan Bergström vermutete, dass Ulf und Caroline Streit gehabt hatten, aber Björn traute Caroline nicht zu, aus einem Streit heraus auf einen Menschen zu schießen. So impulsiv war sie nicht. Ulf dagegen schon, noch dazu bei seiner Neigung zum Jähzorn. Håkan Bergström verschwieg ihnen etwas. Es gab einen Grund, warum er hier war, und ganz allmählich teilte Björn Maybrits Auffassung, dass der Kriminalbeamte die Reise aus Stockholm nicht wegen Ulf auf sich genommen hatte, sondern wegen Caroline.

Vor Björn tauchte eine der kleinen Inseln auf, die im See lagen. Die wenigen Bäume darauf bogen sich unter der Last des Schnees und warfen bizarre Schatten. Carolines Spuren führten genau darauf zu. Björn beschleunigte seine Schritte, plötzlich sicher, dass sie sich genau diesen Ort ausgesucht hatte, und tatsächlich, nur wenige Meter weiter fand er sie. Sie lag in einer kleinen Mulde, geschützt vor dem eisigen Wind. Sie hatte sich auf den Rücken gedreht, ihre Augen waren geschlossen, und in ihren Mundwinkeln meinte er ein kaum wahrnehmbares Lächeln zu sehen. Einen Atemzug lang blickte er auf sie hinunter und fragte sich, ob er ein Recht hatte, ihren Frieden zu stören, doch dann sank er neben ihr in den Schnee und vertrieb die Bilder von jenem Sommer, in dem er sie schon einmal ins Leben zurückgeholt hatte, ohne zu ahnen, welchen Kummer und letztlich auch welches Unglück er damit heraufbeschwor. Sie war so jung gewesen. Heute lagen die Dinge anders. Ulf würde es nicht verstehen, wenn er ohne sie zurückkam. Björn zog seine Handschuhe aus und tastete an Carolines Hals nach dem Puls. Erst spürte er nichts, dann jedoch fühlte er ein schwaches Klopfen. Tränen der Erleichterung traten ihm in die Augen. Er war versucht, sie aufzunehmen, an sich zu ziehen und mit seinem eigenen Körper zu wärmen, doch er wusste, dass genau das ihren Tod bedeuten konnte. Das kalte Blut aus ihren Extremitäten würde zum Herzen fließen und im schlimmsten Fall zu einem Herzstillstand führen. Deshalb bewegte er sie nicht, sondern zog hastig das Telefon aus der Tasche und wählte Håkans Nummer, der sofort am Apparat war. »Hast du sie gefunden? Lebt sie?«

»Ja«, entgegnete Björn knapp, »aber nicht mehr lang, wenn sie nicht sofort medizinische Versorgung bekommt.«

»Der Hubschrauber ist unterwegs.«

»Wir befinden uns vom Haus aus gesehen etwa achthundert Meter in südwestlicher Richtung ziemlich genau in der Mitte des Sees in der Nähe der kleinen Insel.«

»Wir sind gleich bei euch«, versicherte Håkan.
Björn blickte in Carolines blasses Gesicht, auf ihre blau angelaufenen Lippen. »Warum hast du nicht mit uns geredet?«, fragte er leise. »Wofür hast du uns denn?« Erneut tastete er nach ihrem Puls. War er schwächer geworden? Es war unerträglich, so völlig machtlos zu sein gegen die Kälte und das Gift der Schlaftabletten, das sich unaufhaltsam in ihrem Blut ausbreitete. Wo blieb der Hubschrauber? Der Schall trug weit über den See. Hätte er ihn nicht längst hören müssen?

35.

Ulf glitt zwischen Bewusstlosigkeit und kurzen wachen Momenten hin und her. Eindrücke überlagerten sich: das Klopfen der Rotoren eines Hubschraubers, Maybrits sorgenvolle Augen, Licht, viel zu helles Licht, und das Gesicht eines Fremden, der sich über ihn beugte. Stimmen. Endlose Flure, durch die er glitt wie im Nebel. Wärme. Sauerstoff durch eine Maske und der flüchtige Gedanke, dass es allein seine Entscheidung war, ob er leben oder sterben würde. Sie konnten ihn nicht zwingen, er kannte sich aus, es war nicht das erste Mal, dass er dem Tod begegnete. Aber sie ließen ihn nicht sterben.

Sie pumpten fremdes Blut in ihn.

Es strömte durch seine Arterien und Venen, durch sein Herz und reicherte sich in seiner Lunge mit Sauerstoff an. Es trug diesen Sauerstoff in seine Organe, seine Zellen und jagte jenen Funken durch seinen Körper, der den Willen zum Überleben anfachte.

»Ulf, hörst du mich?« Maybrits Stimme zog ihn aus der Bewusstlosigkeit, zwang ihn zurück. »Ulf?«

Er schlug die Augen auf. Da war sie, vor einer Wand blinkender Armaturen. Er runzelte die Stirn.

»Du bist im Krankenhaus in Sveg.«
Er nickte, erinnerte sich an die endlosen Flure. Schritte auf Linoleum. An den Hubschrauber. An …
»Lilli …?« Es kam fast lautlos, aber Maybrit verstand ihn.
»Lilli ist hier«, versicherte sie ihm. »Björn hat sie gefunden.«
Die Erleichterung nahm ihm den Atem.

*

»Seine Werte stabilisieren sich.« Papier raschelte. Ein Windzug streifte ihn. Fremde Gerüche. Jemand strich die Bettdecke glatt und berührte flüchtig seine Hand. »Sollen wir ihn verlegen, was meinst du?«, fragte eine sich entfernende Stimme. Die Antwort ging unter im leisen Zuschlagen einer Tür.

*

Es war Nacht und das Krankenhaus eine eigene Welt aus Geräuschen und Lauten. Das leise Piepen und Surren der Geräte, das Atmen der Patienten und die verhaltenen Stimmen des Personals verwoben sich zu einem Teppich, der wie eine Glocke über dem Gebäude hing und es einschloss und abschirmte von der wirklichen Welt. Ulf starrte in die Dunkelheit, die lediglich erhellt wurde von dem rötlichen Flackern des Lichtschalters neben der Tür und den flimmernden medizinischen Geräten, und dachte an Caroline.
Sie hatte ihn verlassen. All sein Bitten, all sein Flehen war nutzlos gewesen, sie war gegangen und hatte versucht, sich das Leben zu nehmen. War der Druck zu groß gewesen,

den er aufgebaut hatte? Es war eine Frage, die er sich immer und immer wieder stellte.
»Sie war noch nie gut darin, Schmerz auszuhalten«, hatte Björn ihn vor ein paar Stunden zu beruhigen versucht. »Es ist nicht deine Schuld.«
Ulf war sich nicht so sicher.
Sie war nicht tot. Sie lag bei ihm. Er konnte sie atmen hören. Er brauchte nur seine Hand auszustrecken, um sie zu berühren. Aber er hatte Angst vor dem Moment, in dem sie das erste Mal die Augen aufschlagen und begreifen würde, dass ihr Plan missglückt war. Ja, er hatte Angst. Verdammte Angst. Vor der Ablehnung in ihrem Blick. Dem Vorwurf. Der Kälte. Sie hatte ihn verlassen, und er hatte sie zurück gezwungen, festgehalten gegen ihren Willen. Und dennoch war es gut, dass sie hier war, hier bei ihm. Dass er sie sehen konnte. Hören. Sich vor Augen führen, was er hätte verlieren können.
Es war Maybrits Vorschlag gewesen, sie zusammenzulegen, und um ihn durchzusetzen, war sie bis in die höchsten Etagen der Krankenhausleitung vorgedrungen. »Wenn du Caroline zurückhaben willst, musst du ihr einen Anreiz geben«, hatte sie ihn ermahnt. »Nur du kannst es.«
Er lauschte Carolines ruhigen Atemzügen, beobachtete in dem dämmrigen Licht des Krankenzimmers das stetige Heben und Senken ihres Brustkorbs. Sie lebte, ja, das tat sie, aber sie lag im Koma, und niemand konnte ihm sagen, ob sie wieder aufwachen würde. »Diazepam ist ein gängiges Schlafmittel, das sehr hoch überdosiert werden muss, um zum Tod zu führen«, hatte ihm der behandelnde Arzt erklärt. »Aber aufgrund der schweren Hypothermie, der ihr Körper ausgesetzt war, ist sie sehr geschwächt. Wir müssen ihr Zeit geben.«

Carolines Körpertemperatur hatte nur noch dreißig Grad Celsius betragen, als sie in die Notaufnahme des Krankenhauses eingeliefert worden war. Ihr Leben hatte an einem seidenen Faden gehangen. Er konnte den Ärzten keinen Vorwurf machen. Sie hatten alles Menschenmögliche getan, um Caroline zu retten. Sie hatten ihr die Tür zurück ins Leben geöffnet. Hindurchgehen musste sie nun selber. Aber war *er* wirklich der Anreiz, den sie dafür brauchte?

Er streckte seine Hand aus, doch kurz bevor er ihre Finger berührte, zögerte er. Was konnte er ihr noch bieten, das sie nicht bereits abgelehnt hatte? Und wieder kehrten seine Gedanken wie nach einem Zirkellauf zu dem einen entscheidenden Punkt zurück: Caroline war nicht einfach fortgegangen, hatte ihn nicht einfach nur verlassen. Sie hatte den Tod gesucht. Und er musste sich ernsthaft fragen, wie viel Schuld er daran besaß. Sie war schon immer fragil gewesen, keine Frau, die ihr Leben in die Hand nahm, sondern eine, die sich von den Umständen treiben ließ. Er hatte es damals nicht wahrhaben wollen oder in seiner Unerfahrenheit schlicht nicht begriffen. Aber im Laufe seiner Ausbildung hatte er viel gelernt über Psychologie und im Nachhinein so manche Situation, die er mit Caroline erlebt hatte, in neuem Licht gesehen und sein eigenes Handeln, seinen Stolz und seine Ungeduld durchaus in Frage gestellt. Nicht dass diese Reflexion zu irgendetwas geführt hätte außer zu Selbstvorwürfen. Aber war er heute geduldiger, weniger empfindlich? Konnte er ihr geben, was sie brauchte? Er hatte seine Zweifel auch Maybrit gegenüber geäußert.

»Gib ihr eine Chance«, hatte sie von ihm verlangt.

Gib ihr eine Chance.

Unsicher streckte er erneut seine Hand aus. Die ihre lag auf den weißen Laken, und während er die langen, schlanken Finger betrachtete, meinte er zu spüren, wie eben diese Finger über sein Gesicht strichen, seinen Mund berührten, und für einen wunderbar entrückten Moment hörte er sogar Carolines leises Lachen.

Er nahm ihre Hand. Sie fühlte sich warm und weich an, gleichzeitig aber war es, als berühre er die Hand einer Toten. »Ich will dich nicht verlieren, Lilli«, flüsterte er in die Dunkelheit. »Verstehst du das nicht?«

36.

Mama?« Liannes helle Stimme drang aus dem Garten zu ihr herein. »Mama, schau mal, was ich gefunden habe!«

Caroline stand von ihrem Schreibtisch auf und trat an die Terrassentür. Lianne saß auf den Steinen in der Sonne und streckte ihr die zu einer Schale geformten Hände entgegen.

»Schau nur, Mama!«

Caroline ging hinaus und blickte auf einen großen goldglänzenden Käfer in der Kinderhand.

»Er sieht aus wie der Käfermann aus der Geschichte, die du mir vorgelesen hast«, plapperte Lianne weiter.

»Ja, so sieht er wirklich aus«, stimmte Caroline ihrer Tochter zu, »aber glaubst du nicht, dass er sich im Gras wohler fühlt als in deiner Hand?«

Lianne runzelte ihre braungebrannte Stirn. »Ich möchte ihn behalten. Ich baue ihm eine Wohnung in einem Glas.«

Caroline seufzte. »Na gut, aber nur für eine Nacht.«

Lianne warf ihr einen strahlenden Blick zu und rannte an ihr vorbei ins Haus. Caroline folgte ihr und sah, wie Lianne vor Ulfs Fotografie auf dem Sideboard stehen blieb und ihre geöffneten Hände vor das Bild hielt. »Schau nur,

Papa, was ich hier habe!« Dann war sie auch schon in der Küche verschwunden und rumorte in einem der Vorratsschränke.

Carolines Blick blieb an der Fotografie hängen. Lianne sprach oft mit Ulf, seit Caroline sein Bild dort aufgestellt hatte. Es war Liannes Vorschlag gewesen. »Dann kann Papa immer sehen, was wir machen«, hatte sie ihre Idee mit kindlicher Ernsthaftigkeit begründet. Caroline hatte sich anfangs mehr aus schlechtem Gewissen als aus Überzeugung auf dieses Spiel eingelassen, doch inzwischen ertappte sie sich selbst bisweilen, dass sie ihm Dinge erzählte, die sie beschäftigten oder über die sie mit sich ins Reine kommen musste. »Wir werden wieder einmal umziehen«, sagte sie jetzt. »Wir gehen zurück nach Europa. Zumindest für eine Weile.« In seine Nähe. Allein der Gedanke ließ ihr Herz schneller schlagen. »Ich habe eine Anstellung in Kopenhagen bekommen.« Fast sechs Jahre waren vergangen, seit sie ihn verlassen hatte.

»Mama, warum weinst du?«, hörte sie Liannes Stimme hinter sich, und eine kleine Hand schob sich in die ihre. »Vermisst du Papa?«

Caroline schluckte. »Ich vermisse ihn jeden Tag, Kleines.«

Lianne berührte den Ring an Carolines Finger. »Aber er ist doch hier, bei uns.«

Caroline hob ihre Tochter auf ihren Arm und lächelte unter Tränen. »Ja, natürlich. Ich bin auch dumm, nicht wahr?«

Lianne drückte ihr Gesicht an Carolines Schulter. »Hast du ihm gesagt, dass wir umziehen?«

Caroline nickte. »Freust du dich schon?«

»Ich freue mich auf den Schnee. Ich habe noch nie Schnee gesehen, außer im Fernsehen.« Dann zog sie die Nase kraus.

»Aber ein bisschen schade ist es, dass es da, wo wir hingehen …«
»Dänemark«, unterbrach Caroline sie.
»… dass es in Dänemark keine Kängurus gibt.«
»Wenn du sie sehr vermisst, gehen wir in den Zoo.«
»Meinst du, da haben sie welche?«
»Ganz sicher«, versprach Caroline. »Und jetzt müssen wir Abendbrot essen. Es wird gleich dunkel.«
Draußen im Garten flog eine Schar Sittiche ein und nahm unter lautem Geschrei Platz auf dem zerzausten Eukalyptusbaum, den sie in diesem Sommer zum Schlafplatz erkoren hatten. Ihr buntes Gefieder leuchtete in den letzten Strahlen der Sonne.

Lianne hatte den Käfer in seinem Glas auf ihren Nachttisch gestellt. »Lässt du das Licht an, Mama? Dann kann ich ihn mir noch ein wenig ansehen.«
»Natürlich, Kleines«, entgegnete Caroline mit einem Lächeln. Das Zimmer wirkte kahl, obwohl die Möbel noch da waren, aber wie in allen anderen Räumen waren die persönlichen Dinge bereits gepackt und mit einer Spedition vorausgeschickt worden. »Es macht den Abschied leichter«, hatte ihr eine Arbeitskollegin geraten, und sie hatte recht gehabt.
Caroline zog Liannes Tür behutsam zu und ging zurück ins Wohnzimmer. Die Terrassentür stand noch offen, nur die Fliegentür war geschlossen, und von draußen drang das Zirpen der Grillen herein. Caroline nahm ein Glas, holte aus dem Kühlschrank in der Küche die verbliebene halbe Flasche Weißwein und setzte sich hinaus. Der Himmel war sternenklar. Das Kreuz des Südens war gerade aufgegangen und leuchtete direkt über ihr. In der Ferne konnte sie die

rollende Brandung des Ozeans hören. Ansonsten war da nur das Zirpen der Grillen, und sie fragte sich, ob sie diese Stille und auch die Weite Australiens vermissen würde. Die Herzlichkeit und Offenheit der Menschen, die sie so spontan in ihrer Mitte aufgenommen hatten, dass sie sich in diesem Land, das so entsetzlich weit von ihrer Heimat und allem, was sie liebte, entfernt war, erstaunlich schnell zu Hause gefühlt hatte. Die Bande nach Schweden hatten der immensen Entfernung nicht standhalten können und waren gerissen, und das Heimweh und die Einsamkeit, die sie anfangs verspürt hatte, angesichts all der neuen Eindrücke verflogen. Vier Jahre waren seither vergangen. Lianne war ein Buschkind geworden, braungebrannt und wild.

Caroline fragte sich zum hundertsten Mal, ob sie das Richtige tat, ob es nicht besser gewesen wäre zu bleiben. In Dänemark war jetzt tiefster Winter. Sie kannten dort niemanden. Dennoch hatte sie der Versuchung nicht widerstehen können, als sie das Angebot für den Dolmetscherposten des Konsulats gesehen hatte. Näher als in Kopenhagen konnte sie an Schweden kaum herankommen. Und wer weiß, vielleicht besuchte Ulf eines Tages die dänische Hauptstadt, und sie traf ihn auf der Straße. So oft hatte sie sich die Szene ausgemalt, wie sie, ohne es zu ahnen, aufeinander zugingen, ihre Blicke sich trafen, sie überrascht stehen blieben und beide gleichzeitig anfingen zu reden, zu lachen, sich bei den Händen zu fassen, dass sie sich kaum vorstellen konnte, dass es nicht geschehen würde. Von Kopenhagen war es nicht weit bis zur schwedischen Grenze, einmal nur über den Öresund, und Ulfs Schwester Irene lebte in Malmö. Ein Katzensprung. Niemand würde sagen können, sie hätte sich nicht an ihren Vertrag gehalten. Niemand konnte ihr Lianne wegnehmen. Sie spürte die Müdigkeit in ihren

Gliedern. Es war ein langer, heißer Tag gewesen. Es waren lange Jahre gewesen. Sie reckte sich und stand auf. Bevor sie ins Bett ging, warf sie noch einen Blick in Liannes Zimmer. Sie schlief, im Arm das Glas mit dem Käfer, die dunklen Locken ungeordnet auf dem Kopfkissen um sie herum. Leise löschte Caroline das Licht …

Sie schlug die Augen auf, lauschte in die Dunkelheit und fragte sich, was sie geweckte hatte. Sie fühlte sich wie gerädert, verkatert geradezu, dabei hatte sie nur ein Glas Wein getrunken. Wie sollte sie den Tag überstehen, wenn sie sich jetzt schon so fühlte? Es gab noch so viel zu tun, zu packen, zu …

Sie war nicht in ihrem Schlafzimmer.

Der Gedanke schoss durch sie hindurch und jagte ihr einen Schauer über den Rücken.

Wo war sie?

Sie lauschte erneut, bemühte sich, in dem dämmrigen Licht etwas zu erkennen. Und dann roch sie es. Desinfektionsmittel.

Sie war im Krankenhaus.

Sie schluckte entsetzt und versuchte, ihrer plötzlichen Panik Herr zu werden. Was war geschehen? *Wo war Lianne?*

»Lilli?«

Ihr Herz klopfte wild. Es gab nur einen Menschen, der ihren Namen so aussprach. Aber es konnte nicht sein.

»Himmel, Lilli, bist du wach?«

Eine Hand tastete nach der ihren. Mit der Berührung kam die Erinnerung. Und im nächsten Moment war die Nähe zu ihrem Kind verloren und mit ihr das Gefühl der innigen Vertrautheit zwischen ihnen. Jene Zeit in Australien, jener Tag, jene leuchtenden Kinderaugen, in die sie geblickt hatte, Sekunden zuvor noch so lebendig, so intensiv, all dies lag zwanzig Jahre zurück. Sie war allein. Lianne war tot. Fort. Unerreichbar. Sie atmete gegen die Verzweiflung an, die Einsamkeit, die sie überwältigte. Die plötzliche Leere. Und achtete nicht auf die Tränen, die ihr dabei über die Wangen liefen.

Sie hatten sie nicht sterben lassen.

Sie hatten sie zurückgeholt.

»Lilli? Sag etwas …« Unsicherheit lag in seiner Stimme.

Was sollte sie sagen? Die Emotionen überfluteten sie, und es schien ihr, als hielte die Vergangenheit sie fest umklammert. »Ich habe geträumt«, flüsterte sie. »Ich war mit Lianne in Australien …« War es wirklich nur ein Traum gewesen? Es fühlte sich noch immer so real an. »Es war dort so viel einfacher als in Kopenhagen«, sprach sie leise weiter. »Dort gab es keine Hoffnung, dich jemals wiederzusehen.«

Sie hätte niemals nach Kopenhagen ziehen dürfen. Dort hatte sie sein Gesicht in jedem Passanten gesucht, der eine ähnliche Silhouette besaß wie er. Schweden war so nah gewesen. Und doch so unerreichbar. Bei klarem Wetter hatte sie von ihrem Fenster aus über den Öresund hinweg auf die Küstenlinie geblickt.

Sie spürte, wie sich seine Finger fester um die ihren schlossen, und schluckte. Musste sie es ihm jetzt nicht erzählen? Musste sie ihn nicht wissen lassen, wie oft sie versucht gewesen war, einfach auf die Fähre zu steigen und nach Malmö zu fahren?

»Ich habe dich so sehr vermisst«, gestand sie kaum hörbar. Aber dann war Lianne krank geworden. Aus ihrem kräftigen, braungebrannten Kind war ein blasses, hustendes Mädchen geworden. »Das Klima«, hatten die Ärzte gesagt,

und es war ihr wie eine Drohung erschienen. Wenn sie ihren Sehnsüchten nachgab, würde sie Lianne verlieren.
Sie hörte, wie er um Worte rang, wie er kämpfte und doch schwieg, wie sich erneut all das Ungesagte zwischen ihnen aufbäumte und auch sie wieder verstummen und zurückdriften ließ in jene Zeit, jenes Leben ohne ihn, in dem Sehnsucht ein ständiger Begleiter gewesen war. Wie hatte sie es nur ertragen?
Jahre zogen an ihr vorbei. Bilder von Lianne als Schulmädchen in Südfrankreich, als Teenager in Costa Rica, als junge Frau in Hongkong. Ja, es war leichter gewesen, je weiter sie fort war. Je weniger die Umgebung sie an Schweden erinnerte. An Ulf.
Machte es Menschen zu Wahnsinnigen, wenn sie sich entschieden, nur noch in einer Realität zu leben, die sie sich selbst geschaffen hatten?, wollte sie ihn fragen, aber sie hatte nicht die Kraft dazu.

37.

Sie ist aufgewacht.
Björn strich mit den Fingern über das Display seines Mobiltelefons, über die drei Worte, die Maybrit ihm kommentarlos geschickt hatte. Er wog das Telefon in seiner Hand und blickte aus dem Fenster hinaus auf den See. Dann wählte er Maybrits Nummer.
»Wo bist du?«, fragte er sie.
»Noch zu Hause«, erwiderte sie. »Ich wollte mich gleich auf den Weg nach Sveg machen.«
»Nimmst du mich mit?«
Sie antwortete nicht gleich, und er ahnte, was sie dachte. »Natürlich nehme ich dich mit, wenn du das möchtest«, kam schließlich.
Keine zehn Minuten später sah er ihren weißen Volvo-Geländewagen in die Auffahrt einbiegen, griff sich Schlüssel, Telefon und Jacke und ging hinaus. Als er die Tür ins Schloss zog, trat seine Mutter im Nachbarhaus ebenfalls gerade hinaus. Sie winkte ihm zu. »Richte Ulf und Lilli gute Besserung aus!«
»Das werde ich gern tun«, rief er und stieg in den Wagen.
Maybrit betrachtete ihn von der Seite. »Wie kommt es, dass

du, egal was du trägst, immer wie ein Holzfäller aussiehst und riechst?«
Björn ignorierte ihren gereizten Unterton. »Das mache ich nur für dich. Ich weiß, du magst das.«
Sie schüttelte den Kopf, aber er sah, wie ihre Mundwinkel zuckten.
Er schnallte sich an und lehnte sich zurück. Nach der unermüdlichen Arbeit während des Sturms und der Aufregung um Caroline und Ulf konnte er die plötzliche Ruhe und den Frieden kaum fassen. Er blickte auf die schneebedeckten Nadelbäume entlang der Straße, von denen der Wind weiße Fahnen herabtrieb, auf die dahinter liegenden Bergkuppen und blinzelte an der Sonne vorbei in den strahlend blauen Himmel. In einer Welt, die immer schneller, immer globaler wurde, einer Entwicklung, der sie sich selbst hier in der Abgeschiedenheit der Berge nicht völlig entziehen konnten, erschien es ihm bisweilen fast anachronistisch, sich an diesen kleinen, alltäglichen Dingen zu freuen. »Es ist so wunderschön hier«, sagte er. »Ich verstehe nicht, was die Menschen nach Stockholm oder Göteborg zieht.«
Maybrit lachte leise. »Das begreife ich, ehrlich gesagt, auch nicht. Aber in diesem Punkt repräsentieren wir beide nicht unbedingt den Durchschnitt.«
»Nein«, stimmte er ihr zu. »Das tun wir sicher nicht.« Er warf ihr einen flüchtigen Blick zu. Die Anspannung war aus ihren Zügen gewichen und mit ihr die Falte zwischen ihren Brauen. Sie wurden beide fünfzig im kommenden Jahr, aber in ihrem hochgesteckten dunklen Haar fand sich keine graue Strähne, und er wusste, dass sie es nicht färbte. Er hatte ihr nie wirklich gesagt, was er für sie empfand. Warum eigentlich nicht? Seit Jahren lebten sie miteinan-

der in stillem Einvernehmen, und auch wenn sie nicht zusammen wohnten, teilten sie doch mehr als nur hin und wieder das Bett. Viel mehr. Er dachte an Caroline und Ulf, an die Einsamkeit der beiden selbst im Zusammensein, weil ihnen der Mut fehlte, sich trotz ihrer verzehrenden Liebe aufeinander einzulassen, und er gab sich einen Ruck.

»Maybrit, was hältst du davon, wenn wir heiraten würden?«

Sie starrte reglos geradeaus auf die Straße, lediglich ihre Nasenflügel bebten, und es dauerte lange, sehr lange, bis sie schließlich sagte: »Das meinst du nicht ernst.« Ihre Stimme zitterte kaum merklich.

»Es gibt Dinge, über die scherze ich nicht«, entgegnete er ruhig.

Erneut schwieg sie, während sie den Wagen über die festgefahrene Schneedecke Richtung Sveg lenkte.

»Was ist mit Caroline?«, wollte sie wissen.

Seit Caroline so unerwartet zurückgekehrt war, hatte er auf diese Frage gewartet. »Lilli bedeutet mir sehr viel. Ebenso viel wie Ulf.« Er räusperte sich. »Aber ich liebe sie nicht.« Es hatte einmal eine Zeit gegeben, da war das anders gewesen, aber das lag sehr lange zurück. Er strich mit den Fingern über das dunkle Armaturenbrett. »Verstehst du das?«

Sie nickte zurückhaltend.

Es waren noch fünfunddreißig Kilometer bis Sveg. Erst als sie die ersten Häuser der kleinen Stadt passierten, brach Maybrit das Schweigen zwischen ihnen. »Warum fragst du mich ausgerechnet jetzt, Björn?«

»Ich weiß es nicht«, gestand er ehrlich. »Aber ich weiß, dass ich es längst hätte tun sollen.«

Er sah, wie sie schluckte.

»Vielleicht kann ich nicht vergessen, wie du mich angesehen hast, als ich aufgebrochen bin, um Lilli auf dem See zu suchen«, fügte er hinzu. »Vielleicht ist es diese verfahrene Situation zwischen Lilli und Ulf, die mich aufgeweckt hat. Wir dürfen nicht dieselben Fehler machen wie sie.«

Maybrit lenkte den Wagen auf den Parkplatz des Krankenhauses, stellte den Motor ab und sah endlich zu ihm. »Du weißt schon, dass ich darüber nachdenken muss.«

Er lächelte. »Alles andere hätte mich verstört.«

Ulf war allein im Krankenzimmer. Er war noch immer blass und durchscheinend, vom Blutverlust gezeichnet. Aber es schien Björn, als wäre das nicht das Einzige.

»Wo ist Caroline?«, fragte Maybrit, als sie ihren Cousin mit einem Kuss auf die Wange begrüßte.

Er setzte sich umständlich auf. »Sie ist wieder auf der Intensivstation«, entgegnete er. »Sie …« Er presste die Lippen aufeinander, schüttelte den Kopf und wich ihrem Blick aus.

»Schon gut«, beruhigte Maybrit ihn und drückte seinen Arm. »Aber sie ist wach, oder?«

Ulf nickte knapp.

»Ich gehe rüber und schaue, wie es ihr geht«, schlug Björn vor. »Dann könnt ihr beiden ungestört reden.«

Er hatte alles mit Maybrit besprochen, gleich nachdem sie Ulf und Caroline ins Krankenhaus eingeliefert hatten. »Wenn sie wieder aufwacht, musst du es ihm erzählen«, hatte er sie eindringlich gebeten. »Er muss es wissen.«

Maybrit hatte nachdenklich zugestimmt: »Ja, aber mir graut davor.«

»Was gibt es, Maybrit?«, fragte Ulf, und die Resignation in

seiner Stimme traf Björn schmerzlich. Bevor er die Tür hinter sich schloss, hörte er noch, wie Maybrit einen Stuhl heranzog und sich neben Ulfs Bett setzte. Sie würde die richtigen Worte finden, das wusste er, und es war besser, wenn er nicht dabei war. Schließlich ging es um Angelegenheiten, die nur ihre Familie betrafen.

Caroline war an diesem Tag die einzige Patientin auf der Intensivstation des Krankenhauses, und da Björn die diensthabende Krankenschwester kannte, stand er nur Augenblicke später an Carolines Bett. Unzählige Kabel und Schläuche verbanden sie mit den Geräten um sie herum, und sie war so blass und schmal, dass sie gar nicht mehr von dieser Welt schien.
»Hej, Lilli«, sagte er leise.
Langsam drehte sie den Kopf zu ihm, und ein mattes Lächeln glitt über ihre Züge. »Hej, Björn.«
Er nahm ihre Hand und liebkoste ihre Finger.
»Wieso konntest du mich dieses Mal nicht sterben lassen?«, fragte sie flüsternd.
Er schluckte. »Du hast also schon gehört, dass ich es war, der dich gefunden hat.«
Ihr Blick flackerte, als sie ihn ansah, und er fragte sich, was sie für Medikamente bekam. »Ulf hat es mir erzählt …« Ihre Augen füllten sich mit Tränen. »Ich konnte ihn nicht noch einmal verlassen, Björn«, wisperte sie. »Ich konnte es einfach nicht …«
»Sch«, machte Björn und strich ihr über die Wange. »Nicht weinen.«
Ihre Verzweiflung zerriss ihm das Herz.
Die Schwester berührte seinen Arm. »Sie braucht Ruhe«, gab sie ihm leise zu verstehen. Er hatte sie nicht kommen

hören. Widerstrebend ließ er Carolines Hand los. Dann beugte er sich über sie und küsste ihre Stirn. »Halt durch, Lilli.«

Die Augen fielen ihr zu.

»Was …«, sagte Björn nervös, aber die Schwester legte beruhigend eine Hand auf seinen Arm. »Sie schläft, sonst nichts.«

»Was ist mit ihr? Was hat sie?«, fragte er, sobald die Tür hinter ihnen zugefallen war.

»Ich darf mit dir nicht darüber reden.«

Björn zog eine Braue hoch. »Caroline Wolff hat niemanden mehr außer Maybrit, Ulf und mir. Das weißt du.«

Sie fuhr sich mit der Zunge über die Lippen und sah sich um. »Du hast schon recht, aber wir haben eben unsere Vorschriften.« Dann senkte sie ihre Stimme. »Ihre Organe sind durch die Kombination aus den Tabletten, der Minderdurchblutung während der Unterkühlung und den Zerfallsresten der zerstörten Gewebe gefährdet. Insbesondere ihre Leber und ihre Nieren sind von einem Organversagen bedroht.«

»Und das heißt?«

»Ihr Körper kämpft. Deshalb ist sie so müde. Aber die Therapien scheinen anzuschlagen.«

Er trat hinaus auf den Flur und ans Fenster. Draußen schien noch immer die Sonne. Der Schnee leuchtete und glitzerte in reinstem Weiß, und der Himmel war von makellosem Blau. Aber die Farben hatten nicht mehr dieselbe Qualität wie zuvor. Sie erschienen ihm mit einem Mal zu grell und aufdringlich. Carolines Worte gingen ihm nicht aus dem Kopf: *Ich konnte ihn nicht noch einmal verlassen.* Warum sollte sie Ulf verlassen? Was war geschehen? Und während er sich darüber den Kopf zerbrach, sah er einen Mann auf sich zukommen, von dem er ahnte, dass er Antworten auf genau diese Fragen hatte, sie jedoch nicht ohne weiteres preisgeben würde.

38.

In einem anderen Teil des Krankenhauses stand Ulf am Fenster und blickte hinaus in den Schnee. Er stützte sich schwer auf seine Krücken. Sein linkes Bein war bandagiert, und Maybrit konnte seiner Haltung entnehmen, dass er Schmerzen hatte, aber er sprach nicht darüber. »Alles gut«, hatte er nur abwiegelnd auf ihre Frage nach seiner Verfassung geantwortet. Er hatte Glück im Unglück gehabt. Die Gewehrkugel hatte den Oberschenkelknochen nur gestreift, wenn sie auch eine riesige Fleischwunde gerissen und das Muskelgewebe zerfetzt hatte. Die Bluttransfusionen hatten ihn recht schnell stabilisiert, aber bis er ohne Krücken gehen konnte, würde es eine ganze Weile dauern. Sie ahnte, dass er das Krankenhaus am liebsten frühzeitig verlassen hätte, doch er wollte Caroline keine Minute allein lassen.

Jetzt wandte er sich zu Maybrit um, sein Gesicht grimmig.

»Hast du Beweise für das, was du mir gerade erzählt hast?«

Maybrit öffnete ihre Umhängetasche, nahm eine Mappe mit Unterlagen heraus und legte sie aufs Bett. »Er hat es nicht zu Hause aufbewahrt. Es war alles in der Anwaltskanzlei hinterlegt.«

Ulf setzte die Krücken behutsam auf. Mit leisem Aufstöhnen ließ er sich aufs Bett fallen und schlug die Mappe auf. Maybrit beobachtete sein Gesicht, während er den Vertrag überflog, den Olof Svensson, ihr Großvater, mit Caroline geschlossen hatte, sowie die Unterlagen über den Fonds sichtete, den der alte Mann für sie eingerichtet hatte, und die Zahlungsbelege, die genauestens dokumentierten, wo Caroline in den vergangenen dreißig Jahren gelebt hatte. Gebannt verfolgte Maybrit Ulfs Reaktionen, das angespannte Spiel seiner Kiefermuskeln, und spürte ihre eigene Nervosität wachsen, als ihr bewusst wurde, was geschehen konnte, wenn ihn der Zorn übermannte, selbst in seinem geschwächten Zustand. Er legte die Papiere jedoch lediglich akribisch wieder auf einen Stapel, verstaute sie in der Mappe und starrte noch eine ganze Weile schweigend darauf. Dann hob er den Kopf und schaute sie an, und sie hielt unwillkürlich den Atem an. Aber da war keine Wut in seinen Augen, nur Schmerz – und Ratlosigkeit. »Wie hast du davon erfahren?«

»Alma Nyborg, Björns Mutter.«

Wortlos zog er eine Braue hoch.

Maybrit benetzte angespannt ihre Lippen. »Der Polizist, der damals den Fall bearbeitet hat, hat darüber mit ihr gesprochen. Seine Name ist Marten Karlsberg, ich weiß nicht, ob du dich an ihn erinnerst. Er ist längst im Ruhestand. Es kam alles durch Carolines Rückkehr auf den Tisch.«

Ulf senkte den Kopf, schloss die Augen und drückte mit den Fingern gegen die Schläfen, als müsse er eines plötzlichen Kopfschmerzes Herr werden. Maybrit wagte nicht, etwas zu sagen. Was geschehen war, war so unglaublich wie unfassbar. Ein alter Mann hatte sich die Amnesie einer hilflosen jungen Frau zunutze gemacht, um sich selbst von Schuld reinzuwaschen, und dieser Mann war nicht irgendwer, sondern ihr gemeinsamer Großvater, zu dem Maybrit aufgesehen, den sie innig geliebt hatte. Und die junge Frau war niemand anders als Caroline.

Endlich sah Ulf wieder auf. »Ist es wirklich so passiert?«

»Du hast es in den Unterlagen gelesen«, bestätigte Maybrit schweren Herzens. »Großvater hat wirklich *alles* aufgehoben. Caroline war im Wagen, als ihre Eltern den tödlichen Verkehrsunfall hatten. Sie war am Steuer, als Großvater den Wagen der Wolffs von der Straße gedrängt hat. Aus Wut über Carolines Vater, der die Kommunalwahl gegen ihn gewonnen hatte.«

»Grundgütiger«, sagte Ulf leise.

»Ich habe gestern auch mit Karlsberg gesprochen und ihn gefragt, warum er den Unfall nicht korrekt zu den Akten genommen hat und warum Caroline mit keinem Wort in den Protokollen erwähnt wird«, fuhr Maybrit fort. »Großvater hat ihm glaubhaft machen können, dass Caroline schon genug gestraft sei durch den Tod ihrer Eltern. Sie sollte nicht auch noch wegen des Unfalls belangt werden, zumal sie unter Drogeneinfluss stand, als sie gefahren ist. Das ergaben die Bluttests.« Maybrit räusperte sich. »Karlsberg wusste natürlich nicht, dass die eigentliche Verantwortung für den Unfall bei Großvater lag. Das hat er erst sehr viel später herausgefunden, dann aber nicht mehr den Mut gehabt, den Fall noch einmal anzufassen.«

Ulf schüttelte wortlos den Kopf und starrte an ihr vorbei ins Nichts. »Darum ist sie damals also weggegangen«, sagte er nach einer Weile mehr zu sich selbst als zu ihr, und seine Fassungslosigkeit, sein Schock tat ihr in der Seele weh.

»Ja, leider ist Großvaters Plan perfekt aufgegangen«, musste sie zugeben. »Er hat Caroline die Schuld am Tod ihrer Eltern eingeredet und sich dann als der große Retter präsentiert und sie in eine gefährliche Abhängigkeit gebracht, indem er den Unfall so gedreht hat, als wären ihre Eltern ohne sie unterwegs gewesen. Zwei Jahre später hat er diese Abhängigkeit ausgenutzt, um die Hochzeit zwischen dir und Caroline zu verhindern.«

»Und sie aus dem Land zu jagen!«, brach es aus Ulf hervor. Wütend ballte er die Fäuste und hieb sie aneinander. »Was hat er sich nur dabei gedacht!« Die letzten Worte stieß er zwischen zusammengebissenen Zähnen hervor, und Maybrit legte ihm behutsam eine Hand auf den Arm, als sie merkte, wie er um Beherrschung rang.

»Ich war auch wie vor den Kopf geschlagen«, sagte sie leise. »Ich habe mich betrogen gefühlt und hintergangen und ...«, sie senkte den Blick, »... bin noch immer völlig entsetzt.« Bislang hatte sie mit niemandem darüber sprechen können, nicht einmal mit Björn. Ulf war der Einzige, der dieses überwältigende Verlustgefühl mit ihr teilte, das sie empfunden hatte, als Caroline von einem Tag auf den anderen verschwunden war.

Er nickte langsam. »Wenn der alte Mann nicht schon tot wäre, würde ich ihn dafür umbringen«, sagte er jetzt ruhig, doch in dieser Ruhe schwang eine Kälte mit, die Maybrit einen Schauer über den Rücken jagte. Er hatte einen gefährlichen Punkt jenseits seiner Wut erreicht.

Sie räusperte sich. »Hast du eine Idee, warum er es getan hat?«

»Er mochte Lilli nicht.«

Sie zog eine Braue hoch. »Das hat er mir gegenüber nie geäußert.«

»Dafür mir gegenüber umso häufiger.«
»Aber warum?«
»Alte Ressentiments gegen die Deutschen. Er war während des Zweiten Weltkriegs lange Zeit in Norwegen.«
Maybrit schüttelte mit Nachdruck den Kopf. »Nicht deswegen. Das glaube ich nicht.«
»Vielleicht war es nicht der einzige Grund, aber es war mit Sicherheit einer«, beharrte Ulf. »Und es ging um Macht. Letztlich hat niemand in unseren beiden Familien etwas Entscheidendes ohne die Zustimmung von Olof Svensson getan.«
»Außer dir«, bemerkte sie.
Sie sahen sich lange an und erinnerten sich an Szenen, die sie mühsam aus ihrem Gedächtnis verdrängt hatten, wie jene im Garten ihrer Großeltern während eines Mittsommerfestes, wo Ulf im Alter von zehn Jahren nach einem Streit mit seinem Großvater trotzig die Feier verlassen wollte und von dem alten Mann mit Schlägen an den gemeinsamen Tisch zurückgetrieben worden war. Daraufhin hatte Ulf aus Zorn den gesamten Nachtisch den Schweinen des Nachbarn vorgeworfen. Es war damals nur dem Einfluss der Großmutter zu verdanken gewesen, dass das Fest nicht noch schlimmer endete. Maybrit seufzte bei dem Gedanken an dieses Erlebnis, das nur eins von vielen war. Ulf hatte den Jähzorn seines Großvaters öfter herausgefordert als alle anderen in der Familie, und er war meist bitter dafür bestraft worden. Er war aber auch der Einzige gewesen, der sich gegen die Allmacht des alten Mannes aufgelehnt hatte, obwohl er ihn nicht weniger gefürchtet hatte.
Maybrit sagte: »Wenn Caroline wenigstens mit dir geredet hätte …«
»Sie konnte nicht«, entgegnete Ulf. »Der Tod ihrer Eltern

hat sie völlig überwältigt. Außerdem hatte sie Angst vor dem alten Mann. Und das wusste er.«
Jetzt, da Ulf es erwähnte, erinnerte sich Maybrit. Schon als Kind war Caroline dem alten Bär, wie sie ihn immer genannt hatten, aus dem Weg gegangen und hatte später sogar Familienfeiern mit ihm gemieden.
»Sie hat sich verzweifelt an das Kind geklammert«, fuhr Ulf fort. »›Lianne war das Einzige, was ich noch hatte‹, hat sie mir gegenüber erwähnt. ›Ich habe dich für sie verlassen.‹«
Maybrit sah zum Fenster hinaus in das kalte Licht des Wintertages. Hatte sie in jenem Sommer eine Veränderung bei Caroline bemerkt? »Wie er wohl herausgefunden hat, dass sie schwanger war?«, äußerte sie gedankenversunken.
»Ist das noch wichtig?« Ulfs Stimme klang müde.
Maybrit presste die Lippen zusammen. »Er hat euch um euer Leben betrogen.«
Ulf überkreuzte die Arme vor der Brust. »Ich möchte nicht mehr über ihn sprechen, Maybrit, nie wieder«, sagte er endgültig. »Hast du das verstanden?«
Angesichts der Kälte in seiner Stimme rieb Maybrit sich unwillkürlich die Arme. »Wirst du Caroline erzählen, dass du es nun weißt?«
»Ich denke nicht. Zumindest nicht jetzt.« Er reichte ihr die Mappe. »Aber ich danke dir für deine Offenheit.«
»Ich hätte geschwiegen, wenn …« Sie konnte es nicht aussprechen, aber Ulf wusste, was sie meinte.
»… wenn sie gestorben wäre«, vollendete er ihren Satz.
Sie nickte.
Ulf lehnte sich in die Kissen zurück und schloss die Augen. Er hatte kein Wort darüber verloren, was zwischen ihm und Caroline während des Sturms vorgefallen war und wa-

rum sie auf ihn geschossen und danach versucht hatte, sich das Leben zu nehmen. Maybrit wiederum hatte nicht gewagt zu fragen. Auch jetzt rang sie mit sich, doch bevor sie etwas sagen oder tun konnte, klopfte es an der Tür, und Björn schaute herein.

Ulf richtete sich auf. »Wie geht es Lilli?«

»Wir haben kurz gesprochen«, antwortete Björn. »Jetzt schläft sie wieder.« Er trat ins Zimmer. »Ich habe Håkan auf dem Flur getroffen. Ich soll dir sagen, dass er gleich kommt.«

Maybrit bemerkte, wie Ulfs Miene sich verdüsterte, und ergriff die Gelegenheit beim Schopf. »Warum ist er hier, Ulf?«, fragte sie geradeheraus. »Es geht doch um Caroline, oder?«

Ulf schüttelte den Kopf. »Tut mir leid«, wies er sie knapp zurück. »Ich kann dazu nichts sagen.«

Mit einer entschuldigenden Geste stand sie von ihrem Platz neben seinem Bett auf. »Ich wollte mich nicht in Dinge einmischen, die mich nichts angehen.« Sie warf einen Blick auf ihre Uhr. »Wir überlassen dich jetzt deinem Kollegen und kommen morgen wieder. Wenn du etwas brauchst oder etwas sein sollte, ruf mich an.«

»Schön, dass ihr hier wart.«

»Wie hat er es aufgenommen?«, wollte Björn wissen, sobald sie im Wagen saßen.

»Er war erschüttert und letztlich genauso sprachlos wie ich«, entgegnete Maybrit und startete den Motor. »Es würde mich nicht wundern, wenn er, sobald er aus dem Krankenhaus entlassen ist, die Grabstelle von Großvater einebnen und den Grabstein entsorgen lässt.« Sie sah ihn von der Seite an. »Wie geht es Caroline?«

»Ihre Organe, insbesondere die Leber und die Nieren, sind angegriffen«, erzählte er. »Aber es ist nicht aussichtslos.«
Während der weiteren Fahrt waren sie beide in ihre eigenen Gedanken versunken. Es gab Menschen, mit denen dieses einvernehmliche Schweigen nicht möglich war, wo die Stille lastend und unangenehm wurde. Das hatte sie mit Björn nie empfunden.
»Håkan hat mich gebeten, nach dem Hund zu sehen«, informierte er sie, als sie nach einer guten Stunde das Dorf erreichten. »Lass mich beim Tierarzt aussteigen, von dort gehe ich zu Fuß nach Hause.«
»Hast du etwas dagegen, wenn ich mitkomme?«, fragte Maybrit.
Björn lächelte flüchtig. »Ganz im Gegenteil.«

Das große schwarze Tier lag in einem Käfig und sah sie aus seinen dunklen Augen aufmerksam an, als sie den Raum in der Praxis des Tierarztes betraten.
»Hässliche Wunde«, sagte dieser, »aber wir bekommen ihn wieder hin. Ich denke, in ein paar Tagen kann er nach Hause.«
»Nach Hause«, wiederholte Maybrit, als sie die Tür der Praxis hinter sich ins Schloss zog. »Wo soll das sein?«
»Ich nehme ihn zu mir«, schlug Björn vor. »Später kann Ulf sich um ihn kümmern, bis Lilli wieder so weit ist.«
Bis Lilli wieder so weit ist. Maybrit räusperte sich. »Ich werde heute ihre Tante Andra anrufen. Sie muss es wissen.«
Björn sah zu Boden und nickte. »Ja, daran habe ich auch schon gedacht.«
Kurz darauf hielt sie in seiner Auffahrt. Er verabschiedete sich von ihr mit einem flüchtigen Kuss auf die Wange, und sie ließ es geschehen. Sie blickte ihm nach, wie er zum Haus

eilte und die wenigen Stufen zum Eingang mit einem Satz nahm, wie er sich umdrehte, lächelte und ihr noch einmal zuwinkte. Und dann dachte sie an Ulf und Caroline im Krankenhaus in Sveg und wusste plötzlich, dass sie in dieser Nacht nicht allein sein wollte.

39.

Håkan Bergström blickte nachdenklich durch die Glaswand, die ihn von der Intensivstation trennte, in das schlafende Gesicht von Caroline Wolff. Es wäre für uns alle besser gewesen, wenn du gestorben wärst, dachte er. Vor allem für Ulf. Wie soll es jetzt weitergehen?

»Komm nach Hause«, hatte Mette ihm am Telefon geraten. »Ulf muss das mit sich selbst ausmachen. Du kannst nichts tun.«

»Ihr scheint alle zu vergessen, dass es sich nicht um eine private Angelegenheit handelt«, hatte er sie entgegen seiner Gewohnheit angefahren. »Ich habe einen Haftbefehl wegen Mordverdachts in der Tasche.«

»Ja, ich weiß«, hatte Mette zugegeben. »Dennoch …«

Beschützerinstinkt. Das war es, was Caroline Wolff in allen auslöste. Sie wirkte so zart und verletzlich, dass sich keiner vorstellen konnte, wie sie eine Waffe auf einen Menschen richtete, dachte er zynisch, aber sie hatte es gleich zweimal getan, und er war sicher, dass sie es wieder tun würde. Wie konnte er diese Frau einfach ziehen lassen? Wer einmal getötet hatte, lief Gefahr, es wieder zu tun. Ein Geist war geweckt, der sich nicht so leicht wieder einfangen ließ. Nicht

umsonst sahen Polizisten sich in den zivilisierten Ländern dieser Welt unangenehmen Verfahren und Anhörungen ausgesetzt, wenn sie ihre Waffe einsetzten.
Aber wenn er ehrlich mit sich war, ging es ihm nicht um Caroline Wolff und die vermeintliche Gefahr, die sie für die Öffentlichkeit darstellte. In erster Linie ging es ihm um Ulf. Er konnte seinen Freund nicht sehenden Auges in eine Katastrophe rennen lassen. Deswegen war er hier.
Er wandte sich um, als der behandelnde Arzt den Raum betrat, ein hellgrüner Mundschutz baumelte um den Hals des Mannes, auf dem Kopf trug er ein Haarnetz, als käme er gerade aus dem OP. Er nahm es ab und fuhr sich mit den Fingern durch die kurzen blonden Locken. Er war nicht älter als Anfang dreißig, und Håkan ertappte sich dabei, dass er allein deswegen seine Kompetenz in Frage stellte. Das war nicht gut.
»Håkan Bergström, Polizei Stockholm«, stellte er sich deshalb mit einem umso herzlicheren Lächeln vor und präsentierte seinen Dienstausweis. »Danke, dass du dir gleich Zeit genommen hast.«
»Torben Lund«, erwiderte der junge Arzt. »Was kann ich für dich tun?«
»Es geht um Caroline Wolff.«
Lund warf einen Blick durch das Fenster. »Ja?«
»Wie sind ihre Heilungschancen?«, wollte Håkan wissen.
Der Arzt rieb sich das Kinn und wandte sich dem Schreibtisch zu, der unter dem einzigen Fenster stand. Ein Stapel Krankenakten lag darauf, aus dem er eine herausnahm, aufschlug und durchblätterte. »Wir sind optimistisch. Es wird eine Weile dauern, aber wenn die Therapien weiter so gut anschlagen …«
»Wie lange?«, fiel Håkan ihm ins Wort.

Der Arzt blätterte erneut. »Vier bis sechs Wochen mindestens.«
Håkan überdachte die Information einen Moment. »Ist eine Verlegung in eine andere Klinik möglich?«
»Wann?«
»Sofort.«
Lund sah zu Caroline und auf die zahlreichen blinkenden Geräte neben ihrem Bett. »Wir haben sie einigermaßen stabilisiert, aber momentan benötigt sie eine durchgehende intensivmedizinische Betreuung.«
»Das heißt?«, erkundigte sich Håkan.
»Von einem längeren Transport würde ich zum jetzigen Zeitpunkt abraten. Zudem …« Torben Lund zögerte.
»Ja?«
»Sie ist psychisch labil. Sie hat versucht, sich das Leben zu nehmen.« Er räusperte sich. »Da ist eine Verlegung nicht unbedingt sinnvoll.« Er legte die Krankenakte zurück auf den Schreibtisch. »Darf ich erfahren, warum sich ein Polizeibeamter aus Stockholm zu uns verirrt und mir solche Fragen stellt?«
Håkan dachte an Mette. »Caroline Wolff hat auf einen meiner Kollegen geschossen«, sagte er dann. »Ich habe den Fall übernommen.« Es war nur ein kleiner Teil der Wahrheit.
Der junge Arzt schob die Hände in die Taschen seines Kittels. »Ich kann einer Verlegung nur zustimmen, wenn du einen entsprechenden Transport, am besten per Hubschrauber, organisieren kannst.«
»Danke«, sagte Håkan. Er verließ die Intensivstation und ging durch lange Flure zu Ulfs Zimmer, wohl wissend, dass der schwerste Teil seiner Aufgabe noch vor ihm lag.

*

»Du willst was?«, fuhr Ulf ihn an. »Sie verlegen lassen? Nach Stockholm?« Er schaute ihn fassungslos an. »Wenn du das tust …«

»Ulf, bitte«, warf Håkan beschwichtigend ein, »hör mir erst einmal zu.«

»Ich wüsste nicht …«, schnaubte Ulf, aber Håkan bat ihn mit einer Geste zu schweigen. »Ich habe mit dem behandelnden Arzt gesprochen. Er hat keine Einwände gegen eine Verlegung. Zumal sie in einem größeren und moderneren Krankenhaus besser betreut werden könnte.«

»Warum?«, fragte Ulf wütend. »Damit du sie möglichst schnell in eine Gefängniszelle stecken kannst?«

»Ulf, bitte …«

Aber Ulf drehte ihm den Rücken zu, sah aus dem Fenster und schwieg. »Ich dachte, wir wären Freunde«, bemerkte er schließlich.

»Deswegen bin ich hier«, antwortete Håkan.

Er sah, wie Ulf den Kopf schüttelte. »So funktioniert das aber nicht, Håkan. Du kannst nicht einfach herkommen und deine Vorstellungen durchsetzen.«

»Meine Vorstellungen?«, wiederholte Håkan, der allmählich die Geduld verlor. »Sag mal, spinnst du? Die Frau hat einen Mann erschossen.«

»Ja, verdammt, das weiß ich!«

»Und? Was willst du dann tun, Ulf?«

Endlich drehte er sich zu ihm um. »Ich werde mit ihr fortgehen.«

»Bitte?«

»Ich werde mit ihr fortgehen«, wiederholte Ulf. »Weg aus Schweden. Fort aus Europa.«

»Du bist verrückt«, hielt Håkan ihm entgegen. »Du kannst

doch nicht alles aufgeben. Wie stellst du dir das vor?« Er atmete tief durch. »Und wovon zum Teufel willst du im Ausland leben?«

Ulf starrte ihn angriffslustig an, und Håkan war plötzlich erleichtert, dass Ulf auf seinen Krücken nur begrenzt beweglich war. »Das kannst du getrost meine Sorge sein lassen«, sagte sein Kollege knapp und wandte ihm erneut den Rücken zu.

Håkan setzte sich auf den Stuhl, der neben dem Bett stand, und betrachtete Ulf ratlos. »So kommen wir nicht weiter«, sagte er nach einer Weile.

»Das sehe ich auch so«, entgegnete Ulf und stützte sich schwer auf seine Krücken.

Håkan spürte, dass Ulf genau wie er versuchte, sich so weit zu beruhigen, dass sie auf einem vernünftigen Niveau miteinander sprechen konnten.

»Wer ist darüber informiert, dass du hier bist?«, fragte Ulf schließlich.

»Ich bin nicht offiziell gekommen«, gestand Håkan. »Nur Bent von der Drogenfahndung weiß Bescheid. Wir haben geredet, weil er sich Sorgen gemacht hat, schließlich seid ihr befreundet.«

Ulf setzte sich umständlich auf die Kante seines Betts. »Das sind wir beide auch, Håkan. Und ich möchte, dass du verstehst, warum ich dich bitte, nach Stockholm zurückzufahren und zu vergessen, was hier geschehen ist.«

»Nur zu«, sagte Håkan. »Ich höre.«

Ulf seufzte, dann straffte er die Schultern und begann, ihm von Caroline und Lianne zu erzählen, von seinem Großvater und allem was folgte, und es entging Håkan nicht, wie viel Überwindung diese Offenheit seinen Kollegen trotz ihrer langjährigen Freundschaft kostete.

»Niemand weiß, dass du hier bist, Håkan. Schick ihren Haftbefehl zurück nach Hamburg und …«
»Ich muss darüber nachdenken«, unterbrach Håkan ihn, dann sah er Ulf scharf an. »Wissen Björn Nyborg und deine Cousine etwas von dem Haftbefehl gegen Caroline?«
Ulf schüttelte den Kopf. »Niemand weiß etwas. Maybrit ahnt, dass du wegen Lilli hier bist. Sie hat mich auch direkt gefragt …«
»Mich auch«, fiel Håkan Ulf ins Wort.
»Und du hast vermutlich ebenso wenig dazu gesagt wie ich«, bemerkte dieser.
Trotz der angespannten Situation mussten sie beide lächeln.
»Wir waren immer ein gutes Team«, bemerkte Håkan wehmütig.
»Das sind wir noch«, versicherte ihm Ulf. »Und glaube mir, wenn ich die Situation anders lösen könnte, würde ich es tun.«
Ja, dachte Håkan. Früher hätte ich dir geglaubt. Aber du hast dich verändert, Ulf. Was hat diese Frau mit dir gemacht? Da sitzt nicht der Mann, den ich kenne. Er sagte nichts von alledem. Stattdessen stand er auf und fragte: »Habe ich dich von Mette gegrüßt?«
»Jetzt ja«, entgegnete Ulf.

*

Wenig später stand Håkan Bergström auf dem kleinen Regionalflughafen von Sveg, sah auf das Rollfeld hinaus und wartete auf seinen Flug nach Stockholm. Sein Telefon klingelte, und auf dem Display erschien Mettes Name. »Ich kann jetzt nicht mit dir sprechen«, sagte er, nachdem er eine ganze Weile unschlüssig auf das Gerät geblickt hatte. »Ich rufe dich später zurück.«

»Das habe ich in den vergangenen zwei Tagen viel zu oft von dir gehört, Håkan. Was ist nur los da oben?«

Er räusperte sich. »Mein Flugzeug landet gegen sechzehn Uhr in Arlanda. Ich muss danach noch ins Büro. Wir sehen uns heute Abend. Dann können wir reden.«

»Håkan …«

Er legte auf. Hätte er es gewusst, was sich just in diesem Moment im Krankenhaus nur wenige Kilometer entfernt von ihm abspielte, wäre er vielleicht leichteren Herzens nach Stockholm zurückgeflogen.

40.

Was hast du dir dabei gedacht, Mama?« Liannes Augen blitzten vor Wut. »Weißt du, was du mir angetan hast?«, fuhr sie fort, und ihre Stimme wurde mit jedem Wort lauter. »Weißt du das?«

Carolines Blick wanderte zu den Fenstern, den Wänden, die sie umgaben, und sie stellte sich die Menschen vor, die dahinter ihrem Streit neugierig lauschten.

»Lianne, bitte«, versuchte sie, ihre Tochter zu beruhigen. Aber Lianne schüttelte die Hand ab, die Caroline ihr auf den Arm legte. Sie ahnte, was in ihrer Mutter vorging. »Niemand soll hören, was du gemacht hast, nicht wahr, Mama«, stieß sie bitter hervor. »Vielleicht sollte ich das Fenster aufmachen und herausschreien, dass meine Mutter mich siebenundzwanzig Jahre lang belogen hat.«

Liannes Worte trafen sie kalt und hart wie Ohrfeigen. Caroline tastete nach dem Stuhl, der hinter ihr stand, setzte sich stumm an den Esstisch und stützte ihren Kopf in die Hand. Sie hatte ihren Mantel noch an, und die Nässe perlte von dem glatten Stoff ab, lief an ihm hinunter und hinterließ eine allmählich größer werdende Pfütze auf dem Holz des alten, dunklen Möbels. Sie starrte darauf. Es würde einen Fleck geben, wenn sie nicht aufstand und einen Lappen holte. Einen Fleck, der sie und Lianne immer an diesen unglücklichen Tag erinnern würde. Der Tag, an dem Lianne Ulf gefunden hatte. Caroline hatte gewusst, dass er irgendwann kommen würde, und hatte doch nichts dagegen unternommen. Sie hatte nicht gewagt, das Gespräch mit ihrer Tochter zu suchen, ihr zu erzählen, wie es damals gewesen war, ihr zu gestehen, dass ihr Vater, jener junge Mann, dessen Fotografie sie durch die ganze Welt begleitet hatte, nicht bei einem Unfall gestorben war, sondern lebte, und dass sie es gewesen war, die ihn verlassen hatte. Caroline hatte schweigend zugehört, während ihr Lianne ihre Wut, ihren Schmerz und ihre Hilflosigkeit entgegenschleuderte und dabei so sehr ihrem Vater ähnelte, dass Caroline dieselbe Einsamkeit, dieselbe Verzweiflung verspürte wie damals. Und über allem türmte sich eine einzige große Frage auf: Was hatte Lianne über Ulf herausgefunden? Er war plötzlich hier, bei ihnen, so nah, so lebendig wie seit Jahrzehnten nicht mehr.

»Warum sagst du nichts? Sprich mit mir!« Liannes fordernde Stimme schreckte Caroline auf. Ihre Tochter stand mitten in dem sparsam möblierten Wohnzimmer, das lediglich von einer Lichterkette erhellt wurde, die auf der Fensterbank in einer Glasvase zwischen trockenen Zweigen steckte und den Schatten der jungen Frau übergroß auf die Wände projizierte. Caroline sah ihre Tochter müde an. Sie hörte das Flehen in ihrer Stimme. Wie konntest du mich mein ganzes Leben in dem Glauben lassen, er sei tot? Du hast mich um meinen Vater betrogen.

Es war gleichgültig, was sie antwortete, für Lianne wäre es in jedem Fall neuer Zündstoff. Bei jedem anderen Menschen wäre Caroline aufgestanden und gegangen, hätte ab-

gewartet, bis sich die Emotionen abgekühlt hatten. Aber ihre Tochter konnte sie in dieser Seelenqual nicht sich selbst überlassen.

»Wie hast du es herausgefunden?«, fragte Caroline stattdessen.

Lianne schnaubte. »Ist das das Einzige, was dich interessiert?« Es war Schmerz, überbordender Schmerz, der sie so wütend werden ließ. Caroline kannte ihre Tochter. »Lianne, es tut mir so leid, aber es gab keinen anderen Weg für mich.«

»Keinen anderen Weg?«, wiederholte Lianne, und Caroline entging nicht der zynische Unterton in ihrer Stimme. »Du wolltest mich doch nur für dich allein haben. Ist es nicht so?«

Caroline horchte auf. »Wie meinst du das?«, fragte sie zurückhaltend.

Lianne fixierte sie aus ihren dunklen Augen. »Ich weiß das mit Papa schon seit zwei Tagen.«

Caroline schnappte nach Luft. »Und dann hast du mich erst jetzt angerufen?«

»Sehr richtig«, bestätigte Lianne. »Ich brauchte Zeit zum Nachdenken.«

Lianne setzte sich ihr gegenüber an den Tisch. »Und weißt du, was mir in der Zeit klargeworden ist?«

Caroline schüttelte schweigend den Kopf und kämpfte gegen den Wunsch an, einfach aufzustehen und zu gehen.

»Mir ist klargeworden, dass ich mein ganzes Leben lang dein Eigentum gewesen bin. Du *hast immer alles beherrscht und bestimmt,* du *hast unsere Koffer gepackt und uns nach* deinem *Gutdünken durch die Welt gejagt ohne Rücksicht auf meine Wünsche und Bedürfnisse.«*

Caroline schloss die Augen. Liannes Worte prasselten weiter auf sie ein, aber sie hörte nicht mehr zu. Entschlossen stand sie schließlich auf. »Ich gehe jetzt«, sagte sie ruhig, obwohl sie meinte, innerlich in tausend winzige Stücke zu zerspringen.

Lianne starrte sie mit offenem Mund an. »Du kannst jetzt nicht einfach gehen.«

Caroline knöpfte ihren Mantel zu und ging zur Wohnungstür. Lianne rannte ihr nach und hielt sie am Arm fest. »Du kannst jetzt nicht einfach gehen!«, wiederholte sie.

»Doch«, entgegnete Caroline. »Wir können reden, wenn du dich beruhigt hast.« Sie verharrte, mit der Hand auf der Türklinke. »Nur eins möchte ich dir noch sagen: Für dich habe ich den Mann verlassen, den ich über alles geliebt habe. Ich weiß nicht, ob ich es ertragen könnte, ihm wieder zu begegnen.« Ohne sich noch einmal umzusehen, trat sie in den Flur hinaus.

»Und?«, rief Lianne ihr wütend hinterher. »Das war deine Entscheidung, lange bevor ich überhaupt Entscheidungen treffen konnte. Bin ich deshalb mein ganzes Leben lang in deiner Schuld?«

Caroline antwortete nicht.

Während sie die Treppe hinabstieg, bemerkte sie aus dem Augenwinkel die einsame Gestalt ihrer Tochter, die sich über das alte Holzgeländer beugte. »Ich glaube dir nicht, dass du nicht wissen willst, wo dieser Mann jetzt ist, was er macht, wie er aussieht! Er …«

Liannes Stimme verlor sich.

Wurde zu einer anderen Stimme, die in einer anderen Sprache mit ihr redete. »Caroline? Hörst du mich?« Die Krankenschwester. Eine Nadel glitt in ihren Arm. »Sie zeigt keine Reaktion …«

Sie war nicht in Hamburg.

Es war nur einer jener seltsamen Zustände gewesen, in denen Traum und Erinnerung sich miteinander verwoben und eins wurden, und sie meinte noch immer, zu zittern, Kälte und Regen zu spüren und Liannes wütenden Blick. Dann bemerkte sie wieder die Nähe der Krankenschwester, vernahm ihre Stimme. »Jetzt ... sie kommt zu sich.«
Sie grub ihre Finger in die Bettdecke und lauschte auf das leise Surren der Geräte im Raum, um die Bilder zu vertreiben, die so lebhaft vor ihrem inneren Auge standen. Irgendwo klappte eine Tür, sie hörte Schritte, leise Stimmen, dann war wieder Ruhe. Auf der Intensivstation gab es keine Intimität. Sie lag in ihrem Bett wie auf einem Präsentierteller, sichtbar für jedermann, der auch nur zufällig vorbeikam. Die meiste Zeit dämmerte sie vor sich hin, zu müde, um daran Anstoß zu nehmen, aber in den wachen Momenten wurde der Wunsch, allein zu sein, und das Verlangen nach ungestörter Ruhe übermächtig. Wieder klappte eine Tür. Gleich darauf berührten Finger ihre Wange, Lippen flüchtig die ihren. Ohne dass sie die Augen öffnete, wusste sie, wer es war. »Bring mich hier weg«, flüsterte sie.

41.

Ulf blickte in Carolines durchscheinendes Gesicht und auf ihre blassen Lippen. Ihr leises Flüstern klang ihm im Ohr. *Bring mich hier weg.*

»Was ist passiert?«, herrschte er den jungen blonden Arzt an.

»Ihr Zustand hat sich plötzlich verschlechtert, aber wir konnten sie aus dem Koma zurückholen.«

Das war nicht alles, er merkte es an der Art, wie Torben Lund auf die Geräte sah und damit seinem Blick auswich.

»Was ist mit ihr?«

Lund straffte seine Schultern. »Akutes Leberversagen, daraus resultierend eine Niereninsuffizienz.«

Ungläubig starrte Ulf den Mann an. »Aber sie war auf dem Weg der Besserung, sie …«

»Du musst dich damit abfinden«, sagte Lund.

»Das glaube ich nicht.« Ulf war fassungslos. »Gibt es nichts, was wir tun können?«

»Wir könnten sie an die Dialyse anschließen, aber ihre schlechte Gesamtverfassung schließt die nötige Lebertransplantation aus. Wir können den Tod hinauszögern, mehr nicht. Tut mir leid.«

»Und wenn wir sie in ein größeres Krankenhaus verlegen?«, schlug Ulf vor, als er sich an sein Gespräch mit Håkan erinnerte. »Nach Stockholm?«
Der Arzt schüttelte bedauernd den Kopf. »Wir haben fest daran geglaubt, dass wir sie durchkriegen, aber die Gefahr eines Leberversagens aufgrund des schweren Medikamentenmissbrauchs bestand die ganze Zeit.« Ärzte wurden umso sachlicher, je schlechter die Nachrichten waren, die sie zu überbringen hatten. Es war ein Schutzmechanismus, der Ulf nur zu vertraut war.
»Wie lange?«, versuchte der Polizist in ihm die Führung zu übernehmen, der gewohnt war zu analysieren, weiterzumachen, selbst wenn es hoffnungslos schien.
»Vielleicht zwei, drei Wochen, aber nur unter intensivmedizinischer Betreuung.«
Caroline öffnete die Augen und sah ihn fragend an. Ulf schluckte. Verdammt, sie standen an ihrem Bett und sprachen über ihren Tod. Er rang um seine Fassung. Er würde sie verlieren, egal wie sehr er sich dagegen auflehnte, egal, was er tat. Er griff nach ihrer Hand und drückte sie. »Ich bringe dich nach Hause«, versprach er leise. Erleichterung streifte ihre Züge, gefolgt von einem flüchtigen Lächeln, und er zwinkerte die Tränen fort, die in seinen Augen standen.

Björn wartete vor der Station, und ihm genügte ein Blick in Ulfs Gesicht, um zu wissen, wie es stand. Wortlos legte er einen Arm um die Schultern seines alten Freundes.
»Lass uns an die frische Luft gehen«, bat Ulf.
Schweigend lehnte er sich Augenblicke später an die Außenwand des Krankenhauses und blickte über das verschneite Gelände. Wie viel Zeit blieb ihm noch?

»Ich brauche deine Hilfe«, sagte er schließlich zu Björn. »Ich habe Lilli versprochen, sie nach Hause zu bringen.«

Björn senkte den Blick. »Gibt es nichts, was man tun kann, um ihr Leben zu retten?«, fragte er nach einer Weile.

Ulf schüttelte den Kopf.

Lange sprach keiner von ihnen. Die Kälte kroch an Ulf empor und in ihn hinein, aber er spürte es kaum. Er wusste, er sollte bei Caroline sein, gerade jetzt durfte er sie nicht allein lassen, aber er spürte auch, wie seine Verzweiflung in Wut umzuschlagen drohte, er musste erst zu sich kommen, ruhig werden. Nur so konnte er ihr den Beistand geben, den sie brauchte.

»Ich werde mich um alles kümmern«, versprach Björn. »Und dann hole ich euch ab. Noch heute.«

Ulf sah ihn dankbar an.

»Hast du mit dem behandelnden Arzt darüber gesprochen, dass du Lilli mitnehmen willst?«, fragte Björn, als sie in das Gebäude zurückgingen.

»Er wird alles in die Wege leiten«, entgegnete Ulf und räusperte sich. »Er hat mich außerdem darauf vorbereitet, dass sie allein durch das Gefühl, zu Hause und unter Freunden zu sein, noch einmal aufblühen könnte, beinahe so, als ginge es ihr plötzlich besser, aber dann …« Er zuckte hilflos mit den Schultern.

»Verstehe«, entgegnete Björn mit belegter Stimme. Dann wies er auf das bandagierte Bein seines Freundes und die Krücken, die er nach wie vor benötigte. »Schaffst du das alles?«

»Mach dir darüber keine Sorgen«, gab Ulf zurück.

Sie hatten inzwischen sein Zimmer erreicht, und Björn öffnete die Tür. »Ich muss dich noch etwas fragen«, sagte er, sobald sie allein in dem sterilen Krankenzimmer waren, in dem der Strauß Blumen, den Maybrit mitgebracht hatte, den einzigen Farbtupfer darstellte. Ulf zog eine Braue hoch, während er die Krücken absetzte und zu dem Schrank humpelte, in dem seine Kleidung untergebracht war.

»Warum hat Lilli versucht, sich umzubringen?«

Ulf hielt in seiner Bewegung inne. Er hatte die Frage erwartet, sie gefürchtet, und am Klang von Björns Stimme erkannte er, wie schwer sie seinem Freund fiel. »Hat es etwas mit dem zu tun, was in den letzten Tagen zwischen euch war?«

Ulf setzte die Tasche wieder ab, die er gerade aus dem Schrank nehmen wollte, wandte sich zu Björn um und blickte in dessen trotz der vielen Fältchen, die sich um die Augen zogen, noch immer jugendliches Gesicht. »Nur indirekt.«

Björn schob abwartend die Hände in die Taschen seiner Jeans, und Ulf zögerte, hin- und hergerissen zwischen seinen dienstlichen Verpflichtungen und dem drängenden Wunsch, seinem Freund die Wahrheit zu sagen und damit auch sich selbst zu erlösen. Es würde ihn erleichtern, mit jemandem zu reden, der Caroline nicht nur ebenso lange kannte wie er, sondern ihr auch beinahe ebenso nahestand. Würde sie es verstehen, wenn er mit Björn darüber sprach?

»Es gibt einen triftigen Grund, warum Lilli sich das Leben nehmen wollte«, sagte er schließlich. »Es liegt ein internationaler Haftbefehl wegen Mordes gegen sie vor. Sie hat den Mann erschossen, der ihre Tochter überfahren hat.«

Björns Bestürzung spiegelte sich in seinen Zügen wider. Er sah Ulf prüfend an. »Hast du diesen Haftbefehl in Stockholm auf den Schreibtisch bekommen? Bist du deswegen gekommen?«

»Nein, ich habe erst hier davon erfahren.«
»Aber du wusstest, dass sie hier war.«
»Ich hatte es angenommen, nachdem ich per Zufall ein Radarfoto aus Mittelschweden von ihr in die Finger gekriegt habe.«
Björn begann, im Raum auf und ab zu gehen, und schüttelte noch immer fassungslos den Kopf.
»Ich habe versucht, sie zu überreden, sich zu stellen«, erzählte Ulf. »Sie hätte nie die ganze Strafe absitzen müssen. Ich habe ihr vorgeschlagen, dass wir heiraten und …«
»Sie wollte nicht«, fiel Björn ihm ins Wort.
»Nein, sie wollte auch nicht mit mir ins Ausland«, fuhr Ulf fort. »Verdammt …« Seine eigenen Worte machten ihm seine Hilflosigkeit erneut schmerzlich bewusst.
Björn blieb nachdenklich am Fenster stehen. »Weißt du«, begann er schließlich. »Ich glaube, sie ist schon mit dem Vorsatz hierhergekommen, sich das Leben zu nehmen.«
Ulf sah erstaunt auf. »Wie kommst du darauf?«
Diesmal war es Björn, der zögerte. »Sie hat es schon einmal versucht«, sagte er dann jedoch. »Nachdem ihre Eltern gestorben waren.«
»Kein Wunder«, bemerkte Ulf. Caroline hatte sich verantwortlich gefühlt für den Tod ihrer Eltern, die sie über alles geliebt hatte. Er erinnerte sich an Björns Worte. *Sie war noch nie gut darin, Schmerz auszuhalten.* Er schaltete schnell. »Du hast sie damals gefunden.«
Björn nickte wortlos.
»Du hast nie darüber geredet«, stellte Ulf fest.
»Ich hatte es ihr versprochen.«
Ulf runzelte die Stirn. Konnte es sein, dass Caroline von Beginn an geplant hatte, hier zu sterben? Dass sie sich durchaus im Klaren darüber gewesen war, dass die Polizei

sie früher oder später finden würde? Nein, das erschien ihm nicht logisch. Caroline plante nicht. Sie handelte spontan und unüberlegt. Und so war sie Hals über Kopf an den erstbesten Ort außerhalb Deutschlands geflohen, der ihr in den Sinn gekommen war, ohne auch nur einen Gedanken daran zu verlieren, dass die Behörden hier zuallererst nach ihr suchen würden. Sie war gefangen in ihrer Schuld, die sie seit drei Jahrzehnten mit sich trug. Er seufzte unwillkürlich und begegnete Björns fragendem Blick. »Ich hatte viel Zeit nachzudenken, seit ich mit Maybrit gesprochen habe«, vertraute Ulf ihm an. »Lilli hat den Mann, der ihre Tochter überfahren hat, getötet, weil er für die Tat nicht zur Rechenschaft gezogen worden wäre. Das Verfahren gegen ihn ist eingestellt worden.«

Björn nickte langsam. »Ehrlich gesagt, kann ich es ihr nicht verdenken, dass sie geschossen hat.«

»Ich will gar nicht auf den Rachegedanken hinaus«, bremste Ulf seinen Freund, »sondern auf die Parallelität der Ereignisse: Auch Lilli wurde für den Tod ihrer Eltern nie zur Rechenschaft gezogen.«

»Da kann ich dir jetzt nicht ganz folgen, fürchte ich«, gab Björn zu.

»Das musst du auch nicht.« Ulf ersparte Björn die weiteren Details seiner Überlegungen: dass Carolines Mord an dem Hamburger Autofahrer nichts anderes war als eine Ersatzhandlung. Damit, dass sie auf diesen Mann geschossen hatte, hatte sie sich selbst gestraft – für eine Tat, die sie nie begangen hatte. Aber das wusste sie nicht.

War er verpflichtet, ihr zu sagen, dass sie damals der Lüge eines alten Mannes aufgesessen war, der sie schamlos benutzt hatte, um sich selbst reinzuwaschen? Dass sie Schweden nie hätte verlassen müssen? Wog die Erleichterung,

nicht für den Tod der Eltern verantwortlich zu sein, alles andere auf? Er wusste es nicht. Er wusste lediglich, dass nur noch wenig Zeit blieb. Entsetzlich wenig Zeit.
Nicht mehr als achtundvierzig Stunden, hatte ihn der Arzt gewarnt. Das war der Preis für den Verzicht auf die intensivmedizinische Versorgung. Aber es war Carolines ausdrücklicher Wunsch.
Sie würde sterben.
Egal, was er tat, egal, was war.
Es gab kein Zurück, keine Hilfe, nichts, so sehr er sich auch dagegen aufbäumte. Das Einzige, was er tun konnte, war der Frau, die er liebte, diesen letzten selbstgewählten Weg so leicht wie möglich zu machen und sie zu begleiten, aber hatte er die Kraft dafür?
Björn schien zu spüren, was in ihm vorging. Er stand auf und legte Ulf eine Hand auf die Schulter. »Wir schaffen das gemeinsam«, sagte er ruhig.

*

Björns Pick-up hatte eine durchgehende Sitzbank, und die beiden Männer nahmen Caroline in ihre Mitte. Da saß sie nun, den Kopf an Ulfs Schulter gelehnt, während er seinen Arm um sie gelegt hatte. Er konnte nicht sehen, ob sie wach war oder schlief, spürte nur ihr Gewicht an seinem Körper, die Wärme, die von ihr ausging, und fragte sich, wie er die Zeit bis zu ihrem Tod aushalten sollte. Sein Verstand wünschte, es wäre schon vorbei, sein Herz hasste ihn dafür. Jeder Blick in ihr Gesicht war ein Versuch, sie festzuhalten, als könne er, wenn er nur möglichst viele Details in sich aufnahm, ihr Sterben abwenden. Es gab tausend Dinge, die er ihr noch sagen wollte, er verzehrte sich danach, ihre

Stimme zu hören, er verzehrte sich nach ihrer Berührung, ihrem Blick, dem Gefühl ihres Atems auf seiner Haut. Er wollte nicht denken an eine Welt ohne sie, die näher rückte, unaufhörlich, unabänderlich.

Sie erreichten das Haus. Es lag still und ruhig eingebettet im Schnee, Rauch kräuselte sich aus dem Kamin, und als sie auf das Grundstück fuhren, öffnete Maybrit die Tür und trat heraus. Ulf spürte Carolines Freude, als er und Björn ihr aus dem Wagen und die Treppen hinaufhalfen, ins Haus hinein, aus dem ihnen einladende Wärme entgegenströmte und der Geruch von frisch gekochtem Essen. Er bemerkte den schweigenden Blick, den Björn und Maybrit tauschten, ein Blick, der ihn etwas erkennen ließ, das vermutlich schon die ganze Zeit sichtbar vor seinen Augen gewesen war, wenn er nur die Muße gehabt hätte, es zu bemerken. Aber er konnte keine Freude darüber empfinden. Nicht jetzt, nicht hier.

Maybrit hatte Blüten auf das große Bett in Carolines Schlafzimmer gelegt, so wie die Frauen es taten vor einer Hochzeitsnacht, und in der Küche war der alte Esstisch festlich eingedeckt. »Willst du dich erst einmal hinlegen?«, fragte sie Caroline, nachdem sie sich begrüßt hatten.

Caroline schüttelte den Kopf. »Ich möchte einfach nur bei euch sein.«

Maybrit hatte ein leichtes Fischgericht zubereitet, Ulf war sich sicher, dass sie sich vorher im Krankenhaus erkundigt hatte, was Caroline vertrug, und als sie wenig später zusammen am Esstisch saßen, war es mit einem Mal wie früher. Von der angespannten Nervosität, mit der sie sich vor wenigen Tagen im *Fjällkrogen* begegnet waren, war nichts mehr zu spüren. Es war, als hätten sie alle unausgesprochen beschlossen, diese Stunden miteinander vorbehaltlos zu feiern, aber an ihrer Fröhlichkeit war nichts Aufgesetztes, nichts Zwanghaftes, wer sie beobachtete, hätte nicht geglaubt, dass der Tod lauerte, wartete, selbst wenn er Caroline angesehen hätte. Ihre Augen strahlten, und in ihre blassen Wangen war Farbe zurückgekehrt, so, wie der behandelnde Arzt vorausgesagt hatte.

»Bist du ganz sicher, dass deine Entscheidung richtig ist?«, hatte Ulf sie noch im Krankenhaus gefragt, und sie hatte ihn angesehen und gelächelt.

»Wenn du die Wahl hättest, würdest du deine letzten Stunden vor dich hin dämmern oder genießen wollen?«, hatte sie ihn daraufhin gefragt, und er hatte sich vor Augen führen müssen, dass sie sich nicht erst jetzt für den Tod entschieden hatte. Nun, da er sie inmitten ihrer Freunde sah, fern der sterilen, bedrückenden Umgebung im Krankenhaus, bemerkte er auch die Ruhe, die über sie gekommen war. Vielleicht hatte Björn doch recht gehabt, vielleicht hatte sie ihren Tod geplant, seit sie nach Schweden zurückgekehrt war, aber vielleicht hatte dieser Plan zunächst nur in ihrem Unterbewusstsein existiert.

Die frühe Dämmerung hielt Einzug, und obwohl der Strom wieder da war, machten sie kein Licht. Stattdessen zündete Maybrit die Kerzen an, die sie überall aufgestellt hatte, und Björn stimmte eins der alten schwedischen Lieder an, die sie früher oft gemeinsam gesungen hatten. An dem Ausdruck in Carolines Gesicht, während sie wie alle anderen in die Melodie einstimmte und ihre Finger fest um seine Hand schloss, erkannte Ulf, dass es nicht nur für ihn so war, als schnurrten dreißig Jahre in sich zusammen und verlören sich. Da waren sie wieder, jung und ungestüm, singend und trinkend wie nach einem langen Tag auf den Skipisten. Und natürlich gruben sie neben den Liedern auch die alten Geschichten aus und saßen so bis spät in die Nacht zusammen, bis schließlich Maybrit Björn eine Hand auf die Schulter legte und sagte: »Ich glaube, jetzt sollten wir die beiden ein wenig allein lassen, damit sie noch etwas von der Nacht haben.« Sie hielten den Abschied kurz, aber er war erfüllt von derselben Innigkeit, derselben Liebe und Nähe wie die letzten Stunden. Ulf und Caroline sahen ihnen Arm in Arm von der Tür aus nach, ihr Atem kondensierte in der eisigen Luft und verdichtete sich zu einer Wolke, die noch einen Moment im Licht der Außenlampe hing, als sie die Tür längst geschlossen hatten und in die Wärme des Hauses zurückgekehrt waren.

42.

Caroline beobachtete, wie Ulf die Tür schloss, wie er kurz verharrte und mit den Fingern über das Holz strich, bevor er sich schließlich zu ihr umwandte und sie still anblickte. Die Leichtigkeit, die sie noch Augenblicke zuvor erfüllt hatte, verflog, als sie den Schmerz in seinen Augen sah, die Angst vor dem, was kommen würde, unausweichlich, und mit ihr die Zweifel, ob er stark genug sein würde, es auszuhalten. Es verdrängte ihre eigene Unsicherheit, ihre Schwäche und auch die Müdigkeit, die ihren Körper schwer machte, denn sie begriff plötzlich, dass nicht sie es war, die Stütze und Begleitung benötigte. Sie machte einen Schritt auf ihn zu, umschloss sein Gesicht mit beiden Händen und küsste ihn. Er war unrasiert, sein Bart kratzte über ihre Haut, und in seinem Atem roch sie den Alkohol, den er getrunken hatte. »Danke«, flüsterte sie, während ihre Lippen um die seinen spielten. »Es war so ein wunderschöner Abend.«

Sie spürte, wie er schluckte, mit den Tränen kämpfte. »Ich wünschte, wir könnten noch viele solcher Abende miteinander verbringen«, entgegnete er leise.

»Sch«, machte sie nur und zog ihn an sich. Er ließ es geschehen und vergrub sein Gesicht in der Beuge ihres Halses, Schutz suchend, und dann umschloss er sie mit seinen Armen, als könnte er, wenn er sie nur fest genug hielt, den Tod von ihr fernhalten.

Sie hatten die Lichter im Haus bis auf die kleine Lampe im Schlafzimmer gelöscht. Sie tauchte den Raum in einen matten, goldenen Schein. Ulf stand in der Tür, auf seine Krücke gestützt, und betrachtete die Blüten auf dem Bett, die einen vagen Duft nach Sommer und Sonne verströmten, dann sah er zu Caroline. Sie spürte sein Zögern. »Komm«, sagte sie leise, aber er schüttelte den Kopf. »Ich kann das nicht, Lilli.«

Sie nickte ruhig. Er war hier in ihrer Nähe. Sie war zu Hause. Das war alles, was zählte. Sie lauschte, wie er ins Wohnzimmer humpelte und sich dort schwer auf die Couch fallen ließ, dann begann sie, sich langsam auszuziehen. Jede Bewegung kostete Kraft, und sie war erleichtert, als sie endlich im Bett lag, die Decke über sich gebreitet, den Duft der Blüten um sich. Und wie so oft, wenn sie in diesem Bett lag, verfiel sie in eine Gewohnheit aus ihrer Kindheit, blickte auf die Wände mit ihren zahllosen Astlöchern und der groben Maserung und suchte nach den vertrauten Gesichtern und Figuren, die sie bildeten. Oben in der Ecke hockte ein Zwerg mit einer großen Nase, und auf die Mitte zu grasten Schafe. Weiter unten waren der Schmetterling und das Mädchen mit dem wehenden Kleid. Sie lächelte, als sie sich erinnerte, wie sie mit ihrer Mutter früher in diesem Bett gelegen und sie zusammen all diese Bilder betrachtet und sich überlegt hatten, wie sie lebendig wurden, wenn das Mondlicht sie traf, und sie das Haus verließen, um erst im Morgengrauen hastig und ein wenig zerzaust zurückzukehren und die Lücken zu füllen, die sie hinterlassen hatten. Jedes der Wesen hatte einen Namen erhalten, und sie hatten gerätselt, was sie in der Nacht wohl erlebten draußen am See. Müde schloss Caroline die Augen. Sie würde diese Frage nicht mehr klären können.

Sie hörte nicht, wie Ulf spät in der Nacht das Zimmer betrat und sie lange betrachtete, nicht, wie er seine Kleidung abstreifte, und sie merkte auch nicht, wie er sich zu ihr ins Bett legte, erst die Wärme seines Körpers an dem ihren weckte sie und seine leise Stimme an ihrem Ohr. »Es tut mir leid, Lilli.«

Sie lächelte. Niemand sprach ihren Namen so aus wie er. Langsam drehte sie sich zu ihm. »Es gibt nichts, wofür du dich entschuldigen musst«, flüsterte sie. »Du bist hier. Das ist alles, was ich brauche.«

Seine Lippen strichen über ihre Wangen, fanden die ihren. Sie liebten sich ein letztes Mal, und sie schlief in seinen Armen ein und wachte erst wieder auf, als die Sterne verblasst und über den Bergen der erste rote Schimmer der Morgensonne lag. Der Tag versprach wunderschön zu werden. Sie blickte in Ulfs schlafendes Gesicht und beobachtete, wie das Licht die Konturen seiner Züge schärfte, die Linie seines Mundes und die eckigen Kanten seines Unterkiefers unter dem grauen Bartschatten. Wie es sich schließlich über seinen Körper ergoss, der nur halb von der Decke verhüllt war.

Sie war zu schwach zum Aufstehen. Sie hatte gewusst, dass es so kommen würde. Der Arzt hatte es ihr gesagt. Mühsam drehte sie sich auf den Rücken und atmete gegen die Beklemmung an. Ulf regte sich neben ihr, schlug die Augen auf, sah prüfend in ihr Gesicht. Ich bin noch am Leben, wollte sie sagen, aber sie schwieg, lächelte nur und berührte sanft seine Wange.

Er stapelte Kissen in ihrem Rücken und brachte ihr Kaffee ans Bett. Sie nippte daran und betrachtete ihn, während er sich anzog und anschickte, rauszugehen. »Wohin willst du?«, fragte sie.
»Wir brauchen Holz, ich wollte …«, begann er, schwieg aber, als er ihrem Blick begegnete.
»Bleib hier«, sagte sie still.
Alle Farbe wich aus seinem Gesicht.
»Hilf mir, mich anzuziehen«, bat sie. »Ich möchte runter zum See.«
Es dauerte eine Ewigkeit, und sie befürchtete schon, sie würden es nicht mehr schaffen, doch schließlich waren sie so weit. Die Schmerzen in seinem Bein ignorierend, half er ihr auf und stützte sie, während sie langsam, so entsetzlich langsam das Haus verließen. Sie strich mit ihren Fingern über die Wände, den Türrahmen, das Geländer der Veranda, an dem sie so oft gestanden hatte. Und als sie den ausgetretenen Spuren zum See hinunterfolgten, blieb ihr Blick an den Umrissen der Bäume und Sträucher hängen, an dem alten Bootshaus, und fast selbstvergessen legte sie ihre Hand im Vorbeigehen auf den Pfeiler, auf dem der Bussard in den frühen Morgenstunden oft saß. Sie vermisste den Hund, aber Björn hatte ihr von seiner Rettung erzählt.
Es hatte nicht mehr geschneit, seit der Sturm sich gelegt hatte, und auf dem See gleich unterhalb des Bootsstegs waren noch die Abdrücke zu erkennen, die der Hubschrauber hinterlassen hatte. Die Kälte brannte in ihren Lungen, oder war es die Anstrengung, die ihr den Atem nahm? Ulf half ihr, sich auf den Rand des Stegs zu setzen, dann setzte er sich neben sie, und sie lehnte sich gegen ihn und blickte über die weite Fläche. Die Sonne war längst über die Berge gestiegen, der Schnee schimmerte weiß und jungfräulich,

und die Luft war von kristallener Klarheit. Bleierne Müdigkeit überkam sie, doch sie kämpfte dagegen an, denn es gab noch etwas, das sie Ulf erzählen musste. Sie tastete nach seiner Hand. »Lianne wusste, dass du lebst«, sagte sie leise. Selbst das Sprechen kostete nun Kraft.

»War das der Grund für euren Streit vor ihrem Unfall?«, fragte er sanft.

Sie nickte kaum merklich. »Sie wollte sich mit dir treffen.«

Er schloss seine Arme um sie, und sie legte den Kopf an seine Brust, spürte seine Lippen in ihrem Haar und seinen warmen Atem auf ihrem Gesicht, und selbst hier draußen in der Kälte nahm sie seinen Geruch wahr. Er war um sie, auf ihr, in ihr, und sie nahm ihn mit, wohin auch immer sie ging.

43.

Konnte man spüren, wie ein Mensch starb? Ihr Atem wurde flacher, ihr Herzschlag war kaum noch zu spüren. Sie hielt noch immer seine Hand, doch ihr Griff lockerte sich. Behutsam hob er ihr Kinn an und küsste sie. Sie lächelte. Und dann war sie fort.

Ulf hätte es ihr am liebsten gleichgetan. Was war schlimmer zu ertragen als die Endgültigkeit des Todes? Stumm drückte er Carolines Körper an sich, ihren Körper, der noch so warm und lebendig erschien und doch verlassen war, eine leere, verwaiste Hülle. Er berührte ihr Gesicht, mit einem Mal seltsam emotionslos, ihre trotzigen Lippen, halb geöffnet, als erwarte sie seine nächste Liebkosung, und sacht schloss er ihr die Augen, wohl wissend, welches Geschenk es war, dass sie ihren letzten Blick, ihren letzten Atemzug mit ihm geteilt hatte. Doch wie es immer war im Leben, fielen ihm in diesen ersten Sekunden nach ihrem Tod all die Dinge ein, die ungesagt geblieben waren, und er rannte an gegen die Barriere, hinter der sie verschwunden war, und spürte die Leere, die sich grau und dicht wie Nebel in ihm ausbreitete.

»Ach, Lilli«, brach es schließlich aus ihm heraus, und mit

diesen beiden Worten kamen die Tränen, und die Leere füllte sich mit dunklem, reißendem Schmerz.

*

»Ulf?«

Björn war da. Maybrit.

Er wollte sie nicht sehen, nicht mit ihnen sprechen, aber sie ließen nicht locker. »Es geht um die Beerdigung.«

Caroline wollte nie in einem Sarg liegen, nie in die dunkle Erde hinabgelassen werden. Er sagte es ihnen, und sie ließen ihn in Frieden.

Zwei Tage saß er neben ihrem Leichnam und wachte darüber, dann stand er auf, ging und nahm den Hund mit.

*

Niemand hinderte ihn daran, in ihr Haus einzuziehen. Es war leer ohne sie und doch gleichzeitig erfüllt von Erinnerungen. Er vergrub sich in ihnen, tauchte ein in eine Zeit, die dreißig Jahre zurücklag, und in Bilder, die er sich all die Jahre verboten hatte. Er hörte die Musik und las in den Büchern, die sie damals bewegt hatten, er betrachtete die Fotos in Carolines Album und ging das Risiko ein, die Momente, in denen sie entstanden waren, in all ihrer Intensität lebendig werden zu lassen, und stellte dabei fest, dass die Dämonen der Vergangenheit, die ihn jahrelang verfolgt hatten, zu Staub zerfallen waren. Die alten Sehnsüchte hatten sich aufgelöst, denn die Caroline von früher verschwand hinter der Frau, der er unvermutet wieder begegnet war, die ihn nach der langen Trennung erneut in ihren Bann gezogen hatte und mit der er in wenigen Tagen so viel Nähe

und Innigkeit verspürt hatte – die einzige Frau, die ihn je in seinem tiefsten Inneren berührt hatte.
Er hielt das Foto in der Hand, das sie mit Lianne zeigte, zwei lachende, unbekümmerte Gesichter. Er glaubte nicht an ein Leben nach dem Tod, dennoch fand er Trost in dem Gedanken, dass sie jetzt vielleicht wieder zusammen waren. Irgendwo. Carolines letzte Worte hatten ihrer Tochter gegolten. Ihrem Verhältnis zu ihm. *Sie wollte dich treffen.* Er fuhr mit dem Finger über das Gesicht der jungen Frau, die so sehr der jungen Maybrit ähnelte. Wie wäre es wohl gewesen? Durch Lianne waren sie getrennt worden, aber Lianne hätte sie auch wieder zusammengeführt. Er erging sich in Tagträumen über Begegnungen in Stockholm. Das Entdecken ihres Gesichts am Ankunftsterminal des Flughafens. Erste Annäherungen in einem Café. Ein gemeinsames Abendessen. Caroline, die plötzlich in der Tür stand, unsicher und zurückhaltend, am Arm dieser jungen Frau, die so viel bestimmender wirkte als ihre Mutter. So viel selbstbewusster. Sie hätten eine zweite Chance bekommen, wenn nicht jener betrunkene Autofahrer in Hamburg in seinem Leichtsinn alles zerstört hätte. Schweren Herzens legte Ulf die Fotografie von Caroline und Lianne zur Seite und sah aus dem Fenster über den See und die verschneiten Berge. Er schämte sich nicht dafür, dass er Genugtuung darüber verspürte, dass der Mann tot war, der ihm seine Familie genommen hatte. Aber er wusste auch, dass er ihm unrecht tat, wenn er ihm allein alle Schuld aufbürdete. Die Wurzeln lagen so viel tiefer, so viel weiter in der Vergangenheit.
Abwesend streichelte Ulf den Hund, der neben ihm auf der Couch lag, den Kopf auf seinen gesunden Oberschenkel gebettet, dann griff er nach der Flasche Whiskey auf dem

Couchtisch, schenkte sich ein und nahm einen langen Schluck. Er lehnte den Kopf zurück und schloss die Augen, während sich der Alkohol warm und betäubend in ihm ausbreitete. Die Flasche war halbleer, obwohl es noch nicht einmal Mittag war, aber es war die einzige Möglichkeit, den Schmerz auszuhalten. Mit der Zeit würde es einfacher werden. Hoffte er.

»Du solltest nach Stockholm zurückgehen«, hatte Maybrit ihm in ihrer spröden und direkten Art vor ein paar Tagen an den Kopf geworfen und missfallend die Ansammlung leerer Flaschen in der Küche betrachtet.

»Sperrst du mich sonst wieder ein?«, hatte er provokant zurückgegeben und sie über den Rand seines Glases angesehen. Stumm hatte sie seinem Blick standgehalten, und er hatte seinen Fehler sofort bereut. »Es tut mir leid. Das war nicht gut.«

»Es war unfair«, hatte sie geantwortet. Er hatte immer geahnt, was es sie gekostet hatte, ihn damals einzusperren und durchzuhalten, trotz seines Flehens, seines Bittens und seiner Drohungen. Jetzt *wusste* er es. Himmel, sie war damals selbst kaum erwachsen gewesen.

»Gib mir ein bisschen Zeit«, hatte er sie gebeten, und dasselbe hatte er Håkan gesagt, der angerufen und gefragt hatte, wie es ihm ging und wann er zurückkommen würde. »Alles, was ich im Moment brauche, ist ein bisschen Zeit.« Zeit zu erkennen, dass ihn in all den Jahren, auch wenn er es sich selbst nicht eingestanden hatte, das Bewusstsein getragen hatte, dass Caroline irgendwo auf dieser Welt war, und mit ihm die Hoffnung, dass er sie finden könnte. Zeit zu entscheiden, wie er weiterleben wollte, jetzt, da ihm diese Hoffnung genommen war. Ob er die Trostlosigkeit dieser Welt ohne Caroline ertrug, das verzehrende Grau, das Nichts. Drei Wochen waren seit ihrem Tod vergangen, und er war noch zu keinem Entschluss gekommen.

Der Hund streckte sich neben ihm, schlug seine dunklen Augen auf und sah ihn an. »Du vermisst sie auch, nicht wahr?«, sagte Ulf leise und fuhr ihm mit den Fingern über die Schnauze.

Unbeholfen sprang das Tier von der Couch und trottete zur Tür. Seine Wunde war noch nicht ganz verheilt. Eine lange kahle Narbe zog sich über seine linke Schulter. »Er wird ein wenig steif bleiben«, hatte der Tierarzt gesagt, als er ihn dort abgeholt hatte. »Und vielleicht wird es schlimmer, wenn er älter wird.«

Ulf stand mit leisem Stöhnen ebenfalls auf. Älter werden war nicht gut. Der Alkoholmissbrauch der letzten Wochen reizte seinen Magen, seine Leber vermutlich auch, aber die schmerzte nicht. Noch nicht. Er ging ins Bad und schaute im Vorbeigehen in den Spiegel über dem Waschbecken. Was er sah, entsprach dem Gefühl, das sich von seinem Magen aus über den Körper verbreitete.

Als er wieder in den Flur trat, fiel sein Blick auf den schwarzen Anzug in der Garderobe gleich hinter der Tür, den Maybrit ihm für die Trauerfeier gebracht hatte. Er war nicht hingegangen. Er hatte Beerdigungen und Trauerfeiern schon immer gehasst. Er musste niemandem zuhören, der salbungsvolle Worte über Caroline von sich gab. Er hatte sich von ihr auf seine Weise verabschiedet.

Björn hatte ihm erzählt, dass fast alle aus dem Dorf gekommen waren. Aber das taten sie immer. Thomas, der Mann aus Hamburg, den sie beinahe geheiratet hätte, war auch da gewesen. Ulf war froh, dass er ihm nicht begegnet war. Er wusste nicht, ob er nicht einen Streit vom Zaun gebrochen hätte. Andra hatte Thomas über Carolines Tod informiert.

Die alte Frau aus Blekinge war ebenfalls angereist. Nach der Trauerfeier war sie zum Haus rausgefahren, zusammen mit Björn. Sie war immer klein und zierlich gewesen, inzwischen, mit siebenundachtzig, war sie nur mehr der Hauch eines Menschen, und doch war ihr Händedruck überraschend zupackend gewesen. Aus den rauchblauen Augen, die ihn so sehr an Caroline erinnert hatten, dass es ihm für einen Moment den Atem verschlagen hatte, hatte sie ihn eindringlich angesehen und ihn gefragt, ob er das Haus kaufen wolle.

»Nur zusammen mit dem Hund und allem, was drin ist«, hatte er geantwortet, und sie hatte zuerst auf die Bücher und dann auf das große schwarze Tier geblickt, hatte geseufzt und schließlich genickt. Er war versucht gewesen, sie nach ihrem Traum zu fragen, jenem Traum, der sie so geängstigt hatte, dass sie Caroline deswegen angerufen hatte, um sich nach ihrem Befinden zu erkundigen. Jenem Traum, in dem er eine entscheidende Rolle gespielt hatte. Aber er unterließ es.

Er nahm seine Winterjacke vom Haken, und während er sich anzog, streifte sein Blick die breite Fensterbank in der Küche. Nach der Trauerfeier war Carolines Körper in ein Krematorium gebracht worden. Die Urne sollte später in einem Grab neben ihren Eltern beigesetzt werden. Was für ein Quatsch. Wer wollte zwischen lauter Toten in der Erde liegen? Es gab nur einen Platz für Caroline. Er schnürte seine Stiefel, dann ging er zur Fensterbank hinüber und nahm die Urne, die er dort am Abend zuvor hingestellt hatte.

Der Hund sprang ihm voraus durch den Schnee, so gut es eben ging mit seiner Verletzung. Und Ulf humpelte ihm hinterher. Unten am Bootssteg blieb er stehen. Eis schimmerte auf den Pfeilern und hing in dicken Zapfen vom Dach des Bootshauses herab. Die Stille war überwältigend, ebenso wie die Weite des Landes und das Bewusstsein absoluter Einsamkeit, das einen hier draußen schnell überkam. Caroline hatte dieses Gefühl geliebt. »Das ist Freiheit«, hatte sie ihm einmal anvertraut, und einen kostbaren Moment meinte er sie zu spüren, war sie bei ihm und berührte ihn, flüchtig wie der Wind, der ihre Asche mit auf den See hinausnahm und mit den Schneefahnen verwirbelte, die glitzernd das Sonnenlicht einfingen, bevor sie wieder zu Boden fielen.

Anmerkungen und Danksagung

Handlung und Personen dieses Romans sind meiner Phantasie entsprungen und völlig frei erfunden, nicht jedoch das Setting. Als reale Vorlage für das schwedische Bergdorf, in dem *Dein totes Mädchen* spielt, diente mir Lofsdalen am Lofsjön in Mittelschweden, als Vorbild für den *Fjällkrogen* das dortige Restaurant Trapper. In den vergangenen Jahren habe ich in Lofsdalen wunderbare Menschen kennengelernt. Die Gespräche mit ihnen haben mich inspiriert, und die Fragen, die während des Schreibens auftauchten, konnte ich mit ihnen klären. *Tack så mycket Camilla, Evelina, Simon, Allan, Kjerstin och Marit!*

In Deutschland geht mein Dank an Els Steffin für ihre liebevolle Unterstützung und Motivation, an Jörg Ahrens für seine schnelle und unkomplizierte Hilfe in medizinischen Fragen und an Andrea Kammann, Steffi Dobbertin und Claudia Braatz für die Zeit, die sie sich nicht nur zum Testlesen, sondern auch für so manch erbaulichen Gedankenaustausch genommen haben.

Ganz besonders erwähnen möchte ich meine Lektorin Alexandra Löhr und meine Agentin Franka Zastrow: Meine Damen, ohne Euch und unsere großartige Zusammenarbeit wäre dieser Roman nicht das, was er ist!

Und last, but not least möchte ich meinem Mann und meinen Söhnen für ihre Unterstützung danken und dafür, dass sie meist klaglos meine Launen während des Schreibens ertragen.

Alex Berg, Januar 2013

ALEX BERG

MACHTLOS

Thriller

In Hamburg verschwindet die engagierte Kinderärztin Noor al-Almawi spurlos. Ihre engste Vertraute, die renommierte Rechtsanwältin Valerie Weymann, wird kurz darauf am Hamburger Flughafen festgenommen. Agenten deutscher und amerikanischer Geheimdienste unterstellen den beiden Frauen Kontakte zu hochrangigen Mitgliedern einer islamistischen Terrororganisation. Ihrer Rechte beraubt, wird Valerie tagelang verhört, ihr der Kontakt zur Außenwelt verboten. Dann wird die Anwältin in ein geheimes Gefängnis der Amerikaner nach Osteuropa verschleppt. Dort sieht sie zum ersten Mal ihre Freundin Noor wieder. Werden die beiden diese Hölle überleben?

KNAUR TASCHENBUCH VERLAG

ALEX BERG

DIE MARIONETTE

Thriller

Eine erfolgreiche Anwältin, die einen Rüstungskonzern aus den negativen Schlagzeilen holen soll, eine traumatisierte Soldatin, die aus Afghanistan zurückkehrt und die Mörder ihrer toten Kameraden sucht, und ein toter Agent, der einen illegalen Waffenhandel aufdecken soll, treffen in Hamburg aufeinander. Eine explosive Begegnung, die eine Spur der Verwüstung durch Deutschland zieht.

Ein perfekter, brisanter, actionbetonter Thriller aus deutscher Feder.

KNAUR TASCHENBUCH VERLAG